다정한
서술자

다정한 서술자

Czuły

narrator

올가 토카르추크

최성은 옮김

민음사

차례

일러두기

1   원문에서 이탤릭체로 강조된 부분은 본문에서 고딕체로 구분했다.
2   괄호 안에 표시한 원주 외의 모든 각주는 옮긴이주이다.

책을 엮으며

　어떤 의미에서 보면 나는 이 책을 팬데믹에 빚지고 있다. 코로나19로 인해 봉쇄령이 선포되면서 나는 최근작을 포함해 그 이전에 쓴 에세이와 강연록들을 모아 책으로 엮을 필요성을 느끼게 되었다.

　얼마 전부터 나는 '사인칭 서술자'의 입장에서 나 자신과 나의 글을 들여다보는 방식을 즐기게 되었다. 이러한 종류의 자아 성찰은 심리학과 밀접한 연관이 있다. 심리학은 여전히 내게 친숙한 학문 분야이며, 내가 세상을 해독할 때 사용하는 첫 번째 언어이기도 하다. 또한 이 책에 수록된 텍스트들의 대부분을 구성하는 토대라고 할 수 있다.

　책을 엮으며 나는 강의 형식의 글이 안겨 주는 즐거움에 대해 새삼 실감하게 되었다. 내 말을 듣고 싶어 하는 사람들에게 직접 이야기를 건네는 방식의 글쓰기는 혼자 읽는 것을 전제로 한 일반적인 텍스트에선 얻기 힘든 에너지를 내게 전달해 주었다.

이 책에는 노벨 문학상 수상 기념 강연록이자 표제작인 「다정한 서술자」 외에도 2018년에 크리스티나 피에트리흐 교수와 요안나 야부코프스카 교수의 초청으로 국립 우츠 대학교 철학부에서 특강을 맡으면서 작성한 일련의 강연록들이 실려 있다. 개별 강의의 주제는 다음과 같다. '서술자의 심리학', '문학적 세계의 창조에 작동하는 심리학, 『야쿠프의 서』는 어떻게 탄생했을까', '문학적 인물들, 두셰이코 케이스'. 그리고 이 세 차례의 강연과 연계해서 탄생한 강연록이지만 실제로 청중 앞에서 발표된 적은 없는 또 한 편의 원고 「메탁시의 영토」. 「다이모니온, 그리고 다양한 집필 동기에 대하여」는 2014년 산타막달레나에서 '창의적 글쓰기' 강좌를 수강한 대학생들을 위해 작성한 원고다.

그 밖에도 청중을 대상으로 발표한 두 편의 에세이를 수록했다. 하나는 폴란드 그단스크에서 '번역 속의 재발견'이라는 주제로 개최된 문학 포럼(2019년 4월 11~13일) 개회식에서 발표한 「헤르메스의 과업, 즉 번역가들이 날마다 어떻게 세상을 구원하고 있는가에 대하여」이고, 다른 하나는 2012년 제슈프 대학교에서 열린 심포지엄 '올가 토카르추크의 세계'에서 발표한 에세이 「소금에 담근 손가락, 즉 내 간략한 독서 이력에 관하여」다.

이 책에는 또한 현안에 대한 단상을 담은, 내게는 상당히 중요한 의미를 가진 에세이도 포함되어 있다. 제일 첫머리에 실린 「오그노즈야」가 그것인데, 2020년 9월 30일 시사저널 《폴리티카》에 기고한 이 에세이는 '올가 토카르추크 재단'에서 시행하고 있는 프로젝트인 '엑스센트룸(Ex-centrum, 탈중심주의) 운동'의 일환으로 집필한 것이다.

그 밖에 「낯섦 연습하기」는 2017년 문예지 《즈나크》 746~747호에 게재되었고, 「동물들의 가면」은 2008년 시사 주간지 《정치 비평》 15호에 기고한 에세이로 2012년에 출간된 에세이 『곰의 순간』에도 수록되었다. 마지막으로 「런던의 영화 연금술사 퀘이 형제의 놀라운 도가니」는 2010년 폴란드 크라쿠프에서 출간된 영화 비평서 『열세 번째 달: 퀘이 형제의 영화』에 실린 글이다.

올가 토카르추크

오그노즈야

방랑자

이 글을 시작하며 나는 프랑스의 천문학자 카미유 플라마리옹이 1888년 출간한 책에 수록된 유명한 목각화에 대해 언급하고 싶다. 이 작품은 세상의 경계선에 다다른 한 방랑자가 지구의 영역 밖으로 머리를 내민 채 너무나도 조화로운 우주의 질서를 바라보며 감탄을 금치 못하는 장면을 담고 있다. 어릴 때부터 나는 매번 내 앞에 새로운 의미를 펼쳐 보이는 이 놀랍도록 은유적인 이미지에 경탄하곤 했다. 이 이미지는 지금껏 우리에게 널리 알려진 인간의 모습, 즉 레오나르도 다빈치가 스케치한 「비트루비안 맨」[1]에 등장하는 정지 상태의 의기양양한 인간, 만물의 척

---

1 로마의 유명한 건축가 비트루비우스 폴리오(Marcus Vitruvius Pollio, ?~?)의 저서를 접하고 다빈치가 이를 드로잉으로 그려 낸 것이다. "인체는 비례의 모범이다. 사람이 팔과 다리를

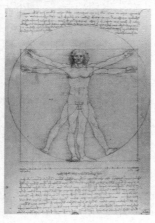

참고 자료 1(위): 플라마리옹 목각화

참고 자료 2(아래): 레오나르도 다빈치,
「비트루비안 맨」(1487년경)

도로서의 인간의 이미지와는 전혀 다른 새로운 인간상을 제시하
고 있었다.

플라마리옹의 이미지에서 인간은 순례자의 지팡이를 들고
나그네의 망토와 모자를 쓴 채 움직이고 있는 방랑자의 모습으
로 등장한다. 비록 얼굴은 보이지 않지만 우리는 그의 표정을 미
루어 짐작할 수 있다. 아마도 얼굴에는 경탄과 환희, 그리고 가시
적인 한계 너머 새로운 세상의 장엄함과 조화로움에 대한 감격
의 표정이 떠올라 있을 것이다. 우리 시야에는 그저 그 신세계의
일부만 보이지만 방랑자의 눈에는 아마도 훨씬 많은 것이 보이
리라. 선명하게 표시된 구역, 천체와 궤도, 구름과 광선. 이것은
말로 표현하기 힘들고 한없이 복잡한 우주의 차원이다. 구약 성
서의 에제키엘[2]의 환영을 그린 삽화들에서 종종 천사들 옆에 함
께 등장하던 원형의 기구 또한 방랑자와 우리가 처한 이해 불능
상황을 상징적으로 보여 주고 있다.

> 뺀으면 완벽한 기하학적 형태인 정사각형과 원에 딱 들어맞
> 기 때문이다."라고 서술한 비트루비우스의 저술에 따라 다빈
> 치는 두 팔과 다리를 벌리고 선 남성의 인체를 원과 정사각형
> 의 선으로 둘러 그 안에 인체가 완벽히 합치되는 모습을 보
> 여 주었다. 이 드로잉에서는 비율에 대한 관심과 인간을 우주
> 의 원리와 연결하려는 다빈치의 시도를 볼 수 있다. 그는 인
> 체 속에 완벽한 질서가 숨어 있기에 소우주인 인간의 신체는
> 우주 만물을 재는 척도가 될 수 있다고 주장했다. 이러한 관
> 점은 르네상스의 인간 중심주의를 반영한 것이다.
> 2 에제키엘 또는 에스젤은 히브리어 성경 『에제키엘서』에 나오
> 는 주인공이다. 유대교, 기독교, 이슬람교에서는 예언자로, 유
> 대교와 기독교에서는 이 책의 저자로 간주된다.

반면 방랑자의 등 뒤에는 그가 속한 세계, 즉 커다란 나무들과 몇몇 식물들로 대변되는 '자연'이 있고 도시의 건물들로 상징되는 '문화'가 있는 익숙한 세계가 보인다. "지겹다."라는 말이 절로 나올 만큼 뻔하고 진부한 풍경이다. 이 목각화에서 우리는 이것이 방랑자의 오랜 여정이 끝나는 순간임을, 그리고 그보다 앞서 길을 떠난 많은 이가 한 번도 도달하지 못한 '세상의 끝'에 이르렀음을 짐작할 수 있다. 자, 이제 그는 어떻게 할 것인가?

기원이 밝혀지지 않은 이 목각화의 신비는 우리 모두가 처해 있는 지금 이 순간에 대한 탁월한 은유라는 점에 있다고 나는 생각한다.

세계는 작다

지난 세기에 세계는 정말 많이 축소되었다. 우리는 그곳에서 수많은 오솔길을 지나고, 숲과 강을 건너고, 바다를 뛰어넘었다. 우리 중 대부분은 '세계의 유한성'에 대해 주관적인 느낌을 갖고 있다. 어쩌면 이것은 세계화로 인해 실제로 이동 거리가 단축되었고, 운송 수단만 주어진다면 지구상 거의 모든 곳에 도달할 수 있게 된 현실에서 비롯된 결과일 것이다. 또한 세상에 대한 정보를 예전보다 훨씬 쉽게 얻게 되었다는 점도 원인으로 작용한다. 지금은 온라인에서 거의 모든 정보를 바로 확인하고, 누구와도 빠르게 소통할 수 있으니까.

확신컨대 우리는 지금 인간으로서 새로운 역사적 경험에 직면해 있다. 나는 궁금하다. 세계가 본질적으로 크지 않으며 우리가 충분히 포용할 수 있다는 사실을 처음으로 깨달은 사람은 과연 누구일까. 네덜란드인들이 말하듯이 '구운 공기[3]로 장사를 하는' 신세대 사업가일 수도 있고, 어떤 '부유한 나라'의 여권을 소지한 채 이 대륙에서 저 대륙으로 날아다니며 끊임없이 이동 중인 '싸게 사서-비싸게 팔기' 씨일 수도 있다. 아침은 취리히에서 저녁은 뉴욕에서 보내는 사람, 주말에는 따뜻한 섬으로 날아가 바다에 관한 꿈을 꾸면서 코카인으로 자신의 감각을 각성시키는 사람일지도 모른다. 반대로 단 한 번도 경계를 뛰어넘어 자기 영역을 이탈해 본 경험이 없는 사람, 그러다 불과 얼마 전까지 그 존재조차 몰랐던 머나먼 타국의 누군가가 만든 장난감을 자신의 아이를 위해 구매한 사람일 수도 있다. 장난감은 겉으로 친근하게 보이지만 보편화되고 일반적인 형태 속에 자신의 이국성을 감추고 있다.

이렇게 작아진 세상과 관련된 새로운 경험에서 긴밀한 역할을 하는 것은 '트리스테 포스트 이테룸(Triste post iterum)', 여행이 끝난 뒤의 슬픔, 그러니까 우리가 먼 길을 떠나 강렬한 체험을 한 뒤 집으로 돌아올 때 맛보는 슬픔이다. 여행이 특권이나 저주였던 시절에서 진일보하여 일종의 짜릿한 모험으로 여겨지는 오늘날에 태어나지 않았더라면 결코 도달하지 못했을 경계선에 이르렀다고, 아니면 과거에는 감히 꿈도 꾸지 못했을 체험을 했다

---

3 네덜란드어로 gebakken lucht. 직역하면 '구운 공기'를 뜻하며, '아무런 가치가 없는 것' 혹은 '헛소리'를 뜻한다.

고 우리는 생각한다. 하지만 막상 여행 가방을 현관에 내려놓는 순간, 스스로에게 묻게 된다. 이게 다인가? 바로 이것이었나? 내가 바란 게 이것이었을까?

우리는 이미 루브르 박물관을 방문했고, 두 눈으로 직접「모나리자」를 관람했다. 우리는 수천 년에 걸쳐 창조된 완성품을 가차 없이 파괴해 버리는 시간의 경과, 그 극적인 효과를 체험하기 위해 마야 문명의 피라미드에 올라갔다. 우리는 이집트나 튀니지의 리조트에서 모두의 입맛에 맞도록 조리된 대중화된 현지식으로 배를 불렸다. 몽골의 대초원, 인파로 가득한 인도의 도시들, 히말라야의 고원에서 내려다본 풍경…….

비록 아직은 못 본 곳이 많다 해도 팬데믹 이전까지 우리는 미처 가 보지 못한 도시, 그러니까 여행사 카탈로그에 상품으로 등록되고 우리가 '목적지'라고 부르는 낯선 장소로의 여행이 얼마든지 가능하다고 여기며 살았다. 그때 세상은 우리 손안에 있었고, 돈만 있으면 어디든 갈 수 있었다.

인간이 세계의 유한성을 이처럼 절실하게 체감하게 된 것은 아마도 역사상 처음일 것이다. 인간은 저녁마다 스마트 기기의 화면을 통해 타인들의 삶을 들여다보고, 100년 전에는 절대로 길에서 마주칠 기회가 없었던 사람들과 마주하고 있다.

멀리서 타인들을 관찰하면서 인간은 자신의 역할이나 가능성의 레퍼토리 또한 유한하며, 조상들이 생각했던 것보다 우리가 훨씬 더 서로를 닮은 존재임을 깨닫게 되었다. 우리가 기억하듯이 조상들은 온갖 상상의 나래를 총동원하여 지구 반대편에 사는 사람들에 대해 묘사하기를 즐겼고, 그것은 과거의 여행자들을 흥분시켰다.

　텔레비전 시리즈물이나 영화, 소셜 미디어 덕분에 오늘날에는 모두가 알고 있다. 외국에서 온 사람들이라고 해서 특별히 머리가 크거나 유난히 큰 발에 다리가 한쪽만 있거나 얼굴이 가슴에 붙어 있지는 않다는 사실을. 피부색이나 키 또는 일부 관습이 우리와 다를 수 있지만 이러한 차이점은 무수히 많은 닮은 점 속에서 거의 눈에 띄지 않는다는 것도 알고 있다. 타국인들 역시 우리와 마찬가지로 자신의 도시와 국가, 그리고 언어와 문화 속에서 주어진 의무를 수행하고 있다. 그들 또한 사랑하고, 그리워하고, 열망하고, 미래에 대해 두려워하며, 자식들과 다투기도 한다. 우리가 이와 같은 근본적인 유사성을 발견하게 된 것은 '스트리밍 플랫폼'이라는 새로운 발명품이 대대적인 성공을 거둔 덕분이다.

　여행자는 궁극적으로 세계 방방곡곡이 매우 비슷하다는 것을 목격하게 된다. 어느 곳을 가든 호텔이 있고, 음식은 그릇에 담겨 있고, 씻을 땐 물이 있어야 한다. 비록 대부분이 중국에서 생산된 모조품에 불과하지만, 그래도 지역의 특산품을 본떠 만든 기념품이나 선물을 친지들을 위해 구입한다.

　또한 우리는 지구상 거의 모든 거주민이 여섯 명 건너 서로 연결되어 있다는 사실을 알며(예컨대 나는 누군가를 아는데 그 누군가는 또 누군가를 알고, 또 그 누군가는 다른 또 누군가를 아는데 그 다른 또 누군가는 X를 아는 식이다.), 예수 그리스도의 시대 이후 지금까지 약 70세대가 탄생되었다는 사실도 알고 있다.

　과거에 세계는 거대했으며, 우리의 상상을 초월했었다. 하지만 이제는 우리에게 더 이상 상상력이 필요하지 않다. 그 시절 발 빠르게 완성된 세계 지도의 곳곳에는 미지의 장소를 뜻하는 흰색 점들이 찍혀 있어 우리의 상상력을 자극하는 동시에 인간의 오만함에 경고를 보냈다. 사람들은 여행을 준비하면서 돌아오지 못할 수도 있다고 각오했다. 그러므로 유언장을 작성하지 않은 채 여행을 떠나는 것은 드문 일이었다. 흰색 점들이 찍힌 미지의 장소로의 여행은 새로운 단계의 시작, 변화의 출발점이었지만 그 여행의 성과가 모두에게 알려지고 공유될지는 아무도 장담할 수 없는 상황이었다.

역설적으로 표현하자면 우리는 상상의 세계, 윤곽이 모호한 경계선으로 둘러싸인 미지의 세계 속에서 살았던 것이다. 이 세계는 우리에게 계속해서 새로운 이야기와 새로운 형태를 요구해 왔고, 우리 앞에서 끊임없이 변화했으며, 여전히 우리 눈앞에서 생성을 거듭하고 있다.

오늘날 세계는 우리가 만든 달력과 시계 안에서 존재한다. 우리는 그 세계를 상상할 수 있고, 우리 머릿속에 집어넣을 수 있다. 사흘 안에 우리가 원하는 곳 어디든 갈 수 있다.(드물지만 간혹 유감스러운 예외도 있긴 하다.) 모든 구석과 모퉁이까지 놀라울 만큼 정확하게 보여 주는 구글 맵의 표식들이 지도에 찍혀 있던 흰색 점들을 메꿨다. 게다가 어느 곳을 가든 대체로 똑같은 풍경이 펼쳐진다. 동일한 물건과 기념품, 사고방식, 돈, 상표, 로고. 이국 정서나 독창성은 희귀 상품이 되었고, 일상생활에서 점점 사라져 관심과 이목을 끌기 위한 상술로 변질되어 버렸다.

유명한 태국 레스토랑이 통째로 발트해 연안의 휴양지로 이전하기도 하고, 열대 지방을 본떠 만든 거대한 복합 휴양 단지가 중부 유럽의 저지대로 옮겨지기도 한다. 손이나 무릎에 딱 맞는 맞춤형 디바이스들 덕분에 우리는 수천 킬로미터 떨어진 다른 기후대에 사는 가족과 언제든 대화할 수 있다. 그들과 다른 시각, 심지어 다른 연도에 사는 경우에도 말이다. 티베트 원정에 나선 여행자도 몇 초 만에 스카리셰프[4]에 있는 자신의 집과 연결된다. 과거에는 아예 마주칠 기회조차 없었던 사람들이 이제는 미디어를 통해 자유롭게 소통할 수 있다.

이미 여러 차례 강조했듯이 우리가 오감으로 느끼는 세상은 작아졌다. 한편으로 우주에서 인간이 촬영한 사진 속 지구의 풍경은 숨 막힐 만큼 아찔하고 감동적이다. 심연 속에 매달려 있는 조그만 청록빛 구체. 인류 역사상 처음으로 우리는 행성으로서의 우리 위치를 유한하고 한정적인 것으로, 그리고 부서지기 쉽고 파괴되기 쉬운 것으로 보게 되었다.

여기에 더하여 붐비는 인파, 협소한 공간, 어딜 가든 사람들과 맞닥뜨리는 상황이 반복되면서 우리로 하여금 세계의 유한한 본성을 자각하게 만들고, 나아가 '밀실 공포증'을 불러일으킨다. 그러므로 최근에 우주 여행에 대한 열망, 다시 말해 너무도 익숙하고, 붐비고, 어수선하다고 판명된 오래된 집을 버리고 새로운 곳을 찾아 떠나려는 꿈이 다시금 유행하는 것은 놀라운 일이 아니다.

세계의 축소 및 유한성에 대한 자각은 네트워크의 연결과 보편화된 원격 감시 체계에 의해 더욱 강렬해진다. 그렇다, 우리는

---

4 폴란드 중남부에 위치한 도시다.

이미 파놉티콘[5]에 갇혀 살고 있다. 우리는 끊임없이 노출되고, 관찰되고, 분석된다.

유한하다는 느낌은 우리로 하여금 모든 것을 하찮게 여기게 만든다. 왜냐하면 우리가 인식하지 못하는 대상들만이 그 놀라운 미지의 상태를 유지하면서 우리의 관심과 열정을 자극할 수 있기 때문이다.

참깨의 속성

우리는 무한성을 종종 혼돈으로 여긴다. 왜냐하면 무한성은 우리에게 어떤 인지적 틀이나 구조를 적용할 기회를 주지 않기 때문이다. 그래서 무한대의 지도라는 건 존재하지 않는다. 무한성은 또한 나름의 고유한 척도로 인간을 배척한다.

오늘날 누군가가 무한성과 교감하고 싶다면 네트워크에 접속하면 된다. '세상이 너무 크고 많다.'라는 압도적인 느낌은 우리에게 일종의 자제력과 포기를 가르쳐 준다. ─ 나는 그저 나의 길을 갈 뿐이다. 나를 향해 손을 흔드는 온갖 호기심의 대상들을

5 Panopticon. 가운데에 감시탑이 있는 원형 감옥. 그리스어 'pan(모두)'과 'opticon(보다)'이 합쳐진 단어로, 감금된 사람은 감시인을 볼 수 없지만 감시인은 감금자를 볼 수 있다는 점이 특징이다. 영국 철학자이자 법학자인 제러미 벤담(Jeremy Bentham, 1748~1832)이 죄수를 효과적으로 감시할 목적으로 고안했다.

무시하는 법을 배우면서. 나는 불타는 소돔에서 탈출 중인 롯과 같은 처지이지만 호기심 많은 그의 아내와 달리 절대 뒤돌아보지 않을 굳건한 의지가 있다.

오늘날 모니터 앞에서 마비라도 된 것처럼 꼼짝도 못 하는 네티즌의 습관을 가리켜 '롯의 아내 증후군'이라고 부르면 어떨까. 이것은 거의 '긴장증'에 가깝다고 할 수 있다. 이 증후군은 특히 팬데믹 시기에 경고를 무시한 채, 불타는 도시를 바라보며, 거기서 눈을 떼지 못하는 수백만의 십 대 청소년들과 인셀[6]들에게서 주로 나타난다.

정보를 검색하다 보면 나는 종종 거대한 데이터의 바닷속을 유영하는 듯한 느낌을 받는다. 그런데 그 데이터들은 이미 스스로 형성되고 스스로 논평하는 단계에 이르렀다. 그렇다면 정보 검색 활동을 '서핑'이라는 동사로 맨 처음 표현한 사람은 천재임에 틀림없다.

작은 보드에 의지해 파도의 정점을 오르내리며 격노한 바다를 활보하는 고독한 남자의 모습만큼 검색 활동에 잘 어울리는 이미지도 없을 것이다. 자연의 원소인 물이 서퍼를 실어 나르고 서퍼는 지극히 한정된 범위 내에서만 자신의 궤적에 스스로 영향을 미칠 뿐 대부분은 파도의 에너지와 움직임에 온전히 몸을 맡길 수밖에 없다. 서퍼가 존재감을 자각하는 건 자기 의지와 상관없는 파도의 운동 덕분이다. 결국 파동은 나름의 방식에 의해

6 비자발적 순결주의자 혹은 비자발적 독신주의자를 뜻하는
   신조어로 연애 또는 성관계를 하고 싶지만 전혀 하지 못하는
   남자들이 모인 인터넷 커뮤니티의 남자 가입자를 일컫는다.

존재를 불가사의한 무력감으로 인도하며 '운명'이라는 오래된 개념을 우리의 망각으로부터 끄집어낸다. 이제 우리는 지금까지와 다른 방식으로 운명을 이해하게 되었다. 그것은 타인에게 의존하는 네트워크로서의 운명, 생물학적 의미뿐 아니라 문화적 의미에서 전승되는 행동 패턴으로서의 운명이다. 그 결과 우리 정체성에 관한 활발하고도 발전적인 토론이 벌어지게 되었다.

무한성은 '호모 콘수멘스(homo consumens)', 즉 '소비하는 인간'의 세계로 침투하기 시작했는데 그 세계는 『천일야화』 속의 '참깨'를 연상시켰다. 우리는 "열려라, 참깨!"라고 외쳤고, 주문은 이루어졌다! 문이 열렸고, 각종 서비스와 다양한 상품, 다채로운 패턴과 디자인, 품종, 변형, 유행, 패션, 트렌드가 난무하면서 우리를 압도했다. 이처럼 엄청난 공급의 홍수 속에서 이 모든 것을 한 번쯤 다 이용하려면 적어도 여러 생을 살아야 가능하지 않을까 하는 불안한 의구심을 대부분 한 번쯤은 품어 봤을 것이다.

언제부터인지 정확히 알 수는 없으나 무수히 많은 제안과 옵션들 속에서 새로운 상품을 구매하고 새로운 서비스를 주문하는 것이 우리 삶의 전부가 되어 버렸다. 천재 작가 필립 K. 딕[7]의 단편 중에 이런 이야기가 있다. 광기에 휩싸인 인공 지능이 통제하는 공장이 있는데 이 공장은 절대 생산을 중단해서는 안 된다. 따라서 사전에 프로그래밍된 수많은 상품을 처분하기 위해서는

---

7 Philip K. Dick(1928~1982). 미국 출신의 과학 소설(SF) 작가. 작품 속에서 초능력과 로봇, 우주 여행, 외계인 같은 기존의 SF 소재와 차별된 암울한 미래상과 인간이 겪는 정체성의 혼란을 그리며 끊임없이 인간성의 본질을 추구해 왔다.

이상적인 구매자, 즉 신상품 구매라는 우주의 최면에 걸린 슈퍼 컨슈머를 만들어 내야 한다. 새로운 제품과 그 유사품들을 마음껏 체험해 보고 향유하면서 립스틱이나 장신구, 향수, 옷, 자동차, 토스트기의 특징과 성능을 살피는 것을 삶의 본분으로 여기는 새로운 종족들. 특별 제작된 프로그램이나 설명서가 그들의 구매 활동을 전폭적으로 지원한다. 1960년대만 해도 초현대적이라고 여기던 비전들이 우리가 예상했던 것보다 훨씬 빨리 실현되었다. 이것이 바로 우리가 직면한 '지금', 그리고 '이곳'의 현실이다.

지적인 재화의 소비 또한 마찬가지다. 가상 도서관에 저장된 자원은 무한해졌다. 컴퓨터 앞에서 자료를 검색하다 보면 마치 우리가 미처 포용할 수 없는 참깨들 사이를 왔다 갔다 하는 듯한 느낌이 든다. (최근 폴란드어에서 '포용하다(ogarnąć)'라는 동사가 인기를 끌며 널리 사용되는 것도 어쩌면 이 때문일 것이다.) 구체적인 저자명이나 제목, 슬로건이 아닌 참깨들 사이에서 말이다. 내가 이 글을 쓰는 바로 이 순간에도 수백 혹은 수천 건의 기사와 시, 소설, 에세이, 보고서 따위가 폴란드에서 쓰이고 있다는 사실은 가히 충격적이다. 무한성은 끊임없이 스스로를 재생산하며 확산되고 있지만 우리 인간에게 그것을 통제할 수 있다는 느낌을 제공하기 위해 취약하고 보잘것없는 검색 엔진 도구를 전면에 내세웠다.

나와 같은 세대는 그러한 엔진을 다루는 데 특히 문제가 많다. 결핍과 부족의 시대에 성장했으므로 우리 중 대다수는 '위기에 대비하기 위해', 혹은 '인플레이션에 대처하려고' 뭔가를 자꾸 비축해 두려는 본능을 갖고 있다. 그래서인지 내 남편은 신문을 계속 모으고 스크랩하면서, 동시에 노아의 사명감으로 종이책을 보관하기 위해 서재의 책꽂이를 만든다.

우리와 그 이전 세대는 세상을 향해 늘 "네, 네, 네."라고 말해야 한다고 훈련받았다. 우리는 늘 스스로에게 이렇게 되뇌곤 했다. 나는 이것저것 다 시도해 볼 것이고, 여기도 가 보고 저기도 가 볼 것이며, 이런저런 모든 걸 경험할 거야. 나는 이것을 가질 테지만 그렇다고 저것을 포기할 이유는 없잖아…….

지금 우리 곁에 출현한 새로운 세대는 작금의 새로운 상황에서 가장 인간적이고 윤리적인 선택이란 "아니, 아니, 아니."라고 말하는 것임을 누구보다 잘 알고 있다. 그들은 이렇게 말하는 법을 훈련하고 있다. 나는 이것도 포기하고 저것도 포기할래. 이것도 자제하고 저것도 자제해야지. 필요 없어. 안 해. 갖고 싶지 않아. 단념할게.

내 이름은 다수

최근 몇 년 동안 인간의 본질을 인식하는 데 영향을 미친 가장 중요한 발견 중 하나는 다음과 같은 내용이다. 인간의 유기체는 물론이고 동물과 식물의 유기체 또한 나름의 진화 과정에서 다른 유기체와 상호 작용하고 있으며, 결국 모든 유기체는 서로 긴밀하게 의존하고 있다는 것이다. 유기체 간의 공생과 상호 연결이 진화와 종의 탄생을 촉발하는 원동력이 되었다는 린 마굴리스[8]의

---

8 Lynn Margulis(1938~2011). 미국의 생물학자로 메사추세츠

획기적인 아이디어를 시작으로 현대의 다양한 연구 결과에 이르기까지 생물학과 의학이 이루어 낸 발견 덕분에 우리 인간은 개별적 존재가 아닌 집단적 존재이며, 단일체가 아니라 다양한 유기체의 공화국, 즉 위계적으로 구조화된 일종의 군주제와 같은 구조를 가졌다는 사실이 밝혀졌다. "당신의 몸은 당신만으로 이루어진 게 아니다. 인간의 몸에서 인간 세포는 43퍼센트에 불과하다." 대중적인 언론 매체의 헤드라인에 실렸던 이 문장은 아마도 수많은 사람에게 불안감을 불러일으켰을 것이다. 아무리 자주 몸을 씻는다 해도 우리 몸은 박테리아나 곰팡이, 바이러스, 고세균[9] 같은 '이웃들'의 무리로 뒤덮여 있다. 그중 대부분은 우리 내장 속 어둡고 구석진 곳에서 서식한다. 현재 창궐하는 코로나바이러스 전염병은 공포 영화 속에서나 등장할 법한 끔찍한 이미지를 우리에게 보여 주었다. 덕분에 우리는 인간 몸속에서 대량의 바이러스가 공생할 수 있다는 사실을 실감하게 되었다. 지금까지는 철학과 심리학이 우리 정신을 지배했기에 이런 식의 주장은 뭔가 믿기 힘들고 혁명적인 내용처럼 들린다. '존재 속에

앰허스트 대학교 교수를 역임했다. 세포생물학과 미생물 진화에 대한 연구, 지구 시스템 과학의 발전에 기여했다.

9 단세포로 되어 있는 미생물의 한 종류다. 핵이 존재하는 진핵생물과 달리 핵이 없는 원핵생물에 포함되는 생물군이지만 일반적으로 우리가 원핵생물로 취급하는 세균과 본질적으로 다른 계통에 속한다. 일반적인 세균은 고세균에 비해 진정세균이라고 한다. 진핵생물, 세균, 고세균은 생물 계통이 가장 크게 나뉘는 세 가지 도메인이 된다.

내던져진' 단일 개체, 모나드[10]적인 인간, '창조의 왕관'을 쓴 채 동물과 식물의 왕국에서 군림하듯 우뚝 서 있는 모습. 우리의 상상력, 그리고 스스로에 대한 우리 자신의 인식을 지배하는 대표적인 인간의 이미지는 바로 이것이었다. 거울을 보면서 우리는 세상과 동떨어진 고독하면서도 비극적인 존재, 자아 성찰에 능하고 생각할 줄 아는 정복자의 모습을 찾곤 했다. 그럴 때 거울 속에는 백인 남자의 얼굴이 나타났고, 우리는 알 수 없는 어떤 이유로 인해 '인간'이라는 단어가 자랑스럽게 들린다는 사실을 인정하곤 했다. 하지만 오늘날 나는 이 멋진 호모 사피엔스가 내 몸에서 차지하는 비중이 단지 43퍼센트에 불과하다는 사실을 알고 있다. 나머지는 항생제나 살충제로 얼마든지 손쉽게 죽일 수 있었던 하찮은 피조물들로 이루어져 있다.

자신의 복합성과 다른 생물들에 대한 의존성을 깨닫고, 나아가 스스로가 생물학적으로 '다(多)생물체'임을 인식하게 되면서 우리는 유기론적 관점에 근거해 우리 사고에 '무리', '공생', '협력'이라는 개념을 도입하게 되었다.

우리가 낙원에서 추방될 수밖에 없었던 이유는 성행위나 신에 대한 불복종 때문도 아니고 신의 비밀을 알아냈기 때문도 아니다. 우리가 스스로를 세상과 분리된 유일하고 단일한 존재로 인식한 것이 바로 우리의 원죄인 것이다. 우리는 관계 속에 동참하기를 거부했다. 우리의 유일신, 일신교의 교주가 지켜보는 가

---

10 monad. 라이프니츠의 철학 용어. 넓이나 형체를 가지고 있지 않으며 무엇으로도 나눌 수 없는 궁극적인 실체를 일컫는다.

운데 우리는 낙원을 떠났다. 우리와 마찬가지로 신 또한 세상으로부터 격리된 존재였다. ('마스크를 쓰고 장갑을 낀 신'이라는 표현을 쓰고 싶어 내 손가락이 근질거린다.) 그러면서 우리는 다음과 같은 가치를 강조하기 시작했다. 신화화된 통합성 혹은 왜곡된 전체성에 대한 열망, 이기주의, 단일체주의, 일원론, 분석적 사고, 분리적 사고, 도 아니면 모라는 사고방식(내 앞에서 다른 신을 섬기지 말라.), 일신교, 차별화, 가치 평가, 위계, 경계 구분, 분리, 극단적 흑백 논리, 나아가 전형적인 나르시시즘. 우리는 신과 함께 '유한 책임 회사'를 설립했고, 우리의 양심과 세상을 독점하고 파괴해 버렸다. 그러고는 이 세상의 놀라운 복합성을 이해하려던 시도를 완전히 멈췄다.

오늘날 인간 존재에 대한 전통적인 인식은 극적인 변화를 겪고 있다. 비단 기후 위기나 감염병, 경제 발전의 한계에 대한 깨달음 때문만은 아니다. 거울 속에 비친 우리의 새로운 모습 또한 변화의 요인 중 하나다. 백인 남성, 양복을 입고 코르크 헬멧[11]을 쓴 정복자의 이미지는 점점 희미해지고 사라지는 중이다. 그 대신 주세페 아르침볼도[12]의 그림 속 얼굴들과 비슷한 이미지, 다시 말해 유기론적이고 다층적인 복합성을 띠고 있으며 쉽게 이

---

11 친환경 소재인 코르크를 이용한 헬멧형의 햇빛 가리개 모자.
12 Giuseppe Arcimboldo(1527?~1593). 이탈리아 화가. 20여 점의 유화와 많은 소묘를 남겼는데 동식물과 사물 등을 조합해 사람의 두상을 형상화한 괴기스러운 환상화 「여름」, 「겨울」, 「물」, 「불」 등으로 유명하다.

해되지 않는 하이브리드의 얼굴, 생물학적 맥락에 차용과 참조가 더해진 복합체로서의 얼굴이 거울 속에 나타나고 있다. 우리는 더 이상 '비온트(biont, 생리적 개체)'가 아니라 '홀로비온트(holobiont)',[13] 즉 전 생명체다. 다시 말해 서로 공생하는 다양한 유기체의 결합물인 것이다. 복합성, 다중성, 다양성, 상호 작용, 메타 공생 — 이러한 키워드는 우리가 세상을 바라보는 새로운 관점이다. 지금껏 우리가 근본적인 원칙으로 여겼던 낡은 시스템의 단면, 즉 성별을 무조건 둘로 구분하는 관습 또한 점점 쇠퇴하는 중이다. 오늘날 인간의 성별은 그 특성이 다양한 강도로 발현되는 일종의 '연속체'와 같으며, 그 특성들이 서로 반대되는 대척점에 놓여 있는 게 아니라는 사실이 점점 분명해졌다. 이제는 모두가 자신에게 맞는 고유하고 적절한 위치를 발견할 수 있다. 얼마나 다행인가!

복합성에 기반한 이 새로운 관점은 세상을 계층에 따라 정렬된 통합체로 보지 않고, 그 안에 내포된 다중성과 다양성, 그리고 느슨한 유기적 네트워크 구조에 주목한다. 하지만 보다 중요한 것은 이러한 관점 덕분에 우리가 처음으로 자신을 복합적이면서 각양각색인 유기체로 인식하기 시작했다는 점이다. 뿐만 아니라

13 하나의 생명체에 대해 규정할 때 한 개체와 그 개체에 공생하는 다른 생명체(주로 미생물)를 함께 묶어서 생각하는 개념을 의미한다. 인간을 예로 들면 인간이라는 한 개체만 따로 놓고 생각하는 것이 아니라 그 몸에 공생해서 살아가는 미생물을 합쳐서 규정하기 위해 '전(全) 생명체'라는 용어를 사용한다. 인간은 수많은 미생물이 함께 존재하는 하나의 전 생명체라는 점을 강조하기 위함이다.

생리적 개체나 미생물총[14]의 존재에 눈을 뜨기 시작했으며, 그것들이 우리 육체와 정신, 나아가 우리가 인간이라고 부르는 총체적 결합물에 놀라울 정도로 강력한 영향력을 미치고 있음을 발견하게 되었다.

나는 이러한 상황 인식에서 파생된 심리학적 결과가 상당히 놀라울 것이라고 예상한다. 아마도 우리는 인간 심리를 다양한 구조와 층위의 복합체로 바라보는 관점으로 돌아가게 될지도 모른다. 즉 개별적인 인성을 '묶음'이나 '다발'로 바라보기 시작할 것이며, 다중적인 정체성(다중 인격)을 더 이상 두려워하지 않고 지극히 정상적이고 자연스러운 현상으로 간주하게 될 것이다. 사회 영역에서는 네트워크 단위의 탈중심적인 구조에 대한 재평가가 이루어질 수도 있으며, '민족주의'의 배타적 사상에 기반한 위계적 국가의 개념은 완전히 시대착오적인 것으로 판명되리라. 결국 폭력적 근본주의 경향을 띤 유일신교는 인간의 변화하는 요구를 더 이상 충족하지 못하고 '다신화'를 모색하게 될지도 모른다. 어쩌면 민주주의의 이상에는 다신론이 좀 더 적합할 수도 있다.

인간을 나머지 세계와 분리해서 인식하는 전통적이고도 애매한 구조는 점차 붕괴되고 있다. 거대한 썩은 나무가 쓰러지는 모습을 상상해 본다. 나무가 쓰러져도 나무의 존재가 사라지는 것은 아니며 그 상태만 바뀔 뿐이다. 나무에서 다른 식물들이 움트고, 버섯류와 부생 식물, 잡균이 군집하고, 곤충과 다른 동물들

14 어떤 지역의 현미경적 식물이나 기관에 있는 미생물을 말한다.

이 서식하면서 나무는 이제 더욱 강렬한 삶의 터전이 될 것이다. 물론 나무 스스로도 생장과 발아, 뿌리 내리기의 과정을 통해 새롭게 태어나리라.

한곳에 존재하는 수많은 세계

아마도 인류 역사상 세대 간의 격차가 이렇게까지 크게 벌어진 적은 없을 것이다. 여기서 격차란 인공 지능의 발달과 정보 접근성의 눈부신 발달로 인해 생겨난 차이를 말한다. 오늘날 인간 사회는 세계에 대한 접근 방식, 보유한 관련 지식, 언어의 사용 방법과 질적 수준, 기술과 사고의 유형, 정치적 부류와 생활 패턴 등의 측면에서 세대별로 서로 구역이 나뉘게 되었다. 여전히 진행 중인 집중적 세계화(심지어 팬데믹 현상도 여기에 포함된다.)의 추세 속에 문화와 민족 간의 이질성이 점차 줄어들면서 모든 것이 서로 유사해졌고, 그 대신 세대 차이는 더욱 극심해졌다. 노년층과 청년층 사이의 갈등은 점점 더 소란스럽고 심각한 언어 충돌로 나타나고 있는데, 특히 바이러스에 대한 생물학적 면역력의 차이가 극대화되는 팬데믹 상황의 경우 더욱 과격해진다. 이러한 반목과 갈등은 기후 변화로 인한 위기, 그리고 이에 대비해야 하는 필요성이 강조되면서 이미 고조된 적이 있다. 이 때도 젊은이들이 노인들에게 반발하면서 폭넓은 전망이나 개선 의지가 부족하다는 정당한 비판을 내놓았다. 이러한 간극은 청년층과 노년층의 갈등일 뿐 아니라 한 공간에 거주하는 다양한 연령대의 사람들 사이에서 나타나는 묘한 불일치성이다.

오늘날 손주와 조부모의 거리는 뉴욕과 산도미에시[15]에 거주하는 사람들 사이의 거리보다 훨씬 멀다. 증조부모와 증손주 사이의 거리를 표현하려면 혹시 행성 간의 거리를 언급해야 하지 않을까.

오늘날 각각의 세대는 자신들만의 언어뿐 아니라 고유한 일상적 의례를 갖고 있다. 또한 각자 라이프스타일과 자신만의 소비 패턴이 있다. 그들은 다른 세대와 다른 방식으로 미래를 상상하고 미래에 의존한다. 과거를 돌아보는 시각도 다르고, 현재와 접촉하는 방식 또한 다르다. 손자는 새로운 어플을 들여다보고, 조부모는 좋아하는 텔레비전 프로그램을 시청한다. 닷컴 버블이 현실이 되었고, 특히 노년층에 큰 타격을 주었다. 팬데믹 시대에 내가 겪은 일 중 특히 놀라운 것은 65세 이상의 노인들이 거리로 나와 상점에서 용무를 보는 시간이 주로 오전 10시부터 12시까지라는 점이다. 그러다 오후가 되어 슈퍼마켓 앞에 서 있는 줄을 살펴보면 삼사십 대 장년층이 대부분이다. 우울한 디스토피아의 시작인 것이다…….

인구 감소 현상을 세대별 영역으로 구분해서 살펴보면 하나의 공간 속에 얼마나 다양한 현실이 공존하는지 깨닫게 된다. 각각의 세대별 영역은 서로 맞물리고, 서로 중첩되고, 서로 자극하며 영향을 미치지만 또한 독자적인 규칙에 의해 작동하는 별개의 영역이기도 하다.

15 폴란드 남동부에 위치한 도시다.

2020년 이상한 여름

일반적으로 대격변이 찾아오는 건 재난이나 전쟁이 발발한 직후다. 하지만 1차 세계 대전 직전 사람들은 이미 어떤 단계나 세계가 끝난 것만 같은 막연한 느낌에 시달렸다. 완벽하게 확신한 것은 아니었으나 많은 이가 자신이 처한 상황을 견디기 힘들어하며 괴로워했다. 오늘날 우리는 전쟁에 참전하는 젊은이들에게 작별 인사를 하기 위해 거리에 나와 환호하는 열광적인 군중의 태도를 이해하지 못한다. 당시 뒤떨어진 촬영 기술 탓에 불안정하게 흔들리는 군인들의 힘찬 발걸음은 수평선 너머 어디쯤, 베르됭의 참호[16]와 볼셰비키 혁명이 기다리고 있는 곳으로 향했다. 그들이 사는 세계의 질서가 머지않아 나락으로 굴러떨어지기 직전이었다.

우리가 제발 이러한 실수를 반복하지 않기를 나는 간절히 바란다.

2020년, 이상하기 짝이 없는 여름을 지내고 있는 오늘, 우리는 앞으로 무슨 일이 일어날지 전혀 모르고 있다. 전문가들조차 꿀 먹은 벙어리처럼 입을 다물어 버렸다. 하지만 그들은 난기류

---

16 1차 세계 대전 중 프랑스 북부 베르됭 요새에서 독일과 프랑스가 참호를 파고 벌인 공방전. 참호 안에 몸을 웅크린 병사들 위로 대포와 박격포탄이 무차별로 떨어진 이 처참한 전투에서 양측 사상자 수는 독일 33만 6000명, 프랑스 30만 2000명으로 막대한 인적, 물적 피해를 초래했다. 이 전투에서 독일군이 크게 패배하여 전세가 연합군 측으로 기우는 계기가 되었다.

때문에 더 이상 날씨를 예측할 수 없다고 변명하는 기상학자들과 마찬가지로 자신들이 아무것도 모른다는 사실을 인정하려 들지 않는다.

우리를 둘러싼 세계는 상당히 복잡하고 다각적인 양상으로 바뀌었으며, 다차원적인 층위에서 동시다발적으로 그 모습을 드러내고 있다. 이러한 복잡성의 증가를 질병 혹은 장애로 간주하는 전통주의자나 보수주의자의 입장은 어쩌면 현 상황에 대한 지극히 반사적이고 자연스러운 반응일 것이다. 그들은 일종의 처방약으로서 우리의 향수를 자극하며 우리더러 과거로 회귀하기를, 전통을 엄격하게 고수하기를 호소한다. 세상이 너무 복잡해졌으므로 세상을 단순화해야 한다고 그들은 말한다. 또한 우리가 현실을 감당할 수 없다는 건 생각보다 훨씬 나쁜 상황이라고 강조한다. 잃어버린 시간에 대한 향수는 우리의 생각과 패션, 정치에 고스란히 반영된다. 이러한 향수 속에는 시간을 되돌려 수십 년 전에 흘렀던 것과 똑같은 강물 속으로 다시 들어갈 수 있다는 믿음이 도사리고 있다. 하지만 나는 그때의 삶 속에는 지금의 우리를 위한 자리가 없다고 생각한다. 과거에 우리가 설 자리는 없다. 우리 몸도, 우리 정신도 마찬가지다.

그렇다면 옆으로 한 발짝 비켜서 보면 어떨까? 고민과 숙고와 담론들로 짓밟힌 길을 넘어가서, 중심부의 언저리를 쳇바퀴처럼 맴도는 거품과도 같은 체계를 벗어나서 좀 더 넓게, 더욱 명확하게 볼 수 있는 곳, 넓은 맥락에서 전체적인 윤곽을 바라볼 수 있는 곳으로 나가 보자는 것이다.

그레타 툰베리[17]는 이렇게 호소했다. 광산을 폐쇄하고, 비행기 여행을 중단하고, 앞으로 우리가 갖게 될 것들이 아닌 현재 우리가 이미 갖고 있는 것들에 집중해 달라고. 그렇다고 그녀의 제안이 우리에게 마차를 타고 다니자는 것도 아니고, 굴뚝 없이 장작으로 불을 지피는 오두막으로 돌아가자는 것은 더더욱 아니다.

코로나 팬데믹은 의심할 여지 없이 '블랙 스완'[18]으로 판명되었다. 그리고 블랙 스완의 속성이 그렇듯 누구도 예상하지 못한 이 전염병으로 인해 모든 것이 바뀌었다.

블랙 스완의 갑작스러운 출현과 관련해 내가 좋아하는 사례는 19세기 후반 런던에서 일어난 한 사건이다. 당시 지독하게 붐비는 더러운 수도에 거주하던 시민들은 이처럼 급격하게 교통량이 증가한다면 조만간 거리에 쌓인 말똥 더미가 건물 1층 정도 높이까지 이르게 될지도 모른다고 생각하며 미래에 대해 심각하게 걱정했다. 그리하여 이 문제에 대한 해결책을 찾기 위한 작업이 시작되었다. 특별히 설계한 배수로와 쓰레기 매립장 디자인

---

17 Greta Thunberg(2003~). 스웨덴의 청소년 환경 운동가. 열
   다섯 살이 되던 2018년 8월, 262년 만에 가장 더웠던 스웨
   덴의 폭염과 산불을 겪으면서 스웨덴 국회 의사당 앞에서
   기후 변화 대책 마련을 촉구하는 1인 시위를 벌였다. 이 시
   위는 전 세계 수백만 명의 학생들이 참가하는 '미래를 위한
   금요일' 운동으로 이어졌다.
18 '검은 백조'처럼 극히 예외적이어서 발생 가능성은 매우 낮
   지만 일단 발생하면 엄청난 충격과 파급 효과를 가져오
   는 사건. 미국의 뉴욕 대학교 교수인 나심 탈레브(Nassim
   Taleb, 1960~)가 월가의 허상을 파헤친 동명의 책을 출간하
   면서 널리 사용되기 시작했다.

이 특허를 받았고, 말똥을 도시 성문 밖으로 운반하는 대규모 사업권을 따내기 위해 손을 비비며 아첨하는 무리도 나타났다. 그런데 바로 그 시점에 자동차가 등장했다.

인지론적인 의미에서 블랙 스완은 전환적인 사건이 될 수도 있는데, 그 이유가 경제 위기를 촉발하거나 사람들에게 자신의 연약함과 필멸의 숙명을 일깨우기 때문만은 아니다. 팬데믹이 초래하는 결과는 실로 다양하다. 그중에서 가장 중요한 것은 우리 내면에 이미 깊숙이 자리 잡은 내러티브, 즉 우리 인간이 세상을 통제하고 있으며 창조의 주인이라는 인식을 깨는 일이라고 나는 생각한다.

어쩌면 하나의 종으로서 인간이 이성이나 창의성을 내세워 자신이 보유한 힘을 과시하는 건 당연한 일일 수도 있다. 그러다 보면 인간은 자신과 자기 이익만이 중요하다는 생각을 품게 된다. 하지만 다른 관점, 차별화된 시각으로 바라보면 다른 존재들 또한 나와 마찬가지로 소중하다고 느끼게 된다. 뿐만 아니라 네트워크를 구성하는 핵심적인 그물코로서, 에너지의 전달자로서, 그리고 무엇보다 세상이라는 복잡한 유기체에 대해 책임감을 통감하는 존재로서 스스로가 꼭 필요한 존재임을 인식하게 된다. 이러한 책임감은 오랜 세월에 걸쳐 구축된 호모 사피엔스의 패권을 무너뜨리지 않으면서 존엄성을 유지하게 해 주는 핵심 요인이다.

나는 우리 삶이 사건들의 총합일 뿐 아니라 각각의 사건들에 우리가 부여하는 다양한 의미들이 복잡하게 뒤얽힌 것이라고 믿는다. 이러한 의미들이 이야기와 개념, 아이디어 등을 엮어 멋진 직물을 직조해 내고, 이것이 공기나 흙, 불, 물 같은 자연 원소처럼 필수 불가결한 것으로 인정받으며 물리적으로 우리 존재를 결정하고 형성한다. 그러므로 이야기는 우리가 세상을 다른 방식이 아닌 위와 같은 방식으로 바라보게 만들고, 그 무한한 다채로움과 복잡성을 이해하게 해 주고, 우리 경험을 잘 정리해 한 세대에서 다른 세대로, 그리고 하나의 존재로부터 또 다른 존재로 전달하는 다섯 번째 원소라고 할 수 있을 것이다.

카이로스

플라마리옹의 목각화는 카이로스(kairos)적인 순간을 보여 주고 있다. 카이로스는 올림포스의 다른 신들에 비해 그다지 중요하게 여겨지지 않는, 신화의 변방 어딘가에서 떠도는 미미한 신들 중 하나다. 하지만 좀 특이한 신으로 알려져 있는데 무엇보다 머리 모양이 독특하다. 후두부가 대머리이며, 카이로스가 다가올 때 우리가 움켜쥘 수 있는 건 그의 앞머리뿐이다. 따라서 그가 우리를 지나치고 나면 머리채를 붙잡을 방법이 없다. 그는 기회의 신이며, 스쳐 가는 순간의 신이며, 딱 한순간만 틈을 보이기에 놓치지 않으려면 망설임 없이 바로 낚아채야 하는(그것도 앞머리를!) 놀라운 가능성의 신이다. 카이로스가 다가온 것을 알아차리지 못하면 메타노이아(metanoia), 즉 기나긴 과정이 아니라 순간의 결정이 만들어 내는 중대한 전환점을 놓치게 된다. 그리스의 전통에 따르면 시간을 정의하는 건 '크로노스'로 알려진 거대한 단선적 흐름이 아니라 카이로스다. 그것은 특별한 시간, 모든 것을 바꾸는 결정적인 순간을 의미한다. 카이로스는 운명이나 숙명, 혹은 외부 상황이 아니라 인간이 직접 내리는 결정과 밀접한 연관이 있다. 머리카락 한줌으로 카이로스를 붙드는 상징적인 동작은 운명의 궤도를 거꾸로 돌릴 수 있는 변화의 순간이 있다는 걸 의미한다.

나에게 카이로스는 기벽의 신, 즉 괴상함의 신이다. 여기서 '괴상함'이란 '중심적' 관점을 과감히 포기하는 탈중심주의, 익숙한 사고방식이나 뻔한 행동 반경을 벗어나려는 경향, 고질적인 의식이나 사고방식, 안정적인 세계관에 부합하는 공동체적 관습으로부터의 탈피를 의미한다.

'괴상함'은 항상 일종의 엉뚱함이나 하찮은 속성으로 취급되어 왔다. 하지만 창의적이고 기발하며, 이 세상을 새로운 방향으로 움직이는 모든 것은 괴상해야만 하고 탈중심적이어야 한다. 괴상함은 자발적이면서 동시에 정상적이고 당연한 것으로 간주되는 것들에 맞서 논쟁을 즐기는 자세를 의미한다. 그것은 순응적 태도와 위선에 대한 과감한 도전이자 순간을 포착하여 운명의 궤적을 바꾸는 용기 있는 태도다.

우리는 일반적인 상식의 가치를 무시하다 아차 하는 순간 그만 총체적 감각을 잃고 말았다. 우리 눈앞에서 마지막 현자들이 세상을 떠나고 있다. 스타니스와프 렘[19]이나 마리아 야니

19 Stanisław Lem(1921~2006). 폴란드가 낳은 SF 문학의 거장. 소설가 외에도 극작가, 미래학자, 문명학자, 과학철학자, 문학평론가 등 다양한 수식어로 불리는 전방위적 문인이며 『솔라리스』, 「우주 순양함 무적호」 등의 대표작이 있다.

온[20]처럼 서로 멀찌감치 떨어져 있는 영역에서 지식의 유사성을 포착해 내고 합의되고 약속된 질서의 영역 밖으로 과감히 머리를 내밀 수 있었던 위대한 탈중심주의자들이 우리 곁에서 사라지는 중이다. 과거에 우리는 세계를 통합적으로 이해하려 노력했고, 우주론적이고 존재론적인 비전을 구축했으며, 그것들의 의미에 대해 질문을 던졌다. 그러나 그러한 과정으로 향하는 길목 어딘가에서 우리는 그만 프롤레타리아화되고 말았다. 이는 자본주의의 대규모 공장이 완제품을 온전히 생산해 낼 수 있는 장인을 특정 부품만 제작하는 노동자로 전락시킨 경우와 흡사하다.

인간 사회는 속이 훤히 들여다보이는 유리 상자와 같은 형태를 가진 각각의 집단으로 쪼개졌다. 이것은 상상조차 하기 힘든 전면적인 프롤레타리아화 과정이었다. 우리는 타인의 경험이나 생각의 접근을 차단하면서 유리 상자처럼 단절된 경험의 영역에 스스로를 가두어 버렸다. 게다가 그 상자 속에서 안주하며 타인들이 우리 삶에 관여하지 않기를 바란다. 여기서 타인들이란 이해나 인식을 도모하기 위해 우리가 밖으로 모습을 드러내기를 바라는 사람들을 말한다.

물론 공공의 의견을 주고받을 공론의 장도 존재한다. 하지만 그것은 일종의 대체물로서 권력이나 그들이 내세우는 의례를 위한 진부한 연극 혹은 닳디닳은 구경거리에 불과하다. 과거에 생

20 Maria Janion(1926~2020). 폴란드의 문학 이론가이자 문학 비평가. 폴란드와 유럽의 문학사, 특히 낭만주의 문학의 권위자. 폴란드국립학술원 교수를 역임했다.

각과 견해를 주고받는 장소였던, 수많은 사람이 오가던 '중심'에는 더 이상 공기가 없다. 이제 아고라에는 우리가 관성적으로 지나다니는 발자국이나 바큇자국만 그득할 뿐이다. 대학은 지식과 상호 이해의 기반을 제공하는 대신 자기 역할을 망각한 채 스스로를 향한 그로테스크한 페티시를 일삼고 있다. 높다란 성벽과 관문 안에 자신을 가두고 지식에 대한 접근을 가로막으며 시기와 질투로 연구 성과를 은폐한다. 학자들은 연구 지원금과 평점을 놓고 서로 경쟁하는 날품팔이 인부로 전락하고 말았다. 우리는 전체를 보지 못한 채 국지적인 소용돌이, 그리고 '세상'이라는 이름의 거대한 직소 퍼즐을 구성하는 개별적인 조각들에 의존하고 있다. 여기서 세상이란 우리에게 주어진 세상, 그리고 그 위에 우리가 구축하고 있는 세상을 말한다.

내가 쓰는 글 속에서 나는 항상 독자의 주의력과 감수성을 '전체'에 집중시키기 위해 노력해 왔다. 통합적인 서술자를 탄생시키기 위해 고군분투했고, 단순한 구성 요소의 결합을 넘어 고유한 의미를 만들어 내는 별자리의 존재를 암시하면서 조각 글의 형태를 실험해 보기도 했다.

내게 문학이란 세상에 대한 이야기를 직조하는 끊임없는 과정이다. 상호 간의 영향과 연결이라는 통합적 관점으로 세상을 조망하는 에너지가 문학만큼 강력한 장르는 없다고 나는 생각한다. 가능한 한 폭넓게 이해된다는 점에서 문학은 본질적으로 '네트워크'와 유사하다. 네트워크 덕분에 하나의 존재를 구성하는 모든 개체 사이에 광범위한 교감과 연결이 이루어지기 때문이다. 그러므로 문학은 정교하고 특별한 인간의 소통 수단이며, 그 수단은 명확하면서 동시에 총체적이다.

이 글을 쓰면서 나는 끊임없이 문학을 거론하고, 카이로스를 상기시키며, 플라마리옹에 대해, 그리고 그가 자신의 책『대기권(L'atmosphère)』과『대중 천문학(Meteorologie populaire)』의 삽화로 사용하기 위해 어딘가에서 발견한 익명의 목각화에 대해 언급했다. 나는 많은 이에게 문학이 단순한 오락거리로 취급되고, 그저 '읽을 만한 책' 정도로 요약되며, 설사 문학이 없더라도 다수가 행복하고 충만한 삶을 살 수 있다는 사실을 잘 안다. 하지만 좀 더 넓은 의미에서 보면 문학은 타인의 시각, 그리고 개인의 고유한 정신을 통해 여과된 세계관을 이해하게 해 주는 '참깨'다. 그런 의미에서 문학은 다른 어떤 것과도 비교할 수 없다. 가장 오래된 역사를 자랑하는 구비 문학을 필두로 문학은 아이디어를 만들고, 관점을 설정하며, 우리가 원하든 원치 않든 우리 정신에 깊숙이 스며들어 그 형태를 완성한다. 문학은 철학의 모체이기도 하다. (플라톤의『향연』이 뛰어난 문학 작품이 아니라면 무엇이겠는가?) 문학으로부터 철학의 첫걸음이 시작되었다.

새로운 시대에 부합하는 새로운 문학의 비전을 만드는 것은 쉽지 않을 것이다. 정보와 지식이 풍부한 사람들의 견해에 따르면 종이책을 읽는 마지막 세대가 이제 막 성인이 되었기 때문이다. 하지만 나는 우리가 새로운 이야기, 새로운 개념, 새로운 단어들을 만들 권리를 스스로에게 부여하기 바란다. 동시에 나는 이 세상, 그러니까 이 거대하고 유동적이며 깜빡이는 불빛처럼 불안정한 우주에서 사실상 새로운 것은 없다는 것도 알고 있다. 그저 다른 구성, 다른 체계를 통해 사물을 다른 방식으로 배열하고 새로운 조합, 새로운 개념을 고안해 낼 수 있을 따름이다. '인류세'[21]라는 용어가 통용되기 시작한 건 이제 겨우 삼십 년 남짓이지만 이 용어 덕분에 우리는 우리와 우리 주변에서 무슨 일이 벌어지는지 파악할 수 있게 되었다. 이미 널리 알려진 두 개의 그리스어 단어인 '안트로포스(ánthropōs, 사람)'와 '카이노스(kainós, 새로운)'가 결합한 이 단어는 전 지구적 차원에서 자연과 환경의 기능에 인간이 얼마나 막대한 영향을 끼치는지를 드러낸다.

자, 그렇다면 여러분은 '오그노즈야'[22]에 대해 어떻게 생각하는지?

오그노즈야(폴란드어 ognozja, 영어 ognosia, 프랑스어 ognosie)는 내러티브 지향적인 초현실적 인지 과정으로 대상과 상태, 현상을 반영하며, 그것들을 보다 고차원적인 상호 의존적 의미로 배열하려는 시도.〔참조〕→ 충만함. 전체성. 〔구어〕내러티브 자체는 물론이고 그 일부나 세부 항목에서도 질서를 발견하여 종합적인 방식으로 문제에 접근하는 능력을 말한다.

21 Anthropocene. 네덜란드의 화학자 파울 크뤼천(Paul J. Crutzen, 1933~2021)이 2000년에 처음 제안한 용어로서 새로운 지질 시대 개념이다. 인류에 의한 지구 온난화와 생태계 파괴로 지구의 환경 체계가 급격하게 변하고, 그로 인해 지구 환경과 맞서 싸우게 된 시대를 뜻한다.
22 인식에 이르는 지각 및 인지 과정의 장애를 뜻하는 의학 용어 agnosia(실인증)의 반대 개념으로 토카르추크가 만든 신조어다.

오그노즈야는 인과 관계를 넘어선 영역 또는 사건의 비논리적 연결 고리에 집중한다. 예를 들면 다음과 같은 식이다. → 용접 → 다리(橋) → 후렴구 → 동시성.

오그노즈야는 종종 다음과 같은 용어들과 연관성이 발견된다. → 망델브로 집합[23] (또는) → 카오스 이론[24]

때때로 종교적 태도의 대안적 유형으로 인식되기도 한다. → 대안 종교.

오그노즈야는 어떤 초인적인 대상이 아니라 부수적인 '하위'의 존재들(이른바 → 본체의 파편들)에게서 발휘되는 응집된 에너지에 주목한다.

오그노즈야가 손상될 경우 세계를 통합된 전체로 인식할 수 없다. 즉 모든 것을 개별적으로 바라보게 된다. 이런 경우 상황에 대한 통찰력, 서로 전혀 관련이 없는 것처럼 보이는 사실들을 종합하고 연관시키는 기능에 지장을 초래한다. 이때 오그노즈야의 회복을 위한 치료법으로 종종 소설을 이용한 테라피가 적용된다.

23 복소 함수론을 사용하여 엄밀하게 구축된 유명한 프랙털. 시작할 때 미미한 차이가 종국에는 전혀 다른 결과를 만들어 낼 수 있다는 카오스 이론의 구체적인 실례이기도 하다. 전통적인 유클리드 기하학에 얽매여 프랙털의 혼란스러움을 거부하던 비판자들에게 불규칙과 무질서가 자연의 본질에 더 가깝다는 사실을 일깨워 주었다.

24 무질서하게 보이는 혼돈 상태에도 논리적 법칙이 존재한다는 이론. 이 이론의 연구 목적은 무질서하고 예측 불가능한 현상 속에 숨어 있는 정연한 질서를 밝혀 새로운 사고방식이나 이해 방법을 제시하는 것이다. 경제, 기상, 물리, 전기, 천문 등 여러 분야에서 다양하게 응용되고 있다.

(통원 치료가 필요할 경우 단편 소설이 활용되기도 한다.)

　이처럼 새로운 용어로 가득 찬 도서관을 만들어 보자. 중심부에서는 결코 들어 본 적 없는 기발하고 괴상한 콘텐츠로 그 공간을 채워 보자. 결국 언젠가는 단어나 용어, 관용구나 숙어의 부족 현상이 발생할 테니 말이다. 누가 알겠는가. 앞으로 벌어질 일들을 기록하고 묘사할 새로운 장르나 스타일이 필요하게 될지. 그때가 되면 새로운 지도는 물론이고 기존의 사전이나 백과사전의 지평을 넘어서는 세계, 지금까지 우리가 알던 영역을 뛰어넘기를 주저하지 않는 방랑자들 특유의 용기와 유머가 우리에게 절실해질 것이다. 그 세상에서 우리가 과연 무엇을 보게 될지 사뭇 궁금하다.

낯섦 연습하기

나는 쥘 베른의 책들 속에서 성장했다. 그의 책들이 내게 머나먼 세상을 보여 주었고, 서유럽 사람의 여행이 무엇인지에 대한 이미지를 내 머릿속에 심어 주었다. 서유럽 사람. 나는 '폴란드 인민 공화국'이라는, 폐쇄되고 따분한 공간에서 성장하며 이 단어에 열광했다.

베른에게 여행자는 자신의 페르소나였다. 비록 세계 지도에서 미지의 장소를 뜻하는 흰색 점들이 채 사라지지 않았지만 그는 개의치 않았다. 위험을 무릅쓴 채 세상이 자기 것이고 자신에겐 그럴 자격이 충분하다고 믿으며 용기 있게 길을 떠났다. 여행하는 동안 베른은 자신의 식습관을 바꾸지 않았으며 모국의 패션 스타일에 충실했다. (검정 프록코트에 황토색 면바지는 그의 필수 아이템이었다.) 어느 곳엘 가든 대부분의 경우 모국어만 사용해도 충분했다. 또한 적절한 순간에 그의 생명을 지켜 주고 생존에 도움을 줄 최신 무기를 지참하는 것도 잊지 않았다.

그는 스스로를 선하고 개방적인 사람이라고 여겼지만 영혼 깊은 곳 어딘가에는 자신의 진화론적 우월성에 대한 확신과 함께 언젠가 지구촌 방방곡곡을 서구 문명 수준으로 끌어올리게 될 역사적 발전 단계에 대한 흔들림 없는 믿음이 자리하고 있었다. 흥미진진한 모험이 그를 가장 먼 광야까지 데려갔지만 그곳에서조차 그는 불안감을 느끼지 않았다. 아무리 외딴 지역이라 해도 항상 자신이 속한 문화권의 관리들을 접촉할 기회가 있었고, 필요한 경우 그들로부터 잃어버린 여권의 사본을 발급받고 그들과 현지인들에 대한 이런저런 정보를 나눌 수도 있었기 때문이다.

매혹적인 장식품

이처럼 왜곡된 혼성 모방 공식에 따른 베른식의 관점은 현대 대중문화에서 자주 발견되는데 인디아나 존스의 모험을 그린 시리즈물이 대표적인 예다. 여기서 세상은 마치 컴퓨터 게임에서처럼 주인공을 위한 이국적 장치에 불과하다. 어떤 매혹적인 문화와 맞닥뜨려도 주인공은 결코 변하지 않고 영화 마지막까지 낯선 세계에 도착했을 때의 모습을 그대로 고수한다. 서양인의 신분이라는 봉인된 캡슐에 갇힌 그는 고고학자로서 타 문화에 대해 누구보다 섬세한 공감 능력을 갖추고 있어야 함에도 불구하고 견고한 패킹으로 단단히 밀봉된 채 그 무엇도 스며들 틈을 주지 않는다. 보물찾기나 비밀 풀기와 같은 목표 달성에만 집중하며, 현지인들과 깊은 관계를 맺지 않고 문화적인 대화도 나누지 않는다. 현지인들에게 영어나 프랑스어로 말을 걸면서 너무도 당연하게 그들이 자기 말을 알아들어야 한다고 확신한다. 자신의 기준을 고집하면서 절대 타협하려 들지 않고 모든 것과 모든 사람을 위에서 내려다보며 자신의 문명(나아가 인간의 문명)이 우월하다고 믿는다. 인디아나 존스가 암살범과 결투를 벌이는 유명한 장면을 우리는 기억하고 있다. 인파가 몰린 한 시장에서 벌어진 그 결투 장면에서 군중은 한옆으로 비켜나며 자연스럽게 싸움을 위한 공간을 만들어 준다. 전통적인 전사의 옷차림을 한 상대방이 비상한 능력을 과시하기 위해 열심히 검을 휘두르는 찰나 인디아나 존스가 느닷없이 그를 향해 한 발의 총을 쏜다. 그리고 결투는 끝난다.

예상치 못한 반전에 어안이 벙벙해진 관객은 자신의 반응에 놀라면서도 어느새 웃음을 터트리게 된다. 인디아나 존스의 경박함과 뻔뻔함은 인상적이긴 하지만 그것은 올바른 정치적 반응을 향한 조롱이나 비웃음과 마찬가지다.

사실상 서양의 여행자는 세상을 온전히 현실적인 관점으로 바라보지 않는다. 그들은 우월감이라는 거품에 갇힌 채 아무것도 만지지 않고, 아무것도 하지 않으며, 마치 그림자처럼 자신이 방문한 나라와 문화의 틈바구니를 교묘하게 넘나든다.

인디아나 존스와 같은 서양인 여행자가 도달한 천진난만한 이국적인 세계는 대부분 이야기의 극적인 결말에서 자취를 감추고 만다. 목표가 달성되고 비밀이 폭로되는 순간 마치 존재의 이유 또한 사라진 것처럼 격렬한 붕괴가 일어난다. 관객은 무너지는 피라미드, 함몰되는 지하 요새, 화산 폭발을 비롯한 종말론적 대격변을 목격해야 한다. 여기에서 오래된 로마의 규칙이 적용된다. 베니(veni), 비디(vidi), 비치(vici) ─ 왔노라, 보았노라, 이겼노라.

보고 경험하고 이용한 것들은 모두 처리 완료, 즉 전부 쳐부수어 존재하지 않게 만들어 버리는 것이다.

이국적으로, 그러나 너무 과하지 않게

'서양인의 여행'이라는 19세기 패러다임은 현대 사회의 관광업에 의해 산업화되고 대중화되었다. 오늘날 필리어스 포그[25]와 인디아나 존스의 계승자들은 십이 일 동안 대형 버스로 멕시코를 둘러보다 흉물스러운 호텔과 외딴 해수욕장이 즐비한, 지금껏 내가 본 가장 혐오스러운 장소인 칸쿤에서 여정을 끝마치는 여행자들이다. 아니면 터키의 '올인클루시브(all-inclusive)' 리조트에서 휴가를 즐기며 거기서 불과 수백 미터 떨어진 바닷가에 난민의 시체가 던져지고 있다는 사실을 애써 외면하는 휴양객들이다.

장시간의 차량 이동으로 얼굴이 창백해지고 근육이 마비된 여행자는 버스 창문 너머로 흔들리는 사진을 연신 찍어 댄다. 그러다 현지 가이드가 자신의 취향과 이익에 맞춰 이끄는 곳에 도

---

25 쥘 베른의 『80일간의 세계 일주』에 등장하는 주인공이다.

착해서야 비로소 다리를 뻗을 수 있다. 버스가 잠시 정차하는 동안 여행자는 여행 안내서가 추천하는 내용을 눈으로 직접 확인하고는 만족감을 느끼며 머릿속에 이렇게 기록한다. 모든 것이 실제로 존재하는군! 저녁이 되면 관광객에게 일종의 민속 체험인 '리얼 라이프'가 제공되는데, 사실 그것은 '리얼'과도 '라이프'와도 아무런 관련이 없다.

관광객은 여행이 이국적이기를 원하지만 한편으로는 너무 과하지 않기를 바란다. 사실적이기를 바라면서도 아침 샤워를 포기할 만큼의 대가를 치르는 건 원치 않는다. 스릴을 맛보고 싶지만 그렇다고 불안감을 느낄 정도까지는 아니다. 현지인들과 접촉하고 싶어 하면서도 지나치게 의무적이거나 진지한 만남은 안 된다는 전제가 깔려 있다. 언젠가 쿠바로 단체 여행을 가고 싶어 하는 중년의 폴란드인들이 나누는 대화를 우연히 엿들은 적이 있다. 그들은 피델이 아직 살아 있고 쿠바가 빈곤할 때 가능한 한 빨리 그곳에 다녀와야 한다며 서로를 설득하고 있었다. 관광 사업을 포함한 비즈니스는 윤리적인 것과 인간적인 것 사이의 경계를 바꿔 놓았다.

다른 세계들

여행은 또한 정복이다. 우리가 길을 떠나면 의미와 개념, 편견 및 습관적 사고의 바다가 우리와 함께 출렁이게 된다. 그 파도는 우리가 자신의 외부에서 발견한 것들을 향해 효과적으로 범람한다. 그렇게 우리가 이미 아는 것과 이해하는 것들이 다른 세계로 흘러들어 간다. 이런 식의 정복이 가능한 것은 어떤 곳을 방문해야 하는지, 그리고 거기서 무엇을 봐야 하는지 꿰뚫고 있는 여행 안내서 덕분이다. 그것들이 우리 인식의 한계를 임의로 설정한다. 책자에서 빠진 것은 존재하지 않는 것이나 다름없기 때문이다. 그래서 우리는 이미 짜인 경로를 따라 이동하며 우리가 꼭 봐야만 한다고 믿는 것들을 미친 듯이 찾아 헤맨다. 그 결과 우리는 그 밖의 다른 것은 아예 보지 못하게 된다.

여행 안내서는 여전히 '단행본'으로서 가치가 충분한 장르다. 그것은 우리가 어떤 방식으로 낯선 것을 경험하고 길들이는지, 그리고 우리의 인지 시스템에 그것을 어떻게 통합하는지 보여 준다. 하지만 언뜻 보기와는 달리 여행 안내서는 일반적인 대중을 대상으로 하지 않고 특정한 성향의 숨겨진 수용자를 따로 설정하고 있다. 우리는 여행 안내서에 담긴 특유의 카스트적 특성과 감춰진 정치적 성향을 놓치지 않고 포착해야 하며, 그래서 지금 우리가 실제로 보고 있는 게 무엇인지 성찰해야 한다.

언젠가 나는 폴란드의 같은 지역에 대해 설명한 두 권의 여행 안내서를 본 적이 있다. 하나는 가톨릭 신자가, 다른 하나는 유대인이 쓴 것이었다. 그런데 그 내용이 완전히 달랐다. 이 두 권의 안내 책자에 따라 나뉜 두 그룹의 여행자들은 아마도 그림자나 마찬가지로 서로를 보지 못한 채 비껴갈 것이다. 각각의 책에 담긴 과거의 경험과 해석이 너무도 달라 그들의 경로는 절대 교차할 수가 없다. 만약 그들이 여행 일지를 쓰게 된다면 완전히 다른 세계에 대한 이야기일 거라고 나는 감히 단정할 수 있다.

철학자들이 꿈꾸던 우누스 문두스,[26] 그 하나의 세계는 과연 존재할까? 우리 모두가 자신에게서 가까운 누군가의 모습을 발견하고 그들과 만날 수 있는 위대하고 중립적이며 객관적인 우주 말이다. 우리는 어쩌면 하나의 공간에 존재하면서도 실제로는 각자의 환영 속에서 살아가는 게 아닐까?

킬로미터 단위의 횡단

최근 일흔 살의 노신사가 내게 히피 시대의 여행담을 들려주었다. 때는 1960년대에서 1970년대로 넘어가는 전환기, 이 도전적이고 개성이 뚜렷한 서양인은 값싼 중고 밴을 매입해서 인도로 여행을 떠났다. 그가 이러한 결심을 하기까지는 21세기의 우리가 비행기 좌석을 변경하는 데 걸리는 것보다 훨씬 많은 시간이 소요되었으리라. 오늘날 보잉 여객기에 탑승한 우리는 마술과도 같은 솜씨로 순식간에 임무를 완수해 버린다. 그저 마음먹고 "딸깍" 손끝을 튕기기만 하면 그만이고, 몇 시간 뒤 비행기에서 내리면 새로운 현실이 우리 앞에 펼쳐진다. 과거의 여행자들은 킬로미터 단위로 지구를 횡단하면서 날마다 물의 맛과 음식, 온도 및 기후가 변하는 것을 체감했고, 덕분에 인체는 이 느리고 점진적인 변화를 충분히 따라잡을 수 있었다. 여행길에서 그들

---

26 unus mundus. 라틴어로 '하나의 우주', 즉 '통일된 세계'를 뜻한다.

은 다양한 모험을 했다. 어떤 여정에서는 적은 비용으로 질 좋은 마리화나나 대마초를 손에 넣는 행운을 맛보기도 했다.

그 시절의 여행은 낯섦을 연습하는 과정이었다. 마르코 폴로는 중국의 궁전에 도착했을 때 그런 체험을 했고, 앞서 언급한 개성이 뚜렷한 히피 신사 또한 황혼 녘에, 예를 들면 인도 라자흐스탄의 조드푸르를 걷다가 비슷한 느낌을 받았다. 그는 자신의 존재가 정지된 듯한 이상하고 당혹스러운 상태를 경험했다. 아무것도 이해하지 못하고, 아무것에도 속하지 않으며, 아무에게도 신경이 쓰이지 않았다.

오늘날 우리가 이런 식의 원정을 떠나겠다는 정신 나간 생각을 머릿속에 떠올린다면 과연 얼마나 많은 전쟁터와 화마의 장소와 분쟁 지역을 지나가야 하는 걸까? 그저 지도를 흘끗 보기만 해도 과연 이런 여행이 가능할지에 대해 곧바로 의문을 품게 될 것이다.

비현실적인 쇼

그토록 안전했던 세상이 끝나 버린 것은 전쟁과 분쟁 탓만은 아니다. 매력적인 잠재력을 보유하고 있는 것으로 여겨지던 몇몇 지역들이 이상하게도 서로 너무나 비슷해졌기 때문이다. 의상과 음식, 플라스틱 용품의 보편화, 그리고 중국에서 생산된 기념품들에서 그러한 유사성이 발견된다. 관광객을 겨냥해 경제자유구역과 비슷한 특별 단지가 조성되었고, 어린이용 놀이공원이나 대형

고속버스를 위한 거대한 주차장도 필수적으로 들어섰다.

그 밖에도 관광업에 대규모 자본이 투입된 지역에서는 강력한 무기로 무장한 특공대 제복을 입은 경비원의 신중한 경호를 받으며 휴양객들이 해변에 앉아 있다. 누구나 쉽게 접근할 수 있는 경로를 벗어난 장소를 방문하는 것은 갈수록 어려워지고 점점 더 많은 비용이 요구된다. 이런 식의 여행은 부자를 위한 여흥이다. 가난한 관광객은 안전 수칙을 준수하며 어디서나 똑같은 맛을 내는 여행용 패스트푸드를 맛보고 딱히 특별할 것도 없는 인지적 체험을 하게 되는데, 그들에게 남는 건 결국 과다한 칼로리 섭취량뿐이다.

그렇기에 이국적인 여행에서 돌아올 때마다 매번 깊은 실망감을 맛보는 사례가 점점 늘고 있다. 여행길에 우리는 기념품과 장신구를 구입한다. (하지만 집에 도착해서 살펴보면 그것들로 뭘 하면 좋을지 알 수가 없다.) 우리는 여행 안내서에 기록된 모든 유적과 관광지를 의무적으로 섭렵한다. 그리고 현지의 술을 시음해 보고, 향토 요리(그중 상당수가 관광객을 겨냥해서 특별한 형태로 개발된 것이다.)를 맛보고, 민속 무용을 관람한다. 그런데도 여행 가방을 들고 집 현관으로 들어서면 마치 비현실적인 쇼에 참가하고 돌아온 듯한 기분이 든다. 그것은 유리벽을 사이에 두고 그 너머의 아이스크림을 핥는 것과 흡사하다.

자유에 대하여

우리 서구 문화에서 여행을 떠난다는 것은 자유의 행위다. 필리어스 포그는 자유인이었다. 자유로운 인간으로서 그는 내기를 수락했고, 도전을 결심했으며, 자기 삶을 스스로 선택했다. 여행이 인간에게 그토록 매력적으로 느껴지는 이유는 아마도 여행이 자유의 상징으로 자리매김했기 때문일 것이다. 어쩌면 우리는 태생적으로 유목민인데 여정 중간에 갑자기 멈춰 버린 게 아닐까. 우리가 자유의 의미를 움직임과 이동, 유랑이라고 본능적으로 이해하는 것도 어쩌면 그래서인지 모른다.

조국을 떠나 다른 곳으로 가겠다는 결정이 '말과 표현의 자유'에 버금가는 '선택의 자유'에 관한 문제라면 과연 타인이 누군가의 자유를 막을 권리가 있을까? 어떤 사람들에게 이민은 자유의 상실에 대한 유일한 대안이며, 동시에 침해할 수 없는 인권의 일부일지 모른다. 누군가가 속하게 될 장소를 결정하는 사람은 누구인가? 수천 명의 사람이 폴란드에서 피난처를 찾고 있는 이 시기에 알할라비 씨나 마루슈 여사는 우리에게 아무런 도움도 요청하지 못하고 있다. 그들은 난민이 아니라 선택의 자유를 가진 자유로운 인간으로서 대우받기를 원한다. 여기서 역설적인 것은 차라리 '이동의 자유'라는 명목을 내세워 자신들을 상품으로 등록한 뒤 운송장을 작성해 일종의 선적 화물로 비행기에 실리는 편이 낫다는 사실이다. 그러면 국경을 넘어 이동하기가 한결 수월해진다.

타인의 자유는 일반적으로 우리에게는 골칫거리처럼 여겨진다. 자유를 만끽하는 사람들은 대체로 그것을 다른 사람에게 부여하고 싶어 하지 않는다. 그렇다면 어째서 나는 마루슈 여사나 알할라비 씨의 나라에 가서 내가 원하는 기간만큼 마음대로 머무를 수 있는 걸까? 심지어 내가 원한다면 거기에 정착할 수도 있을 것이다. 그런데 마루슈 여사나 알할라비 씨는 왜 폴란드에서 그렇게 하지 못한단 말인가?

리비아와 시리아에서 다리와 공장을 건설해 목돈을 모은 내 동포들은 지금 생명이 위태로운 상황인데도 불구하고 리비아인이나 시리아인들에게 폴란드에서 다시 시작할 기회를 주고 싶어 하지 않는다. 이유가 무엇일까? 그렇다면 과연 나는 여행의 권리를 누려도 되는 걸까? 다른 누군가가 국경에서 제지당하고 난민 캠프에 배치되는 작금의 상황에서 여행은 점점 더 심각한 윤리적 딜레마를 유발할 수밖에 없다.

*

솔직히 말해서 나는 여행에 대한 의욕을 잃었다. 테러나 전쟁에 대한 두려움이 주된 이유는 아니다. 누군가에게는 허락되지 않는데 내가 당연히 누리고 있던 자유에 대한 부끄러움이 여행에 대한 의지를 꺾어 버렸다.

나는 더 이상 남반구의 빈곤한 국가를 여행하는 관광객이 되고 싶지 않다. 왜냐하면 사람들의 가난과 동물의 고통을 목도하고도 아무것도 하지 못하는 무력감을 더는 견딜 수 없기 때문이다.

남중국해에서 플라스틱 쓰레기들로 이루어진 섬이 떠다니는 것을 목격했고, 해변에 가서도 우선 내가 앉을 자리부터 청소해야 하는 상황을 겪게 되면서부터 나는 여행을 하기가 싫어졌다.

비행기가 도시를 오가는 택시처럼 사용되면서, 한 번의 비행에 같은 노선을 운행하는 수십 대의 버스와 맞먹는 원유가 소진된다는 사실을 알게 된 순간부터 나는 비행기 여행을 원치 않게 되었다.

현대의 여행자들이 이국적인 장소로 여행을 떠나 매일 무엇을 했는지 사진으로 시시콜콜 알려 주는 블로그와 페이스북이 생긴 뒤부터 나는 여행을 하고픈 열정을 잃었다. 그들이 아무리 멀리 떠나 있어도 집에 있을 때와 마찬가지로 손쉽게 그들과 연락할 수 있다. 그래서인지 나는 그들이 어딘가로 여행을 떠났다는 느낌을 전혀 받지 못한다.

"내가 어디에 갔었는지 이야기해 줄게."와 같은 유의 책이나 여행을 주제로 한 각종 이벤트는 이제 더 이상 나의 관심을 끌지 못한다. 그렇다고 결코 서두르지 않는 여행자, 발을 가볍게 끌면서 천천히 주위를 둘러보며 걷는 느긋한 산책가, 새로운 자아의 체험을 영원히 갈망하는 팔자 좋은 여행 스타일을 즐기는 것도 아니다.

지하디스트[27]가 불상을 폭파하고 팔미라[28]를 파괴한 후부터

27　이슬람 근본주의에 따른 무장 투쟁을 지지하는 사람. 지하드란 이슬람 용어로 무슬림의 종교적 의무를 뜻하며, 아랍어로는 투쟁이나 저항을 의미한다.

28　중국과 유럽을 연결하는 실크로드의 교역 도시로 번영을 누리던 팔미라는 서쪽의 로마 제국과 동쪽의 페르시아 제

여행을 향한 나의 욕구가 사라졌다. 인터넷을 통해 가상으로 방문하는 것이 어쩌면 나을지도 모른다. 온라인에서는 그것들이 여전히 건재하며, 무엇보다 안전하므로.

세계 어느 거리를 가도 똑같은 중국산 기념품을 발견하게 되므로 굳이 외국 도시를 방문할 필요가 없다.

그 지역만의 고유한 스타일을 간직한 박물관을 만날 때까지 나는 낯선 도시의 박물관을 더는 관람하지 않을 생각이다.

분쟁과 충돌, 폭발물, 비행기 납치, 테러에 대한 끊임없는 두려움이 가득한 세상에서 우리는 과연 여전히 해맑은 여행자의 모습을 유지할 수 있을까? 현지인조차 접근할 수 없는 해변에 드러누워 마음 편히 휴가를 만끽할 수 있을까? 붐비는 컨테이너에 실린 사람들이 우리와는 반대 방향으로 향하고 있음을 뻔히 알면서 과연 비행기 좌석에 편안히 앉아 있을 수 있을까?

이러한 상황에 대해 필리어스 포그나 인디아나 존스는 무슨 말을 할까?

어쩌면 이제는 우리가 집에 머물면서 다른 여행자들을 맞이해야 하지 않을까?

국 사이의 완충 지역이기도 했다. 현재 폐허로 남아 있는 팔미라는 시리아 수도 다마스쿠스에서 북동쪽으로 약 230킬로미터 떨어진 사막 중앙에 위치하고 있다.

동물들의 가면

인간의 고통은 동물의 고통보다는 견디기 쉽다. 인간은 널리 공표되고 확장된 자신만의 존재론적 지위를 확보하고 있으며, 그로 인해 특권을 지닌 종으로 인식되기 때문이다. 또한 고통을 겪더라도 도움을 기대할 문화와 종교가 있으며, 합리화의 수단과 승화[29]라는 방어 기제도 갖고 있다. 궁극적으로는 자신을 구원해 줄 신도 있다. 인간의 고통에는 항상 의미가 부여된다. 하지만 동물에게는 위로도 치유도 없다. 아무런 구원도 약속되지 않기 때문이다. 그래서 그들이 겪는 고통에는 의미가 없다. 동물의 몸은 자신에게 속한 것이 아니다. 동물에게는 영혼이 없다. 동물의 고통은 절대적이면서 총체적이다.

만약 우리가 인간 특유의 통찰력과 공감 능력을 발휘해 고통

---

29 정신 분석 이론에서 본능적 충동들이 사회적으로 바람직한 목표들로 전환되는 방어 기제를 말한다.

받는 동물을 세세히 살펴본다면 그들이 겪는 고통이 얼마나 혹독하고 끔찍한지 알게 될 것이며, 동시에 세상이 직면한 극심한 위협에 대해서도 깨달을 것이다.

소크라테스 이전 그리스에서는 세 가지 원칙이 통용되었다. 피타고라스와 그 제자들이 공식화한 간단 명료한 3대 지침. 부모를 공경하고, 과일을 바쳐 신을 경배하고, 동물을 아껴 주어라. 이 지침들은 매우 간결한 방식으로 인간 생활에서 가장 중요한 세 가지 영역을 보여 준다. 첫째, 단순한 사회적 유대 관계. 둘째, 암묵적 이해에 기반한 종교적 차원. 셋째, 동물들을 대하는 바른 태도. 각각의 지침은 특별히 구체적인 실행을 촉구하지 않지만 우리에게 방향을 제시해 준다. 덕분에 금지를 내세우는 일반적인 여느 계명보다 더 많은 실천을 요구하면서, 동시에 각각의 범주마다 개인에게 해석의 자유를 허락한다. 또한 원칙을 어길 경우 죄책감이나 수치심, 도덕적 불편함을 느끼게 만든다. 그렇기에 굳이 구체적이거나 상세할 필요가 없다.

앞의 두 가지 지침은 이미 명문화된 사회 및 종교 시스템과 연관되어 있고, 명확하게 공표되었으며, 대체로 투명한 기준이나 의식에 기반한다. 반면 인간과 동물 사이의 관계는 일목요연하게 정리하기 힘들다. (여기서 구약 성서에 명시된 식용 금지 목록은 예외다.) 그렇기에 세 번째 지침은 인간의 양심에 따라 좌우된다고 봐야 한다. 이 문제가 궁극적으로는 '윤리적 사안'으로 귀결될 수밖에 없는 이유가 바로 여기에 있다. 즉 우리로 하여금 해야 할 일과 하지 말아야 할 일을 스스로 고민하게 만드는 것이다.

이성이 과연 우리를 얼마나 더 나은 존재로 만드는가

피타고라스 학파는 동물이 이성적인 존재라고 믿었고, 무정부주의자인 디오게네스는 동물이 여러 면에서 인간보다 우월하다고 주장하기까지 했다. 그러나 일반적인 학설은 아니었다.

유대-기독교의 전통은 명확히 선포한다. 지구와 모든 종의 동식물은 인류의 이익을 위해 창조되었노라고. 「창세기」 첫머리에서 우리는 공식적으로 기록된 다음과 같은 구절을 발견하게 된다. "창조의 중심에 인간이 있고 자연의 목적은 인간을 섬기는 것이기에 신은 인간에게 지상의 모든 피조물에 대한 지배권을 부여했노라."

이와 유사한 사상이 그리스 철학자들에 의해 독자적으로 정립, 발전되었다. 아리스토텔레스는 위계적으로 구성된 창조의 모형에 대해 매우 설득력 있는 이유와 근거를 만들어 냈다. 인간은 지성을 부여받은 유일한 존재이고, 이성의 힘은 인간의 자질 중에서 가장 핵심적이고 의미 있는 능력이라는 것이다. 따라서 지능이 떨어지는 존재는 계층 구조상 자연스럽게 낮은 위치를 차지하게 된다. (아리스토텔레스는 노예 무역을 정당화하기 위해 이러한 논리를 인간에게도 적용했으며, 특정한 인종을 '태생적인' 노예라고 주장하기도 했다.)

이러한 사상의 궁극적인 개요를 완성한 것은 아우구스티누스 성인이었다. "살인하지 말라."라는 성서의 계명에 대해 논평하면서 그는 이성이 없는 피조물에까지 이러한 계명을 확대 적용하는 실수를 범해서는 안 된다고 주장했다.

초기 기독교에 관해 반박하기 힘든 어떤 주장이 오가든 일단 그 뿌리에 얼마나 다양한 비전과 사상, 해석이 있었는지를 명확히 파악하는 것은 중요한 문제다. 분명한 건 당시 동물에 대한 태도가 편향적이고 적대적이었다는 점이다. 흩어져 있는 초기 기독교의 다양한 목소리들을 규합해 일관되고 정교한 철학을 구축한 토마스 아퀴나스는 아우구스티누스의 사상을 계승하여 더욱 발전시켰다. 토마스 아퀴나스의 주장에 따르면 동물에게는 이성이 없을 뿐 아니라 불멸의 영혼도 없어서 그들의 죽음은 넓은 의미에서 보면 아무런 의미도 없다고 역설했다. 인간(이성과 자제력을 갖춘 존재)만이 의무와 권리의 주체가 될 수 있기에 우리는 동물에 대해 직접적인 도덕적 의무를 행할 필요가 없다는 것이다.

의심할 여지 없이 이는 사안에 대한 상당히 급진적인 접근 방식이었고, 훗날 육류 생산을 위한 동물의 대량 사육을 유발하는 단초를 제공했다. 결국 기독교의 아버지인 토마스 아퀴나스로 인해 인간의 동물 학살은 오랜 세월에 걸쳐 면죄부를 받았다고도 볼 수 있다. 우리는 여전히 "살인하지 말라."라는 계명을 명심하고 있지만 수많은 조건과 예외적 상황으로 인해, 그리고 토마스 아퀴나스처럼 자의적으로 해석해서 전달하는 '번역가'로 인해 이 단어들의 본래 의미는 완전히 무시되고 말았다. 대부분의 고대 문화권에서 제물로 바치는 고기 이외에 다른 육류를 먹는 것은 금기였다. 따라서 동물을 먹으려면 먼저 신에게 제물로 바쳐야 했다. 이러한 관습은 다른 존재의 생명을 함부로 빼앗는 살인자들의 죄를 덜어 주는 구실로 이용되었다.

동물을 단순한 메커니즘에 따라 작동하는 일종의 기계처럼 바라보고 취급하려는 끔찍한 관점은 데카르트에게서 처음으로 나타났다. 인간은 이성과 불멸의 영혼을 소유한 우월한 존재로 구분되고 동물은 생명체라기보다 자동으로 움직이는 로봇처럼 여겨졌기에 동물을 먹는 것뿐 아니라 죽이는 것 또한 윤리적 관점에서 중립적인 행위로 받아들여졌다. 생체 실험이나 해부와 같은 관행도 마찬가지였다.

18세기 말 인간은 동물에 대해 직접적인 의무가 없다고 기술한 칸트 역시 동물에 대해 부정적 견해를 피력했다. 칸트에 따르면 동물은 자의식이 있는 존재가 아니다. 그저 목적을 위한 수단일 뿐이며, 여기서 목적이란 인간에게만 국한되는 것으로 이해되었다.

가톨릭교회도 동물에 대한 인간의 도덕적 의무와 책임을 일관되게 부인해 왔다. 19세기 중반까지도 교황 비오 9세는 '동물학대 방지 협회' 설립에 동의하지 않았다. 마찬가지로 현대 기독교회의 교리 문답서에서도 동물에게 선의를 베풀고 불필요한 고통을 주지 말라고 권고는 하지만 동시에 다음과 같이 단언하고 있다. "식물이나 무생물과 마찬가지로 동물은 태생적으로 과거와 현재, 미래에 인류의 공동선을 위해 존재한다."

동물 연구의 선구자라고 할 수 있는 로이드 모건은 19세기 후반에 다음과 같은 법칙을 공표했다. "심리학적인 척도에서 저차원적인 정신력의 결과로 해석될 여지가 조금이라도 있다면 어떤 행동도 고차원적인 정신력에 따른 결과로 섣불리 단정해서는 안 된다." 즉 동물의 어떤 행동을 설명하는 과정에서 그들에게 고차원적 요소인 사고력이나 감성을 부여하기보다는 반사나 본능의 결과로 해석하는 것이 타당하다는 관점이었다.

하지만 이와 다른 견해를 주장한 위대한 사상가들도 있었다. 어떤 면에서는 다윈보다 한발 앞섰던 요한네스 크리소스토무스는 동물의 기원이 우리와 같으므로 인간은 동물에게 선의와 자비를 베풀어야 한다고 역설했다. 아시시의 프란체스코는 자연에 대한 무한한 사랑을 설파하면서 동물을 대할 때는 무엇보다 그들을 형제나 자매처럼 여겨야 한다고 강조했다.

모든 면에서 시대를 앞서갔던 위대한 지성인 몽테뉴는 인간이 자신을 다른 피조물보다 우위에 두는 사고방식은 상상력의 결핍에서 비롯된 것으로, 정신의 한계가 빚어낸 일종의 미신이라고 믿었다. 동물을 각별하게 생각하고 존중한 인물은 18세기 철학자인 제러미 벤담으로 그는 인간과 동물과의 관계에서 현대적인 윤리를 정립한 독보적인 선구자였다. 그는 오늘을 살아가는 대다수 현대인에게는 당연하게 여겨지는 내용을 처음으로 공식화했다. 물론 추론이나 자의식 등을 포함해 여러 측면에서 인간이 동물보다 뛰어나다는 것은 의심할 여지가 없는 사실이다. 벤담에게 이러한 차이는 도덕적으로 중요치 않았다. 그는 1780년에 이렇게 기술했다. "문제는 동물이 추론하거나 말할 수 있느냐가 아니라 그들이 고통을 느끼냐 그렇지 않느냐에 달려 있다."[30]

30 Jeremy Benthan, *Wprowadzenie do zasad moralności i prawodawstwa*, trans. by Bogdan Nawroczyński(Warszawa, 1958).(원주)

이성에 맞서는 이성: 싱어

피터 싱어는 가장 급진적인 현대 윤리학자다. 우리는 동물권에 대한 놀랍도록 타당하고 논리적인 일련의 주장들을 통해 그에 대해 알고 있다. 그는 오래전부터 동물에 대한 우리의 태도가 근본적으로 비합리적이고 비논리적임을 밝혀 왔다. 그리고 철학적인 방법론을 적용해 우리가 일관성 부족이나 편견에 휘둘릴 때 이성의 질서를 세우려고 노력했다.

만인의 평등을 보장하는 기본 원칙이란 결국 공평한 이익을 추구하는 원칙이라는 전제에서 싱어의 사상은 출발한다. 인종 차별이나 여성 차별 문제를 중요한 도덕적, 정치적 사안으로 여기는 사람이라면 누구나 그의 의견에 동의할 것이다. 그런 식의 차별이 도덕적 해악이라는 건 의심할 여지가 없다. 그러나 싱어는 여기서 한 걸음 더 나아가 평등의 원칙이 일종의 도덕적 토대로서 다른 인간과의 관계에서뿐 아니라 동물과의 관계로까지 확장되어야 한다고 주장한다. 어째서일까? 타자를 보살피고 돌보는 것은 그들이 어떤 존재인지, 또는 능력이 어느정도인지에 따라 좌우되어선 안 되기 때문이다. (물론 우리가 타인을 위해 어떤 일을 할 때 상대의 성향과 특성에 따라 방식이 달라질 수는 있을 것이다.) 어떤 사람들이 나와 똑같은 인종에 속하지 않는다는 사실만으로 우리에게 그들을 마음대로 이용할 자격이 주어지는 것은 아니지 않는가. 동물의 경우도 마찬가지다. 동물이 우리와 같은 종이 아니라는 이유로 감히 그들을 고통스럽게 만들 자격이 우리에게 허락되는 것은 아니다.

싱어는 공리주의자다. 즉 자신과 만나고 접촉하는 대상을 위해 가능한 한 '최선의 결과'를 도출하도록 행동하는 것이 윤리적이라고 생각한다. 여기서 '최선의 결과'란 일반적으로 상대의 이익에 도움이 되는 행위를 의미하며, 벤담의 고전적인 공리주의가 주장하는 수준, 즉 쾌락을 증대하고 고통을 경감시키는 차원을 의미하는 게 아니다. 벤담에 이어 싱어는 고통을 체감하는 능력이란 모든 생명체에게 주어진 본질적인 특성으로, 인간을 포함한 다른 모든 고통받는 존재와 동등한 위치에서 성찰해 볼 수 있는 권리임을 일깨운다.

불교 철학에는 '중생'이라는 개념이 있는데 인간과 인간이 아닌 존재를 모두 아울러 지칭하는 일반적인 표현으로 사용된다. 이것은 이성의 유무와 아무 관련이 없는 특별하고 예외적인 범주로서, 고통과 즐거움을 느끼고 육체적, 정신적으로 세상에 동참할 수 있는 감수성을 통해 설명된다. 우리의 서양 철학은 불과 200년 전에야 이런 접근법을 발견했다. 싱어는 바로 이 같은 방식으로 고통을 체감하는 능력을 이해했고, 불교 사상으로부터 많은 빚을 졌다. 동시에 그는 이성의 개입으로 동물의 권리에 대한 인간의 판단에 뿌리박힌 모순과 오해를 해결할 수 있다고 믿는다. 저서 『동물 해방』에서 싱어는 독자들에게 자신의 주장을 논리적으로 설득할 방법과 구체적인 방어 전략을 제시한다. 그는 반대파의 주장이 비논리적이거나 일관성이 없는 것으로 판명되면 결국은 그들의 견해를 바꿀 수 있다고 믿었다.

결론적으로 싱어는 동물에 대한 우리의 잔혹성이 근본적으로 무지와 무관심에서 비롯되었음을 입증했다. 인간의 그러한 성향은 편견에서 비롯된 것으로 논리와는 무관하다. 무자비한 착취자로서 특권을 지키기 위해 이기적이고 원시적인 욕망을 고집하는 것은 논리적 오류다. 그리고 우리가 이성을 충실히, 그리고 합당하게 발휘하면 데카르트의 논리 역시 얼마나 원시적이고 일관성이 없는지 알게 될 것이다.

통찰력과 공감은 인지 도구가 될 수 있을까?

이제 존 맥스웰 쿠체의 저서 중 한 권으로 넘어가 보겠다. 내게 그의 책은 단순한(혹은 겉보기에만 단순해 보이는) 도구를 사용하여 명백하고 확실하다고 판단되는 모든 것을 일관성 있게, 그리고 냉철하게 테스트하는 문학의 일종으로 다가온다. 부기(簿記)를 연상시키는 이 상세하고도 방대한 기록의 결과는 상당히 충격적이다.

『동물로 산다는 것』은 여러모로 특별한 책이다. 우선 이 책을 집필하게 된 배경이 특이하다. 저명한 작가였던 쿠체는 유서 깊은 프린스턴 대학교로부터 자유 주제로 특강을 준비해 달라는 요청을 받게 된다. 그러자 그는 단기로 편성된 이 시리즈 강연을 위해 강연록 대신 단편 소설을 쓰게 된다. 유서 깊은 어떤 대학으로 강의를 하러 다니는 가상의 여성 작가에 관한 이야기였다. 작품의 주인공이자 일흔 살의 유명 작가인 엘리자베스 코스텔로는 이렇게 탄생했다. 그때부터 코스텔로는 쿠체만큼이나 현실적인 인물로 탈바꿈했다. 어떤 면에서 허구는 현실보다 강력하고,

그 속의 등장인물은 살아 있는 인물들보다 더욱 생생하게 다가오기도 한다. 그래서 픽션은 때로 논픽션보다 사실적이다. 이것이 바로 문학의 위대한 신비다. 거리 두기의 대가인 쿠체는 이러한 사실을 누구보다 잘 알고 있었기에 연단에서 물러나서 모두가 지켜보는 가운데 그가 만들어 낸 무대의 뒤편 그림자 속으로 자취를 감춘다.

이제 전면에 나서는 건 엘리자베스 코스텔로다. 그녀는 두 번의 강의에서 줄곧 동물에 대해 언급하는데, 청중은 보다 문학적인 주제를 기대한다. 코스텔로의 생각의 흐름을 따라가면서 우리는 그녀의 강의를 마치 실제 사건처럼 받아들이지만, 동시에 독자로서의 특권 덕분에 강의 자체의 심리적, 전기적 맥락을 파악할 기회도 얻게 된다. 여기서 쿠체가 말하려는 요지는 다음과 같다.

인간의 견해를 그 자신과 분리하는 것은 불가능하다. 누군가의 판단이나 확신을 분석할 때는 반드시 맥락을 고려해야 한다. 즉 해당 인물의 세상과의 관계나 감정, 행동 등을 충분히 종합하여 그가 어떤 사람인지 총체적으로 파악할 필요가 있다. 따라서 자신의 견해를 밝히기 위한 표현 방식은 대학에서 배우는 것과 달리, 그리고 모든 것을 지식이라는 이름으로 최대한 객관화하려고 노력하는 거대한 학문의 세계와 달리 철저하게 주관적이어야 한다. 우리의 의사소통이란 결국 이렇게 각자의 주관적 영역에 담긴 내용을 상호 교환하는 것이므로 그만큼 심오하고 본질적이다. 쿠체는 또한 다음과 같이 말한다. 오직 문학적 허구만이 인간의 그러한 주관적 상태(동시에 한 인간의 총체적인 충만함)를 표현할 수 있다. 이처럼 한 인간을 하나의 전체로서 통합적으로 그려 낼 무한한 가능성을 내포하고 있기에 허구가 이성적인 논리, 그러니까 전통적인 형태의 지적인 강의보다 우위에 있는 것이다.

이 책의 주인공은 이미 성공을 거둔 여성 작가로서 인생을 정리하고 반추하는 단계에 이른 노부인이다. 코스텔로가 강의에 동의한 것은 아마도 타인의 반응이나 외부 평판 따위에 신경 쓰지 않고 개인적으로 중요하다고 생각하는 문제, 자신이 지금 느끼고 생각하는 사안들에 대해 말할 필요가 있다고 판단했기 때문일 것이다. 그래서 그녀는 강의에서 급진주의와 파토스, 극적인 비유도 서슴지 않는다. 두 번에 걸친 강의의 주제는 각각 '철학자와 동물', 그리고 '시인과 동물'이다. 그녀가 이러한 주제를 선택한 것은 결국 인간이 수세기 동안 동물이라는 생명체를 어떻게 대했는지와 관련해 매우 개인적이고 감상적이면서, 나아가 분개하는 입장을 표명하기 위함이다. 인간이 지속적으로 동물들에게 가해 온 잔학 행위를 모른 척하고 아무런 대응도 하지 않는 건 있을 수 없는 일이라고 그녀는 토로한다. 인간과 동물의 이성적인 구분은 어떤 방식으로 이루어지고 있으며 어떤 철학적 전제에 근거한 것인가? 지극히 당연하고도 명백한 사실에 대해 우리가 이토록 무관심한데 과연 그런 식의 구분을 신뢰할 수 있을까?

동물을 상대로 벌인 전쟁에서 인간은 승리했노라고 코스텔로는 말한다. 오늘날 동물은 인간의 포로이자 노예다. 이러한 끔찍한 상태를 정당화하기 위해 우리는 그들로부터 주권을 빼앗았다. 그러고는 모든 것을 합리화하기 위해 이성을 내세우면서 동물들에게는 이성이 없다고 일관되게 주장한다. "우주를 지배하는 첫 번째 원칙으로 이성은 이성을 꼽고 있다. 너무도 당연한 결과다. 사실 그것 말고 이성이 할 수 있는 일이 뭐가 있겠는가?"— 그녀가 청중에게 묻는다. "하지만 나의 이성과 칠십 년간의 인생 경험에 따르면 생각하는 능력은 우주의 본질도, 신의 본질도 아니다. 오히려 이성이란 그저 인간 사고의 본질이라 보기에도 애매하며, 좀 더 냉정하게 말하면 인간 사고의 여러 경향 중 하나에 불과하다."[31]

인간의 이성이 어떻게 동물을 짓밟고 어떻게 영역을 표시했는지에 대해 코스텔로는 1917년 쾰러가 수행한 유명한 침팬지 연구의 예를 들어 설명한다. 작가는 인간이 아닌 원숭이의 관점에서 관찰하면서 이 연구에 대한 재해석을 시도한다. 이를 통해 숨겨졌던 전제, 무의식적이고 철저히 인간 중심적인 전제, 이 연구의 가치와 의미를 훼손하는 전제가 세상에 드러나게 된다. 우리는 원숭이에게 이성이 있는지 없는지, 만약 있다면 우리와 유사한지 완전히 다른지 알지 못한다. 만약 동물의 이성이 근본적으로 우리와 다르다면 그러한 이질성이 동물에 대한 우리 행동을 정당화할 수 있을까?

코스텔로의 두 강의는 동물에 대한 서양의 입장을 수립하는 데 근간이 되어 온 철학적 논거들에 대한 논의이면서 동물행동학자들의 연구에 대한 재해석이라고 할 수 있다. 쿠체는 코스텔로의 입을 통해 오랫동안 잊히고, 과소평가되고, 소외되어 왔던,

---

31 『동물의 삶』에서 가져온 모든 인용문은 아래 저서에서 인용한 것이다. John Maxwell Coetzee, *Żywoty zwierząt*, trans. by Anna Dobrzańska-Gadowska(Warszawa, 2004).(원주)

세계를 경험하는 두 가지 방식, 즉 통찰력과 공감 능력에 대한 재평가를 요구하고 있다. 그녀는 이 두 가지 방식을 다른 인지 메커니즘들과 동등한 수준으로, 어쩌면 훨씬 더 '인간적인' 차원으로 격상시키고 있다.

단편 소설의 마지막 장면에서 엘리자베스 코스텔로의 아들이 그녀를 공항까지 태워다 주면서 대체 무엇 때문에 이렇게 열정적으로 동물의 권익을 수호하는 활동을 하게 되었는지 묻는다. 코스텔로의 대답은 모호하고 불안하다. "마땅히 해야 할 말을 생각할 때마다 그 말들이 뭔가 기이하고 또 무섭게 느껴져. 그래서 마치 미다스왕처럼 베개에 얼굴을 파묻고 속삭이거나, 아니면 땅굴을 파서 거기에 대고 말하는 게 최선인 것만 같아…… (……) 나는 스스로에게 묻곤 해. 세상의 모든 인간이 이토록 엄청난 규모의 범죄에 가담하는 게 어떻게 가능했을까…… 어쩌면 이 모든 건 내가 지어 낸 이야기인지도 몰라……. 그렇다면 내가 미쳤다는 거겠지! 하지만 나는 매일 범죄의 증거를 목격하고 있어. 내가 의심하는 피의자들이 내게 증거를 보여 주고 내 손바닥에 그것들을 쥐어 주고 있어. 죽은 몸뚱이들. 돈 주고 구매한 사체 부위들을. (……) 그럴 때마다 나는 이게 꿈이 아니라는 걸 자각하곤 해. 아들아, 나는 지금 너와 네 아내, 그리고 네 아이들의 눈을 바라보고 있어. 거기에는 오직 선의만 깃들어 있구나."

코스텔로는 아마도 세상의 어떤 근본적이고도 무서운 본성을 직감하거나 인식한 인간 중 하나였으리라. 아니, '느꼈다'기보다 '보았다'라고 하는 게 적절한 표현일 듯싶다. '보다'라는 동사는 지각 행위의 개별성과 단발성을 의미하기 때문이다. 우리가 매일 이러한 공포를 감지하지 못한 채 놓치고 위협을 느끼지 못한다는 사실이 그저 놀라울 따름이다. 인간의 방어 기제라는 것이 과연 이렇게까지 강력히 작동하는 걸까? 우리가 항상 떠들어대는 실용적 차원의 평계뿐 아니라 데카르트나 토마스 아퀴나스의 글에서 발견되는 주장들까지 동원해 가면서 말이다. 아니면 충격에 대한 인간의 단순한 두려움 때문이거나 인식의 단계에서 게으름을 피우는 습관, 혹은 반성이나 성찰의 부족, 아니면 무지가 주는 위안 때문이 아닐까? 있는 그대로의 모습으로 우리에게 주어지는 세상, 그것으로 충분하다. 그러나 우리의 지각적 수동성에는 도덕적 의미가 내포되어 있게 마련이다. 그것은 악을 지속시킨다. 우리는 똑바로 보기가 싫어서 악에 동조하고 악과 공모한다. 따라서 도덕적인 노력이란 본질적으로 인지적인 노력이라고 할 수 있다. 우리는 새롭고도 고통스러운 방식으로 대상을 직시해야 한다.

인간이 동물에게 저지르는 모든 위협적인 행동을 목격한 사람은 다시는 평화를 누리지 못할 것이다. 코스텔로는 이렇게 말한다. "우리 주변에서 부패와 타락, 잔인성, 살상을 일삼는 각종 사업이 성행하고 있다. 히틀러와 제삼제국이 이룩한 '가장 끔찍한 업적'에 필적할 만한 무서운 현상의 진원지에 지금 우리는 와 있는 것이다."

이런 식의 비교는 사람들로부터 즉각적인 항의와 분노를 불러일으키지만 코스텔로는 아무런 변명도 하지 않는다. 홀로코스트와의 비교에 청중이 분노한 것은 동물 학살을 유대인 학살과 동일선상에서 비교했다는 점, 그리고 자기 손으로 직접 살인을 저지르지 않았지만 범죄 현장에서 침묵을 지켰던 목격자들, 즉 독일인, 폴란드인, 미국인, 영국인, 그리고 사진에서 본 끔찍한 장면들을 마지못해 믿어야만 했던 모든 이의 딜레마를 소환했기 때문이다.

통찰력이란 우리가 지각하는 대상의 본질에 대한 즉각적이고 총체적이며 자발적인 깨달음이다. 이것은 다단계에 걸쳐, 혹은 동시다발적으로 경험하는 인식의 특별한 종류다. 무엇이, 언제, 어디서, 어떻게, 왜, 그리고 무엇 때문에…… 이 모든 질문이 그 안에 전부 담겨 있다. 그것은 지적이면서 감성적이고 직관적인 인식이다.

통찰력은 일회성이다. 그것은 순간이지만 일관적이고 연속적인 시간 속에 존재한다. 그래서 그 이전의 상태로 되돌아가기는 불가능하다. 새로운 깨달음은 고통스럽고 두려울 수 있으며, 오직 베개에 대고 속삭일 수밖에 없는 공포를 안겨 줄지도 모른다. 그것을 감지한 순간부터 모든 사건에는 새로운 감수성이 더해지고 당신은 과격하리만치 잔인한 세상을 새로이 목도하게 될 것이다. 그리고 당신은 그 안에서 살아가야 한다. 여기서 코스텔로는 자신만의 방법을 터득한다. 이미 '보고 난 후'에 우리가 할 수 있는 유일한 일은, 서양 심리학의 용어를 빌리자면, 공감력을 통해 타자에게 감정을 이입하는 '연민의 상상력'을 발휘하는 방법을 배우는 것뿐이다.

두 번째 강의의 주제는 바로 이러한 공감력에 관한 것이다. 『동물의 삶』에서 논의의 상당 부분은 공감이라는 주제에 할애되어 있다. 작가는 이성적이고 실용적인 언어를 초월하여 인간이 다른 존재를 이해할 수 있게 해 주는 분야로 철학과 문학을 꼽는다. 그동안 학문은 오히려 우리를 방해했다. 각종 연구와 학술 실험에도 불구하고 우리는 결국 소나 개의 정신에서 무슨 일이 벌어지는지 알아내지 못했고, 앞으로도 모를 것이다. 다양한 가정과 전제를 동원해 추론을 시도하겠지만 그중 일부는 거의 편견이나 다름없을 것이다. 그렇게 우리는 개가 생존할 환경을 조성하고 쥐가 서식할 미로를 만들겠지만 동시에 살상과 잔혹 행위가 마치 기계처럼 대량으로 신속하게 이루어지는 현실 또한 계속 허용하게 될 것이다.

동물에게 정신이나 이성이 없다고 단정 짓는 이유는 무엇인가? — 코스텔로가 묻는다. 만일 우리가 이 질문에 대한 답을 모른다면 아예 반대로 가정할 수 있지 않을까? 그런데 우리는 그런 식의 가정은 절대로 하지 않는다.

여기 코스텔로와 비슷한 상황에 처한 한 인간이 있다. 매일 수백만 마리의 동물이 도살되는 세상에 살고 있음을 깨달은 그는 코스텔로와 똑같은 감정을 느낀다. 외롭고, 심지어 미칠 것만 같다. 그는 다른 사람들이 보지 못하는 것을 감지한다. 그리고 자신의 무력감에 절망한다. 대체 우리가 뭘 할 수 있단 말인가? 다른 이들은 이러한 문제에 관해 대화하는 것조차 꺼린다. 아마도 마음속 깊이 죄책감을 느끼기 때문일 것이다. 그런 그를 코스텔로가 다독인다. "생이란 게 다 그렇지. 다들 죄책감을 극복하고 잘만 살아가는데 당신은 왜 못하는 거지?" 그녀가 스스로에게 묻는다. "도대체 왜?"

그래서 코스텔로는 말하기로 결심한다. 그녀는 강의에서 한 꺼번에 모든 것을 다 쏟아 내려 한다. 침착하게 논리적인 논거를 제시하며 강의를 이끌어 나가려고 노력한다. 하지만 그녀의 진실은 논리보다 광범위하고 학문적 틀에 국한될 수 없는 것이므로 담론으로 훈련된 대학 기관에서는 설득력을 발휘하지 못한다. 코스텔로의 주장은 쉽게 반박당하거나 비웃음의 대상이 되거나 의문을 불러일으키거나, 아니면 며느리인 노르마의 해석처럼 자존심 싸움 정도로 치부되기 십상이다. 하지만 사방에 널려 있는 수많은 아우슈비츠 수용소[32]들의 눈을 피해 오랜 세월에 걸쳐 살상 행위에 동참하기를 거부한 것은 분명 영웅적인 행동이다. 게다가 엘리자베스 코스텔로의 강연이 성공을 거두지 못했기에 그녀의 투쟁은 더욱 영웅적으로 비친다. 결국 코스텔로는 아무도 설득하지 못했다. 강의실의 청중은 혼란에 빠진다.

코스텔로와 마찬가지로 우리는 가능한 모든 금기에 도전해 보고 그것을 무력화할 수 있는 세상에 살고 있다. 하지만 딱 한 가지 사안에 대해서만큼은 다들 거리를 두고 회피한다. 동물에 대해, 그리고 그들이 겪는 고통에 대해 발언하는 것. 이러한 사안들은 사람들에게서 종종 당혹감을 넘어 황당하다는 반응을 불러일으킨다. 채식주의나 동물권에 대한 요구 역시 마찬가지다. 그저 엉뚱하고 별난 주장, 골치 아픈 이야기로 치부될 뿐이다.

뜻밖에도 이 책의 모호하고 중의적인 결말은 해석의 또 다른

---

32 토카르추크는 기계로 동물을 도살하여 육류로 가공하는
    공장을 유대인 대량 학살이 이루어진 아우슈비츠 수용소
    에 비유하고 있다.

가능성을 열어 준다. 여주인공의 아들은 어머니를 위로하기 위해 이렇게 속삭인다. "진정하세요. 머지않아 모든 게 끝날 거예요." 이 말은 결국 자기 잘못을 인정한다는 의미로 해석할 수 있지만 무엇보다 우리 모두가 자신의 잔혹한 성향에 대해 알고 있으며, 그러한 잔혹함을 인간 존재의 근본적인 특성이자 세계의 질적 수준으로 여기고 있음을 인정한다는 뜻이기도 하다. 우리는 다들 알면서도 침묵한다. 이러한 관점으로 접근하면 쿠체의 저서는 지금까지와 또 다른 암울한 의미로 다가오며, 결국 암흑의 수렁에 빠진 인간의 존재론적 숙명에 대한 마니교[33]적인 깨달음으로 귀결되고 만다. 거기서 빠져나올 유일한 탈출구는 죽음뿐이라는 결론에 이르게 되는 것이다.

『동물의 삶』의 편집자는 강의록 형식을 빌려 쓴 쿠체의 텍스트에 저명한 학문적 권위자들의 논평을 추가해 책을 펴냈다. 그러자 현실에서 책 속의 상황이 재현되었다. 쿠체가 쓴 코스텔로의 강의록에 대해 여러 학자가 견해를 밝힌 것이다. 그들의 논평을 읽어 보면 쿠체의 글이 얼마나 큰 영감을 주었는지, 또 어떤 다양한 반응을 불러일으켰으며, 나아가 얼마나 다채로운 방식으로 그의 글을 읽을 수 있는지 확인하게 된다. 책이란 항상 이렇

---

33 3세기 초 마니가 조로아스터교에 기독교, 불교 및 바빌로니아의 원시 신앙을 가미하여 만든 자연 종교의 하나. 선은 광명이고 악은 암흑이라는 이원설을 제창하고 채식(菜食), 불음(不淫), 단식(斷食), 정신(淨身), 예배 들을 중요하게 여겼다. 마니의 처형과 함께 페르시아에서는 박해를 받았으나, 지중해와 중국에까지 퍼져 14세기까지 번성했다.

게 좋은 사람들에 둘러싸여 읽혀야 하는 게 아닐까? 쿠체의 책은 더욱 그렇다. 그의 산문은 구체적이고 명료한 듯하지만 사실은 진지하고 엄숙한 텍스트다. 언뜻 보기에는 현학적이면서 심지어 교훈적인 것처럼 보이기도 한다. 본질적으로 쿠체의 글은 절대 해결되지 않는 상황과 문제점들을 다루고 있으며, 우리의 감정과 상식, 나아가 지적인 담론에 호소한다.

하지만 코스텔로의 강의는 위에서 언급한 감정이나 상식, 지적인 담론 대신 다른 인지 도구를 사용했다. 게다가 쿠체가 고안한 강의 형식의 문학적 픽션은 실질적인 철학적 토론의 출발점을 제공하지도 못했다. 그래서 싱어는 이 글에 대한 논평을 요청받았을 때 다음과 같은 유감을 표명했다. "쿠체는 강의식 구성에 대해 걱정할 필요가 전혀 없었다. 자신의 논거가 삐걱대고 있다는 걸 알아차리고는 등장인물 중 한 명인 노르마(코스텔로의 며느리)로 하여금 '코스텔로가 헛소리를 하고 있다.'라고 지적하도록 했는데 그것만으로도 이미 결론이 난 것이나 다름없다!" 주관적인 개체, 그러니까 한 사람의 '충만한' 존재인 코스텔로는 자기 견해에 극단적인 입장을 취할 수밖에 없으며, 그녀가 저자인 쿠체와 다른 방식의 논증법을 사용하는 것 또한 충분히 이해될 수 있다. (만약 '연민의 상상력'이라는 전제가 싱어에게 설득력 있게 받아들여졌다면 말이다.) 싱어는 자신의 논평에서 코스텔로의 공격에 맞서 자신의 철학을 옹호하기 위해, 그리고 도덕성을 앞세운 그녀의 주장에 문제를 제기하기 위해 딸과 가상으로 대화하는 내용을 삽입하는 파격적인 형식을 시도한다. 싱어는 "이성적인 비판이 건드리지 못하는 영역에 존재하는 우리 감정을 도덕적 잣대에 따라 평가할 수는 없다."라고 단언한다. 즉 '공감'을 도덕적, 인지적 범주에 포함시키는 데 동의하지 않았던 것이다.

공감은 인류 역사에서 비교적 짧은 역사를 갖고 있다. 아마도 예수 그리스도의 시대보다 적어도 6세기 전, 동양의 어딘가에서 처음으로 언급되었을 것이다. 어쨌든 불교의 가르침이 등장하기 전에는 아무도 이 새로운 마음가짐에 대해 이름을 붙이거나 가치를 부여하지 않았다. 타인을 자기 자신처럼 바라보는 것, 우리를 타인과 구분하는 명백한 경계를 신뢰하지 않는 것은 착각이라 여겼기 때문이다. 당신에게 일어나는 모든 일은 그것이 무엇이든 내게도 일어나고 있다. 그러므로 '타인의 고통'이란 존재하지 않는다. 환영에 불과한 가상의 경계선은 나와 다른 사람들, 나아가 인간과 동물을 갈라 놓을 뿐이다. 이것이 코스텔로가 불교를 통해 '공감'을 이해하는 방식이다. 책의 행간마다 불교적 무신론의 흔적들이 메아리치고 있다. 또한 우리 모두가 직면한 현상황에 대한 통렬한 인식은 우리를 막다른 골목으로 내몬다. 희망이 없기 때문이다. 어쩌면 세상은 선하게 창조되지 않았기에, 결국 세상의 근간을 이루는 건 피할 수 없는 고통이기 때문이다. 비록 왜 그런지 그 이유를 알지 못하더라도 이 절망의 광활한 바다에서 우리는 공정하게 행동해야 한다. 우리를 인간으로 만들어 주는 것은 우리의 DNA가 아니라 정의로운 행동이기 때문이다. 따라서 우리는 행동해야 한다. 마치 중요한 의미가 있는 것처럼, 규범과 질서가 세워져 있는 것처럼, 우리 행동에 의미를 부여하고 우리를 구원해 주는 선이 존재하는 것처럼 말이다.

이성에 대해 뒤집어 생각해 보기,

즉 관점의 전환: 미셀 파버의 『언더 더 스킨』

이 소설에서 인지적 관점으로 공감력을 활용한다는 전제는 상당히 문학적이다. 실행 방식은 매우 간단하다. 우리가 익숙하게 여기며 의문을 제기할 생각조차 하지 않았던 의미의 구조물을 갑자기 바꿔 버리기만 하면 된다. 파버는 급진적으로 관점을 뒤집는다.

발단은 다음과 같다. 우리는 지금 사냥을 목격하는 중이다. 어떤 종의 개체가 다른 종의 개체를 사냥한다. 사냥이 끝난 뒤 포획한 사냥감은 평가를 받는다. 잠재적으로 상품 가치가 있고 수요가 높은 식량으로 판단되면 특별한 도축장으로 넘겨진다. 그리고 육류로서 만족스러운 품질이 인정되면 곧바로 도축당해 부위별로 나눈 뒤 구매자에게 판매된다.

뻔한 스토리다. 그렇다면 무엇이 충격적일까? 인간이 다른 종의 개체를 사육하는 것은 이미 널리 알려진 사실이며 아무도 이상하게 여기지 않는다. 하나의 종이 다른 종을 이용하는 것, 이것은 생태계에 이미 널리 알려진 상황이다.

그러나 『언더 더 스킨』에서는 'A가 사육해서 B를 먹는다.'라는 이미 알려진 도식과 전혀 다른 내용을 제시한다. 겉보기에는 아주 사소한 대목으로 인해 이 책은 소름 끼치는 악몽으로 탈바꿈한다. 여기에서 사육당하는 대상은 호모 사피엔스, 즉 인간이며, 인간이 아닌(그렇다고 동물도 아닌) 다른 종에 의해 사육을 당한다. 정체를 알 수 없는 그 생명체의 본성은 개나 늑대에 가깝다. 그들은 자신과 인간들(그들은 인간을 '보드셀'이라고 부른다.) 사이의 차이점을 상당히 피상적으로 인식하는데 사실 우리가 보기에는 어딘가 익숙한 방식이다. 그들은 네 발로 걷는 종족이기 때문에 털이 없고 두 발로 걷는 인간보다는 양에게서 동질감을 느낀다. 따라서 그들은 양고기를 절대 먹지 않는다. 그들에게 양은 "매우 가까운" 종족이지만 인간은 그 외향적 특징으로 인해 곧 "식용 대상"으로 인식된다. 우리는 실제로 그러한 느낌이 어떤 것인지 익히 알고 있다. 우리 또한 원숭이를 먹지 않는다. 그들이 우리와 너무도 비슷하기 때문이다.

『언더 더 스킨』의 핵심은 '자신'과 '타자'를 나누는 가장 간단하면서도 격세유전적인 구분법에 의문을 제기한다는 것이다. 저자는 우리가 자기 의지와 상관없이 타자와 자신을 동일시한다는 것을 이야기로 풀어낸다. 또한 우리로 하여금 타인의 존재에 대한 정당성을 수긍하도록 만들기 위해 우리의 이성과 감성(여기에는 공감 능력도 포함되어 있다.)을 적절히 활용한다. 일부러 우리를 속이고 혼란스럽게 만들어 모든 습관적인 지각을 버리고 자신의 종을 기꺼이 배신하게 만든다. 이런 식으로 작가는 도덕적 관습을 상대적인 가치로 취급한다. 또한 인간을 끔찍한 상황이나 범죄에 익숙하게 만드는 게 얼마나 간단한 일인지를 적나라하게 보여 준다. 그저 이성이나 습관, 동일시하기나 합리화와 같은 인간의 전형적인 무기를 사용하기만 하면 되는 것이다.

파버는 공감의 가장 큰 역설을 보여 준다. 자신을 버림으로써 우리는 우리와 상반된 존재가 되어 볼 유일한 기회를 얻게 된다. 만약 우리가 생각했던 것과 달리 타자성이 그렇게 과격하고 급진적인 것이 아니라면 그것은 마력과도 같은 위협적인 힘을 잃게 된다. 그러면 타자 또한 포용하고 이해할 수 있는 대상이 된다. 이제 타자는 우리에게 더 이상 낯선 존재이길 멈춘다. 더 이상 자신의 것도 타자의 것도 없다. 우리는 모두 우리 자신이므로 다른 사람들에게 악행을 저지르는 것은 결국 스스로에게 악을 행하는 것이나 마찬가지다.

마스크: 이성의 너머, 즉 우리가 알지 못해도 느끼는 것에 대하여

극동의 한 도시에서 승려들이 종교 박물관을 세웠다. 최첨단 디지털 시스템을 갖춘 놀라우리만치 초현대적인 이 박물관을 보고 자부심이 강한 유럽인들은 갑자기 우월감을 상실하고 말았다. 그것은 내 인생에서 본 가장 특별한 박물관이었다. 세계의 주요 보편 종교들을 위한 별도의 공간들이 조성되어 있었고, 나아가 인간의 종교성이 발현되는 다양한 비관습적인 현상을 보여 주는 공간들도 마련되어 있었다. 결국 나의 발걸음이 멈춘 곳은 세계의 수많은 지역, 서로 다른 문화권에서 온 사람들의 인터뷰를 보여 주는 스크린으로 가득 찬 전시실이었다. 인터뷰하는 사람 중에는 학자와 예술가, 엔지니어도 있었다. 그들은 각자 자신을 변화시킨 심오한 체험, 경계선에 섰던 경험, 또는 인본주의 심리학자들의 용어를 빌리자면 '절정의 체험'에 대해 이야기했다.

제인 구달의 이야기는 내게 큰 감동을 주었다. 언젠가 그녀는 작은 숲속의 폭포 아래에서 멱을 감는 침팬지들을 보았다. 구달은 그들이 놀고, 헤엄치고, 의사소통하는 모습을 지켜보았다. 또한 침팬지들이 물가에 앉아 흘러가는 물살과 떨어지는 물방울을 골똘히 바라보는 모습을, 그리고 넘실대는 물결을 꼼짝 않고 조용히 응시하는 모습을 관찰했다.

구달은 그 순간 자신이 체험한 느낌을 감격스러운 목소리로 이야기한다. 물결의 흐름을 바라보는 동물들에게서 중대하고 심오한 뭔가가 벌어지고 있다는 인상을 받았다는 것이다. 동물들은 스스로 어떤 변화를 체감하면서 자연스럽게 시간의 흐름에 동참하고 있었다. 이런 순간 저절로 떠오르는 표현은 '명상하다', '생각하다', '숙고하다'와 같은 단어들이다. 하지만 이런 어휘를 섣불리 쓰지 않도록 신중할 필요가 있다. 동물의 행동을 해석할 때는 가장 단순한 메커니즘에 우선 순위를 두라는 로이드 모건의 권고를 준수해야 하므로. 그러나 제인 구달은 오컴[34]의 에솔로지[35]가 강조하는 지침 따위에는 신경 쓰지 않으며 자신의 가정

---

34 Ockham(1285?~1349?). 영국의 스콜라 철학자. 유명론(唯名論)의 입장에서 인식론을 전개했다. 베이컨의 경험론을 더욱 철저하게 발전시킨 이론으로, 감각적인 직관적 인식만이 유일한 지식의 원천이라고 주장하며 보편성을 부정했다.

35 ethology. 자연환경에서 동물의 행동을 객관적으로 정밀하게 관찰하여, 환경과의 관계 속에서 그 본능적 행동을 중심으로 행동의 기능, 개체 발육, 계통 발생 따위를 연구하는 학문. 유전적 요인과 환경적 요인의 미묘한 상호 작용으로 나타나는 행동에 관한 이론을 개발하는 것을 목적으로 하는데, 동물학, 생물학, 비교 심리학이 결합된 과학 분야다.

을 명확하게 전달하기 위해 집중했다. 그녀는 침팬지를 면밀히 관찰함으로써 그들의 행동 속에 동작이나 움직임에 대한 일종의 성찰이 깃들었음을, 나아가 그들에게는 우리가 생각하는 것보다 훨씬 깊고 날카로운 방식으로 시간 속의 존재에 대해 심사숙고 하는 능력이 있음을 발견했다. 어쩌면 침팬지들도 우리 인간이 겪는 종교적 체험과 유사한 형태의 뭔가를 경험하고 있는지도 모른다.

동물행동학자들은 연구를 통해 동물 심리학에 대한 새로운 정보와 데이터를 우리에게 계속해서 전해 주고 있다. 내가 아는 가장 최근의 정보는 동물에게 사건을 예측하는 능력이 있다는 것이다. 또한 동물에게는 장난을 치기 위해 상대방의 허를 찌르 는 경향, 즉 일종의 유머 감각과 흡사한 성향이 있다고 얼마 전 내가 읽은 책에 적혀 있었다.

어린 시절 어느 날 나는 문득 동물이라는 존재가 일종의 변장 혹은 가면이 아닐까 하는 느낌을 받은 적이 있다. 그 무렵 나는 털로 뒤덮인 주둥이나 부리 안쪽에 또 다른 '얼굴'이 숨겨져 있 다고, 그 가면 밑에 다른 누군가가 존재한다고 생각했다. 나는 학 교 주방을 드나들며 그럭저럭 잘 지내던 떠돌이 암캐 사바에게 서 이런 얼굴을 발견했다. 그녀는 독특하고 영민했으며, 남들과 구별되는 자신만의 개성이 있었다. 그 후로는 더 이상 그때만큼 명확하게 가면 속 얼굴을 보지 못했지만 아무튼 당시에 품었던 의구심은 오늘날까지도 내게 남아 있다.

동물에게 가면이 있다는 것, 그들을 옭아매는 가죽끈이나 자 물쇠가 귀 뒤 어딘가에 숨겨져 있다는 것, 그리고 그것이 인간이 쓴 가면만큼이나 신비하고 불가사의하며, 어떤 면에서는 상징적이라는 생각을 해 본 적은 없는가? 그렇다면 이웃집 고양이의 모습 뒤에 숨겨진 존재는 누구이고, 내가 매일 계단에서 마주치는 이 쾌활한 요크셔테리어 암캉아지는 누구인가? 돼지와 암탉, 소는 또 누구인가?

과연 이런 질문을 해도 되는 것일까?

싱어는 넓고 광범위한 경로를 따라가고 있다. 이것은 모두를 위한 경로다. 우리는 모두 자신의 이성을 활용할 줄 알고, 성찰하고 반성할 줄 아는 능력을 갖고 있다. 싱어의 주장은 다양한 문화권, 다양한 연령대의 사람들이 폭넓게 이해하게끔 얼마든지 응용할 수 있다. 학교에서 윤리 수업을 듣는 아이들을 위한 버전도 가능하다.

코스텔로가 걸어가는 길은 그녀 자신이 누구보다 잘 알고 있듯이 좁은 길이다. 어떤 이들에게는 끔찍하고 혐오스럽게 느껴지는 사안이 다른 이들에게는 아무런 감흥을 불러일으키지 못하는 이유는 무엇인가? 어쩌면 우리의 정신적 구조는 서로 다를 수도 있고, 세상을 경험할 때도 서로 다른 수준으로 받아들일 수 있으며, 우리의 감수성은 타고난 것이기에 훈련으로 연마할 수 없을지도 모른다. 결국 모두가 공감 능력을 보유한 것은 아니므로 이 연로한 데다 실재하지도 않는 가상의 작가가 말하는 내용을 많은 이가 이해하지 못할 수도 있다.

그리고 마지막으로 제인 구달. 그녀가 가는 길은 편견이나 환상을 뛰어넘는 감수성, 감각과 이성, 정직한 양심을 가진 사람들

을 위한 더욱더 비좁은 길이다. 그녀가 말한다. 저 이상한 가면들
을 살펴보라고, 그 안에 감춰진, 이해할 수 없지만 우리와 너무나
도 가까운 존재인 동물들을 발견해 보라고.

헤르메스의 과업,
즉 번역가들이 날마다 어떻게 세상을
구원하고 있는가에 대하여

나는 파놉티콘의 관점으로 모든 것을 ― 적어도 잠시라 도 ― 위에서 내려다보는 것을 좋아한다. 그러면 우리 인간 세상 이 광범위하게 흩어져 있는 유기체의 식민지들로 보인다. 스스 로에게 만족하고, 변화하는 환경에 쉽게 적응하고, 극도의 확장 성과 경쟁력을 보유한 동시에 자아 인식과 협업에도 능한 유기체 들. 이러한 유기적인 구조에서 번역가는 없어서는 안 되는 그야 말로 필수 불가결한 존재다. 일종의 신경 전도성 조직과 같은 핵 심 요인이면서 한 장소에서 다른 장소로 작품의 정보를 전달하는 데 결정적인 도움을 주는 네트워크이기도 하다.

그런 관점에서 본다면 헤르메스가 오래전부터 번역가의 수 호신이자 후원자이며 보호자였다는 것은 그리 놀라운 사실이 아 니다. 아담한 키에 유연하고, 민첩하고, 총명하고, 눈치 빠른 신, 『영웅전』을 쓴 플루타르코스의 표현을 빌리자면 "신 중에서 가 장 작고 가장 영리한" 신이 세상의 도로 위를 질주하고 있다. 긴

머리에 날개 달린 모자를 쓰고 손에는 카두케우스 지팡이[36]를 든, 성별이 불확실한 그는 어디에나 출몰한다.

헤르메스는 융합의 신, 서로 멀리 떨어져 있는 사안들을 연결하는 신, 이익 창출의 신이다. 유머 감각을 가진 신이자 거짓말과 속임수의 신이기도 하다. 또한 상인과 장사꾼, 도박꾼의 신이다. 우리가 여행할 때마다 늘 동행하며, 그의 목소리는 여행 안내서나 현지 가이드의 설명, 외국어 회화책에서 흘러나온다. 그렇게 낯선 장소에서 우리를 이끌고, 지도 읽는 법을 가르치고, 국경 너머로 우리를 데려가 준다. 하지만 무엇보다 소통의 행위가 벌어지는 곳이면 어디든 나타난다. 우리가 다른 사람에게 뭔가를 말하기 위해 입을 벌릴 때 바로 거기에 헤르메스가 있다. 우리가 신문을 읽을 때, 인터넷 서핑을 할 때, 문자 메시지를 보낼 때도 함께 있다. 만약 그가 머무는 신전이 오늘날에도 존재한다면 거기에는 틀림없이 프린터와 전화기, 복사기가 있을 것이다.

헤르메스의 공식 직함 중 하나는 '헤르메네우테스(Hermeneutes, 해석학자)[37] ── 통역가와 번역가'다. 그리고 실제 헤르메스의 신전을 관장하는 사제들은 번역가들이다. 왜냐하면 그들이 수행하는 작업이 이 신의 본질과 맞닿아 있기 때문이다. 번역가들은 언어를 통해, 그리고 언어를 초월하여 사람들과 소통하고 한 문화

36 신들의 사자인 헤르메스가 들고 다니는 지팡이로 두 마리의 뱀이 감긴 꼭대기에 두 개의 날개가 달려 있다.
37 '해석학(hermeneutics)'의 어원은 그리스 신화의 헤르메스에서 비롯되었으며, 여기에는 '진술하다', '선포하다', '번역하다' 등 다양한 의미가 내포되어 있다.

에서 다른 문화로 인간의 경험을 전파한다.

나는 헤르메스에 대해 특별한 애착을 품고 있고, 이 텍스트의 주제와는 동떨어진 어떤 이유로 인해 그에 대해 강렬한 유대감을 갖고 있다. 그래서 이 글에서 그를 소환하는 것이 내게는 크나큰 기쁨이다.

하지만 본격적인 전개에 앞서 나는 우선 패러독스, 즉 역설에 대한 나의 반감 또는 호감에 대해 잠시 언급하고 싶다.

······몰이해에 대한 찬사

한자의 아름다움에 매료된 젊고 세련된 여성이 자신의 목에 화려하면서도 정교한 문신을 새겼다. 이 문신은 중국어를 아는 모든 사람을 아마도 깜짝 놀라게 했을 것이다. 식료품 포장지에서 자주 볼 수 있는 "다시 냉동시키지 마세요!"라는 경고 문구였기 때문이다.

이런 모습은 우월감에 가득 차서 상대를 내려다보는 데 익숙한 사람들의 눈에는 어리석거나 한심하게 여겨질 수도 있으며, 일종의 무지로 치부된다. 그러나 일반적으로는 미소와 너그러움을 자아내게 마련이다. 왜냐하면 다들 한 번쯤은 어떤 착오나 오해로 말미암아 상황에 적응하지 못한 경험을 해 봤기 때문이다. 오해라는 건 대체로 맥락에 대한 무지로 인해 겪는 외로움이자 일종의 거리감을 의미한다. 또한 가장 본질적이면서 가장 수치스러운 내향성의 유형 중 하나라고 볼 수 있는데, 일반적으로 우리는 뭔가를 이해하지 못할 때 부끄러움을 느끼기 때문이다. 우리 문화는 우리가 세상에 대한 이해를 바탕으로 세상을 통제할 수 있도록 교육한다. 그래서 이해하지 못하는 사람은 통제의 가능성을 박탈당하게 된다.

하지만 어느 순간 몰이해가 해방의 경험으로 바뀌기도 하는데, 주로 우리가 먼 곳으로 여행을 떠났을 때 그런 경험을 맛보게 된다. 모든 것이 낯설고, 이질적이고, 새롭고, 이해하기 힘든, 완전한 미지의 장소에서 말이다. 충격적인 냄새, 뭔가 다른 색조와 강도를 띤 빛깔들. 그곳에서 우리는 다른 공기를 마시고, 생경한 온도에 놀란다. 낯선 장소에서 만난 사람들의 몸짓 언어는 혼란스럽기만 하고, 그들의 언어는 파악이 불가능하며, 그들이 사용하는 문자는 암석원[38]의 이국적인 식물들을 모아 놓은 것처럼 보인다.

일종의 반사 작용에 의해 잠시 공황 상태를 겪은 뒤 점차 호흡이 진정되면서 새로운 현실에서 단서의 실마리를 찾기 위해 뇌의 집중력이 동원된다. 덕분에 지친 엔진과 다름없던 우리 정신이 새로운 자극을 받게 된다. 그러다 정보의 혼돈 속에서 '자전거' 같은 단어라든지, 아니면 평소 익숙했던 다국적 기업의 상표를 발견하는 순간 점차 안도의 한숨을 내쉬며, 비록 내가 아는 세상의 변종이긴 하지만 그래도 동일한 세계에 와 있음을 깨닫게 된다.

며칠 동안 헛된 수고와 의미 찾기를 되풀이하고 반복적으로

38 일정 공간에 크고 작은 바위와 돌을 다양한 형태로 배치하
고, 그 사이에 고산식물이나 다육식물을 심어 놓은 자연식
정원의 한 형태를 말한다.

나열되는 문자들을 특정 상황과 연관 지으면서 우리 두뇌는 조금씩 안정을 찾고, 이해하기 힘든 엄청난 자극에 굴복하며 해탈과 비슷한 상태에 빠지게 된다. 이제 우리는 문자를 더 이상 정보 전달의 수단으로 인식하지 않고 아무런 의미도 부여되지 않은 유기적이고 자연스러운 형태, 미학적 패턴으로 받아들인다. 자연을 바라볼 때 의미에 구애받지 않고 있는 그대로 인식하는 것이 우리의 일차적인 반응이기 때문이다. 그리하여 우리 눈앞에 펼쳐진 각종 광고는 설득이나 권유의 기능을 멈추고 그저 커다란 현수막에 아로새겨진 화려한 반점으로 인식된다. 거리의 간판은 입구의 일부를 구성하는 프레임에 불과하고, 티켓은 아무것도 적히지 않은 백지 상태를 거부하기 위해 뭔가가 그려져 있는 빳빳한 종이 쪽지일 뿐이다. 지나가는 행인의 입에서 흘러나오는 말소리 또한 새소리와 비슷하게 들린다. 개별적인 음가를 포착할 수는 있어도 어떤 의미를 부여할 수는 없다. 그 대신 입술의 움직임과 안면 근육의 작용, 즉 눈썹이 어떻게 춤을 추고 뺨이 어떻게 실룩이는지 등 낯설고 괴상한 소리와 함께 우리의 시선을 잡아끄는 다른 요소들을 유심히 살펴보고 손짓이나 몸 전체의 움직임을 관찰하게 된다. 그러한 동작 중 일부는 우리가 익히 알던 것들과 흡사하다. 머리 끄덕이기나 미소 짓기가 대표적인 사례다. 하지만 다른 동작들, 예를 들어 얼굴 앞에서 손을 흔든다든지 갑자기 머리를 뒤로 젖힌다든지 하는 것은 그 의미를 파악하기 어렵다. 익숙하든 익숙하지 않든 이러한 몸짓들 또한 통역이 요구되며 언제든 오해의 함정에 빠질 위험을 내포하고 있다. 왜냐하면 그것은 동의 또는 거부의 표시일 수 있고, 좋고 싫음의 선호도를 나타낼 수도 있기 때문이다.

　이런 식의 멀고도 기나긴 여정은 낯섦을 연습하는 과정이다. 현지어를 모르기에 그동안 익숙하고 통제 가능한 세계로 바라보았던, 일종의 환영과도 같은 우리 비전에서 그 조악한 이음새가 더욱 두드러지게 드러난다. 덕분에 우리와 우리 눈은 낯선 기호(문자)들과 합의된 사안들 사이에서 일정한 거리를 유지한 채 유령처럼 방황한다. 맹목적인 행운과 기적적인 우연에 기대면서 우리는 메뉴판을 들여다보고 요리를 주문한다. 그럴 때 우리는 모르는 문자들의 배열 속에서 나름대로 익숙한 기준에 따라 순서를 정한 뒤 자신의 주관적인 상상에 의존하게 된다.

　최근 루마니아 여행을 하다가 현지 운전자들이 애용하는 길거리 간이 음식점의 메뉴판에서 나름 상당히 친숙하다고 여겨지는 어떤 요리를 선택한 적이 있다. '자머 데 코코슈 시 터이체이 데 카서(zamă de cocoş şi tăiţei de casă) ── 가정식 치킨 수프.' 배고프고 참을성 없는 채식주의자의 뇌는 이 요리명을 태국의 코코넛 밀크 수프와 서둘러 연관 지었다. 그러나 내 대뇌의 성급한 활동이 빚어낸 결과물은 그다지 성공적이지 못한 것으로 판명되었다. 웨이트리스가 가져다준 요리는 집에서 직접 수탉을 고아 만든 육수에 역시 집에서 반죽한 국수를 넣어 끓인 수프였다.

　이러한 기묘한 정신 상태는 사실상 창조적인 상태다. 우리로 하여금 오랜 세월 스스로 축적한 지식과 경험, 직관의 모든 자산을 총동원하도록 지시하며, 이를 통해 우리 정신이 어마어마한 작업을 수행하도록 자극하기 때문이다. 그렇게 일깨워진 상상력은 우리에게 든든한 조력자이자 동시에 교활한 적이 된다.

나는 이처럼 경이로운 순수의 상태를 모두가 경험해 봐야 한다고 생각한다. 현실에 대한 우리의 고유한 경험을 억누르고, 세상이 고르고 일정하다고 믿게 하며, 불변의 반복적인 법칙으로부터 지배를 받고 있다는 착각을 빚어내고, 그래서 그러한 세상을 신뢰할 수 있다는 환상을 불러일으키는 모든 연결망과 조합, 인위적인 연관성이 만들어지기 이전의 상태를 우리 모두가 반드시 경험해 봐야 한다. 동시에 이러한 상태는 우리 것이 아닌, 다른 규칙에 기반한 세계도 얼마든지 존재할 수 있으며, 그러한 세계가 우리 세계보다 더 좋지도 더 나쁘지도 않다는 사실을 우리에게 명확히 알려 준다. 나아가 우리가 만든 질서 또한 세상의 수많은 질서 중 하나이며, 우리가 느끼는 편안함은 실은 익숙함에서 비롯된 것임을 깨닫게 해 준다.

구조 활동으로서의 번역

번역가들이 자신의 신화적 문서 파일에 반드시 보관해야 할 아름다운 이야기가 있다. 번역가들이 인류 문명을 구원했음을 입증하는 이야기이기 때문이다. 로마 제국의 몰락과 더불어 유럽 대륙을 침략하려는 이방인의 공격으로 인해 고대의 지적 유산이 통째로 사라질 위기에 놓인 적이 있다. 실제로 이 시기에 돌이키기 힘들 정도로 많은 유산이 소실되었지만, 그래도 어느 정도는 지켜 낼 수 있었던 것은 8세기부터 주로 지중해와 중동 지역을 중심으로 광대한 영토를 통치했던 압바시야 왕조[39]의 아랍 통치자들 덕분이다. 그들은 수도인 바그다드에 전문적인 대규모 번역 아카데미를 설립했다. 바그다드의 저 유명한 '바이트 알히크마(Bayt al-Hikma, 지혜의 집)'에서 번역가 집단은 제국 영토에서 유입된 거의 모든 텍스트를, 자신들이 손에 넣을 수 있는 모든 글을 닥치는 대로 아랍어로 번역했다. 우선 그리스인들의 저서부터 번역하기 시작했다. 아리스토텔레스를 필두로 아르키메데스, 테오프라스토스, 프톨레마이오스, 히포크라테스, 유클리드의 저서가 번역되었다. 아랍의 번역가들은 지리학이나 천문학, 의학 같은 학술 분야는 물론 점성술이나 마술에도 관심이 있었다. 그들은 그리스뿐 아니라 이집트, 인도, 나아가 페르시아의 작품도 다루었다. 서사시나 역사적 저술은 그들을 매료시키지 못했다. 그래서 헤로도토스나 투키디데스, 호메로스, 아리스토파네스에는 관심이 없었다. 또한 희곡도 번역하지 않았다. 당대의 수많은 희비극이 영원히 사라진 가장 큰 이유가 바로 여기에 있다. 동양의 실용적인 번역가들은 언어학이나 문법, 혹은 문체론에 대한 탐구를 선호했다. 아마도 보다 나은 번역물을 양산하려는 의도였을 것이다. 어쨌든 유럽에서 여전히 구세계의 잔재가 화염 속에서 불타는 동안, 중세 초반의 몇 세기 동안 몰락한 서구 문명의 가장 중요한 텍스트들이 마치 아폴로가 몰래 숨겨 놓은 암소처럼 다른 언어로 번역되어 바그다드나 아랍의 도서관 책장에서 혹한의 겨울을 보냈다.

39 750~1258년에 우마이야 왕조의 뒤를 이어 바그다드를 거점으로 동방 이슬람 세계를 지배한 이슬람 왕조다.

우리가 알고 있듯이 이 모든 일은 우리가 속한 세계의 역사상 가장 암울한 시기 중 하나에 일어났다. 북쪽에서 내려온 부족들의 침투와 내전으로 도시가 파괴되고, 농지가 황폐화되었으며, 폭력과 질병으로 사람들이 목숨을 잃었다. 그것은 도서관의 시대가 아니었다.

역사의 풍차는 서서히, 그리고 자신만 아는 규칙에 따라 돌아간다. 12세기에 상황이 급변하면서 지중해 반대편에서도 앞서 언급한 것과 비슷한 일이 벌어졌다. 레콩키스타(Reconquista), 즉 이베리아반도에서 무어인을 축출하려는 기독교인들의 무장 투쟁이 가속화된 것이다. 널리 알려진 바와 같이 당시 십자군 전쟁이 한창이었으므로 유럽에서는 성지 탈환, 혹은 선동적인 전도사들이 지어 낸 중동의 부와 재물에 관한 열띤 상상이 가미된 이야기들이 성행했다. 유럽에서 밀려나 오늘날 스페인 남쪽까지 내려간 아랍인들은 그 지역에 풍요롭고 아름다운 도시와 뛰어난 음악, 고도로 발달한 문화, 그리고 무엇보다 '도서관'을 남겼다. 그래서 정복자들의 군대 뒤에 서 있는 건 사제들이 아니었다. 재물 대신 파피루스와 고문서에 흥분을 감추지 못하는 책 애호가들이었다. 이제 바그다드에서와는 반대로 아랍어에서 기독교 문화권의 언어로 텍스트를 옮기는 번역가가 유럽에서 필요하게 되었다.

탈환된 톨레도의 대주교는 서양 문명을 수호하기 위해, 마치 고고학자들처럼 작품들을 하나하나 발굴해 복원하는 번역가들을 양성하기 위해 톨레도 번역 학교를 설립했다. 대부분의 작품들은 아랍어에서 카스티야어로 번역된 다음, 다시 카스티야어에서 라틴어로 번역되었다. 새로운 번역가들은 라틴어를 별로 좋아하지 않았다. 그들에게는 라틴어가 멸망한 로마 제국의 수로처럼 곰팡내 나는 부패한 언어로 여겨졌다. 톨레도 번역 학교에서 능숙하고 믿을 만한 번역가를 양성하는 데 여러 해가 걸렸다. 톨레도가 배출한 학구적인 번역가의 이름을 모두 기억하기는 쉽지 않은 일임을 잘 알고 있다. 하지만 그들을 기리고 추앙하기 위해 유럽의 주요 도시에서 그들의 이름을 딴 도로명을 사용해야 한다고 나는 생각한다. 도밍고 군디살보(도미니쿠스 군디살리누스), 배스의 애덜라드, 체스터의 로베르트, 잉글랜드의 알프레드, 몰리의 다니엘, 크레모나의 제라드, 티볼리의 플라톤, 피사의 부르군디오, 베니스의 자코모, 팔레르모의 에우제니오, 수학자 마이클 스콧, 카린시아의 헤르만, 뫼르베크의 기욤, 아브라함 바 히야. 이 위대한 인물들이 번역 작업을 수행하기 전 서양에서는 아리스토텔레스의 논리학 관련 저작물과 포르피리오스의 작품 한 편, 플라톤의 『티마이오스』, 그리고 그리스어로 쓴 몇 편의 텍스트 정도만 알려졌을 뿐이었다. 하지만 아리스토텔레스 저술 전체를 비롯해 고대와 비잔틴, 이슬람의 논평들, 수백 권에 달하는 그리스와 아랍의 다양한 책들이 번역됨으로써 중세 학문과 철학에 대대적인 변동과 혁신이 일어났다. 이는 서양 문명을 다시 일으켜 세운 혁명이었다.

이게 얼마나 대단하고 놀라운 업적인지는 그저 상상과 짐작으로만 가능할 뿐이다. 아랍어는 극도로 조형적인 언어이며, 수많은 동의어를 사용하는 언어다. '뱀'이라는 단어만도 500개나 있다고 한다! 이런 경우 단어의 의미는 모호해질 수밖에 없으며,

상황과 맥락에 따라 달라지게 마련이다. 번역가들은 최선을 다해 그 언어에 대처했다. 종종 개념을 이해할 수 없거나 함께 편집해 가며 사용하는 공동 사전에서 해당 단어를 찾을 수 없는 경우에는 라틴 문자로 아랍어의 소리를 그대로 적었다. 말하자면 그들은 외국 대륙에서 식물의 종자를 밀항자처럼 몰래 들여오는 뱃사람이나 마찬가지로 지금까지 서양에 알려지지 않은 새로운 개념들을 우연히 수집해 서양 문화권에 도입했다. 예를 들어 보자. 증류기, 대수학, 알고리즘, 알칼리, 붕사, 지르코늄, 숫자, 엘릭시르, 재스민, 장뇌(樟腦), 아티초크, 커피, 담청색, 루트, 천저점, 연, 사프란, 활석, 천정점, 제로(0), 그리고 그 밖의 수많은 어휘들. 이것은 전혀 뜻밖의 수확이자 자산이었고, 그러한 자산의 수호신이 바로 헤르메스였다.

새싹을 접목시키는 작업으로서의 번역

지인인 프랑스 작가를 만났을 때의 일이다. 우리는 커피를 마시며 좋아하는 책에 관한 이야기를 나누었다. 감명 깊게 읽은 책을 서로 추천하면서 전 세계적으로 널리 찬사를 받는 책들이 과연 우리에게도 비슷한 감동을 불러일으켰는지에 대해 서로에게 질문했다. 나는 몽테뉴를 얼마나 흥미롭게 읽었는지 밝혔고, 『에세(Les Essais)』가 겉표지부터 뒤표지까지 일회성으로 한 번에 읽고 그치는 독서가 아니라는 점을 강조했다. 나는 저자가 펼치는 논리의 흐름을 파악하는 즐거움을 맛보기 위해, 그리고 저자의 생각을 명확히 이해하기 위해 이따금 몽테뉴의『에세』중 한 권을 펼쳐서 다시 읽어 보는 것을 좋아한다고 말했다. 그러자 프랑스 작가가 매우 놀라면서 의심스러운 눈길로 내가 프랑스어로 읽는지를 물었다. 나는 몽테뉴와 나 사이에 번역가가 개입하는 것을 지극히 당연하게 받아들이면서 폴란드어로 읽는다고 대답했다.

그러자 그 작가가 내게 털어놓았다. 오늘날 자신을 포함한 대부분의 프랑스인은 모국어로 몽테뉴를 읽는 것을 괴로워한다는 것이다. 몽테뉴의 프랑스어는 오래된 고어체라 그가 쓴 내용을 이해하려면 극도의 집중력을 발휘해야 하기 때문이다. 따라서 그의 글을 읽으며 즐거움을 만끽하거나 술술 읽히는 희열을 느낀다는 건 사실상 불가능하다고 했다. 학교 교과 과정에서『에세』일부를 발췌해 꼼꼼하게 읽긴 하지만 그 과정에는 상당한 어려움이 따른다고도 했다. 마치 폴란드인들이 16세기 르네상스 시대의 작가인 미코와이 레이의 시를 고어로 읽는 것과 비슷한 경우다. 여기서 우리는 우연하게도 한 가지 역설을 발견하게 되었다. 번역가의 중재와 개입 덕분에 원본을 읽을 수 있는 프랑스 친구보다 내가 기적적으로 이 16세기 프랑스 작가에게 더 가깝게 다가갈 수 있었던 것이다! 여기 점점 노쇠해 가는 언어가 있는데 어떤 번역가에 의해 그 언어가 젊어지고, 오래된 씨앗에서 새로운 싹이 움트게 된다. 그러므로 번역은 하나의 언어를 다른 언어로, 또는 하나의 문화를 다른 문화로 옮기는 작업일 뿐 아니라 일종의 원예 기술이라고도 할 수 있다. 그것은 하나의 식물에서 가지를 잘라 내어 다른 식물에 접목한 뒤 새싹을 움트게 하고, 생장 에너지를 모아 본격적인 가지들로 뻗어 나가게 만드는 작업이다.

우연의 일치일까. 헤르메스는 새로운 어휘나 숫자, 천문학, 음악, 리라를 만들어 냈을 뿐 아니라 사람들에게 올리브 나무를 경작하고 돌보는 법을 가르쳤다.

폴란드에서 내가 속한 세대(아니, 비단 우리 세대만이 아니리라.)는 위대한 번역가인 타데우시 보이젤렌스키[40]가 번역한 프랑스 고전들을 한 번쯤은 접해 봤을 것이다. 매우 활동적이면서 근면 성실했던 이 번역가는 한편으로 강렬하면서도 풍부한 개성과 표현력을 겸비하고, 다른 한편으로는 엄격한 어순과 문법 질서를 요구하는 까다로운 프랑스어에 딱 들어맞는 동시대의 폴란드어를 구사했다. 그래서 나는 몽테뉴를 읽었지만 보이젤렌스키의 정신과 지성을 통해 그것을 읽었다. 『에세』의 모든 문장은 활자화되고 인쇄본으로 영구 각인되기 전 잠시 또는 그보다 오랫동안 보이젤렌스키의 정신에서 머물렀다. 그래서 나는 자신 있게 말할 수 있다. 내가 아는 프랑스 문학은 번역가가 체험하고 이해한 딱 그만큼의 수준과 용량이라고. 이러한 견해에 대해 몽테뉴는 뭐라고 말할지 궁금하다.

---

40 Tadeusz Boy-Żeleński(1874~1941). 폴란드의 시인이자 비
    평가. 100여 편이 넘는 프랑스 고전 문학을 폴란드어로 옮
    겼다.

트릭스터[41]

헤르메스는 또한 트릭스터였다. 아마도 헤르메스처럼 거짓말과 속임수에 능한 신은 없을 것이다.

얼마 전 나는 신간 집필을 위해 설형 문자판에 기록된 텍스트를 연구하다 시리아까지 갔었다. 당시만 해도 불과 몇 년 후에 현대사에서 가장 피비린내 나는 잔혹한 전쟁 중 하나가 이 나라에서 일어나고, 이것이 최초의 현대적인 기후 전쟁 중 하나로 기록되리라고는 아무도 생각지 못했다. 그 무렵 다마스쿠스는 붐비는 도시의 여러 구역과 거리에서 다민족, 다종교 사회가 조화롭게 나뉘어 살아가는 평화로운 오아시스처럼 보였고, 다채로운 빛깔과 여러 가지 문양으로 직조된 카펫이 깔린 것만 같았다.

나는 "여신들의 인공 유물"과 관련한 놀라운 컬렉션이 있다는 정보를 입수하고 한 박물관에 갔다. 그날따라 무더위가 한창이었고, 도시를 뒤덮은 희뿌연 먼지가 박물관 전시실까지 스며들고 있었다. 먼지가 살포시 내려앉은 한적한 박물관은 새로운 세계를 여는 주문인 '참깨'와도 같았다. 수많은 전시실과 복도, 진열장에 수만 개의 놀라운 전시물이 놓여 있었다. 내가 가능한 한 많은 정보를 얻고 싶었던 대상들이 곧바로 눈에 띄었다. 나는 굶주린 시선으로 안타깝게 그것들을 바라보았다. 마치 이미지를 저장하는 순간 그 진위를 위협받기라도 하는 것처럼 박물관 내

41 신화나 민담 속의 장난꾸러기. 꾀가 많은 초자연적인 존재를 일컫는다.

에서는 전시품의 사진을 절대로 찍지 말라는 경고를 받았기 때문이다. 아쉽게도 박물관에 있는 모든 설명과 정보는 대부분 아랍어로 쓰여 있었다.

사방에 떠다니는 먼지는 모든 전시품 위에 드리워진 망각의 위협을 가시적으로 드러내 보였다. 나는 필사적으로 번역가를 찾았다. 그러다 막 점심을 먹으러 가려던 직원을 간신히 붙잡을 수 있었다. 그는 마지못해 전시물의 캡션에 적힌 내용을 영어로 통역해 주었는데 입을 열 때마다 모든 문장을 "여기에 이렇게 쓰여 있습니다…….”로 시작하는 버릇이 있었다. 박물관 직원이 이런 식으로 자신의 무지를 그럴듯하게 포장하려는 듯한 어투를 구사할 때마다 뭔가 그가 공유하려는 정보의 진의로부터 멀어지는 듯한 느낌이 들었다. 혹은 지금 이렇게 통역을 하고 있지만 실제로는 다른 누군가가 준비해 놓은 전시 설명에 내포된 어떤 이데올로기적이고 기만적인 지식을 전달한다는 걸 자신도 잘 알고 있음을 드러내는 듯한 태도였다. 정확한 이유(아마도 정치적이거나 종교적인 이유일 것이다.)는 모르지만 모든 인물, 특히 고대 중동의 여신을 형상화한 이미지들은 평범한 여성, 혹은 어린이용 장난감이나 인형으로 묘사되었다. 이런 식의 설명이 정말로 먼지투성이의 누런 종이에 적혀 있는지, 아니면 배고픈 직원이 개인적인 종교적 지식을 늘어놓고 있는지를 확인하는 것은 불가능했다. (아마 앞으로도 영원히 확인할 수 없으리라.)

애석하게도 설형 문자의 서판에 기록된 가장 오래된 이야기 중 상당 부분은 번역본으로만 남아 있다. 대부분 여러 언어로 번역되었지만 일부는 소수어로 번역된 것도 있다. 이따금 무질서

한 발굴 작업 때문이거나 정치적인 긴장 상태 또는 공개적인 갈등으로 인해 번역 작업에서 혼란이 발생하기도 한다. 하나의 텍스트임에도 수십 개의 서판이 세계 여러 나라의 박물관에 나뉘어 전시되는 사례도 있다. 그리하여 우리는 퍼즐과 같은 상황에 직면하게 되었다. 지구 방방곡곡에 흩어진 인류의 가장 오래된 문헌은 각기 다른 사막의 모래 속에 파묻혀 있다가 발굴된 것이다. 이처럼 하나의 텍스트가 다양한 언어로 번역되고 연구되면서 같은 이야기의 여러 버전을 제공하는 언어학적 다성 음악이 만들어졌고, 그렇게 다른 하늘 아래에서 다른 방언으로, 다른 속도로 이야기들은 재생과 부활을 거듭했다. 위대한 헤르메스 또한 이런 식으로 활약하며 아이디어와 이야기를 전 세계에 퍼뜨렸다.

번역가와 짐을 나눈다는 것

최근 내 책을 다른 나라에서 출간해 선보이는 공개 석상에 번역가들과 함께 나란히 참석하는 일이 자주 있었다. 자신의 저작을 누군가와 공유할 때 느끼는 안도감은 말로 표현하기 힘들다. 지금까지 오롯이 혼자 짊어지고 있던 텍스트에 대한 책임을 적어도 부분적으로나마 내려놓을 수 있어서 나는 정말 기뻤다. 더 이상 분노에 찬 비평가나 예민한 논평가, 문학적 감각이 부족한 기자, 오만하고 독선적인 진행자를 홀로 대면할 필요가 없게 된 것이다. 모든 질문이 내게만 쏟아지는 것도 아니고, 알 수 없는 외국어로 인쇄된 종이 뭉치가 온전히 나만의 소유물이 아니라는 사실에 진정한 희열을 맛보았다. 나 말고 다른 많은 작가 역시 이와 비슷한 안도감을 느끼는 것 같다.

그러나 무엇보다 놀라운 것은 번역가와 함께 있는 순간 나로서는 이해하기 힘든 어떤 새로운 영역이 열린다는 사실이다. 내가 완벽히 이해하지 못하는 낯설고도 불가사의한 문제들에 관한 토론, 이미 내 소관을 벗어난 토론에 번역가들이 개입한다. 여기 나로부터 해방되는 중인 어떤 텍스트가 있다. 아니, 어쩌면 그 텍스트로부터 벗어나 훨훨 날고 있는 게 나일지도 모른다. 그 텍스트는 마치 록 페스티벌에 가기 위해 집을 뛰쳐나가려는 반항적인 십 대 소녀처럼 나름의 자율성을 갖고 있다. 번역가는 텍스트에 손을 내밀어 그 새롭고도 다양한 면을 세상에 보여 주기 위해 노력한다. 그리고 벽 뒤에 서서 텍스트를 대신해 그 가치를 보증한다. 얼마나 기쁜 일인가! 번역가는 우리 작가들이 내면의 대화와 비전, 생각이라는 우주에서 몇 시간, 며칠, 몇 달, 심지어 몇 년을 보내며 체험하는, 직업적으로 떠안고 있는 깊은 외로움으로부터 우리를 자유롭게 해 준다. 외부 세계로부터 번역가가 우리에게 다가와서 이렇게 말한다. 나도 거기에 있었고, 당신의 발자취를 따라갔노라고. 하지만 이제부터는 우리가 함께 국경을 넘을 것이라고.

여기서 번역가는 말 그대로 헤르메스가 된다. 그가 내 손을 잡고서 국가와 언어, 문화의 경계를 넘어 나를 인도한다.

만약 헤르메스가 우리에게 언어를 준다면 각자에게 고유한 언어를 부여하리라

의사소통 행위로서의 문학은 자기 이름과 성을 걸고 텍스트에 서명할 때부터, 그리고 우리가 작가로서 텍스트 뒤에 서서 우리의 가장 깊고, 강렬하고, 독특한 경험을 언어로 표현할 때부터 시작된다. 자신의 텍스트가 이해할 수 없는 것으로 판명되거나, 아예 무시당하거나, 아니면 분노나 경멸을 불러일으킬지 모른다는 위험을 감수해 가면서 말이다. 그렇다면 문학은 개별적이면서도 특별한 자신만의 언어가 타인의 언어와 만나는 가장 독창적인 순간을 의미한다고 볼 수 있다. 또한 문학은 사적인 것들이 공적인 것들로 탈바꿈하는 공간이기도 하다.

자신의 문학 텍스트에 직접 서명을 남기고 작가로 거듭난 최초의 인간은 인안나[42]의 여사제이자 아카드 사람인 엔헤두안나[43]로 알려져 있다. 사회적으로 불안하고, 무자비한 권력 투쟁이 난무하며, 실망과 의심으로 가득 찬 암울한 시대에 그녀는 인안나에게 바치는 찬가를 썼다. 이 찬가는 신이 자신을 버렸다고 생각하는 한 인간의 탄식과 불만을 감동적으로 담아냈다. 아주 오래된 텍스트이지만 언어를 현대화하려는 번역의 본질적인 속성 덕분에 현대인에게도 그 내용이 이해되고 생생하게 다가온다. 시공을 초월해 보편성을 획득했기에 작가가 그려낸 내밀하면서도

---

42 수메르 신화에서 땅과 하늘의 여신을 말한다.
43 인안나를 모시는 무당이자 인류 최초의 문학가다.

심오한 체험이 독자에게 고스란히 전달되기 때문이다. 이 작품은 절망과 체념, 고독과 실망을 토로한, 극적이면서 또한 지극히 개인적인 고백이다. 4500여 년 전에 쓰인 텍스트가 완전히 다른 세계, 그러니까 당대 공식적인 언어가 먼지처럼 사라지고 난 뒤 아득히 먼 시간을 거슬러 올라와 현시대를 살아가는 누군가에게 깊은 감흥을 불러일으킬 수 있다니 놀랍지 않은가!

개인의 언어는 부모로부터 물려받은 유물이자 환경의 산물이다. 또한 독서와 학교 교육, 개별적인 성향에 따라 형성된 고유한 언어이기도 하다. 따라서 그 언어는 우리 일생에 걸쳐 천천히 만들어진다. 자신의 생각을 적어 두거나, 날마다 일기를 쓰거나, 텍스트를 창작하는 습관이 모두에게 있지는 않다. 따라서 우리가 자기 자신과 대화할 때 사용하는 지극히 내밀한 개인의 언어가 항상 기록으로 남는 것은 아니다. 그럼에도 우리는 어떤 사람을 식별하기 위해 지문을 사용하는 것처럼 누군가의 언어를 개인의 고유한 특성으로 간주한다.

나는 문화가 개인의 언어와 집단의 언어 사이에서 균형을 유지하도록 만드는 복잡한 과정이라고 생각한다. 집단의 언어가 '사람들의 왕래가 빈번한 도로'라면 개인의 언어는 '하나밖에 없는 오솔길'과 같다. 집단적인 의사소통이란 가능한 한 이해하기 쉬우면서 현실과 근접 또는 일치하는 어떤 이미지를 구축하는 데 도움이 되는 내용을 전달하기 위해 구성원 간에 서로 합의되고 사회화된 의사소통 방식을 말한다. 이러한 공동의 현실 속에서 단어들이 지칭하는 건 실제 존재하거나 아니면 상상으로 빚어낸 구체적인 현상 또는 사물들이다. 그렇기에 공동의 언어와 현실의 이미지는 서로를 보완하고 강화하는 역할을 수행하게 된다. 한 가지 역설적인 것은 이처럼 집단의 언어와 현실의 이미지가 서로 긴밀하게 의존하는 상황이 지속되다 보면 언어가 현실을 규정하고 현실이 언어를 규정하는 상황이 반복될 수밖에 없고, 결국엔 시간이 흐를수록 우리가 덫에 걸린 듯한 느낌에 사로잡히게 된다는 것이다. 폐쇄된 전체주의 사회가 가장 대표적인 예인데, 권력에 의해 장악된 언론은 현실에 그럴듯한 명칭을 부여하면서 사안을 미리 가정하고 예측 가능한 것으로 만들어 버린다. 그렇게 집단의 언어는 정권의 정치적 비전을 수호하는 기능을 떠맡고 의식적으로, 그리고 냉소적으로 프로파간다에 이용당한다. 이런 경우 소통 전반에 걸쳐 문제가 발생할 뿐 아니라 나아가 대화 자체가 불가능해진다. 이러한 상황에서는 주어진 정치 체제에 반하는 어떤 단어나 개념을 소환해 목소리를 높이고 명백한 사실에 대해 공개적으로 발언하는 것이 용기 있는 행동으로 여겨지게 된다. 그 결과 '수평적 의사소통 회로'가 등장한다. 반대파의 저항에 의해서가 아니라 사회적으로 꼭 필요하고, 그러한 회로가 없으면 사회가 부패하기 때문에 발생하는 것이다. 이러한 수평적 의사소통 회로에는 지하 출판물뿐만 아니라 농담이나 암시, 암호나 은어, 아이러니 등이 포함된다. 하지만 집단의 언어를 신봉하는 그룹에서는 자신들이 쓰는 언어가 시간이 지남에 따라 너무나 당연해져서 점점 개념 없이 사용하게 되며, 그러다 단어들이 고유한 의미를 잃고 맥락 또한 창의성을 상실한 채 틀에 박힌 진부한 내용으로 전락해 버린다. 결국 선동적인 집단의 언어는 공허한 말장난으로 변질되고 소통의 기능을 상실한 채 선전용 슬로건에 그치고 만다. 윤곽을 상실한 개념은 그저 공허한 구호일 뿐이므로.

우리는 역사를 통해, 그리고 현재를 통해 정치적 성향이 두드러진 집단적 언어의 생성이 고유한 언어를 약탈하고 궁핍하게 만든다는 사실을 알고 있다. 중립적이면서 때로는 이미 우리에게서 잊힌 어휘들, 의미상 고어에 해당하는 어휘들이 갑자기 낡은 창고에서 꺼내져 과도하게 노출되고 배너와 깃발, 선거 캠페인에 등장한다. '민족(naród)'이라는 단어의 운명이 그 대표적인 사례다. 고유한 역사적 맥락을 거세당한 채 먼지 속에서 막 끄집어낸 이 오래된 개념이 어쩌다 보니 새로운 세계의 질서를 구축하는 데 큰 도움을 줄 수 있는 것으로 판명되었다. 그러고는 어찌나 강력하게 그 개념이 도용되었는지 새로운 질서를 신봉하지 않는 사람들조차 순진하기 짝이 없는 이 단어를 함부로 사용하지 못하게 되었다. 이 단어에 새롭게 부여된 의미들이 상당히 위험스러웠기 때문이다.

물론 우리가 합의된 현실에서 지속적인 의사소통을 하려면 집단적인 언어가 존재해야 한다. 또한 사회적인 연결과 유대에는 반드시 언어적 차원이 개입되어야 한다. 쉽고 단순한 관용어구나 숙어들이 우리에게서 친밀감과 공동체 의식을 자아내는 이유가 바로 여기에 있다.

타인에게 집단적 언어를 강요하기 위한 분투는 의회나 텔레비전에서뿐 아니라 대학가에서도 이어지고 있다. 이러한 창구들을 통해 지적인 유행의 물결이 사방으로 퍼져 나가는데, 그러다 보면 결국 특정 집단의 고유한 개인어인 이디오렉트[44]가 만들어진다. 물론 이러한 개인어가 확산되기까지는 다소 시간이 걸리지만, 몇 년 후 집단에서 그러한 개인어가 채택되고 나면 구성원들이 자신들의 눈에 비친 세계를 설명할 때뿐 아니라 어떤 동맹을 만들어 거기에서 누군가를 배제하거나 반대로 자기편으로 규정짓는 데에도 폭넓게 사용된다. 삼십 년 주기의 모든 세대, 아니 어쩌면 오늘날에는 십 년 주기로 세상을 묘사하고 설명하는 그들만의 개인어들이 존재한다. 하지만 이러한 언어들은 대부분 자신의 태생적인 표현의 한계, 그리고 덧없고 일시적인 속성을 의식하지 못한다.

인간이 자신의 고유한 언어를 잃고 집단의 언어가 사적인 언어를 모조리 집어삼키는 것보다 더 무서운 질병은 없다. 관료, 정치인, 학자, 성직자 들이 바로 이러한 질병을 앓고 있다. 이럴 때 유일한 치료법이 문학이다. 창작자의 언어와 소통하고 교류하는 행위는 우리에게 일종의 백신과 같다. 즉흥적으로 만들어져서 일종의 도구처럼 남용되는 오늘날의 일그러진 세계관에 저항하는 백신. 고전을 포함해 문학 작품을 반드시 읽어야만 하는 강력한 논거가 바로 여기에 있다. 문학은 집단의 언어가 한때 지금과는 다르게 기능했고 과거의 세계관이 현재와는 확연히 달랐음을 우리에게 일깨워 준다. 그러므로 우리는 책을 읽어야 한다. 지

44 idiolect. 특정한 개인이 독특하게 구사하는 말을 말한다. 주로 말소리가 일반적인 경우와 다르거나 특별한 의미로 단어를 사용하는 경우가 많다. 시대에 따라 유행을 타고 사용되는 말, 즉 유행어 같은 것은 주로 원래는 개인어이던 것이 사회적으로 확산된 것이다.

금과는 다른 세계관을 인지하기 위해서, 그리고 우리가 살아가는 세계가 실은 여러 가능한 모습 중 하나이며, 이 또한 우리에게 영구히 주어진 게 아니라는 사실을 확인하기 위해서.

번역가는 작가와 동등하게 책임을 나눠 갖는다. 둘 다 인류 문명에서 가장 중요한 현상 중 하나, 즉 개인의 내밀하고 사적인 경험을 타인에게 전달하고, 각자의 경험을 문화 창조의 놀라운 행위로써 타인과 공유할 수 있다는 가능성을 굳게 믿으며, 그러한 가치를 수호하기 위해 노력하고 있다. 그리고 소통과 연결, 관계 구축의 화신인 헤르메스가 그들을 지원한다.

코이노스 헤르메스![45] 헤르메스 공동체여, 영원하라!

---

45 Koinos Hermes. 헤르메스의 별칭 중 하나로 '공동의 헤르메스', '함께하는 헤르메스'를 의미한다.

소금에 담근 손가락,
즉 내 간략한 독서 이력에 관하여

얀 포토츠키[46]의 소설 『사라고사에서 발견된 원고』에는 연회에 초대받은 손님들이 식탁에서 나누는 다음과 같은 대화가 등장한다. 손님 중 한 사람인 아폴로니우스가 다른 사람들에게 이렇게 말한다.

"존재하지만 존재하지 않는 탄탈로스의 정원을 본 적이 있습니까?"

"우리는 호메로스의 작품에서 그것을 봤습니다. 덕분에 우리가 직접 지옥으로 갈 필요가 없었죠."[47]

---

46 Jan Potocki(1761~1815). 계몽주의 시대 폴란드의 귀족으로 작가, 여행가, 민속학자 등 다양한 분야에서 활동했다. 19세기 유럽 판타지 문학의 걸작으로 일컬어지는 『사라고사에서 발견된 원고』를 집필했다.

47 Jan Potocki, *Rękopis znaleziony w Saragossie*, trans. by Edmund Chojecki(Warszawa, 1973).(원주)

"호메로스에서 탄탈로스의 정원을 보다", "톨스토이에서 나폴레옹 전쟁을 목격하다", "토마스 만에서 결핵이 치료되다", "멜빌에서 고래를 사냥하다", "볼레스와프 프루스[48]에서 불행한 연인이 되다." ── 이는 아마도 문학이 우리와 함께 만들어 갈 수 있는 역할에 대한 가장 간결하면서도 적절한 묘사일 것이다. 문학은 놀라운 존재론적 지위를 가진 특별한 세상을 창조함으로써 우리를 자신의 굴레에서 벗어나도록 이끌고 다른 방식으로는 누리지 못했을 새로운 경험에 동참하게 해 준다. 조금만 깊이 생각해 보면 우리의 지식이나 경험, 취향, 열정, 감성 대부분은 우리가 읽는 책들과 직접적인 관련이 있다. 우리는 문학 속 인물들을 우리와 가깝고 현실적인 실존 인물로 여기곤 한다. 그래서 그들에게 집착하거나 그들과 우리 자신을 비교하기도 한다. 심지어 그들 중 일부가 우리 삶을 바꿀 수도 있다.

모든 종 중에서 오직 인간만이 이처럼 불가사의한 '읽기' 능력을 획득했고, 덕분에 자신이 처한 현실로부터 일정 시간 동안 정신적으로 도피할 수 있는 특권을 갖게 되었다. 우리가 책을 펼칠 때마다 책장 표면과 우리 눈 사이 어디쯤에서 기적과도 같은 놀라운 일이 벌어진다. 문자들이 가지런히 정렬된 행을 따라 우리 시선이 움직이는 동안 뇌가 문자들을 특정한 이미지나 생각, 냄새, 음성으로 변환하는 것이다. 단순히 문자들로부터 어떤 정보를 파악하는 단계를 말하는 게 아니다. 그건 컴퓨터도 얼마든

---

48 Bolesław Prus(1847~1912). 폴란드 실증주의 문학을 대표하는 소설가로 『인형』, 『파라오』 등의 대표작을 남겼다.

지 할 수 있으니까. 그보다는 문자들로부터 흘러나오는 풍경과 향취, 소리에 관한 이야기다. 어떤 인물의 가장 미묘하고 복잡하고 세밀한 경험을 타인에게 전달할 수 있다는 사실, 그리고 누군가의 삶을 또 다른 누군가의 앞에 펼쳐 보일 수 있다는 가능성, 게다가 그 모든 게 실존 인물의 삶보다 더욱 사실적으로 그려진다는 점에서 기적이라는 것이다. 대체 어떻게 이런 일이 가능한 걸까? 나는 독서의 기적에 대해 지금껏 어떤 심리학자도 완벽한 해답을 내놓지 못했다고 생각한다. 그것은 지구 방방곡곡에서 매 순간 발생하는 보편적인 기적이다. 나는 작가이기 전에 우선 독자이기에 이러한 기적에 대해 잘 알고 있다.

지금까지 심리학자들은 유익한 독서 활동이야말로 건강한 정신의 특징 중 하나라는 사실을 밝혀냈다. 유익하다는 것은 읽은 내용을 이해하고 받아들이는 과정과 관련이 있다. 우리는 감정이 동요할 때나 스트레스를 받을 때는 책을 읽지 않는다. 정신 질환을 앓는 사람들은 이러한 능력을 거의 상실하게 된다. 그러므로 독서는 건강하고 균형 잡힌 정신의 특권이라고 할 수 있다.

읽기의 전제 조건은 우선 언어를 사용할 줄 아는 능력을 깨우치는 것이다. 언어 능력의 습득은 신경 세포가 활발하게 기능하는 대략 다섯 살 정도까지 이루어지는 상당히 복잡한 과정이다. 이 기간에 아이를 비언어적 환경에 방치하면 평생 말하는 법을 깨우치지 못하게 된다. 인간에게 양육되지 못한 채 정글에서 발견된 아이들이 바로 이러한 경우에 해당한다. 으르렁거리며 포효할 줄밖에 모르는 야생의 아이들은 늦은 나이에 인간의 말을 배우기 위해 필사적으로 노력했지만 결국 실패했다.

이와 유사한 특별한 입문 과정이 문학 읽기에도 적용된다고 나는 믿는다. 만약 아홉 살에서 열여섯 살 사이에 거의 에로틱한 체험에 가깝다고도 볼 수 있는 독서의 희열을 체험하지 못한다면 그 사람은 결코 진정한 독자가 되지 못한다. 물론 신문이나 책을 읽는 방법을 깨우치게 되면서 그 내용을 파악하고 거기서 뭔가를 배울 수도 있으며, 아마도 어떤 분야의 전문가나 학자가 될 수도 있을 것이다. 맙소사, 어쩌면 문학 평론가가 될 수 있을지도 모른다! 그러나 이 사람은 자신이 읽는 내용을 진정으로 체감할 수는 없다. 또한 책 속에 등장하는 세계를 현실처럼 받아들이며 소설에 몰입해 그 속에 뛰어들 수도 없다. 장자크 루소의 『신 엘로이즈』를 읽고 남편에게 다음과 같은 편지를 쓴 여성 독자를 예로 들어 보자. "나는 『신엘로이즈』를 벌써 너덧 번이나 탐독했는데 소설 속 인물들을 자꾸만 살아 있는 인물들로 착각하게 돼요."

이러한 입문 기간은 매우 민감한 시기다. 이 시기에는 정신과 신체의 젊음, 모든 종류의 자극에 대한 예민함과 유연함이 요구된다. 이 기간에 인간의 두뇌가 종이에 인쇄된 일련의 글자로부터 음악과 이미지를 추출하는 방법을 터득하면 이 능력은 영원히 남게 된다. 비록 나이가 들면서 점차 쇠퇴하더라도 말이다. 나이를 먹을수록 새로운 세계를 신속하게 받아들이는 이전의 비범한 수용력은 점점 떨어지게 마련이다. 어떤 사람들에게서는 그러한 퇴화가 빨리 일어나고 어떤 사람들에게서는 느리게 진행된다. 하지만 거의 삶이 끝나는 순간까지 그러한 능력이 지속되는 사람들도 꽤 있는데 나는 그들에게 부러움을 느낀다. 그래서 나는 잠들기 전, 혹은 잠 못 이루며 뒤척이는 밤에 소설에 깊이 빠져들곤 하는 나이 지긋한 분들을 떠올릴 때마다 가슴이 뭉클해진다.

자, 좀 더 과감하게 이야기해 보자. 여자가 남자보다 더 오래 사는 건 기정사실이다. 그 이유가 사회생물학자들이 그토록 열렬히 확신하는 뇌 구조의 차이 때문인지, 아니면 문화적인 영향 탓인지는 알 수 없다. 하지만 애초에 소녀들이 소년들보다 책을 더 많이 읽는다는 것은 의심할 여지가 없으며, 노부인이 되어서도 대부분 '글'에 대한 애정을 유지한다는 것 또한 확실하다.

어떤 종류의 자폐증은 나이가 들면서 나타나기도 한다. 이제 소설은 더 이상 우리의 관심을 끌지 못한다. 설명이나 묘사를 지루하게 여기며 누군가의 전기나 실용서가 제공하는 정보에 더 많은 흥미를 느낀다. 또한 이미지나 대화보다는 '팩트'에 더 많은 관심을 기울인다. 그 팩트가 선정적인 뉴스를 원하는 독자들을 겨냥해 언론인들이 꾸며 낸 것일지라도 우리는 그러한 팩트를 무조건 맹신하기 시작한다. 기사 속 논평들이 진실을 전달한다고 믿고 그것들을 존중한다. 그러다 결국 우리는 소설이 거짓말을 늘어놓고 사실을 날조한다고 여기면서 진부한 오락거리에 불과하므로 아무짝에도 쓸모가 없다고 생각하게 된다. 그럴 때 우리는 저자에게 현명하지 못한 질문을 던지고 만다. "작품에 언급된 사건들 중에서 어디까지가 사실인가요?"

독서의 진정한 희열은 그렇게 끝나고 만다……

우리가 이런 식의 질문을 한다는 건 우리가 세상을 즐길 능력, 즉 이미 존재하는 것과 앞으로 존재할 가능성이 있는 것, 그리고 미처 일어나지 않은 것과 아직 존재하지 않는 것들 사이의 경계에서 균형을 잡는 능력을 상실했음을 의미하기 때문이다. 우리는 우리 정신에서 너무도 중요하고 창의적인 것, 마치 수은처럼 생동감 넘치는 뭔가를 잃어 가고 있다.[49] 그것은 인간의 심오한 능력 중 하나로 우리가 대안의 세계를 창조하고 다른 이들의 삶을 체험할 수 있게 만드는 원동력이다. 또한 그것은 우리가 미래를 창조하고, 시험하고, 다른 사람들과 가장 원활한 방식으로 소통할 수 있게 만들어 준다. 나아가 우리에게 공감을 가르치고, 우리가 서로 얼마나 닮은 존재이며, 또 닮지 않은 존재인지를 알려 준다. 소설을 읽는 사람들은 어떤 면에서는 그렇지 않은 사람들보다 '더욱 커다란 존재'라고 볼 수 있다. 왜냐하면 잠시나마 타자의 삶을 살아 보았기에 보다 폭넓은 인식을 갖게 되었기 때문이다.

오래된 신화에서 이야기하는 것과 달리 문학은 학문과 예술의 부지런한 수호자이자 관리인인 뮤즈의 문제로 설명되지 않는다. 문학은 다른 많은 것과 함께 헤르메스[50]에 의해 발명되었다. 헤르메스가 문학을 고안해 낸 건 그가 처음으로 거짓말을 했을 때였다. 태어난 지 하루밖에 안 된 헤르메스는 자신의 형제 아폴론에게서 거의 오십 마리나 되는 암소를 훔쳤다. 그로 인해 아폴

---

49 '수은'을 뜻하는 라틴어 단어가 '메르쿠리우스(mercurius)'인데 로마 신화의 신 이름, 또는 수성을 지칭하기도 한다. 여기서 비롯된 폴란드어 형용사 merkurialny(영어로는 merkurial)에는 '수은이 함유된'이란 뜻이 있지만 '활달한' 혹은 '생동감 넘치는'이란 뜻도 있다.

50 그리스 신화에서는 헤르메스이지만 로마 신화에서는 메르쿠리우스다.

론과 함께 제우스로부터 재판을 받게 되었는데 형제의 아버지와 헤르메스는 죄를 인정하는 대신 완전히 다른 버전의 사건을 지어냈다. 『헤르메스에게 바치는 호메로스의 찬가』의 저자는 헤르메스가 늘어놓은 변호의 말을 다음과 같이 인용하고 있다. "제우스 신이시여, 제가 진실을 밝혀 드리겠나이다. 저는 결백하며 거짓이 무엇인지조차 모릅니다."[51] 그러고는 거짓말을 늘어놓는다. 젖먹이 신의 뻔뻔함은 신들의 웃음을 자아냈다. 재미난 상황임에는 분명하지만 여태껏 신들이 자랑스럽게 여기던 '진실성'의 권위는 손상되었다.

그렇게 헤르메스는 반드시 사실인 것만이 아니라 충분히 일어났을 법한 사건의 또 다른 버전을 떠올려서 이야기로 풀어냈다. 우리는 그것을 다소 거칠게 '거짓말'이라 부르지만 '작화증'이라는 용어가 좀 더 적합할 듯하다. 작화증은 라틴어로는 confabulatio인데 '말하다, 이야기하다'를 의미하는 라틴어 동사 confabulari에서 파생된 분사 confabulatus에서 비롯된 것이다. 여기서 'con'이라는 접두어는 '~와 함께'를 뜻하는 라틴어 'cum'에서 유래했고, fabulari는 '말하다, 동화를 짓다'라는 의미를 가진 fabula에서 비롯되었다. 결국 이 단어는 사실이라고 믿길 만한 사건을 지어내어 이야기하는 것을 의미한다. '거짓말' 대신 '작화증'이라는 단어를 사용하면 헤르메스를 좀 더 호의적인 시각으로 바라볼 수 있다. 결국 문학이란 사실이 아닌 경험의 총체를 전달하는

51 *Hymn Homerycki do Hermesa*, trans. by Włodzimierz
    Appel.(원주)

것이다. 그것은 또한 세상을 즐기고 가능성을 즐기는 일종의 오락이다. 부지런하고도 실용적인 우리의 질서와 '여기서부터 저기까지'로 나누려는 우리의 구분, 그리고 우리가 정신의 서랍 속에 공들여 분류해 놓은 내용물들을 과감히 내던지고 무효화하는 놀랍고도 숨 막히는 저글링이기도 하다.

헤르메스는 또한 글자를 발명했다. 그는 길, 여행자, 상인, 도둑, 양치기의 신이다. 모든 발명가를 후원하며, 신의 사자로서 용맹스럽게 일한다. 죽은 자를 하데스에게 인도하는 임무도 맡고 있다. 그는 전령이자 대사다. 인터넷을 들여다보라. 오늘날 21세기에 신성한 이름 헤르메스와 그 로마식 버전인 머큐리가 얼마나 자주 통용되는지.

그의 이름은 다양한 유형의 의사소통, 서신 교환, 그래프 작성, 정리와 분류, 표시, 전송 및 전달 등과 연관이 있음이 밝혀졌다. 그 밖에 치료나 교육, 교류나 무역의 영역과도 가깝다고 볼 수 있다. 나아가 속임수나 환각, 마법, 조롱 섞인 모방, 유머나 진부한 농담과도 연관될 수 있다. 헤르메스는 '밤의 염탐꾼'이라고도 불렸다. 그렇다, 밤의 염탐꾼이 없다면 문학도 없으리라! 결국 헤르메스는 '비밀의 수호자'이며, '영혼의 인도자'로서 죽음의 세계를 가르는 강 건너편으로 우리를 데려간다. 그는 질서를 뒤바꾸고 경향을 변화시킬 수도 있다. 그래서 그는 위대한 연금술사로서 모든 종류의 변형을 주관한다.

헤르메스의 특별한 자손인 사티로스[52]와 자웅동체에 대해 살

---

52 고대 그리스 신화에서 숲, 사냥, 목축의 신. 남자의 얼굴과

퍼보겠다. 그것들은 어김없이 문학과 연결되는 헤르메스의 또 다른 영토, 즉 인류의 선사 시대에서 발견되는 문학의 뿌리, 가장 오래된 신화와 연결된다. 그 시절 인간이 반인반수의 포유류에게 품었던 최초의 두려움, 그리고 인간이 꾸었던 최초의 꿈들이 이야기로 승화되었다. 사실 심오한 의미에서 보면 문학에는 젠더가 없다. 성별의 이분법이 적용되지 않고 인간의 심리적 층위까지 관통하는 것이 문학이기 때문이다. 문학 속에서 인간은 양분될 수 없는 총체적인 존재이며 자신의 통합성을 마음껏 발휘한다. 그래서 어떤 이들은 헤르메스에게는 오직 세 명의 자식이 있는데 큰아들은 사티로스, 둘째 딸은 자웅동체, 막내딸은 문학이라고 말한다.

그렇기에 문학, 특히 내게는 각별한 장르인 소설은 일부 학자들이 생각하는 것과 달리 엘리트 예술이 아니라 기차역이나 호텔, 노점에서 뒹구는 일상적이고 보편적인 예술이어야 한다. 문학은 거리에서 체득한 생활의 지혜와 같은 현명함을 갖고 있어야 하며, 화려한 문체에 대한 유혹이나 지적 허세를 피해야 한다. 소설은 관객이 화면의 일부로 투영되는 일종의 홀로그램 영화처럼 우리가 그 안으로 온전히 들어갈 수 있는 세계를 구축해야 한다. 그러한 세계가 실제로 존재하고, 나아가 우리가 그 안에서 머물 수 있다는 환상을 끊임없이 불러일으키는 실마리를 제공하는 인물과 공간을 창조해야 한다. 늘 명확하고 선명하게만 여겨지

몸에 염소의 다리와 뿔을 가진 반인반수의 모습. 로마 신화에서는 파우누스라고 불린다.

던 대상들을 마치 램프처럼 다른 각도에서 새롭게 조명해야 한다. 그래서 그 빛 속에서 우리가 당연하게 여기던 것들이 갑자기 모호해지고, 익숙한 것들이 낯설어지고, 안심하던 것들이 의심의 대상으로 탈바꿈해야 한다.

잠시나마 우리가 우리 자신이 되는 것을 멈추고 타인이 되어 보는 데 독서보다 더 효과적인 방법은 없을 것이다. 그것은 너무도 매혹적이면서 동시에 치유와 위안을 안겨 주는 체험이다. 책을 읽으며 우리는 타인의 삶에 뛰어들고 타인이 된다. 타자의 눈을 통해 보고, 그의 감각으로 세상을 인식하고, 우리를 자신에게로 끌어당기는 바로 그 타자처럼 생각한다. 이러한 변신은 지극히 안전하면서 마약과 같은 중독성도 없다. 남자가 여자가 될 수도 있다. 폴란드의 평범한 남자 얀 코발스키 씨가 안나 카레니나가 될 수도 있고, 여덟 살짜리 꼬마 올가 토카르추크가 네모 선장이 될 수도 있다.

독자의 개성과 정체성이 등장인물의 성격과 부딪히고 대립하는 경우도 발생한다. 독서의 이력이 청춘을 맞은 인간에게 아무런 흔적도 남기지 않을 수는 없다. 우리는 순진하게도 문학 속 인물들을 현실에서 마주치는 사람들처럼 대하곤 한다. 우리는 그들의 삶을 한껏 누리고 체험하는데 그들은 우리에게서 아무것도 얻지 못한다는 사실을 안쓰럽게 여기기도 한다. 현대인이 개별화되고 강한 자의식을 드러내는 인격을 형성하는 과정에서 문학이 어떤 방식으로, 그리고 얼마만큼 기여했는지를 살펴보는 일은 상당히 흥미로운 작업이 될 것이다. 책이 우리를 변화시킨다는 것은 의심할 여지가 없기 때문이다. 그렇다면 우리가 책을 바꿀 수도 있을까? '우리가 책을 읽음으로써' 책들도 우리에게서 뭔가를 배우는가, 그리고 변화하는가?

　나는 이러한 문제를 효과적으로 살펴볼 수 있는 실험을 하나 아는데 실제로 오랫동안 직접 그것을 실행해 보았다. 방법은 다음과 같다. 당신이 특히 좋아하거나, 아니면 좋아하게 될 것 같은 예감(젊은 나이에 이 실험을 시작하는 경우가 여기에 해당된다.)을 주는 책을 한 권 선택하자. 그리고 팔 년 또는 십 년 주기로 그 책을 다시 읽어 보자. 그러면 당신은 텍스트의 위대한 비밀을 마주하게 될 것이다. 당신의 눈앞에서 텍스트가 새롭게 바뀌고, 이전에 읽을 때와는 다른 모습으로 깜박이는 것을 확인하게 될 것이다. 어쩌면 당신은 놀라움을 금치 못하는 자신의 모습에 오히려 놀랄지도 모른다. 같은 책을 다시 읽을 때마다 이전과는 사뭇 다른 새로운 뭔가가 눈에 들어오고, 당신이 예전에 기억했던 인물들은 더 이상 눈에 띄지 않을 가능성이 높다. 왜냐하면 마지막으로 책을 읽은 시점부터 시간이 흐르는 동안 그 인물들 또한 상당히 많이 변했기 때문이다. 책을 읽고 난 뒤 이전과는 전혀 다른 주제를 놓고 토론이 벌어질 테고, 당신은 책의 완전히 다른 부분에 매료될 것이다. 책 속에서 이전에는 분명 없었던 듯한 인물이 불쑥 출몰하기도 하고, 과거의 독서에서 인상적이었던 뭔가가 지금은 부차적이거나 혹은 그보다 덜 중요하게 여겨진다는 사실이 새삼 이상하게 느껴질 것이다.

　내 실험 대상은 토마스 만의 『마의 산』이다. 맨 처음 읽었을 때 이 책은 내게 극도로 심각하고 슬프게 느껴졌다. 나프타와 세템브리니라는 악마 같은 두 존재 사이에서 갈등하는 순진하고도 가여운 주인공 카스토르프는 두 논객이 논쟁을 벌이면 한 번은 이쪽 편, 한 번은 저쪽 편을 들곤 한다. 그들이 주고받는 대화는 내게 당연히 어렵고 난해하게만 느껴졌다. 따라서 책을 읽을 때 계속해서 백과사전을 참조해야 했다. 그때 나는 내 정신세계의 영원한 토대를 구축하는 지적으로 근본적인 사건에 내가 참여하고 있다는 느낌을 받았다. 나아가 그런 식의 격렬한 논쟁과 다툼이 가능했던 시절이 지금은 사라져 버렸고, 스스로가 그러한 시대의 몰락을 목격하는 산증인이 된 것 같았다.

이 책의 두 번째 독서는 내게 익숙하면서도 관능적인 체험을 안겨 주었다. 긴 문장으로 이루어진 텍스트의 행간에는 문장들의 규칙성으로 말미암아 우리를 황홀경에 빠지게 만드는 신비로운 세계에 대한 동경이 담겨 있었다. 미묘한 심리 게임과 몸짓, 다양한 표정, 비밀스러운 접근 방법과 복잡한 시선. 책 속에 등장하는 여러 이론은 세상을 설명하기 위해서가 아니라 숨겨진 동기로 가득 찬 고유한 정체성을 구축하는 데 동원되었다. 그리고 가장 예상치 못한 순간에 나타나 마치 전염병처럼 모든 사람과 모든 사물을 압도하는 에로티시즘.

몇 년 전 마지막으로 『마의 산』을 읽었을 때는 예기치 못하게 이 소설의 그로테스크한 면모를 발견했는데 그것이 내게 일종의 오락거리를 제공해 주었다. 카스토르프는 마술 지팡이를 든 교활한 사기꾼으로 바뀌었고, 그가 나타날 때마다 눈앞에는 꼭두각시 인형이 등장하는 인형극이 펼쳐졌다. 오만하기 짝이 없지만 그래도 호감이 가는 인물들(특히 목까지 단추를 채운 나프타)의 대사를 읽으며 나는 혼자서 킥킥거렸다. 토론이 벌어질 때마다 논객들로 하여금 자신의 이론을 앞세워 우위를 과시하도록 욕망을 부추긴 악마와 같은 세력은 어쩌면 주인공 카스토르프가 아니었을까? 하지만 그 모든 건 결국 헛된 논쟁이었기에 논객들은 승자 없는 싸움을 거듭하다 기력을 탕진하고 만다. 우리의 가여운 한스 카스토르프는 다보스 요양원의 파놉티콘을 바꿔 놓았고, 시끄럽고 부산한 그림자 같았던 모든 이들을 남겨둔 채 그곳을 떠나게 된다.

　나의 독서 이력에서 사서였던 내 아버지는 매우 중요한 위치를 차지하고 있다. 그는 다양한 지방으로 구성된 서가의 왕국을 통치하는 왕이나 다름없었다. 각 지방의 명칭은 폴란드 소설, 세계 소설, 시, 드라마 등이었다. 그가 일하던 도서관에는 어김없이 수족관이 놓여 있었고, 그 안에서 언어의 신비한 수호자처럼 검상꼬리송사리와 베일테일금붕어가 말없이, 그리고 유유히 물속을 헤엄쳐 다녔다.

　아버지는 우리 개 필로를 종종 직장에 데려갔다. 필로가 책꽂이들 사이에 엎드려 있었기 때문에 나는 서가를 둘러보는 동안 개를 밟지 않도록 조심해야 했다. 거기 책꽂이들 사이의 바닥 어딘가에서 나는 책 읽는 법을 배웠다. 어떻게 시작되었는지는 사실 나도 잘 모르겠다. 어느 날 책등에 적힌 제목들이 내게 말을 걸기 시작했고, 갑자기 모든 것이 의미를 갖게 되었다. 마치 무해하면서 불가사의한 정신병에라도 걸린 것 같았다. 언제 그런 일이 내게 벌어졌는지 기억이 잘 나지 않는다. 아마 그 순간을 기억하는 사람은 아무도 없을 것이다. 아무튼 나는 어느 순간 갑자기 누구의 도움도 없이 혼자 힘으로 빠르고 능숙하게 책을 읽기 시작했다. 초창기에 내가 좋아하던 책 중 하나는 레지스탕스 독립군의 군가들을 모은 노래책이었는데 내게 숙연한 감동과 함께 다음과 같은 인상 깊은 한 구절을 남겨 주었다. 폴란드에서는 꽤 유명한 곡인 「오늘은 너에게 갈 수 없어」에 나오는 "내 뼈에 이끼가 덮이네."라는 구절로 내게 큰 충격을 주었음은 물론이고, 나아가 깊은 사색에 빠지게 했다. 아마도 그 순간이 죽음에 대한 나의 첫 번째 성찰이었던 것 같다. 그다음에 내가 읽은 책은 완전히 다른 종류였다. 아파서 꽤 오랫동안 자리에 누워 있는 바람에 읽게 된, 녹색 유포지로 만든 표지가 인상적인 PWN 출판사의 『소백과사전』이었다. 사전에 적힌 내용 중 내가 이해한 대목은 별로 많지 않았다. 그러나 두 번의 책 읽기에서 중요한 건 이해가 아니었다. 핵심은 읽기의 과정을 통해 머릿속에 떠오르는 기호들을 조합해 이미지와 추론으로 변환시키는 데서 오는 독서의 진정한 즐거움이었다.

오로지 뭔가를 이해하기 위해서만 책을 읽는 건 책에 대한 모독이나 마찬가지라고 나는 생각한다. 책을 읽는 건 경험하기 위해서이며, 경험이야말로 보다 심오하고 포괄적인 이해의 유형이 아닐까.

여느 아이들과 마찬가지로 나 또한 동화를 먼저 읽었다. 우리 집에는 두 권짜리 『폴란드 전래 동화집』이 있었는데, 활자가 작고 빽빽한 데다 지나치게 노련하고 능숙한 작가들이 썼기에 내게는 다소 어렵게 느껴졌다. 이 모음집에서 내가 가장 좋아하는 동화는 얀 유제프 크라셰프스키가 쓴 「고사리꽃」이었다. 항상 내게 깊은 감동을 주고 눈물을 흘리게 한 이 이야기 속에 담긴 교훈은 다음과 같다. '내 주변 사람들이 불행하면 나도 행복할 수 없다.' 이 단순 명료한 메시지는 나의 감성에 영원히 각인되었다. 그 시절 나는 동화 모음집을 즐겨 읽었다. 그중에서도 안데르센 동화집, 특히 사물이 주인공으로 등장하는 이야기에서 눈물을 흘리곤 했다. 또한 나는 그림 형제의 동화집(2차 세계 대전 이전에 출판된 판본)에 감탄을 금치 못했고, 그들의 이야기가 미묘한 경계를 넘어 매번 내 어린 이성에 도전장을 내미는 것에 불안감을 느끼기도 했다. 나는 또한 얀이나 이반이 등장하는 폴란드와 러시아의 전래 동화를 좋아했다. 모두가 그들을 바보라고 생각했지만 결국 세상에서 가장 아름다운 공주를 신부로 차지하는 건 그들이었다.

그러다 어느 틈엔가 내 독서 생활에 신화가 등장하게 되었다. 내 어린 시절의 가장 중요한 책 중 하나, 어쩌면 가장 중요한 단 한 권의 책은 얀 파란도프스키가 편찬한 『신화』일 것이다. 나는 이 책의 서로 다른 판본을 몇 권 갖고 있다. 첫 번째 판본은 어찌나 상세하게 탐독했는지 포켓판으로 대충 제본된 책의 낱장이 떨어져 나갈 정도였다. 하지만 나는 이미 모든 이야기를 샅샅이 외우고 있었으므로 페이지가 분실되어도 상관없었다. 나는 신들의 복잡한 관계와 그들의 개별적인 성향, 각각의 모험들에 대해 전부 꿰고 있었다. 아마 오늘날이었다면 텔레비전 퀴즈 쇼에 출연해서 우수한 성적을 거두고도 남았으리라. 그 무렵 나는 그리스 신화를 넘어 다른 신화에도 눈을 돌리게 되었다. 나는 온 세상이 서로 비슷한 이야기들로 가득 차 있다는 사실을 발견했다.

특별히 나의 관심을 끈 것은 우주 생성론이었는데, 그것은 어떤 구체적인 사건, 혹은 갈등이나 대화, 다툼 또는 사랑에서 기인한 놀라운 창조 행위였다. 세상의 기원에는 항상 이야기가 있었다.

그 이후 내게 영향을 끼친 대상은 쥘 베른이었다. 나는 아버지의 서재에 있는 모든 책을 재빠르게 읽었고, 이제 나만의 도서 컬렉션을 만들기 시작했다. 베른은 나를 사로잡았고, 동시에 나를 거부했다. 나는 그가 비밀을 다루는 방식을 참을 수 없었다. 저자가 전반부에 비밀을 차곡차곡 나열한 것은 그저 후반부에 가서 이성의 명령에 따라 그 내용을 구구절절 설명하기 위해서였다. 베른의 책들은 처음에 내게 인지적 기쁨을 주고 어린 시절의 공포를 치유했지만 나중에는 슬슬 짜증이 나기 시작했다. 나는 수수께끼가 밝혀지고 사건의 경위가 설명되기 직전까지는 언제나 상기된 얼굴로 책에 몰두했다. 하지만 결말에 이르면 항상 불만족스럽고 실망스러웠다.

내가 글을 쓰고 싶다는 마음을 품게 된 것은 바로 그 무렵 쥘 베른의 책을 읽으면서였을 것이다. 『지구 속 여행』의 리덴브로크 교수와 『80일간의 세계 일주』의 필리어스 포그의 모험이 더 멀고 더 넓은 다의성의 지평에서 펼쳐지도록, 그리고 '상식'이라는 이름의 뭉툭하고 조잡한 드라이버가 함부로 그 지평에 구멍을 내지 못하도록 비밀을 철저히 수호하기 위해서 나는 글을 쓰고 싶어졌다. 어떤 의미에서 베른 스타일의 '오컴의 면도날 원칙'[53]에 저

53 똑같은 결과를 낳는 두 개의 이론이 경합하고 있을 때 더 단순한 것이 훨씬 훌륭하다는 원칙으로 영국의 스콜라 철학자 오컴이 주장했다. 면도날은 필요하지 않은 가설을 잘

항한 유일한 인물은 캡틴 네모였다. 네모 선장의 비밀은 밝혀지긴 했지만 명확하게 드러나지 않았다. 그로 인해 네모 선장은 베른이 창조한 인물 중에서 내 기억 속에 가장 깊이, 가장 또렷하게 아로새겨졌고, 비록 완벽히 이해하지는 못했지만 나와 가까운 존재가 되었다.

네모 선장으로부터 그의 정신적, 문학적 형제라고 할 에이허브 선장[54]으로 향하는 여정은 그리 멀지 않았다. 그렇게 나는 미지의 섬이나 지구의 내륙이 아니라 두뇌 속의 '흰색 점들'과 정신의 내부로부터 비밀이 솟아나는 심리 소설을 향한 여정을 시작하게 되었다.

묘사와 대화가 난무하고 홀로그램처럼 작은 방을 가득 채우는 다양한 인물들이 등장하는 두껍고도 거대한 소설들을 얼마나 게걸스럽게 탐독했는지 모른다. 이러한 기억을 가진 독자들이 나뿐 아니라 꽤 많지 않을까. 나는 눕거나 무릎을 굽힌 채로, 침대에서, 방바닥에서, 아니면 욕조에서 책을 읽었다. 그럴 때마다 내 옆에는 항상 짭짜름한 뭔가가 놓여 있었다. 책을 읽으며 하나씩 야금야금 먹어 치운 비엘리치카[55]의 작은 소금 인형(수학여행

라내 버린다는 비유이며, 필연성 없는 개념을 배제하려 한 '사고 절약의 원리'라고도 불리는 이 명제는 현대의 과학 이론을 구성하는 기본 지침이 되었다.

54 허먼 멜빌의 소설 『모비 딕』의 주인공이다.

55 폴란드 남부에 위치한 소금 광산으로 선사 시대부터 소금 채굴이 시작되었으며 세계에서 가장 오래된 소금 광산 중 하나다. 13세기에 이 광산이 체계적으로 개발되었고, 채굴이 중단된 뒤에는 관광지로 각광받았다. 1978년에 유네스

을 갔다가 잔뜩 사 왔었다.), 그리고 소금이 담긴 작은 접시. 책을 읽을 때면 나는 이 접시에 때로는 손가락을, 때로는 껌을 집어넣어 소금을 묻히곤 했다. 도널드 덕이 한창 유행하던 시절 껌 포장지에 짤막한 만화가 그려져 있었는데, 껌 하나를 며칠간 씹을 수 있을 정도로 질겼다. 게다가 부끄럽지만 수프에 넣는 큐브 타입의 육수 스톡도 자주 씹어 먹었다. 나는 최근까지 이 괴상한 염분 중독을 그저 나의 엉뚱한 성향 정도로 여겼다. 그런데 예시바[56]에서 유대교의 율법인 토라를 집중적으로 공부하는 학생들 앞에 늘 소금이 담긴 그릇이 놓여 있다는 내용을 어디선가 읽게 되었다. 연구를 진행하는 동안 학생들은 침 바른 손가락을 그릇에 잠시 넣었다가 손가락에 묻은 소금 결정을 핥아 먹곤 한다는 것이다. 그러니까 그것은 나만의 괴팍한 기행이 아니라 그 이유는 찾기 어렵지만 어쨌든 굉장히 오래된 전통이자 관습이었다. 나는 큰 만족감을 느꼈다. 내가 옳았다! 소금은 독서 활동과 관련이 있으며, 끈기 있고 탁월한 독자들, 그러니까 토라를 연구하는 유대인들은 이러한 사실을 잘 알고 있었다. 내가 쓴 『죽은 이들의 뼈 위로 쟁기를 끌어라』에서 야니나 두셰이코가 말했듯이 소금은 신경 접합부를 가로지르는 신경 자극의 전도에 매우 이로우며, 덕분에 우리 신경계, 그리고 지각과 사고는 더 빠르고 원활하게 작동하게 된다.

  나는 방학 때도 쉬지 않고 책을 읽었다. 방학이 시작된 첫날

코 세계 문화유산으로 지정되었다.
56 정통파 유대교도를 위한 대학으로 『탈무드』와 율법을 연구한다.

동네 도서관을 휘젓고 다니며 하도 많이 책을 빌려서 사서들을 놀라게 한 적도 있다. 분량이 너무 많지 않을 땐 하루에 한 권의 소설을 완독할 때도 있었다.

한밤중에 자주 침대맡의 램프를 켜 놓고 책을 읽는 바람에 시력이 망가졌다. 밥 먹을 때도 화장실에서도 책을 읽었다. 욕실에서, 해변에서, 그리고 부모님과 함께 주말 농장[57]에 가서도 줄곧 책을 놓지 않았다. 기차에서, 자동차에서, 감자 껍질을 벗기거나 뜨개질을 하면서도 읽고 또 읽었다. 부모님은 여러 출판사가 합작해서 출간한 문고판 시리즈인 '폴란드와 세계의 고전 라이브러리'를 정기적으로 구독했고, 덕분에 우리 집에는 두 주마다 새로운 책이 한 권씩 배달되었다. 나는 아무런 불평 없이 책장에 꽂힌 순서대로 책을 꺼내어 읽었다. 「트리스탄과 이졸데」가 함께 수록된 『롤랑의 노래』, 프랑수아 비용의 『유언의 노래』, 안드레이 플라토노프의 『귀환』, 아이스킬로스와 소포클레스, 그리고 에우리피데스의 비극들, 피에르 드 부르데유 브랑톰의 『활달한 귀부인들의 생애』 등 인쇄된 텍스트에 지나치게 얽매이지 않을 때 나의 시야는 모든 방향으로 열렸다. 나는 인지적 곁눈질에 익숙해졌고, 뭔가를 읽지 않으면 세상의 윤곽이 흐려지는 증상을 겪었다. 여러 권의 책을 집 안 곳곳에 펼쳐 놓고 몸이 가는 곳에 놓여 있는 책을 닥치는 대로 읽었다. 나는 책에 중독되었다.

바로 그 시절에 나는 불가사의하고, 애매모호하고, 기이함과

---

57 사회주의 국가에서 노동자들이 주말에 들러 채소나 과일을 기를 수 있도록 할당한 작은 텃밭을 말한다.

공포를 불러일으키는 괴팍한 모든 것에 매료되었다. 나는 암울한 비유로 가득한 문학의 영토에 끌렸다. 에드거 앨런 포에게 깊고 무한한 사랑을 느꼈고, 지금까지도 여전히 문학에서 나를 가장 매료시키는 것, 즉 놀랍고도 섬뜩한 '언캐니'[58]를 그의 작품 속에서 찾으려고 애썼다. 허기진 직감에 이끌려 마침내 카프카, 체호프, 도스토옙스키, 슐츠, 마이링크, 위스망스, 그리고 삽화가인 알프레트 쿠빈과 롤랑 토포르를 만나게 되었다. 그리고 그들이 머무는 영토에 내 영적 뿌리를 내렸다. 중부 유럽의 악몽으로 가득한 숨 막히는 어둠 속에서도, 도서관 책꽂이를 통해 문학 기행만 하다가 훗날 마침내 다른 대륙에 직접 발을 디뎠을 때도 나는 항상 이 어두운 영토에 충실히 머물러 있었다. 세상의 참을 수 없는 기이함을 묘사하려는 용기를 품은 소설들은 항상 내 경외의 대상이었다.

이러한 나의 지향성에서 스타니스와프 렘을 빼놓는다는 건 있을 수 없는 일이다. 내가 사랑해 마지않는 또 다른 작가 필립 K. 딕은 렘을 가리켜 "KGB 실험실에서 만든 머리가 여러 개 달린 용과 같은 복수(複數)의 존재"라고 불렀다. 그런 렘은 내게 무엇을 가르쳐 주었는가? 하긴 나 또한 외계인과 비슷한 얼굴을 가진 이 작달막한 사내의 정체에 대해 의심을 품었었다……. 그러니까 렘은 내 머릿속의 나사를 풀어서 제정신이 아니도록 만들었

---

58 uncanny. 데자뷔, 도펠갱어와 같이 기이하게 느껴지는 심리 현상을 일컫는 용어로 프로이트는 정신 분석학적 관점에서 이러한 현상에 대해 감춰지거나 억압된 욕망의 무의식적 발현, 금기시되는 소망에 대한 표출로 보았다.

다. 렘을 읽으며 나는 미쳤다. 나 자신을 '빨간머리 앤'의 예의 바르고 유익한 친구라고 믿을 정도였으니까. 이욘 티히의 우주 여행 중 하나(나는 그의 모든 비행을 달달 외우고 있었다. 그래서 책장을 열 때마다 그 여행들에 대해 완전한 무지 상태에서 새롭게 읽을 수 없다는 사실에 화가 치밀어 오르곤 했다.)에서 주인공은 일정한 시간을 반복해서 겪으며 항상 같은 곳으로 되돌아오는 타임 루프에 빠지게 된다. 하지만 해당 시점으로 돌아올 때마다 그는 조금 더 나이가 들거나 조금 더 젊어진 모습으로 바뀐다. 결국 이욘의 우주선은 모든 연령대의 남자들로 득실거리게 되고, 그로 인해 비행이 힘들어진다. 한 시간 전의 이욘이 두 시간 전의 이욘과 만나고, 어제의 이욘, 두 주 전의 이욘을 만난다. 당시 나는 렘의 저서를 잔뜩 쌓아 놓은 책더미 속에서 여러 명의 나 자신을 만나곤 했다. 천문학과 관련된 신문 기사를 열심히 스크랩하며 은하계의 구조에 매료된 열한 살짜리 소녀. 아니면 반항심에 머리를 박박 밀어 버린,[59] 이제 막 심리학과를 졸업한 사회 초년생.

폴란드 어느 도시에도 '미래학 학회'[60]를 기리는 기념비가 없는 이유는 무엇일까? 새로 발견된 별과 은하계는 왜 렘의 이름을 따서 명명하지 않는 걸까?[61]

59 올가 토카르추크는 대학 시절부터 사십 대 중반까지 아주 짧게 자른 머리 모양을 고수했다.

60 1971년에 렘이 발표한 소설집 『불면증』에 수록된 중편 소설의 제목. 주인공인 우주 비행사 이욘 티히가 쓴 회고록 형식으로 집필되었다.

61 2015년 명왕성의 행성 중 하나인 카론에 있는 90킬로미터 너비의 분화 충돌구가 '피륵스'(렘의 소설 『솔라리스』에 등

고등학교에 진학해서도 나는 여전히 렘을 침대맡에 놓아둔 채 아메리카 대륙으로 눈을 돌렸고, 우리 세대의 대부분이 그랬던 것처럼 이베리아반도의 산문과 사랑에 빠졌다. 우리는 호르헤 루이스 보르헤스, 훌리오 코르타사르, 알레호 카르펜티에르, 호세 도노소, 가브리엘 가르시아 마르케스, 마리오 바르가스 요사를 읽었다. 고등학생들, 그리고 머지않아 대학에 진학할 젊은 이들이 저마다 '사냥꾼 복장'으로 알려진 체크무늬 셔츠에 하이킹 신발을 신은 채 버터와 치즈, 치약과 칫솔을 배급받기 위해 상점 앞에서 줄을 서서 기다리는 동안 외국으로 자유롭게 나갈 수 있는 여권을 소지할 날을 꿈꾸며 라틴 아메리카 책을 읽었다.[62]

그 시절 나는 생애 처음이자 마지막으로 빌린 책을 주인에게 돌려주지 않았다. 비록 공소 시효는 오래전에 만료되었지만, 그래도 처벌이 두려워 그 이름을 여기서 차마 밝히지 못하는 어느 도서관의 직인이 찍힌 책을 나는 오늘날까지 소장하고 있다. 당시 나는 내 책장에서 비슷하게 '멀쩡한' 상태의 책을 골라 도서관에 갖다주고 원래 빌렸던 책은 분실했다고 둘러댔다. 그렇게

장하는 우주비행사)로 명명되었다. 2019년에는 지구에서
161광년 떨어진 곳에 있는 페가수스 자리의 K형 주계열성
(2009년에 발견) BD+14°4559이 '솔라리스'로, 그 주위를 도
는 행성이 '피릭스'로 명명되었다. 하지만 스타니스와프 렘
의 이름을 딴 행성이나 은하계는 아직 없다.

62 폴란드는 2차 세계 대전 이후 1989년까지 사십여 년간 사
회주의 체제를 유지하며 소비에트 연방의 위성 국가로 전락
했다. 올가 토카르추크가 고등학생이던 1970년대 후반에는
물자 부족으로 생필품이 배급제로 지급되었다.

확보한 책이 1978년도에 출판된 T. S. 엘리엇의 『시선집』으로 영어 원문과 폴란드어 번역문이 동시에 수록된 판본이었다. 여러 사람이 시집의 번역가로 참여했는데 그중에는 시인 체스와프 미워시[63]와 미하우 스프루신스키도 있었다. 나는 어딜 가든 이 책을 갖고 다니며 다른 판본의 번역문을 메모한 종이쪽지를 페이지마다 붙여 놓고 틈틈이 대조해 보곤 했다. 그렇게 나는 폴란드어와 영어로 널리 알려진 시구를 음미하며 영어를 익혔다.

방에서 여인들이 왔다 갔다 하네
미켈란젤로에 대해 이야기하며.

In the room the women come and go
Talking of Michelangelo.[64]

그로부터 얼마 지나지 않아 나는 폴란드어로 출판된 거의 모든 책을 시립 도서관에서 빌려 볼 정도로 윌리엄 포크너의 열혈 독자가 되었다. 『음향과 분노』, 『압살롬, 압살롬!』은 내게 나머지 다른 소설들과 비교하는 준거가 되었다. 소설 속 독특한 분위

---

63 Czesław Miłosz(1911~2004). 1980년 노벨 문학상을 수상한 폴란드의 문인. 시인이자 소설가, 번역가, 문학사가 등 전방위적인 활동을 펼쳤다.

64 T. S. 엘리엇의 데뷔작 「앨프레드 프루프록의 연가(The Love Song of J. Alfred Prufrock)」에 나오는 구절. 현대시의 시작을 알린 작품으로 평가받는다.

기, 감정 고조, 불안하고 광기 어린 언어, 불연속적 서술 방식, 다양한 시점에서의 스토리텔링은 결국 문학이란 본질적으로 글을 쓰는 '나'라는 존재를 세상에 비추는 거대한 투영의 과정임을 일깨웠고, 내가 청소년기에 겪었던 유아론적 불안을 정당화해 주었다. 『압살롬, 압살롬!』을 읽고 나서 나는 생애 처음으로 평론을 썼다. 그러다 얼마 후 첫 번째로 사귄 남자 친구 덕에 브루노 슐츠가 내 삶에 등장했다. 그것은 고요한 독서 혁명이었다. 오늘날 돌이켜 보니 그 무렵 읽은 작가들이 내게 진정한 독서의 기적이 무엇인지 깨닫게 해 준 것 같다. 또한 그들은 의식적인 언어 사용, 기호나 맥락, 은유의 유희를 통해 나로 하여금 나를 둘러싼 세계의 다층적이고 복잡하며 의미심장한 구조를 끈질기게 탐구하도록 만들었고, 모호하고 다의적인 이미지의 구불구불한 계단을 오르내릴 수 있는 길을 닦아 주었다.

온갖 기벽과 별스러움을 내 안에 장착했을 즈음 나는 처음으로 프로이트를 읽었다. 그 책은 발 빠르게 폴란드어로 번역 출간된 『쾌락 원리의 저편』이었는데, 사회주의 시절에는 서점에 특별히 부탁해서 계산대 밑에서 몰래 거래하거나 인맥을 동원해야 살 수 있었다. 여기서 나는 프로이트를 소설가라고 생각한다는 견해를 꼭 밝히고 싶다. 특히 그가 심층 분석을 통해 자신의 여자 환자를 다양한 층위로 분류하여 분석한 텍스트를 읽으며 그런 확신이 들었다. 나 또한 한동안 심리 치료사로 일하면서 혼자 사례 연구를 수행했고, 그때 그러한 연구를 잘 알려지지 않은 문학 장르의 일종으로 간주했던 기억이 있다. 당시 내가 작성한 각종 사례에 관한 보고서는 아마도 오늘날까지 병원 지하의 기록

보관소에 남아 있을 것이다.

프로이트의 글쓰기 방식은 내가 즐겨 쓰던 방식과 확연히 달랐다. 프로이트는 직감이나 감성이 아니라 생각을 따랐고, 언어의 아름다움이나 문장의 리듬 따위에는 관심이 없었다. 겉보기에 무미건조한 논조와 학자적인 문체는 당시 젊고 경험이 없는 나 같은 독자의 경계심을 잠재울 수 있었다. 하지만 나는 프로이트가 예측 불가능하다는 사실을 재빨리 깨달았다. 그의 책을 읽으면서 나는 계속해서 일종의 카타토니[65]에 빠졌다. 대체 어찌된 일이지? 이래도 되는 거야? 저렇게나 동떨어진 것들을 어떻게 하나로 엮을 수 있었지? 단어의 발자취를 파고들고, 반쯤 잊힌 신화 속으로 들어가고, 우리 정신에 나타나는 이미지를 들여다보는군? 이처럼 괴상하고 유별난 시각들을 허용해도 되는 걸까? 부질없고 중요하지 않은 것들에 이토록 깊은 의미를 부여하다니?

프로이트로 인해 갑자기 세상이 겉보기와 달리 순수하지도 결백하지도 않다는 사실이 드러났다. 세상에는 숨겨진 것, 감춰진 것, 불분명한 것 등 훨씬 많은 것이 도사리고 있었다. 그리고 그것들은 시시각각 다른 관점으로 끝없이 해석될 수 있었다. 프로이트는 자기 이론으로 나를 설득하지는 못했다. 내가 설득당한 건 그의 방법론이었다. 방법을 발견하자 나는 이상한 당혹감에 빠졌다. 그의 방법론은 이제 막 신경증적인 자아 분석에 익숙

---

65 katatonie. 긴장병성 증후군을 나타내는 정신 분열증을 말한다.

해지면서 자신의 심리 상태를 글로 묘사하기 시작한 내가 갖고 있던 자아도취적인 소심함에도 어느 정도 부합했다.

프로이트를 읽은 순간부터 나는 더 이상 예전과 같은 방식으로 세상을 바라볼 수 없었다. 내 지각에 뭔가 이상한 일이 벌어졌다. 세상을 더는 천진난만하게 바라볼 수 없었고, 내 눈에 보이는 것만 본다는 식의 단순한 일대일 대응으로 넘길 수도 없었다. 프로이트를 읽은 뒤부터 내게는 당연한 것이 없어졌다. 헤르메스의 영역 중 하나인 '미스터리'는 베른에 의해 보기 좋게 까발려졌고, 중부 유럽과 라틴 아메리카의 암울한 문학을 통해 다시금 그 가치를 회복하면서 압도적이고도 모든 것을 포괄하는 강렬한 에너지로 돌아왔다. 게다가 그것은 매우 가까운 곳, 즉 나에게서, 당신에게서, 그리고 부엌과 방에서, 거리에서 존재를 드러냈다. 또한 그것은 지금 여기에도 존재한다.

해석의 행위는 세계를 구성하는 다양한 층위를 연이어 발견하는 것이다. 그러므로 허공에 떠 있는 마야의 장막과 환상에 의해 세상이 창조된다는 불교의 가르침은 옳다. 물론 해석들은 상호 배제적일 수도 있다. 하지만 그게 뭐 대수랴. 배제란 결국 보완을 요구하는 법이니! 사실과 사실 사이를 연결하는 선은 직관적으로 그어지며, 동시성과 연관성이 작동하기 시작하는 순간 거기서 갑작스럽고도 명백한 깨달음이 생겨난다. 해석은 인식의 또 다른 형태가 아니라 그저 의미를 부여하는 과정일 뿐이다. 의미는 무수히 많고, 텍스트는 끝이 없다. 마치 예시바의 학생들이 소금 그릇에 손가락을 담그며 탐독하는 토라처럼 말이다. 글자의 배열과 조합이 얼마든지 가능한 만큼 세상에는 무수히 많은 버전의 텍스트가 존재한다. 각각의 버전에는 신의 이름이 붙어 있으니 그 이름을 일일이 헤아려 모두 부르는 자가 세상의 역사를 끝내고 시간을 마감하리라.

그렇다, 우리가 지금 여기에 있는 건 책을 읽기 위해서다.

런던의 영화 연금술사 퀘이 형제의
놀라운 도가니

처음 본 퀘이 형제[66]의 영화는 내게 시각적으로 커다란 충격을 주었고, 잠시 후 어느 정도 놀라움이 가시고 나자 전율이 온몸을 휩쓸었다. 그 전율은 지금까지도 남아 있어 그들의 다른 영화를 볼 때면 마치 데자뷔처럼 어김없이 내게 되돌아오곤 한다. 그런데 단순히 어디선가 이미 본 듯한 기시감이 아니라 내가 잘 아는 나라, 언어를 완전히 이해하고 관습을 꿰뚫고 있으며, 특유의 유머 감각조차 익숙한 그런 나라에 와 있는 듯한 예지 같은 것이다. 연관성의 단순한 윤곽을 본다든지 구체적인 이름을 떠올리거나 피상적인 인용에 그치는 정도가 아니라 의미의 심연을 그대로 관통하는 직관적인 감지라고 해야 할까. 그것은 어린 시절과 청소년기에 대한 모호하고 무작위적인 추억의 경계선, 혹

---

66 Brothers Quay 또는 Quay Brothers로 잘 알려진 쌍둥이
    형제 스티븐 퀘이(Stephen Quay, 1947~)와 티모시 퀘이
    (Timothy Quay, 1947~)는 유명한 스톱 모션 애니메이터다.

은 기억 속에 남겨진 좋아하는 레코드판 표지 같은 것이며, 꿈에서 본 환영에 대한 회고이기도 하다. 여기에 오래전 읽은 책의 스토리가 즉흥적으로 시각화되어 있고, 즐겨 듣는 음악이 빚어내는 환상적 요소들이 뒤섞였다.

이곳은 어떤 나라일까? 이 연금술사 형제가 내 눈앞에 펼쳐 보이는 공간은 어디인가? 여기 있는 모든 것은 내게 익숙한 것들이지만 그것을 보여 주는 방식은 놀라움을 자아낸다. 내 안에 내 것이 아닌 무엇인가가 움터서 나를 준비시키고, 마치 뭔가에 홀리기라도 한 듯 이미지를 응시하게 만든다. 그러고는 아주 신속하게 감각적인 체험으로 전환된다. 손끝은 이미 뭔가를 만지기 위해 꿈틀대기 시작하고, 코는 킁킁거리며 냄새를 맡고, 입 안에는 침이 고인다. 나는 지금 어디에 있는 걸까?

퀘이 형제가 힘차게 휘젓고 있는 연금술 도가니에는 전통적인 제조법에 명시된 재료에다 오직 그들만이 생각할 수 있는 새로운 재료들이 뒤섞여 있다. (창의적인 연금술사들은 도마뱀 꼬리나 거미 다리, 박쥐의 눈이나 쥐의 발 따위를 첨가해 틀에 박힌 제조법을 수정하려는 시도를 멈추지 않았으니까.) 그래서 퀘이 형제는 인용하고, 반복하고, 암시하고, 베끼고, 갖다 붙이면서 이곳과 저곳, 여기와 저기를 종횡무진 움직인다. 그리고 마치 도가니 속에서처럼 교반기[67]가 움직일 때마다 언어와 이미지가 서로 연결되고, 포개지고, 융합되면서 팅크[68]는 점차 자신만의 특성을 띠고

67 열이 고루 퍼지게 하거나, 재료를 잘 뒤섞기 위하여 휘젓는 기구나 기계를 말한다.
68 동식물에서 얻은 약물이나 화학 물질을 에탄올 또는 에탄

균질하면서도 독특한 퀘이 스타일로 바뀌게 된다. 그러나 시력을 동원해서 잘 살펴보면 그 표면에 잠시 특징적인 줄무늬가 나타나는 걸 볼 수 있다.

F. W. 무르나우,[69] E. T. A. 호프만,[70] 루이스 부뉴엘,[71] 브루노 슐츠,[72] 프란츠 카프카, 한 움큼의 필립 K. 딕과 초현실주의 화풍 몇 방울, 그리고 암울하고 멜랑콜리한 영혼을 끌어당기는 아름다운 부패의 미학. 이 모든 것이 결정체의 여러 단면에서 무지갯빛으로 반짝인다.

올과 정제수의 혼합액으로 흘러나오게 하여 만든 액제(液劑)다.

69 F. W. Murnau(1888~1931). 독일의 영화감독으로 독일과 할리우드에서 활동했다. 카메라를 등장인물의 감정 상태를 주관적으로 해석하는 도구로 사용함으로써 표현주의 예술에 공헌했다.

70 E. T. A. Hoffmann(1776~1822). 독일 낭만주의를 대표하는 작가. 문학뿐 아니라 음악, 미술 분야에서도 재능을 발휘해 낭만주의의 '보편 예술' 정신을 구현한 독보적인 인물이다.

71 Luis Buñuel(1900~1983). 스페인 출신의 세계적인 영화감독. 무정부주의자, 초현실주의자, 무신론자로 영화 역사상 가장 논쟁적이고 파격적인 감독으로 평가받았다.

72 Bruno Shulz(1892~1942). 폴란드의 유대계 작가로 폴란드 문학사에서 모더니즘의 거장으로 일컬어진다. 『계피색 가게들』, 『모래시계 요양원』 단 두 편의 소설집만 남긴 채 2차 세계 대전 당시 나치에 의해 총살되었다.

섬뜩함, 즉 프로이트가 이야기한 것

프로이트는 '섬뜩함(das Unheimliche)', 즉 불분명한 모호성에 대해 조심스러운 접근보다는 대담한 정의 내리기를 선택했다. 여기서 놀라운 것은 이러한 섬뜩함이 실은 우리가 본래 알고 있고 우리에게 친숙한 것들, 그러나 시간이 흐르면서 무의식의 영역으로 밀려난 것들과 밀접한 관련을 맺고 있다는 점이다. 그 기원은 첫째는 어린 시절 콤플렉스에서, 둘째는 문명화된 인간이 스스로 억눌러야만 했던 원초적인 정령 숭배 신앙에서 발견된다. 어린 시절에 얻게 된 콤플렉스로부터 해방되었을 때, 혹은 원초적인 뭔가가 갑자기 우리 경험에서 확인될 때 우리는 이런 섬뜩함을 체험하게 된다. 산 자와 죽은 자의 불확실한 경계, 사물에 생명력 불어넣기, 몸에서 개별적인 부위 분리하기 ─ 이것들은 프로이트가 제시한 사례 중 하나인데 퀘이 형제의 영화에서 곧바로 발견되는 장면들이다. 사다리를 붙잡고 있는 남자의 손은 잊기 힘들 만큼 강렬한 이미지로 우리 뇌리에 남아 있다. 어느 순간 자연스럽고 우아한 움직임으로 몸의 나머지 부분들로부터 떨어져 나온 손은 사다리를 완전히 장악해 버린다. 도자기로 만든 머리에서 지저분한 톱밥을 제거한 뒤 그 속을 새로운 내용물로 채우는 인형 해부 장면도 인상적이다.

노련한 영화 연금술사인 퀘이 형제는 섬뜩함에 대한 프로이트의 널리 알려진 처방에 여러 새로운 재료를 가미한다. 그중 상당수는 프로이트조차 꿈에서 보지 못한 것들이었다.

파놉티콘, 즉 열쇠 구멍을 통해 훔쳐보기

파놉티콘은 놀랍고도 섬뜩한 사회학이다. 철학자에 의해 고안된 이상적인 투옥 공간으로 그 안에서 각각의 죄수들은 끊임없이 누군가에 의해 관찰당한다. 그것은 또한 신에 대한 최고의 사회학적 메타포이기도 하다. 퀘이 형제는 이 세상이 동물 우리처럼 폐쇄된 공간이며, 그 안에서 살아가는 인간을 누군가가 얼마든지 엿보고 감시할 수 있다는 악몽에 괴로워한다. 퀘이 형제의 영화 속 인물들 또한 종종 이러한 공간의 포로가 된다. 그들은 감옥의 경계를 살피며 비극적인 결단으로 자신들이 처한 상황을 이해하려 한다. 「인공적인 녹턴(Nocturna Artificinalia)」이나 「익명의 어린 신부 또는 길가메시의 서사시(This Unnameable Little Broom, Being a Largely Disguised Reduction of the Epic of Gilgamesh)」에서 우리는 어딘가 '바깥쪽'을 향해 뚫린 벽의 구멍으로 손목을 내민 채 그 너머에 있는 것을 발견하기 위해 맹목적으로 흔들어 대는 손의 제스처를 기억한다. 두 영화에 공통적으로 등장하는 이 장면은 지구의 끝에 도달한 방랑자를 묘사한 오래된 판화[73]를 떠올리게 한다. 거기서 방랑자는 반원형의 천체 너머로 머리를 내밀고 구체의 구조와 메커니즘을 체감하며 감탄을 금치 못한다. 하지만 퀘이 형제의 경우는 이와 다르다. 그의 영화에서 손은 허공을 방황한다. 그러한 손의 안간힘을 바라보며 우리는 연민과 슬픔을 경험한다. 마치 사각의 링과 같은 세상의 감옥 그 너머에 흥미로

---

73 「오그노즈야」에서 언급한 플라마리옹 목각화를 의미한다.

운 것은 아무것도 없음을 우리는 알고 있다. 거기에는 기껏해야 영혼 없이 대상을 바라보는 이름 없는 관찰자의 눈만 있을 뿐이며, 관중인 우리 또한 그러한 입장으로 화면을 응시하게 된다.

인공적인, 즉 인위적인 것의 아름다움

이 인공적인 세계는 무능한 데미우르고스[74]에 의해 무질서하게 창조되었는데 붕괴와 파열, 먼지만이 횡행하는, 세상의 마지막 단계에서 포착된다. 여기서 새로운 것은 없다. 기계 장치와 물건들은 처음부터 이미 낡고 오래된 상태로 생성되는 것처럼 보인다. 그것들이 한때는 새로움으로 빛나고 톱니바퀴에 충분히 기름칠이 되어 있었다는 사실을 믿기 힘들 정도다.

하지만 그러한 세계가 영원해 보이는 이유는 따로 있다. 늙어 가고 쇠퇴할 수 있는 건 젊고 새로운 존재뿐이다. 반면 낡고 약한 것은 존재를 초월한 범주에, 시간의 유혹을 넘어선 안전한 지속 상태에 이를 수 있다. 이런 인공적인 세계에서는 존재가 스스로 자신을 창조하고 생성하는 현상이 발생하는데 이는 인간의 학문적 영역을 넘어서는 불가사의한 현상이다. 우리는 이러한 현상들이 브루노 슐츠에 의해 얼마나 설득력 있게 기술되었는지 기억하고 있다. 그것들을 관찰하려면 깊은 통찰력과 면밀

---

74 플라톤의 우주생성론에서 최고의 선을 본떠서 그 선의 표본에 최대한 가깝게 세계를 창조한 초자연적인 존재를 뜻한다. 그리스어로 '제작자'라는 의미다.

한 주의력이 필요하다. 가장 세부적인 사항부터 따져 보고 판자의 균열이나 돌의 울퉁불퉁한 단면, 미세하게 깨진 틈바구니, 쓰레기더미나 구멍, 긁힌 자국 따위에 집중해야 한다. 생명의 싹이 움트는 곳은 결국 초미세 세포이기 때문이다. 과연 그럴까? 이것은 잘못된 질문이다. 현상에 직접 관여하면서 더욱 깊은 곳에 이르는 길을 찾기 시작하는 순간 우리는 비범한 관점을 잃어버리기 때문이다. 그 순간 삶의 단면은 티끌이나 쇳가루로 변해 버리고 만다. 어쨌든 이곳 인공적인 세계에서는 살아 있는 것과 죽은 것을 가르는 저 의심스러운 경계선이 어디로 뻗어 있는지 결코 알 수가 없다. 만약 그러한 경계선이 존재한다고 우기면 현자들은 웃음을 터뜨릴 것이다. 개구리는 진흙 수렁에서, 파리는 배설물에서, 벼룩은 침대 밑의 축축한 먼지에서 태어난다는 것은 너무도 뻔한 사실이 아닌가. 슐츠의 원작에 버금가는 기발한 걸작 「악어의 거리(Street of Crocodiles)」에서 퀘이 형제가 우리에게 보여 주었듯이 시계의 복잡한 구조 속에서 이따금 인간의 간과 유사한 생체 조직이 박동하고, 톱니바퀴의 메커니즘이 인간이 뱉은 침에 의해 작동되기도 하므로.

혼동, 즉 사물의 원초적 질서

붕괴를 가장한 가짜 환영에 우리 속지 말자. 이 형제 연금술사의 도가니에서 우리는 존재하는 모든 것이 공존하는 원초적 질서의 뿌리를 만나게 된다. 이러한 질서를 수립해야만 하는 필요성은 도량형이나 알파벳 순서, 혹은 인과 관계에 따라 질서를 정하려는 통속적인 경향을 훌쩍 뛰어넘는다. 여기서는 모든 것이 동등하게 중요시되고, 서로 밀접하게 연관되어 있음을 인정하는 원초적인 질서가 지배한다.

단어나 어휘들은 다양한 언어로 표출되며, 각각의 언어들은 그 기원이나 어족 등에 상관없이 신비롭게 서로를 보완한다. 게다가 말이나 글로 표현된 것들을 굳이 이해하려 애쓸 필요도 없다. 이 원초적인 질서 속에서는 우리가 익히 아는 '의미'라는 개념이 아직 존재하지 않는다. 인간의 말은 그저 순수한 '소리'의 형태에서 거의 벗어나지 못한 채 간신히 음가로 표현될 뿐이며, 글자 또한 종이 위에 흑연색의 첨필(尖筆)로 미세한 자국을 남길 뿐이다. 따라서 아무 말도 할 수 없고, 아무것도 이야기할 수 없다. 애니메이션 「부재중에(In Absentia)」에서 시계를 향해 발송된 편지들은 특정한 시간이 되기 전에는 결코 수취인에게 도달하지 않는다. (비록 시간의 흐름 또한 인간이 정해 놓은 일종의 약속에 불과하지만 말이다.) 여기서 풍경은 완전히 추상적인 모습이며, 우리에게 익숙한 나무나 산, 집, 거리 등의 형체는 찾기 힘들다. 어렴풋이 보이는 듯한 지평선에는 하늘도 땅도 없기에 존재 여부가 불확실하다. 그 자체로 어떤 것도 나누지 않고 공간적인 방향성도 허용하지 않기 때문이다. 따라서 물리적 법칙은 여기서 제대로 작동하지 않는다. 낙하할 예정이었던 사물이 갑자기 공중에 둥둥 떠 있는 동안 그 주변에서는 아무 일도 없었던 것처럼 태연하게 온갖 사건이 벌어진다. "이 작고 사소한 것들 속에 어떤 의미가 감춰져 있는 것은 아닐까?" 「벤야멘타 하인

학교」[75]의 주인공인 야콥 폰 군텐은 믿기지 않는다는 듯 자신에게 묻는다. 하지만 실제로 우리 중 대부분은 "이 얼마나 다행인가!"라고 외치고 싶은 충동을 느낀다. 의미를 추론하는 과정은 우리에게 많은 출혈을 가져왔고, 결국 공간 공포증(horror vacui)[76]에 대한 불확실한 치료법으로 인해 우리는 이미 나약해져 버렸기 때문이다.

분더카머,[77] 즉 백과사전 거부하기

우리의 지식은 퀘이 형제가 체코 감독 얀 슈반크마예르에게 헌정한 영화 「얀 슈반크마예르의 캐비닛(The Cabinet of Jan Švankmajer)」에서와 같이 무작위로 열렸다 닫히는 거대한 서랍들의 모음과 비슷하다. 때로는 이 서랍이, 때로는 저 서랍이 열리는데 심지어 그 배열조차 뒤죽박죽이다. 질서 정연한 목록이 아니라 그저 호기심의 컬렉션에 불과하다. 그 서랍 중 하나를 끄집어당기면서도 우리는 무엇을 보게 될지 전혀 알지 못한다. 한 가지는 확실하다. 그 속에는 뭔가 이상한 것, 불안을 자아내는 물건들

---

75 로베르트 발저(Robert Walser, 1878~1956)의 소설. 원제는 주인공의 이름 '야콥 폰 군텐(Jakob von Gunten)'이다.

76 자기 앞에 펼쳐진 공백에 대한 공포감을 말한다.

77 Wunderkammer. 호기심의 방, 즉 진귀한 물건들을 수집해 놓은 방이란 의미로 16~17세기 유럽에서 유행한 진귀한 물품을 모아 둔 공간을 뜻한다.

이 들어 있으리라. 당신 머릿속에는 아예 존재조차 없을 뿐 아니라 기이함과 짜증을 유발하는 물건들. 왜냐하면 규칙을 설명하는 가장 좋은 방법은 그 규칙의 예외를 제시하는 것이기 때문이다. 이러한 물건들은 단지 괴상하다는 이유로 컬렉션에 포함되었다. 여기서 적용해 볼 어떤 분류 체계가 있다면 그것은 일반적으로 널리 통용되는 학문적 또는 유사학문적 전제와는 아무 상관이 없다. 어떤 인과 관계나 계층 구조도, 심지어 단순하기 짝이 없는 선형 알파벳의 순서도 통용되지 않는다.

여기서 작동하는 간단한 알고리즘은 딱 하나다. "이것과 이것, 그리고 또 이것, 그리고 이것……."

『꿈풀이』,[78] 즉 금붕어

전기나 모터, 노면 전차, 초인종, 시계, 그리고 인간이란 존재가 우리로 하여금 세상을 익숙하고 친근한 것으로 인식할 수 있도록 만들어 준다는 헛된 환상에 속아서는 안 된다. 단지 환각, 낯익은 모습으로의 위장, 착각을 불러일으키는 모방에 불과하다. 우리 앞에 있는 게 우리 것인 듯하지만 자세히 살펴보면 꼭 그렇지만은 않다는 게 드러난다. 이러한 환상은 때로는 주세페 아르침볼도의 익살스러운 그림처럼 순수한 재미를 불러일으키

---

78 *Oneiropractica*. 그리스어로 Ονειροκριτικά. 2세기 후반에 활동한 그리스 학자 아르테미도로스가 꿈에 대해 연구하고 쓴 저술이다.

기도 하고, 아니면 뭔가 위협적인 요소들이 담겨 있어 혼란 또는 현기증을 유발하기도 한다. (예를 들어 시계의 톱니바퀴가 고기로 만들어져 있다.) 우리는 인식의 단순한 원리가 당연하게 받아들 여지지 않는 공간, 합리적인 이성의 변방을 배회하게 된다. 여기 서 달은 그저 축구공일 뿐이다. 「벤야멘타 하인학교」의 주인공 은 "비밀 대신 금붕어만 있다."라고 말한다.

이처럼 간략하면서도 피상적인 설명을 통해 과연 이 나라가 어떤 곳인지 알 수 있을까? 과연 이곳이 친숙한 '우리 것'처럼 여 겨지는가? 이 나라에 어떤 이름을 붙이든 간에 거기에 우리 중 상당수가 살고 있다는 것만은 확실하다.

그렇다면 '우리 것'이란 무엇을 의미할까? 여기서 '우리'라 는 건 누구일까? 같은 책을 읽은 사람? 아니면 신경학으로 미처 설명되지 않는 어떤 특별한 곡선이 뇌에 새겨져 있는 사람? (임 시로 그것을 '퀘이 형제의 고랑'이라 부르기로 하자.) 어쩌면 우리 의 괴상한 버릇, 혹은 허울만 그럴듯하고 쓰레기 같은 형이상학 에 대한 집착은 여기서 비롯된 것이 아닐까? 아니면 우리는 국경 을 초월한 신기루 같은 나라에서 살고 있는지도 모른다. 그 나라 는 미텔오이로파[79] 너머 어딘가에서 넘실대는 파타모르가나[80]처

79 Mitteleuropa. 중구 또는 중부 유럽을 일컫는 명칭. 그 범위 는 지리적, 정치적, 경제적, 문화적, 역사적 기준에 따라 다 르다. 일반적으로는 구합스부르크 제국이 이 지역의 중심을 이루고 독일과 러시아에 둘러싸인 지역, 즉 사회주의 체제 붕괴 이전에 동유럽으로 불리던 체코, 슬로바키아, 폴란드, 헝가리가 해당된다.

럼 공중을 떠돌면서 과거의 악몽으로 그 존재를 연명한다. 어쨌든 이 연금술사 형제들은 자신의 도가니에서 영화를 위한 완벽한 '현자의 돌'[81]을 만들어 내기 위해 니그레도[82]와 알베도,[83] 루베도[84]의 단계를 거쳐 마침내 완성된 탁월한 작품들을 우리에게 전해 주었다.

주해

어릴 때부터 나는 오랫동안 해결책을 찾지 못한 형이상학적인 문제에 시달려 왔다. 이 세상에 만약 그것이 없다면 다른 건 아무것도 존재할 수 없는 그런 뭔가가 과연 있을까? 근원적이고, 본질적이며, 반드시 필요한 그런 대상이 존재할까? 4대 원소에 에너지를 더하는 퀸타 에센시아(Quinta essentia), 즉 제5원소?

80 fatamorgana. 바다 위에 피어오르는 신기루의 일종으로 이탈리아 전설 속 요정인 모르가나에서 그 이름을 따왔다. 모르가나가 마법을 써서 가짜 육지나 허공에 떠 있는 섬을 만들어 선원들을 죽음으로 이끌었다는 전설에서 비롯되었다.

81 중세 연금술사들이 비금속을 황금으로 바꿀 수 있는 신비로운 묘약이 있다고 믿고 거기에 붙인 명칭. 당시 연금술사들은 이러한 돌을 찾기 위해 온갖 물질들을 닥치는 대로 녹이고 끓이며 혼합하는 등 갖은 노력을 기울였다.

82 nigrédo. 라틴어로 검은색을 말한다.

83 albédo. 라틴어로 흰색을 말한다.

84 rubédo. 라틴어로 붉은색을 말한다.

소크라테스 이전의 아르케?[85] 존재의 비밀? 일상의 보물? 이렇게 단순한 방식으로 존재의 서열을 매겨도 되는 걸까? 그보다는 오히려 평평하고 수평적인 세계에서 유용한(혹은 전혀 유용하지 않은) 것들을 동등하게 배열하는 편이 낫지 않을까?

퀘이 형제의 연금술에서 그러한 물체가 존재하고, 그게 바로 '나사'라는 사실에 나는 놀랐다. 그들의 영화에는 무시하고 지나쳐 버리기에는 너무나도 빈번하게 나사가 등장한다. 먼지투성이에 평범하기 짝이 없지만 필립 K. 딕의 유빅(Ubik)[86]처럼 어디에나 있다. 눈에 잘 띄지 않는 이 물건의 속성에 속아 넘어가면 안 된다. 그것은 우리 등 뒤에서 현실의 토대를 비틀고 우리의 불안정하고 엇갈린 관점들을 하나로 결합한다. 기계적인 나선 회전 운동을 통해 우리의 서로 다른 불확실한 의견들을 하나로 일치시키는 것이다.

은총이 가득한 나사여, 부디 우리를 돌보아 주기를!

---

85 Arche. 그리스어로 '처음, 시초'라는 뜻. 철학 용어로는 '원리'로 번역한다.

86 Ubik. 필립 K. 딕이 1969년에 발표한 소설 제목. 이 작품에서 유빅은 신체는 죽었지만 뇌가 아직 살아 있는 자들을 대상으로 몸뚱이는 냉동 보관하고 뇌는 활성화시켜 깨어나게 하는 반생자 보관소에서 죽음을 지연시키는 신비한 물질을 말한다. 비록 유골만 남았어도 유빅을 뿌리면 잠시나마 살아 있게 만드는 효력이 발생한다.

다이모니온,[87]
그리고 다양한 집필 동기에 대하여

나도 글을 쓰고 싶다고 신호를 보냈더니 선장이 말했다. "그에게 글을 쓰게 해라! 만약 쓰지 못하면 추방하겠지만, 글을 잘 쓴다면 나는 그를 아들로 여길 것이다. 나는 여태껏 이보다 더 분별력 있는 원숭이를 본 적이 없기 때문이다!"

—『아라비안 나이트』 열세 번째 밤

친애하는 젊은 벗들이여, 나는 글쓰기가 고위험 직업군이라는 것을 경고하기 위해 『아라비안 나이트』에 나오는 한 구절을

---

87 δαιμόνιον. 그리스어로 '다이몬과 같은 것'이라는 뜻. 소크라테스가 어린 시절부터 마음속으로 자주 들었다는 신령스러운 것. 마음으로부터의 경고를 말하며 주로 '금지의 소리'로 나타났다고 알려져 있다. '악마(demon)'의 어원이 되는 다이모니온을 주장했다는 이유로 소크라테스는 결국 신성모독 혐의로 사형을 선고받았다.

인용하며 이 강의를 시작하겠습니다.

여러분 중 상당수가 이미 문학의 세계에 발을 디뎠거나, 또는 그다음 단계를 시작한 걸로 알고 있습니다. 그러므로 여러분을 이 자리까지 오게 만든 이유에 대해서, 그리고 최근 몇 년 동안 여러분에게 일어난 일들에 대해서 함께 이야기해 보는 편이 아마도 내가 하려는 강의 내용보다 훨씬 흥미로울 것 같습니다. '창의적 글쓰기'라는 제목의 수업이 과연 어떤 식으로든 문학의 바다에서 거친 바람을 가르는 항해에 도움이 되었는지, 아니면 여러분에게 실망을 안겨 주었는지 듣고 싶네요. 무엇보다 비슷한 자리에서 항상 반복적으로 제기되곤 하는 다음과 같은 질문에 대한 여러분의 답변이 궁금합니다. 요가나 악기 연주와 마찬가지로 글쓰기도 학습을 통해 배울 수 있을까요? 내가 이런 질문을 하는 건 스스로 단 한 번도 그렇다고 확신한 적이 없기 때문입니다.

나는 다른 작가들과 함께 있는 자리에서도 종종 같은 질문을 합니다. 다양한 국가 출신에 서로 전혀 다른 장르의 책을 쓰는 작가들에게 말이죠. 어제 작가들이 모인 자리에서 우리는 늦은 밤까지 작가로서 자신의 출발에 관해 이야기를 나누었습니다. 나는 인종이나 문화, 나이와 상관없이 모두가 글쓰기에 대해 하나같이 확신과 신념을 갖고 있었다는 사실에 놀랐습니다……. 그것도 아예 처음부터 말이죠. 시간의 관점에서 자신 혹은 타인의 삶을 주의 깊게 살펴보면 과거에 어떤 증상이 라이트모티브[88]처럼 발현되어서 종국에는 혼돈이나 운명을 거스르는 경우를 발견하게 됩니다. 물론 작가들의 이력을 살펴보면 각자의 운

명은 상이합니다. 문학과 관련이 없는 전공 교육을 받았다든지
전혀 상관없는 분야에 몸담았던 이들도 상당수입니다. 하지만
엄마 또는 아빠가 되기도 하고, 여행을 다녀오거나 심리적인 동
요를 겪고 난 뒤 늦건 이르건 간에 결국에는 다들 문학으로 돌아
왔습니다. 마치 오래전에 모든 게 이미 결정되어 있었던 것처럼
말이죠. 이 기묘한 에너지와 집요한 끈기, 성가신 집착은 우리가
뭐라 부르든 개의치 않고 자신의 길, 적절한 방법, 적재적소의 타
이밍을 찾고 있었던 것입니다.

　나는 이런 식의 관점이 많은 이로부터 공감을 얻기가 어렵다
는 사실을 잘 압니다. 우리 문화는 우리로 하여금 자기 삶을 예
측할 수 없는 무작위적인 사건들의 연속으로 인식하도록 가르칩
니다. 그러한 사건들이 우리 삶의 길목에 일종의 덤불을 수시로
만드는데, 우리는 목표에 대한 비전으로 무장한 채 크고 작은 투
지를 발휘해 어떻게든 그 덤불을 통과하려고 안간힘을 씁니다.
하지만 도중에 우리 행로를 멈추게 하는 것은 그리 어려운 일이
아닙니다. 운명은 때로 우리를 완전히 다른 경로로 몰고 가거나
모든 것을 뒤집어 놓기도 합니다. 사소한 오해나 희망의 좌절, 실
망감만으로도 얼마든지 그렇게 만들 수 있습니다.

　지금 우리가 살아가는 세계는 4세기 전 데카르트가 묘사한
세상과 흡사한데 그는 저서에서 차갑고, 기계적이고, 인간에게
적대적인 물질로 이루어진 끝없는 광야의 이미지를 제시한 바

88　Leitmotiv. 중심 주제의 방향을 알려 주기 위해 반복해서
　　나타나는 단어나 이미지를 말한다.

있습니다. 우리는 이런저런 능력과 재능, 개별적인 성실함을 동원해 자신의 길을 걸어가고, 자신의 자리를 발견하고, 진정 원하는 일을 하려고 노력하면서 이 광야를 헤매고 있습니다. 하지만 정작 자신의 길을 발견하는 건 우리 중 소수에 불과합니다. 오늘날 너무 많은 이들이 타인의 노예가 되었습니다. 비록 '노예'라는 용어가 예전과 전혀 다른 의미로 사용되고 있지만요. 야망이나 관심을 충족시키지 못하는 일, 억지로 강요당하고 싫증과 혐오를 불러일으키는 일, 자기 지갑이 아닌 고용주의 지갑을 채우는 고된 일, 살아남기 위해 마지못해 수행하는 일, 이런 일들을 해야만 하는 게 현대판 노예제입니다. 하지만 작가를 포함한 예술가의 지위는 일반적인 사회 계급을 초월하기에 업무에 따른 복잡한 종속성을 극복할 수 있다는 믿음(또는 환상?)이 우리 사회에 보편화되어 있습니다. 그로 인해 예술가라는 위치에 도달하려는 열망이 생겨나게 됩니다.

그러다 좀 더 단순화된, 하지만 좀 더 선호되는 쪽으로 진로가 변경되기도 하는데 바로 유명 인사, 즉 셀럽이 되는 것입니다. 사실 그 과정은 생각보다 복잡하지 않습니다. 물론 허영심이 팽배한 현대 온라인 시장에서 엄청난 수의 '좋아요'를 획득하는 비결이 무엇인지 알게 된다면 그저 감탄할 수밖에 없을 테지만요. 무료한 일상에 지친 많은 이가 자신에게 이렇게 질문합니다. 왜 나는 안 되는 걸까? 그래서 점점 더 많은 블로그와 페이스북 계정, 인스타그램 프로필이 생겨납니다. 야심에 찬 이들은 자신에게 명성과 함께 돈과 자율성을 보장해 줄 작품을 내놓겠다는 생각으로 글을 쓰기 시작합니다. 이런 경우 글을 쓰기 위해서는 재능과 독창성 외에 이 두 가지 요소를 썩히지 않도록 만들어 주는 뭔가 특별한 공정이 필요하다는 게 밝혀졌습니다.

자, 지금이야말로 이 질문을 던지기에 딱 맞는 타이밍인 것 같네요. 요가나 외국어, 악기 연주를 배우는 것과 같은 방식으로 글쓰기를 배울 수 있을까요?

먼저 글쓰기의 재능이 유전자에 의해 대물림되거나 특정한 조건에 의해 양성된다는 걸 학문적으로 입증하는 연구 결과는 없다는 것으로 이야기를 시작하겠습니다. 만약 그렇지 않다면 작가의 아이들은 유전자와 그들이 자란 환경으로 인해 작가로서 경력을 쌓는 데 최적화된 기회를 누렸을 테고, '창의적 글쓰기' 수업은 이미 유치원에서부터 개설되어 어릴 때부터 대규모 작가군이 양성되었을 것입니다. 하지만 현실은 그렇지 않습니다. 상상력과 언어 구사 능력이 글을 쓰는 직업에서 매우 유용하며, 나아가 필수 불가결한 요소임은 틀림없습니다. 각 가정에서 문학을 대하는 문화 또한 그러한 요소 중 하나입니다. 하지만 그러한 것들이 작가를 만드는 주된 요인은 아닙니다. 그렇다면 뭐가 중요할까요?

오늘날의 현실에 맞춰서 '작가'라는 단어의 의미를 다시 한번 생각해 봅시다. 그러려면 일단 이 단어에 내포된 환상을 부수고 모든 숭고한 의미를 제거해야 합니다. 작가라는 직업을 대수롭지 않게 여기면서 여느 직업, 특히 수공업과 관련된 직업군과 비슷하게 취급해야 합니다. 어쩌면 미국인들이 그러하듯이 뭔가를 출판하려고 준비하는 모든 사람을 지칭하는 용어로 그 범주를 확대해야 할지도 모릅니다. 예를 들어 감자 요리 레시피를 담은 책이나 딸에게 읽어 줄 동화책을 쓰는 사람, 자비를 들여 자신만의 시집이나 회고록, 여행기를 출판하는 모두를 지칭하는 거죠. 서점에서 눈에 띄는 진열대에 책이 전시되고, 텔레비전이나 도서 박람회에 이따금 얼굴을 비치고, 널리 읽히는 신문이나 다양한 언론 매체에서 작품에 대한 서평을 기꺼이 실어 주는 작가는 마치 유명 가수나 요가 학원 설립자, 새로운 메이크업 창시자처럼 성공한 사람으로 간주됩니다. 그러니까 여기서 작가란 글쓰기에 종사하는 일종의 에이전트와 비슷한 '뭔가'입니다. (중요한 건 그들이 '아무것도'가 아닌 '뭔가'라는 거죠.) 그리고 그중 대부분은 다른 일을 하다가 남는 시간에 글을 씁니다…….

추가로 질문 하나를 더 하겠습니다. 그렇다면 21세기를 살아가는 현대 작가들은 무엇을 할까요? 무엇이 그들의 삶을 지배하고 있을까요?

오늘날 작가는 사람들과 엄청난 양의 정보를 교환합니다. 즉 '독자와의 만남' 같은 행사나 인터뷰, 토론이나 논쟁에 참여하기도 하고, 이런저런 주제에 대해 적극적으로 의견을 표명하기도 합니다. 또한 신작의 표지를 미리 공개한다든지, 작품 일부를 소개하는 식의 고전적인 홍보 방식뿐 아니라 온라인에서 유통되는 다양한 데이터들을 활용해 새로운 유형의 프로모션 활동을 펼칩니다. 소셜 미디어에 사진 또는 짧은 텍스트를 게시하고, 댓글에 응답하거나 다른 사람의 글에 댓글을 달고, 익명의 악성 댓글 유포자와 논쟁을 벌이기도 합니다. 이게 바로 오늘날의 세상이고, 그러한 세상에 작가들이 적응하는 방식입니다. 즉 해묵은 다윈의 법칙이 지금까지도 변함없이 통용되고 있는 것입니다. 세상이 끊임없이 매매 활동이 이뤄지는 시장으로, 그리고 소란스러운 물물 교환소로 바뀌는 동안 아무것도 하지 않고 그저 방치했기에 우리 또한 상품으로 전락하고 말았습니다. 전통적인 사고방식에서는 상품을 '우리가 만들고 제조하는 것'이라고 인식했지만 지금은 그렇지 않습니다. 오늘날에는 글을 쓰는 '나' 또한 다른 모든 것과 마찬가지로 상품으로 간주됩니다. 즉 작가 자신이 하나의 브랜드가 되는 것이죠. 현재 폴란드에서 활발하게 활동하고 있는 작가들 — 도로타 마스워프스카, 슈체판 트바르도흐, 예지 필흐, 요안나 바토르, 아제이 스타시우크는 하나의 로고가 되었습니다. 올가 토카르추크도 마찬가지입니다. 상품화의 경향은 역방향으로도 작동합니다. 브루노 슐츠, 비트카치 또는 스타니스와프 렘처럼 과거 유명 작가들의 이름이 적힌 티셔츠는 우리에게 더 이상 놀라움을 불러일으키지 않습니다. 나 역시 그런 옷을 갖고 있습니다. 하지만 1990년대 초 프라하에 갔을 때 머그잔에 그려진 카프카의 얼굴을 처음 보고 받았던 충격이 내게는 아직도 생생합니다. 습관은 인간의 제2의 본성입니다. 그러나 과거에는 지금보다 훨씬 느린 속도로 형성되곤 했습니다. 하지만 현대 사회에서 세상이 믿을 수 없을 정도로 빠른 속도로 움직이면서 습관이 만들어지는 과정 또한 눈부시게 빨라졌습니다.

인간의 개인적 성향 또한 하나의 상품이 되었습니다. 과거에는 다소 추상적으로 다가왔던 이 용어가 이제는 객관적으로 측정 가능한 가치를 얻게 되었습니다. 누군가의 미디어적 성향이 소위 '권위자'라고 불리는 사람들로부터 평가받게 되었으니까요. 이제 작가는 글을 잘 쓰는 것만으로 충분하지 않습니다. 어느 정도는…… 멋지고, 쿨하고, 특이하고, 논쟁적이고, 컬트적인 성향을 갖고 있어야 합니다.

앞서 언급했던 어제의 작가 모임으로 돌아가 봅시다. 밤늦게까지 이야기를 나누던 중 나이가 화제에 오르면서 갑자기 우리 모임 안에서 시니어와 주니어로 임시 전선이 나누어졌습니다. 여러분의 짐작대로 나는 전자의 그룹에 포함되었습니다. 같은 그룹에 속한 또 한 명의 친구와 함께 나는 돌이킬 수 없이 너무 멀리 가 버린 듯한 현 세계의 예전 모습과 과거의 어떤 규범들을 소환하려 애썼습니다. 우리가 처음 글을 쓰기 시작했을 무렵에는 책을 쓰고, 출판하고, 시장에서 유통되기까지의 모든 과정이 지금은 상상조차 할 수 없을 정도로 오랜 시간이 걸렸노라고 나와 친구는 말했습니다. 그때는 모든 걸 일일이 수작업으로 수행했기에 편집자와 함께 긴 시간에 걸쳐, 그것도 두 번, 세 번씩 반복해서 작업해야 했으니까요. '편집자'라는 인물은 그때도 있었지만, 강력하고 권위 있는 존재, 문학의 회색 지대를 지배하는 저명인사로서 텍스트의 바깥, 개념의 바깥에서 끈질기고 집요하게 문장들을 뒤흔들며 우리 작가들의 눈에는 잘 띄지 않는 의미와 연관성, 맥락을 짚어 내곤 했습니다. 각 출판사에는 어떤 신문에도 서평을 기고하지 않지만 독립적이면서 전문성이 풍부한 사내 리뷰어가 있었습니다. 그들은 자신만의 고유한 객관성을 잃지 않고, 로드 롤러[89]처럼 텍스트를 활보하며, 그 안에서 세세한

---

89 도로의 면을 고르거나 다지는 중장비. 철제 원통형 롤러가 앞뒤에 한 개씩 또는 앞에 한 개, 뒤에 두 개가 달려 있어서 앞뒤로 오가며 작업한다.

의미를 발굴해 내고, 때로는 부족한 부분을 날카롭게 지적했습니다. 책이 출판된 후에도 작가들은 꽤 오랜 시간 외부의 서평을 기다려야 했고, 그렇게 출판된 책이 자신의 자리에 '안착'해 나름의 지위를 획득하고 집단의 의식 속에서 존재감을 획득하기까지는 몇 달, 심지어 몇 년의 시간이 소요되었습니다. 농담과 같은 가벼운 방식 말고 자기 홍보라는 건 생각조차 못 하던 시절이었습니다. 그때는 책의 내용을 알리는 띠지도 존재하지 않았고, 자기 책을 여기저기 보내는 것도 허용되지 않았습니다. 굳이 발송해야 한다면 누군가의 요청 때문이었고, 당연히 정성 들여 쓴 편지를 꾸러미에 동봉하곤 했습니다. 예의범절과 절차를 따르는 세계를 당연하게 여겼고, 이러한 세계를 수호하기 위해 작가들은 자기 작품에 대한 권한의 상당 부분을 포기한 채 앞서 언급한 규범을 준수하면서 기회가 찾아오든 그렇지 못하든 그저 외부로부터 인정받을 순간을 수동적으로 기다렸습니다.

오늘날에는 완전히 다른 철학이 우세한데 자기 일은 자기 '손'에 맡긴다는 모토가 그것입니다. 하지만 우리는 어떤 일을 '손에 익은 것처럼' 능숙하게 처리할 때도 있지만 그러지 못할 때도 있습니다. 그래서 '손'으로 주먹을 꽉 쥔 채 분노하기도 합니다. 위의 모토와 비슷한 가르침을 전하는 다른 구호를 살펴보죠. 자기 삶은 자신이 조종하라, 단잠을 자려면 스스로 이부자리를 잘 정돈하라, 내 운명을 직접 제련하는 대장장이가 되어라. 이러한 모토들은 현대를 살아가는 우리에겐 거의 '정언 명령'[90]과

---

90 칸트 철학에서, 행위의 결과에 구애됨이 없이 행위 그것 자

같은 것이 되었습니다. 비록 많은 이를 불행으로 몰고 갔지만 말입니다. 왜냐하면 여러분이 성공하지 못했을 경우 그 책임은 온전히 여러분의 몫으로 남게 되고, 그렇게 여러분은 결단력이 부족하고, 재능이 없고, 더없이 게으른 사람으로 낙인찍히고 마니까요.

젊은 작가들은 이러한 사실을 누구보다 잘 알고 있었습니다. 우리 대화에서 그들은 이렇게 단언했습니다. "누군가가 당신을 위해 뭔가를 해 주기를 기다리는 대신 스스로 그 일에 착수하고, 개별적으로 할 수 있는 모든 일을 해야 한다. 가능한 한 빨리 자신의 '프로젝트'를 공개하고 홍보 방안도 직접 강구해야 한다. 다시 말해 가능한 범위 내에서 모든 것을 직접 통제하고 장악할 수 있어야 한다. 하지만 이런 경우 역설적이지만 운명의 주인이 아니라 희생자가 될 가능성 또한 높아진다."

인류의 문학사를 살펴보면 문학이 당대보다 훨씬 많은 의미와 가치를 지닌 '뭔가'로 인해 널리 각광받았던 이상적인 시절에 대한 동경을 표출하는 경향이 각 시대 작가들에게서 규칙적으로 나타나는 것을 확인할 수 있습니다. 물론 그 '뭔가'가 무엇인지를 명확히 규정짓기는 어렵지만 말이죠. 16세기 르네상스 시대 폴란드어를 예술적인 문어체로 승화시킨 시인 얀 코하노프스키는 호라티우스와 베르길리우스의 시대를 그리워했고, 낭만주

체가 선(善)이기 때문에 무조건 그 수행이 요구되는 도덕적 명령이다.

의자들은 영웅담이 성행하던 중세를, 좀 더 구체적으로는 민족 공동체의 전설적인 태동을 묘사한 작품들을 동경했습니다. 내가 속한 세대는 작가를 '선택된 예술가'로 인식하는 모더니즘적인 신화를 추종하면서, 심지어 작가가 고주망태가 되도록 술을 퍼 마시는 습관조차 숭고하게 여겼습니다. 예술가(다시 말해 우리)가 세상을 떠난 뒤에도 여전히 막스 브로트[91] 같은 인물이 존재할 것이며, 그가 예술가(즉 우리)의 서랍을 뒤져서 우리를 불멸로 만들 잊힌 작품을 발굴해 줄 것이라는 믿음 또한 이러한 신화의 잔재라고 할 수 있습니다.

하지만 젊은 세대들은 더 이상 이런 식의 환상을 공유하지 않는 듯합니다. 그들은 성공을 나중으로 미루는 경향이 없으며, 특히 죽은 뒤에 누리게 될 명성에 대해서는 생각조차 하지 않습니다. '여기', 그리고 '지금'이 거대한 화두로 우리를 지배하는 시대, 모든 것이 가능하고 모든 것을 열망하는 시대, 무한한 전망과 비전의 시대에서 자라난 그들은 성공과 지원금, 저작권 계약에 목말라 있습니다. 이러한 '노 리미트(No limit)' 세대는 종종 자기 능력을 과신합니다. 시요? 자, 여기 있습니다. 뚝딱뚝딱, 눈 깜짝할 사이에 책 한 권이 나왔네요. 영화 대본? 짜잔, 문제없습니다.

---

91 Max Brod(1884~1968). 오스트리아계의 이스라엘 작가이자 평론가. 이스라엘에서 하비마 극장을 주재하며 유럽 각지에서 시오니스트로서 이상주의적 문화 활동을 펼쳤다. 친구인 카프카의 유고를 정리 발표하여 유명해졌으며, 저서 『나의 카프카(Über Franz Kafka)』 등은 카프카 연구의 중요한 자료로 평가된다.

소설? 자, 대령할게요. 그들은 또한 텔레비전 프로그램을 진행하고, 인기 있는 쇼에 나가서 춤추는 것을 즐깁니다. 아침마다 정치 현안에 대해 논평하고, 저녁에는 록 밴드와 함께 연주하고 노래하며, 일 년에 한 번 수천 미터 높이의 산봉우리를 등반하기도 합니다. 노 리미트.

이러한 젊은이들은 이따금 제게 자신의 글을 보내면서 유명인이나 셀럽을 고용하겠다는 구체적인 광고 방안이 포함된 홍보 계획을 첨부하곤 합니다. 그들은 페이스북을 통한 광고를 직접 기획하기도 하고, 가장 인기 있는 잡지나 다양한 언론과 접촉해 기꺼이 인터뷰 일정을 잡습니다. 또한 잡지의 패션 코너에 등장하거나 선정적인 사진을 촬영하는 것도 마다하지 않습니다.

만약 여러분이 내가 지금 말하는 것을 단순히 아이러니와 풍자의 의미로 받아들인다면 그건 오해입니다. 나는 지금 커다란 슬픔에 휩싸여 있습니다.

젊은 작가 여러분, 나는 여러분에게 연민을 느낍니다. 여러분이 살아가는 세계에서 앞으로 독서 활동을 하는 인구는 2세대 혹은 3세대밖에 남지 않았고 실제로는 그들 중에서도 한 자리 수의 퍼센트만 책을 읽게 될 것입니다. 그 이후에는 우리가 아는 형태의 문학은 종말을 맞게 되겠죠. 제품과 상품의 세상, 그것 말고는 세상에 아무것도 존재하지 않는 것처럼 여겨지고 책이 벽돌이나 양말처럼 상품으로 소비되는 세상에서 우리는 살고 있습니다. 생산자는 어떻게든 새롭고 매력적인 뭔가를 만들어서 소비자에게 판매하려 합니다. 이를 위해 그는 모든 실행 단계마다 임금을 지급하고, 광고 전문가와 실무진을 고용하며, 적절한 마진을 제품에 부과해 비용을 충당합니다. 마지막 단계에서 표지와 띠지가 완성되면 아예 할인 정보까지 명시된 완제품이 유통망을 통해 시장에 출시됩니다. 이제 집중적으로 판매를 활성화하고 극대화시켜야 하는 순간이 도래합니다. 아이디어 제공부터 디자인에 이르기까지 모든 과정에 관여할 수밖에 없는 저자가 적극적으로 활용되는 시점이 바로 이때입니다. 저자는 글을 쓰면서 무슨 생각을 했는지, 그리고 자기 책이 어떤 내용을 다루고 있는지 알기 쉽게 설명해 달라는 요청을 받습니다. 고용된 평론가는 작가의 말을 소화 또는 가공하거나 출판사가 미리 준비한 내용을 그대로 인용해서 간단명료하지만 최대한 이목을 끌 수 있는 서평을 씁니다. 가끔은 평론가가 고유한 생각이나 의견을 덧붙이기도 하지만 그들의 독창성은 대부분 인쇄 지면의 한계 탓에 양적으로 제한받습니다. 이것이 오늘날 서평들이 너무도 짧고, 평범하기 짝이 없고, 놀라울 정도로 서로 비슷할 수밖에 없는 이유입니다. 새로운 제품에 대한 시장의 수요가 어느 정도 충족되고 나면 소요된 비용을 계산하여 모든 이해 당사자가 나누고 상품들은 서점의 서가에서 물러나게 됩니다. 그리고 판매되지 않은 재고품들은 다른 유사한 제품을 위한 공간을 마련해 주기 위해 종종 분쇄기 속으로 던져집니다.

이러한 과정에는 일종의 폭력이 도사리고 있습니다. 바꾸어 말하면 그것은 누군가를 롤러코스터에 태우는 것과 같습니다. 어떤 이에게는 매우 재미있는 오락거리이지만 다른 이에게는 구토와 어지럼증을 일으키게 만드니까요.

기왕 '돈'이라는 단어가 언급되었으니 이 문제에 대해 이야기해 봅시다.

일단 '성공'을 거두고 나면 원제작자, 즉 작가는 비생산적으로 지내게 될 향후의 궁핍한 나날들에 대비하기 위해 벌어들인 수입을 저축해야 하고, 동시에 새로운 작업의 준비에 착수해야 합니다. 오늘날의 조세 시스템에서 작가는 개인 제조업자, 이를테면 제재소 주인과 동일 유형으로 취급됩니다. 따라서 자본주의 시스템의 권고에 따라 자신을 자영업자로 등록하고, 이를테면 다음과 같은 부류의 회사를 설립할 수밖에 없습니다. '자체 및 위탁 자료로 만든 문학 작품 제작사', '단편 생산 사무소', '소설 공방' 등.

나는 책이 출판된 후에도 여전히 빈약한 재정 수입에 대해 불만을 토로한 젊은 폴란드 여성 작가에게 여론의 잔혹한 공격이 쏟아지는 상황을 목격하면서 비애를 느꼈습니다. 너도나도 수입이 적다고 불평하는 작금의 현실에서 그녀에게 퍼부어진 비난의 화살은 신중히 재고해 볼 필요가 있습니다. 만약 같은 문제로 공무원이나 교사, 젊은 의사, 혹은 제재소 주인이 페이스북에 불만을 제기했다면 다들 고개를 끄덕였을 것입니다. 힘들고 고생스러운 시간을 보냈군. 그들에겐 권리가 있지. 하지만 작가, 그것도 여자가? 어딜 감히 불평을! 책이 출판되었고, 문학상 수상 후보에 올랐다는 사실만으로도 감사해야 마땅하다. 대체 무엇을 기대한 거지? 우리가 불쌍히 여기고 동정하리라고 기대한 걸까? 본인이 하는 일이 그렇게 마음에 안 들면 슈퍼마켓 계산대에서 일하면 그만 아닌가…….

이러한 반응은 작가라는 직업군이 가진 사회 및 시장에서의 위치가 생각보다 모호하다는 사실을 일깨워 주며, 자유 시장 지지자들의 주장과 달리 그들이 처한 상황이 특별하다는 것을 드러냅니다. 여러분이 '유형 자산', 즉 상품을 제조하는 사람이라는 점, 여러분이 한 사람의 인간으로서 그 자체로만 존재할 수 없다는 점을 주변의 모두가 끊임없이 상기시킬 것입니다. 왜냐하면 여러분은 독자, 평론가, 그리고 대중적인 여론의 손아귀에 놓여 있으니까요.

상품을 사고파는 질서가 현대 사회의 근간이자 균형을 유지하게 해 준다는 믿음은 지나치게 순진하고 단순한 관점이라고 나는 생각합니다. 비록 많은 이가 이런 믿음을 필사적으로 공유하고 있음에도 말이죠. 폴란드에서 이 새로운 신앙은 사회주의 체제 붕괴와 함께 시작되어 지난 이십 년 동안 성장했고, 나는 그 과정을 직접 목격했습니다. 시작은 순수했습니다. 우리는 자신을 일종의 상품으로 여기며 사고, 팔고, 거래하라는 명을 받았습니다. 뭔가 팔릴 만한 것, 상품 가치가 있는 것을 내놓아야만 했고, 그런 게 없는 사람은 낙오될 수밖에 없다고 했습니다. 앞에서도 말했지만 자기 문제는 자기 손으로 해결하면서 세계를 정복하기 위해 나서야 했습니다. 방어 기제나 지원 체계는 아예 준비조차 안 된 채 말입니다. 심지어 파산의 개념이 무엇인지조차 정립되지 않은 상태였습니다. 성공으로 향하는 길목에서 넘어진 사람들은 길가의 도랑에 남겨졌습니다. 고용 관계를 맺지 않고 독자적으로 활동하는 자유 직업군 사람들은 완전히 잊혔습니다. 그 결과 대부분의 작가(및 모든 부류의 창작자)는 기본적인 사회 보장을 받기 위해 사촌이나 지인의 회사 또는 가게에서 시간제로 일하고 있습니다. 비교적 운 좋은 사람들은 출판사 편집부나 대학교에서 간신히 얻은 일자리에 감지덕지합니다. 지원금도 창의적인 분야의 일거리도 부족하고, 그들을 위한 노동 조합은 더더욱 없습니다.

만약 '자유 시장 경제학'이라는 게 존재한다면 '소설의 경제학'도 분명히 존재할 것입니다. 일반적인 두께의 역사 소설을 예로 들어 봅시다. 분량은 대략 400쪽으로 가정하겠습니다. 그러한 소설을 창작하는 데 필요한 모든 과정, 그러니까 자료 조사(도서관 방문, 취재 여행, 현지 답사, 독서 등)부터 집필, 수정, 편집, 교정에 이르는 일정을 고려해서 출판(인쇄) 직전의 단계까지 가는 데 작가가 어림잡아 하루에 반 쪽 정도의 분량을 소화할 수 있다고 추정해 보면 아마 다들 수긍할 겁니다. 그렇다면 초벌 원고를 작성하는 데만 꼬박 800일이 소요된다는 결론이 나옵니다. 만약 작가에게 두 명의 자녀가 있고, 토요일과 일요일을 제외하고 일주일에 닷새 동안 하루 여덟 시간씩 일한다고 가정해 봅시다. 대부분의 직업에서 평균 노동 시간이 여덟 시간이니까요. 그러면 이 800일이라는 근무일은 대략 삼 년 정도의 노동 시간을 의미하게 되며, 일반적인 직장에서 평균 시급을 임금으로 받는다 쳐도 상당한 금액을 벌어들일 수 있습니다. 게다가 고용주가 부담하는 건강 보험이나 연금, 상여금, 인센티브 등의 혜택은 별도로 책정됩니다.

그런데 작가들이 지나치게 낮은 원고료에 대해 불평하면 왜 다들 그렇게 분개할까요? 오늘날 모든 것에는 대가가 있다고 여기면서 왜 우리는 여전히 소설이 하늘에서 떨어진다고 생각할까요? 덕망 높은 어느 승려가 우연히 나무 틈새에서 발견한, 인간의 손이 아닌 신에 의해 스스로 집필된 불교 경전[92]이나 다름없다고 생각하는 걸까요?

하나의 상품이 사회에서 널리 상용화되는 과정에는 또 다른 측면이 있습니다.

여러분은 문화에 대한 비전을 떠올리며 어떤 생각을 하나요? 여전히 그것을 사람들 사이의 광범위한 소통의 영역이라고, 혹은 지극히 특별한 방식으로 세상에 관해 서로에게 이야기하는 끝없는 과정이라고 믿고 있습니까? 수요와 공급의 법칙을 다른 무엇보다 우위에 놓는다고 해서 과연 우리가 지금껏 몰랐던 뭔가 새로운 것을 보고 들을 수 있게 될까요? 우리는 변화를 받아들일 준비가 되었을까요, 그렇지 못할까요? 어쩌면 우리 취향에 맞아떨어지는 늘 똑같은 후렴구를 조용히 읊조리면서 그저 우리 눈에 매력적이고 멋있어 보이는 것들 속에서 항상 제자리를 맴돌고 있는 건 아닐까요?

새로운 탱크를 만들거나 경기장을 짓는 데는 그렇게 많은 비용을 축내면서 왜 우리는 자신만의 고유한 목소리를 내기 위해 필사적으로 노력하겠다고 결심한 사람들을 아무 조건 없이 지원

92 티베트 불교(라마교라고도 한다.)의 전설에 따르면 라마교의 개조(開祖)이자 두 번째 부처로 숭상받는 파드마 삼바바가 삶과 죽음, 미래에 관한 신비한 예언을 담은 100여 권의 경전을 쓴 뒤 히말라야 동굴 속에 숨겨 두고 때가 되면 제자들이 발견하도록 했다고 전해진다.

하지 못하는 걸까요? 경기장이나 탱크를 짓는 문제는 자유 시장 경제에 맡겨도 충분하지 않을까요?

유감스럽지만 나는 문학을 단순한 상품으로 인식하는 법을 알지 못합니다. 문학은 사람들 사이에 유대를 형성하고 서로 소통하게 해 줍니다. 역설적이지만 심지어 언어를 초월해서도 말이죠. 왜냐하면 우리가 '다른 책'이 아닌, 하필이면 바로 '이 책'을 손에 든 채 서로를 마주 보는 순간에도 무언의 소통이 이루어지기 때문입니다. 오늘날 상품의 브랜드 또한 이와 비슷한 방식으로 작동한다고 혹자는 말할 수도 있을 것입니다. 그저 아무 말도 필요 없이 서로에게 다가감으로써 자기 의지와는 상관없이 상표를 드러낼 수 있고, 숫자판보다 브랜드명이 먼저 부각되는 괴상하고 새로운 디자인의 시계를 노출할 수도 있으니까요. 하지만 문학의 경우는 이것과 엄연히 다릅니다.

인류사에서 지혜로웠던 사회는 이미 오래전에 깨달았습니다. 가장 오래 지속되고 가장 영원한 것은 크고 작은 이익도, 특정한 시기를 대표하는 인물도, 심지어 왕조도 아니고 오직 예술 작품이라는 사실을 말입니다. 미켈란젤로, 그리고 커튼 뒤에 숨겨져 있던 불완전한 대리석 덩어리에서 걸작으로 거듭난 그의 조각상이 아니었다면 오늘날의 피렌체는 대체 무엇이겠습니까? 수년에 걸친 창작의 시간 동안 누가 미켈란젤로의 생계를 책임지고 그를 도와주었습니까? 당시 피렌체의 장관이었던 피에르 소데리니의 전폭적인 지원, 그리고 예술가들이 가능한 한 평화롭게 작품 활동에 전념할 수 있도록 해 준, 당시로서는 보편적 관례였던 후원 계약이 없었더라면 「다비드」는 아마도 이 세상에서 빛을 보지 못했을 것입니다. 이것은 그저 수많은 에피소드 가운데 하나일 뿐입니다. 만약 과거에 그런 일들이 없었다면 피렌체는 유명한 '황금 거래의 중심지'로는 남았겠지만, 오늘날까지도 마르지 않는 소득의 원천인 수많은 관광객을 끌어들이는 명소로 자리매김하지 못했을 것입니다. 우리는 다른 여러 이탈리아 도시에서도 이와 비슷한 사례를 목격한 바 있습니다. 수백 년 전 후원자와 도시 평의원들의 신중한 안목과 호의 덕분에 호텔과 레스토랑 주인, 가이드, 이탈리아의 기념품(실은 '메이드 인 차이나'이지만) 판매자가 오늘날에도 먹고사는 것입니다. 물론 당시에도 미처 지원을 받지 못한 예술가가 꽤 많았으리라고 추측해 볼 수 있습니다. 아마도 그들의 대리석 덩어리는 결국 파손되었을 테고, 그들 또한 술독에 빠져 지내다가 재능이 퇴보되었거나, 아니면 재능을 잃고 말았을 것입니다.

간단히 말해서 작가에게 물질적 기반이 제공되지 않으면 문학과 예술은 존재할 수가 없습니다.

우리가 자유 시장의 원칙을 그토록 소중하게 여긴다면 독자들이 도서관에서 빌려 읽은 책에 대해서도 상징적으로나마 일정 금액을 지불하도록 해야 하지 않을까요? 스웨덴에서처럼 아예 국가적 차원에서 이와 관련된 정책을 선포하는 방법도 있습니다. (따지고 보면 한 권의 책을 무제한의 독자에게 대여하는 것은 사실상 불법적인 배포 행위니까요.) 이렇게 모인 자금은 출판 시장으로부터 외면받은 작가들을 지원하기 위한 기금 조성에 사용할 수 있을 것입니다. 아니면 작가들에게 자녀 양육비를 지원해서 오전 시간에는 글 쓰는 일에만 전념하도록 하는 건 어떨까요? 차기작을 쓰는 데 필요한 자료 조사를 할 답사 비용을 원조하는 것도 좋을 듯합니다. 작가가 유명한지, 아니면 어떤 상을 받았는지를 놓고 투자 가치를 판단해서는 안 됩니다. 바르샤바 시내 즈바비치엘 광장의 요즘 한창 뜨는 술집 '플랜 B'가 무엇인지도 잘 모르고, 영향력 있는 단체와 아무런 끈도 없는 수줍음 많고 자신감이 부족한 지방 작가들을 격려하고 도와줘야 합니다.

이윤에 대한 욕망과 부에 대한 열망이 이 세상을 움직이는 유일한 동력이라고 스스로를 설득하지 맙시다. 만약 그것이 사실이라면 이탈리아 각 도시의 권력자들과 부유층은 예술 작품 대신 인도에서 온갖 향신료를 실어 오기 위해 더 많은 선박을 만들거나, 아니면 이웃 나라를 정복하기 위한 무기를 제작하는 데 자본을 투자했을 것입니다.

이제 오늘의 중심 주제로 돌아가서 누군가에게 책을 쓰게 만드는 동기와 요인이 무엇인지에 대해 함께 생각해 보겠습니다.

나는 문학에 열정과 에너지를 쏟고 있는 젊은이들과 함께 글을 쓰는 동기에 대해 이야기를 나누면서 많은 것을 배웠습니다. 물론 그중에는 모호하고 불분명한 진술도 꽤 많았습니다. 자신의 감정을 말로 표현하는 데 서툴거나 자신감이 부족한 젊은이들도 있었으니까요.

자, 그래서 묻습니다. 왜 글을 쓰고 싶습니까? 글쓰기에서 어떤 매력을 느끼나요? 작가의 길이란 상당히 불확실한 진로이고 실망의 연속으로 끝나는 경우도 많은데 말입니다.

내가 젊은 벗들로부터 가장 많이 들었던 다소 궁색한 답변은 이것입니다. "나 자신을 표현하기 위해서." 내게는 이 대답이 모든 것을 의미할 수도 있고, 아니면 아무것도 의미하지 않을 수도 있다고 느껴졌습니다. 너무 일반적이고 막연해서 마치 "흠……." 이나 "앗……." 같은 종류의 응답과 비슷하다고 해야 할까요.

좀 더 대범한 소수의 젊은이들은 상당히 인상적이면서 실용주의적인 관점에서 "성공하고 싶고, 돈도 벌고 유명해지고 싶다."라고 대답했습니다.

서글프리만치 솔직하게 자신의 처지를 고백했던 한 여학생에게 나는 큰 감동을 받았습니다. 그녀의 필사적인 '커밍아웃'을 그저 있는 그대로 담담하게 받아들이는 것 말고는 내가 해 줄 수 있는 게 아무것도 없었습니다.

반면에 글쓰기에 대해 매우 명확하고 구체적인 비전을 피력하는 젊은이들도 있었습니다.

뱀파이어를 소재로 한 베스트셀러 연작 소설을 쓸 계획입니다.

일 년에 한 권씩 추리 소설을 쓰고 싶어요.

나는 소설가 예지 필흐[93]처럼 되고 싶습니다.

(흥미를 느낀 나는 무엇 때문에 예지 필흐처럼 되고 싶은지 물었습니다. 그러자 이런 답변이 돌아왔습니다. "내게 감동을 주니까

---

93 Jerzy Pilch(1952~2020). 폴란드의 소설가, 시인, 칼럼니스트, 기자. 위트와 통찰이 돋보이는 소설로 비톨트 곰브로비치의 계보를 잇는 탁월한 문인으로 평가받았다. 2001년 폴란드 최고의 문학상인 니케 문학상을 수상했다.

요. 나는 필흐 말고 다른 작가의 작품은 읽지 않습니다.")

내가 실패자가 아니라는 것을 엄마에게 증명하고 싶어서 글을 씁니다.

그들이 말한 동기 중에서 좋지 못한 것은 하나도 없으며, 각각의 경우를 모두 진지하게 받아들여야 한다고 나는 생각합니다.

믿기 힘들 정도로 다재다능한 작가인 조지 오웰은 「나는 왜 쓰는가」에서 우리를 글쓰기의 세계로 인도하는 네 가지 주요 동기를 매우 적절하게 제시하고 있습니다.

첫 번째 동기를 오웰은 '미학적 열정'이라고 부릅니다. 내가 제대로 이해하고 있다면 그것은 우리가 '아름다움'이나 '조화'라고 부르는 '세상의 질서'가 만들어 내는 일종의 내적인 동요라고 할 수 있습니다. 미적인 체험은 너무도 강렬하고 압도적이어서 표현 불가능해 보이지만, 우리는 어떻게든 적합한 단어를 찾아 대응시키고 언어로 묘사하려 합니다. 그것은 전혀 새로운 지평을 여는 여행이면서 우리에게 정신을 깊이 재건하는 듯한 느낌을 안겨 줍니다. 때로는 비탄의 감정에서 비롯되기도 하는데 이 부분은 글쓰기의 동기에 대해 이야기할 때 별도로 다루어야 할 주제입니다. 이 은밀한 비극은 직접적인 표현보다는 에둘러 말하기를 요구하며, 우리 안에 쌓여 있던 멜랑콜리와 절망을 활성화합니다. 그리고 어떤 이유에서인지 이 두 종류의 감정 모두가 글쓰기 활동을 촉진합니다. 절망을 경험하거나 실연당하거나 쓰라린 실패의 고통을 맛보는 순간 우리는 자신을 되돌아보게 되고, 바깥의 시선으로 스스로를 바라보게 되니까요……. 심리학에서는 이러한 유형의 사건을 거의 다루지 않고 있습니다만 실제로 이것은 누군가의 일생에서 새로운 경로를 만드는 전환점이 되곤 합니다. 사랑의 상처를 치유해 나가는 멜랑콜리는 글쓰기를 유발하는 아주 좋은 촉매제입니다. 그것은 일종의 파생적 자기애를 불러일으키고, 깊은 자아 성찰을 촉구하고, 감수성을 증폭시킵니다. 글을 쓸 때 우리는 균형감을 회복하려 노력하는데, 그 순간 리비도[94]가 꼬리를 휘저으며 불현듯 지금까지 몰랐던 섬세한 다정함이 자신을 둘러싸는 것을 느끼게 됩니다. 그럴 때 우리는 지금껏 사용되지 않은 새로운 은유들을 동원하여 자기 자신에게 이야기를 들려주면서 스스로를 꿈속으로 인도합니다.

외로움, 먼 곳으로의 여행, 극적인 사건도 글쓰기에 도움이 됩니다. 우리는 평정심을 찾기 위해, 아니면 잃어버렸거나 흔들리는 질서의 의미를 세상에 복원시키기 위해 언어를 필요로 합니다.

미학적 열정의 동기는 여러분이 비록 작가가 아니더라도 작가로서 존재할 수 있다는 사실을 명확히 보여 줍니다. 우리 삶에는 분명 예술적인 표현을 요구하는 다양한 에피소드들이 등장하게 마련이고, 그것은 아주 자연스러운 일입니다. 만년필이나 볼펜 끝에서 어휘들이 자연스럽게 샘솟는 것 같고, 등장인물이 스스로 모습을 드러내고 사건이 저절로 일어나는 것만 같은 놀랍도록 창의적인 동요의 순간을 누구든 한 번쯤은 겪어 봤으리라

---

94 libido. 인간이 내재적으로 갖고 있는 성욕. 또는 성적 충동.
프로이트 정신 분석학의 기초 개념으로, 이드(id)에서 나오
는 정신적 에너지, 특히 성적 에너지를 지칭한다. 융은 이를
생명의 에너지로 해석했다.

고 나는 장담합니다. 인간에게 세상은 너무나 넓기에 그 거대한 용량을 '티스푼 한술'만큼씩 차근차근 계량하여 어휘에 담아내기 위해 문학이 생겨났다고 나는 생각합니다.

지금 이야기하고 있는 동기와 관련해서 인생의 진로를 바꾸는 경우, 이를테면 엔지니어나 교사로 일하다가 어느 순간 작가가 되는 경우에 대해서도 연구해 볼 필요가 있다고 생각합니다.

우리가 글을 쓰는 두 번째 동기는 오웰에 따르면 '역사적 충동' 때문입니다. 이런 식의 표현이 다소 나이브하게 느껴지긴 합니다만 대상을 '있는 그대로' 표현하도록 요구하는 것이 바로 역사적 충동입니다. 두렵고, 이해할 수 없으며, 누군가에 의해 조작당하기 쉬운 어떤 집단적 사건을 목격한 개인이 '증거의 기록'을 남길 필요성을 절감하고 그 내용을 언어로 정리하려 할 때 이러한 충동이 생겨납니다. 그렇게 하지 않으면 진실은 사라지거나 흩어져 버리고 말 테니까요. 나는 이러한 충동이 회고록을 작성하거나 현재 또는 그리 멀지 않은 과거에 벌어진 어떤 사건의 흐름을 뭔가 다른 방식으로 유지하거나 지속시키기를 원할 때 필요하다고 생각합니다. 할머니가 손주를 위해 집필한 가족사. 퇴임 교사가 시간을 내어 마을에 대해 쓴 논문. 전쟁과 수용소, 계엄령, 가택 연금, 투옥, 군대에 관한 수기. 모든 형태의 집단 폭력에 대한 증언. 부조리 또는 불의에 대한 고찰. 모든 사람에게 '어떤 일이 있었는지'를 있는 그대로 알려 주는 소설과 비소설.

세 번째 동기는 '정치적 목적'입니다. 오웰이 썼듯이 그것은 세계를 어떤 특정한 방향으로 이끌고 싶은 바람, 지향하거나 반대로 지양해야 할 공동체 사회에 대한 구체적인 아이디어를 타인에게 표출하고 싶은 욕망에 기인합니다. "어떤 책도 정치적 연관성으로부터 자유로울 수 없다."라고 오웰은 덧붙이고 있는데 나는 그의 의견에 전적으로 동의합니다. 예술이 정치를 다루어서는 안 된다는 주장 또한 본질적으로 정치적 신념입니다. 세상에 비정치적인 책은 없습니다. 그 책을 아무도 읽지 않는다면 또 모를까요. 책이 출판 시장에서 유통되어 독자들의 손에 들어가게 되면 원하든 원치 않든, 의식적이든 무의식적이든 세상에 대한 비전이 형성되고, 어떤 식의 기준이나 합의들이 당연한 것으로 받아들여지게 됩니다. 이것이 바로 정치입니다. 가장 달콤한 로맨스 소설도, 가장 먼 우주까지 날아간 SF 소설도 결국에는 어느 편엔가 서서 이야기가 펼쳐집니다. 작가가 이러한 사실을 인정하지 않으려 들거나 아예 깨닫지 못한다면 그건 작가에게 오히려 불리한 상황을 초래하게 될 것입니다.

마지막으로 오웰은 글쓰기가 '순수한 이기심'에서 비롯된다고 말합니다. 지적이고 영민한 사람으로 평가받고 싶고, 세간의 화제에 오르내리는 인물이 되고 싶고, 사후에 기억되는 작가가 되고 싶고, 어린 시절 나를 무시했던 사람들에게 "지금의 내가 누군지 다들 보시오."라고 외치고 싶은 뿌리 깊은 욕망이 이러한 동기를 불러일으킵니다. 그러므로 이 모든 '사소한' 동기들을 무시하는 것은 불공평한 시각일 것입니다. 작가 외에도 다른 분야의 예술가들이나 학자, 정치인, 군인, 사회 운동가, 법률가와 기타 야심만만한 사람들에게서 이런 동기가 발견됩니다.

오웰은 평범한 사람들이 삼십 대에 접어들면 개인주의적 성향을 버리고 타인을 염두에 두고 살아가며, 대부분은 일상의 노동에 몰두한다는 사실을 알아차렸습니다. 그러나 재능 있고 결단력 있는 소수는 자기 신념대로 살기 위해 무엇이든 시도하게 되는데, 특히 작가가 이러한 경우에 해당한다는 것입니다. 모든 부류의 재능 있는 개인주의자들 중에서 작가는 돈에 그다지 관심이 없지만 언론인보다는 훨씬 강력하게 자기 자신에게 집중한다고 오웰은 평가합니다.

오웰이 제시한 이러한 네 가지 동기를 오늘의 현실에 비추어 보면 그가 살던 시대와 전혀 다른 것을 알 수 있습니다.

대담한 가설 하나를 세워 보겠습니다. 순수한 의미의 자기중심적 성향이 폭발적으로 늘어나고 있는 오늘날 글을 쓰지 않는 대다수가 삼십 대에 이르러 자신의 익명성과 적절히 타협할 줄 알게 되면 오히려 글을 쓰는 빈도가 급격히 높아진다는 가설입니다. 인터넷을 살펴보면 시인이나 소설가, 혹은 타인의 글에 대해 논평하는 블로그 혹은 트위터를 운영하거나, 그러한 사이트에 댓글을 다는 사람들의 숫자가 엄청나게 많다는 것을 확인할 수 있습니다. 그들의 언어 구사력은 결코 뒤떨어지지 않고, 그들의 언어 문화 또한 일정 수준을 유지합니다. 또한 그들이 쓴 글을 살펴보면 외부 독자가 자기 글을 읽으리라는 기대는 거의 하지 않고 있으며, 자신과 비슷한 부류의 사람들이 쓴 글들을 돌아가며 서로 읽는 것처럼 보입니다. 이것이 폐쇄된 인지 공동체가 형성되는 방식입니다. 이런 식의 글쓰기가 선호되는 환경에서는 타인이 창작한 글을 제대로, 그리고 독립적으로 비평하기 힘듭니다. 최근 출판 시장에서는 최대한 짧고 간략한 형태로 책을 리뷰하는 잡지들이 각광받고 있습니다.

우리는 지금 전례 없는 과정, 즉 '나'라는 이름의 글쓰기 주체가 점점 비대해져 가는 과정을 목격하고 있습니다. 물론 과거에도 '나'를 세상의 출발점이면서 창조적인 균형의 기반으로 여기는 경향이 있었지만, 오늘날에는 '나'라는 존재가 지나치게 확대되면서 주변의 모든 것을 주관적으로 해석하고 온 세상을 서서히 대체해 나가고 있습니다. 포스트모더니즘의 목표 중 하나가 학술적인 시각으로 주관적인 '나'의 신선함을 높이 평가하자는 것이었는데 세월이 흐르면서 이러한 '나'는 마치 독을 품은 나팔꽃처럼 다른 관점들을 질식시키기 시작했습니다. 지나치게 커진 작가의 자아 또한 문학을 완전히, 그리고 영원히 변화시킵니다. 앞으로 문학에는 거대한 두 가지 조류만이 남게 될지도 모릅니다. 오늘날 도서 박람회나 문학 축제에서 갈수록 그 비중을 늘려 나가는 두 조류는 이것입니다. "내가 어디에 갔었는지 말해 줄게." 그리고 "우리 가족 이야기를 들려줄게." 이런 식이라면 논픽션이 픽션을 거의 집어삼켜 버릴 것입니다. 왜냐하면 사람들은 "마치 ~인 것처럼"으로 말하는 소설의 서법을 이해하는 능력을 점점 상실하는 중이고, 그래서 책 속에 기술된 내용이 사실인지를 저자에게 계속해서 물어보고 있으니까요. (픽션 중에서도 어쩌면 추리 소설은 살아남을지도 모릅니다. ─ "누가 죽였는지 말해 줄게. 하지만 시간이 좀 걸릴 거야.")

우리 안에는, 그리고 우리가 하는 모든 행동 속에는 비록 과소평가되고는 있지만 심리학자 알프레트 아들러[95]가 적확하게

---

95 Alfred Adler(1870~1937). 오스트리아 출신의 유대계 의사

묘사한 '헐떡이는 에너지'가 깃들어 있습니다. 그 에너지는 우리에게 사랑받는 존재가 되고, 위로 높이 올라가고, 널리 알려진 누군가가 되고, 중요하고 매력적인 사람이 되라고 명령합니다. 만약 우리가 이러한 에너지가 이끄는 대로 우리 세상이 나아갈 방향을 결정한다면, 그리고 세상을 끊임없이 근육을 수축하고 이완시켜 가며 자기 힘을 과시하고 재능을 마음껏 펼쳐 보일 영토로 이해한다면 문자 그대로 세상을 '증권 거래소'의 메타포로 인식하는 것보다는 한결 나을 것입니다. 여기서 '증권 거래소'의 메타포란 이 세상의 모든 것에 가격이 매겨져 있고 전부 판매용이라 간주하며 1000원에 모든 상품을 판매하는 잡화점처럼 세상을 인식하는 관점을 말합니다.

체스와프 미워시는 현명하게도 다음과 같이 썼습니다.

"우리의 자아와 야망, 자부심을 부추기는 에너지 따위는 없노라고 아무리 자신을 세뇌해 봐야 결국 그것들로부터 우리 자신을 안전하게 보호하지 못한다. 하지만 개에게 먹이를 줄 때처럼 그러한 에너지의 숨구멍을 틀어막아서 아무런 소리도 내지 못하도록 함으로써 우리 안전을 유지할 수는 있다."[96]

이제 나는 이 강의의 제목에 등장하는 '다이모니온'에 대해

이며 개인심리학의 창시자로 현대 심리 치료법에 크게 공헌했다.

96 Czesław Miłosz, Notatnik, (in) Prywatne obowiązki (Kraków, 1958).(원주)

이야기하겠습니다. 하지만 지금까지의 이성적이고 실용주의적인 논조와는 조금 다른 정서로 이야기를 풀어 볼까 합니다. 또한 다소 성급하게, 그리고 꽤 자주 언급되는 바람에 내 글쓰기에서 일종의 꼬리표가 된 '마술적 리얼리즘'에 대해서도 언급하겠습니다.

여러분은 혹시 '글로 쓰이기를 원하는 무엇인가'가 바로 문학 창작의 근원이라고 생각해 본 적이 있나요? 그러니까 우리 주변에 우리가 이름 붙이고, 소리 내어 표현해 주기를 기다리는 주제나 이미지, 직감이 존재한다는 사실을 알고 있나요? 우리가 마침내 그런 주제에 착수하는 순간 그것들은 특별한 보살핌에 둘러싸이게 됩니다. 마치 처음 그림을 그리기 시작하는 어린아이들처럼 말입니다. 그럴 때 우리는 아이들에게 크레용을 건네주고, 다른 삽화들을 가져와서 말이나 집을 어떻게 그리는지 보여 주고, 이따금, 특히 초반에는 '컬러링 북'을 아이들에게 지급해 색을 채우는 연습을 통해 윤곽에 익숙해지도록 합니다. 그렇게 우리는 아이들을 격려하면서 상품도 지급합니다.

그렇다면 문학에서 이런 식의 보살핌은 어떤 형태로 나타날까요?

문학 속 인물들, 그 기묘한 존재 유형은 처음에 육신이 없는 상태이지만 살아 있는 육체적 존재보다 더 완벽하게 모든 심리적 기재를 갖춘 채 어딘가에서 슬며시 모습을 드러냅니다. 대체 어떻게 이런 일이 가능할까요? 그러고는 우리 눈앞에서 조금씩 구체화되면서 문장과 단어를 붙잡고, 특정한 형태를 취하고, 마침내 말하기 시작하고, 견해와 느낌, 생각을 표출하고, 모든 시간과 우주를 그 속에 집약시킵니다. 어떻게 이런 일이 벌어질 수 있는 걸까요? 세상 어딘가에 인간과 다른 실존적 본성을 지닌 존재들을 위한 저장소라도 있는 걸까요? 그렇다면 그 저장소는 어디에 있을까요? 대체 어떤 일이 벌어지고 어떤 과정을 거치기에 가상 인물들의 모호한 현실이 시간이 지남에 따라 점점 강렬해져서 종국에는 창작자와 독자의 현실로 탈바꿈하는 걸까요?

19세기에 자신의 소설을 신문에 연재했던 헨리크 시엔키에비치[97]는 작품 속 기사들에게 부디 나쁜 일이 일어나지 않게 해 달라고 간청하는 독자들의 편지를 자주 받았습니다. 심지어 역사 소설 『불과 검으로』의 등장인물 론기누스 포드비피엥타가 작품 속에서 세상을 떠났을 때 그의 영혼을 추모하기 위한 장례 미사가 폴란드의 한 성당에서 집전되기도 했습니다.

1990년대에 내가 체코와 국경에 있는 크워츠코 계곡에 집을 마련했을 때 주변의 모든 것이 갑자기 내 귓가에서 속삭이기 시작했습니다. 자갈이 깔린 마루, 지하실로 내려가는 늘 축축한 계단, 부서진 물레방아의 흔적이 남아 있는 개울, 울타리를 치기 위해 가지런히 쌓아 놓은 돌들, 노바 루다 성당의 신랑(身廊)[98]……. 그것은 매우 기묘한 체험으로 마치 '뭔가에 쓴 것'(나는 특별히 이 단어를 사용하겠습니다.) 같았습니다. 당시 내가 새롭게 찾아

---

97 Henryk Sienkiewicz(1846~1916). 폴란드 실증주의 시대의 소설가. 1905년 노벨 문학상을 수상했으며 대표작으로 『쿠오 바디스』, 『불과 검으로』, 『대홍수』 등이 있다.
98 교회당 건축에서 좌우 측랑 사이에 긴 중심부를 이르는 말. 일반적으로 미사를 위한 목적으로 쓰인다.

낸 모든 장소에 다층적이면서 크고 작은 명백한 의미들이 가득 차 있는 것 같았습니다. 앞서 언급한 다이모니온의 속삭임이 들려오기 시작했고, 이와 함께 형언하기 힘든 무수히 많은 정보와 지식, 예감, 추측이 한꺼번에 내게 쏟아지면서 거기서 다채로운 플롯들이 떠오르기 시작했습니다. 그리고 그것들은 내게 기록으로 남겨서 다른 사람들과 공유할 것을 요구했습니다.

지금 내가 이야기한 내용은 사물들뿐 아니라 사람들, 그러니까 그곳, 크워츠코 계곡에서 나고 자랐으며 여전히 그곳에 속해 있다고 여겨지는 사람들에게도 해당됩니다.

기분에 따라 출생 연도를 수시로 바꾸던 Ch 씨의 예를 들어보죠. 아직도 나는 그가 몇 살인지 모릅니다. 그는 포트할레 지방의 산간 마을인 종프에 거주하던 대가족 출신으로 십 대 시절에 독일로 보내져 노역에 시달리다 청력을 잃었습니다. 2차 세계대전이 끝난 후 Ch 씨는 고향으로 돌아가지 않고 노바 루다 인근에 정착했습니다. 그리고 수년에 걸쳐 마을 청소 회사에서 일하면서 꽤 모범적인 삶을 살았습니다. 하지만 너무 빨리 그를 떠나버린 배우자로 인해 결혼 생활은 불행하게 끝났습니다. Ch 씨는 오랜 세월 외딴집에서 혼자 살며 잔디를 깎거나 빗자루를 만들어 생활비를 충당했습니다. 그리고 내 소설 『낮의 집, 밤의 집』의 주요 등장인물 중 한 사람이 되었습니다. 글을 읽지 못하니 자신은 그러한 사실을 모를 테지만요.

다음은 J 부인입니다. 전쟁에 징집되어 전투에 참여했던 그녀의 남편은 오카강부터 베를린까지 머나먼 경로를 걸어서 횡단했지만, 결국 집에서 불과 10여 킬로미터 떨어진 곳에서 우연히 날아든 총탄에 맞아 세상을 떠났습니다. 그리고 바로 이곳 노바 루다 태생의 독일인 P 씨는 열다섯 살의 나이에 독일 국방군에 징집되었습니다. 하지만 복무를 시작한 지 며칠 안 되어 포로로 잡혀가 시베리아에서 십 년의 세월을 보냈습니다.

B. B. 자매도 있습니다. 그들은 시베리아의 방공호에서 태어났습니다. 2차 세계 대전 이전 폴란드 영토인 리비우 근교에서 살던 자매는 전쟁이 끝난 뒤 폴란드의 국경선이 변경되는 바람에 어머니와 함께 노바 루다로 강제 이주당했습니다. 과거 독일인들이 지은 여관을 겸한 술집에 살던 세 모녀는 훗날 직접 그 술집을 운영했고, 나중에는 건물이 무너지는 것을 지켜봐야 했습니다. 자매는 지금 꿀벌을 기르며 살아갑니다.

나는 Ch 씨 같은 인물들을 나름의 방식으로 체화하려고 노력했고, 그들의 생애를 나의 목소리로 책 속에 담았습니다. 단 그들의 사생활이나 존엄성을 훼손하지 않는 방식으로 이야기를 전달하려 했습니다. 그들에 대해 내가 글로 이야기함으로써 나는 그들이 보다 고차원적인 존재 가치와 집단적 정체성을 획득하게 되고, 나아가 사라지지 않고 버틸 저항력을 얻게 된다는 느낌을 받았습니다. 어느 순간 나는 스스로가 그들을 소멸로부터 구해내고 있다고 생각했습니다.

때로는 현실에 존재하지 않지만 얼마든지 존재할 법한 인물들에게 문학적 삶을 부여하기도 했습니다. 심지어 현실 세계에서 뭔가 압도적으로 부족한 부분들을 메꾸기 위해서는 문학 속에 그런 인물들이 반드시 존재해야 한다는 확신이 들 때도 있었습니다.

이따금 내 정신의 어디쯤, 이른바 '고안'과 '착상'의 영역에서 이상한 일들이 벌어져서 내 지각이 얼마나 예리한지, 그리고 세상이 얼마나 뻔하지 않은지를 보여 주곤 했습니다. 그렇게 나는 내 작품 중 하나인 『낮의 집, 밤의 집』에서 계곡의 수호자이며 숲의 끝자락에서 혼자 사는 노파 마르타를 창조했습니다. 아마도 대부분의 독자는 마르타를 나이 든 노파의 전형으로, 그리고 지혜로운 노인으로 기억할 것입니다. 그런데 이상하게도 상당수의 독자가 마르타의 옷차림에서 특징적인 세부 사항, 즉 스웨터의 늘어진 단춧구멍을 기억하고 있었습니다. 심지어 극도로 고지식한 관광객 겸 독자가 직접 마을을 찾아와 우리 현실에는 결코 존재한 적이 없는 '마르타의 집'에 대해 묻는 일까지 발생했습니다.

그로부터 수년의 시간이 지난 후 지금은 독일에 살고 있지만 과거에 내가 사는 노바 루다의 집을 지었던 독일인 노부부의 손주들을 만난 적이 있습니다. 그들과 만났을 때 나는 먼 친척을 만난 것 같은 느낌을 받았습니다. 손주들은 에슬링겐[99]에서 내가 쓴 책을 읽으며 어린 시절 추억의 장소를 떠올렸고, 자신의 과거를 방문하기로 결심했습니다. 그렇게 그들이 불현듯 우리 집을 찾아오면서 정말 이상한 일이 일어났습니다. 사실 나는 이 이야기를 어떻게 전해야 할지 잘 모르겠습니다. 너무나 형이상학적인 일이라 용기가 나지 않네요. 하지만 시도해 보겠습니다.

그때 손님들은 여러 장의 오래된 사진을 가져왔는데 그중 우

---

99 Esslingen. 독일 서부의 바덴뷔르템베르크주(州)의 도시. 중
세 도시의 유구를 잘 보존하고 있는 것으로 유명하다.

리 집의 한 방에서 온 가족이 함께 찍은 사진도 있었습니다. 남자(그들 중 일부는 독일군 제복을 입고 있었습니다.), 여자, 어린이로 구성된 친족들의 단체 사진, 나름대로 신중하게 각자의 자리가 배정된 그 사진 한가운데에 머리를 깔끔하게 빗어 올린 노파가 앉아 있었습니다. 그런데 단춧구멍이 늘어난…… 스웨터를 입고 있었습니다. 사진 속 노인을 가까이 들여다보는 순간 나는 온몸에 전율을 느꼈습니다. "이 사람은 누구죠?" 내가 물었습니다. 그러자 지크프리트가 기쁨에 넘쳐 자랑스럽게 대답했습니다. "아, 우리 할머니, 마르타 씨예요." 나는 그 사진을 지금도 간직하고 있습니다.

다른 사람들도 분명 비슷한 체험을 한두 가지쯤 겪었을 테지만 나는 굳이 이러한 현상을 구구절절 설명하고 싶지는 않습니다. 아리스토텔레스의 사상을 추종했고, 모든 허구를 '진리의 한 형태'로서 긍정적으로 정의해 다수를 납득시킨 권위자 토마스 아퀴나스의 이름을 거론하는 것 말고는 내가 할 수 있는 일이 없을 것 같네요.

아니면 이런 인물들도 있습니다. 이미 정신적으로 만반의 준비를 끝내고 몇 년 동안 거의 한결같은 모습으로, 존재를 드러낼 적절한 순간만을 기다리며 물성과 영성을 갖추고 문학적 생명력을 가지고 느닷없이 상자 밖으로 뛰쳐나오는 인물들. 내 경우에는 그렇게 준비된 인물 중 하나가 바로 『낮의 집, 밤의 집』의 수도사 파스칼리스입니다. 단순히 젊은 청년이라고 단정 짓기 애매한 파스칼리스는 자신의 성별과 성적 정체성에 확신을 갖지 못하고 쿰메르니스 성녀의 전설에서 뭔가 실마리를 찾으려 합니다. 예수가 자신의 얼굴을 쿰메르니스에게 주면서 비로소 그녀는 젠더 문화로부터 자유로워질 수 있었으니까요. (잠시 여담 하나 할게요. 내가 막 이 문장을 쓰고 있는데 남편이 전화를 걸어서 「유로비전 송 콘테스트」에서 콘치타 부르스트라는 이름의 턱수염을 기른 오스트리아 여성, 즉 드래그 퀸[100]이 우승했다고 알려 주었습니다. 이러한 현상이야말로 내가 지금 무슨 말을 하고 있는지를 대변하는 완벽한 단서라고 생각합니다. 또한 우리가 창작의 과정, 즉 카를 융이 '동시성'이라고 독창적으로 명명한, 서로 인과 관계가 없는 사건들이 시간과 공간 속에서 공존하는 그 과정을 우리가 주의 깊게 성찰할 때 우리 눈앞에 무엇이 선명하게 보이는지를 깨닫게 해 줍니다. 융의 개념을 여러분에게 이야기하는 지금 내 입가에는 행복한 미소가 피어오릅니다.)

앞서 언급한 『낮의 집, 밤의 집』을 집필하는 동안 파스칼리스는 자기 역할을 수행할 만반의 태세를 갖춘 채로 내 앞에 나타났습니다. 그리고 책을 탈고한 지 얼마 후 파스칼리스란 인물이 대체 어디에서 비롯되었는지 고민조차 하지 않던 시기에 나는 서재에 쌓여 있던 낡은 종이 뭉치들을 정리하기 시작했습니다. 그러다 고등학생 시절에 쓰던 누렇게 바랜 습작 노트에서 어떤 단편의 도입부를 발견하게 되었습니다. 당시 나는 여러 편의 단편

---

100 Drag queen. 남성이 예술이나 오락, 유희를 목적으로 여장을 하는 행위. '사회에서 주어진 성별의 정의에서 벗어나는 겉모습으로 꾸미는 행위'를 의미하는 '드래그(drag)'와 남성 동성애자가 스스로를 칭할 때 쓰는 표현인 '퀸(queen)'이 합쳐진 말이다.

을 끄적거렸지만 실제로 두 쪽 이상을 넘긴 작품은 거의 없었습니다. 아무튼 나는 그 노트에서 맨발에 때 묻은 제의를 입은 수도사, 자신이 누구인지, 여성 또는 남성이 된다는 것이 실제로 무엇을 의미하는지 확신하지 못해 방황하는 파스칼리스를 발견했습니다. 과거의 어느 시점에 나는 불현듯 이 수도사라는 인물을 떠올렸지만 곧 잊어버렸던 것입니다. 하지만 그 인물은 참을성 있게 기다렸습니다. (그런데 과연 어디에서 나를 기다린 걸까요?) 내가 작가가 되고, 크워츠코 계곡에 있는 집을 사고, 폴란드 남부의 유명한 성지인 밤비에지체에 갔다가 턱수염이 난 여성, 다시 말해 성녀 쿰메르니스 혹은 빌제포르타에 대해 우연히 알게 되고, 그 성녀가 과거로부터 자신, 그러니까 수도사를 불러내고, 내가 그 수도사를 브로우모프에 위치한 베네딕트 수도원에 배정하여 그로 하여금 마치 내가 우리 집 창문을 통해 밖을 내다보듯 크워츠코 계곡의 풍경을 창문 너머로 바라보게 만드는 순간까지 집요하게 기다린 것입니다.

이런 식의 진술이 이성적인 논증의 범위를 넘어선다는 것을 잘 알면서도 결국 나는 이와 같은 방법으로 오늘의 주제에 접근할 수밖에 없습니다. 하지만 우리가 작가가 되려는 건 널리 통용되는 일반적인 상식이나 규칙을 준수하기 위해서도 아니고, 각주를 달거나 타인의 견해를 인용하면서 시간을 낭비하기 위해서도 아닙니다. 그보다는 우리 주변과 우리 내면에서 들려오는 이야기에 귀를 기울이고, 자신에게 주어진 운명, 그리고 자신만의 다이모니온에게 마음을 열어야 한다고 생각합니다.

이러한 주제와 관련하여 의미 있는 인용문을 함께 읽어 보겠습니다. 플라톤의 『국가론』에 나오는 한 구절입니다.

"어쨌든 모든 영혼이 스스로 자신의 인생을 선택했고, 제비뽑기의 순서대로 라케시스에게 갔다. 이 여신은 각자의 영혼에 신령(즉 다이모니온)을 붙여 주었는데 인생의 수호자로서 영혼이 선택한 운명의 실현을 돕게 하기 위해서였다. 그리고 나서 신령은 영혼을 클로토에게로 인도하여 우주의 축을 돌리는 그녀의 손을 통해 각자 선택한 운명을 확인하도록 했다. 영혼이 클로토를 만지고 나자 신령은 운명의 실을 짜는 아트로포스에게 영혼을 인도했고, 여신은 영혼이 선택한 운명을 되돌리지 못하도록 실을 잘랐다. 거기에서 영혼은 뒤돌아보지 않고 필연, 즉 아난케의 왕좌로 걸어갔다."[101]

지나온 자기 삶을 되돌아보면서 우리는 때로 한 가지 가능성, 다시 말해 하나의 잠재력이 나머지 다른 것들보다 훨씬 더 강력한 힘을 발휘한다는 사실을 실감하곤 합니다. 나는 열두 살 때 작가가 되고 싶었고, 이에 관해 확실한 증거를 갖고 있습니다. 「마녀들」이라는 다소 특이한 제목을 붙인, 생애 첫 소설에서 나는 제목 밑에 어린아이의 필체로 "책을 쓸 거야!"라고 적었습니다. 그리고 바로 그때부터 내 삶의 모든 발자국과 모든 선택이 비교적 명확하게(하지만 때로는 전혀 예상치 못한 방식으로) 나를 하나의 방향으로 이끌었습니다. 대학에서 국문학을 전공해야

101 Platon, *Państwo*, trans. by Andrzej Czapkiewicz i in. t.1 (Warszawa, 1973).(원주)

겠다는 생각을 포기한 것은 아마도 그로 인해 내가 문학에 싫증을 느끼거나 독자로서의 순수함을 잃게 될지도 모른다는 나름의 타당한 확신에서 비롯된 결정이었습니다. 타인의 이야기를 듣는 게 주된 업무인 심리 치료사의 길을 선택하게 되었고, 결과적으로 우리가 세상을 이해한다는 것은 이야기에 귀 기울이고 그것을 해석하는 것임을 확인할 수 있었습니다. 카를 융의 저서를 내기 위해 출판사를 차렸지만 보기 좋게 망했습니다. 외딴 시골로 이주해서 자연과 함께하는 삶, 그리고 고독이 우리 상상력을 키우는 데 얼마나 큰 도움이 되는지 알게 되었습니다. 정신없이 바쁜 활동과 자극에 대한 한없는 갈망이 때로는 고유한 글쓰기에 영감을 주기도 하지만 또 파괴하기도 한다는 것을 깨닫게 되면서 중앙, 혹은 주류로부터 본능적으로 거리를 두게 됩니다. 그리고 끊임없이 계속된 여행들, 내가 선택한 다양한 작업과 활동, 여정에서 만난 수많은 사람과 동물들……. 지금 와서 돌이켜 보니 이 모든 것이 내게, 나의 삶에, 그리고 나의 글쓰기에 반드시 필요한 것이었음을 새삼 깨닫습니다.

대체 이게 무슨 방법론이냐고 여러분 중 누군가는 반박할지도 모르겠습니다. 전체를 끝에서부터 거꾸로 보는 것. 하지만 그렇게 거슬러 올라가다 보면 누구든 그 안에서 질서를 발견할 수 있습니다.

이런 식의 관점에서 나는 어떤 위해 요소도 보지 못했습니다. 이 목적론적 관점은 다른 것들과 마찬가지로 정당합니다. 인간의 진화 과정을 고찰하면서 우리는 이와 매우 유사한 관점을 취하곤 합니다. 진화 이전의 단계를 살펴보면 환경에 적응하기 위해 발생한 수백만 번의 다양한 변화를 되짚어 보고, 또 인간을 현재의 모습으로 만든 일련의 결과물을 확인할 수 있게 됩니다.

비전형적인 견해를 특별히 선호했던 심리학자이자 철학자인 제임스 힐먼은 우리 각자에게는 세상에 태어날 때부터 주어진 '자아의 상(像)'이 있다고 주장합니다. 일종의 도토리와 같은 것인데 이것이 자라서 훗날 나무가 됩니다. 비록 아직은 나무가 아니지만 이 부스러기 같은 물질 속에는 장차 떡갈나무나 삼나무로 성장하게 될 온갖 잠재력이 내포되어 있습니다. 어쩌면 여러분은 그것을 이미 알고 있을지도 모릅니다. 커다란 아름드리나무의 잎새들이 바스락거리는 소리가 귓가에 들리지 않나요?

펜으로 맺어진 친애하는 동료이자 이 이상한 직업의 세계에 이제 막 입성한 젊은 신참 여러분, 글쓰기는 지옥이고, 끊임없는 고문이며, 끓어오르는 타르와도 같은 것입니다. 그것은 우리를 지치게 하고, 척추를 망가트리고, 신경을 곤두서게 하고, 경쟁에 참여하게 만들고, 후보에 오르게 하고, 지원서를 접수하게 하고, 댓글을 달게 하고, 인색한 평론가들을 욕하게 만들고, 부정적인 서평을 읽고 난 뒤에는 신경질적으로 손가락을 물어뜯게 합니다. 그러나 글쓰기는 천국이기도 합니다. 그것은 우리에게 힘을 느끼게 하고, 삶을 끊임없는 취미 활동으로 바꿔 주고, 현명하고 흥미로운 사안들에 대해 고민하는 사람들과 늘 함께할 수 있게 해 주고, 다양한 문제들을 비정형화된 측면에서 생각하고 접근하게 만들며, 내가 누구인지 끊임없이 질문하게 하고, 공감력을 발달시켜 주며, 타자를 더욱 잘 이해할 수 있게 해 줍니다. 또한 새벽같이 일어나 직장에 출근해서 누군가의 이익을 위해 악착같이 일하라고 강요하지도 않습니다.

나는 문학에는 항상 일종의 이타심이 함께한다고 믿습니다. 물론 저자로서 우리는 사람들의 마음에 들고 싶어 하고, 많은 이에게 감동을 주기를 원합니다. 칭찬과 관심을 기대하는 것은 당연합니다. 인간이니까요. 하지만 우리는 또한 보편적인 다수의 시각에서 봐도 그 자체로 가치가 있는 뭔가를 쓰고 싶어 합니다. 유심히 살펴보면 모든 좋은 책이 세상을 조금씩 변화시킨다는 걸 분명히 알 수 있습니다. 덕분에 세상에는 지금껏 존재하지 않던 인물들과 질문들, 새로운 발견들이 생겨나게 됩니다. 마르셀 프루스트와 볼레스와프 프루스 이후 모든 게 그 이전과 조금은 달라졌으니까요.

나는 여러분이 하는 일이 관심과 존경을 받는 그런 세상을 여러분이 직접 만들어 가기를 기원합니다. 그러한 세상에서는 여러분의 소설에 대해 눈부신 통찰력을 보여 주는 위대한 서평을 쓸 수 있는 비평가들이 부활할 것입니다. 그곳에서 높은 발행 부수를 자랑하는 신문에는 매주 광범위한 토의와 심층 분석으로 가득한, 별도의 문학 관련 기사들이 여러 지면에 걸쳐 게재되고, 문단의 동향에 대한 진단과 활발한 의견 개진이 뒤따를 것이며, 문학의 현황에 대해 우려와 애정을 보내는 지방 교사들의 편지도 빠짐없이 실릴 것입니다.

나는 재밌고 웃기는 발언만 빼고는 여러분의 발언이 모두 편집되는 바보 같은 텔레비전 프로그램에 여러분이 출연하지 않았으면 좋겠습니다. 그리고 여러분의 이름이 베스트셀러 목록에 좀 더 오래 머물도록 여러분의 사생활을 함부로 노출하지 않았으면 좋겠습니다. 나는 또한 여러분이 펜으로 맺어진 동료들의 성공을 진심으로 기뻐하고 축하해 줄 수 있기를, 그리고 샤덴프로이데[102]의 함정에 빠지지 않기를 진심으로 바랍니다. 좋은 문학 작품이 많아질수록 그 기준은 점점 높아질 테고, 우리 모두를 앞으로 나아가게 해 줄 테니까요. 무엇보다 문학이라는 이름의 이 모든 현상에서 본질은 '읽기'이므로 나는 여러분이 '쓰기'가 아닌 '읽기'에 몰두할 수 있기를 진심으로 기원합니다.

버지니아 울프는 『현대 소설』에서 우리가 처한 상황을 다음과 같이 아름답게 표현했습니다. 울프의 글을 인용하며 나의 이야기를 마치겠습니다.

우리의 글쓰기는 나아지지 않고 있습니다. 때로는 이쪽으로, 때로는 저쪽으로 방향을 바꿔 가며 그저 조금씩 앞으로 나아가는 중일 뿐입니다. 적절한 높이에서 우리가 움직이는 경로를 내려다본다면 아마도 우리는 원을 그리며 이동하고 있을 것입니다. 하지만 우리에게는 아주 잠시라도 그렇게 위에서 내려다볼 권리가 허락되지 않았음을 우리는 잘 알고 있습니다. 그저 이 평평한 대지에 두 발을 딛고 서서, 인파 속에서, 자욱한 먼지에 반쯤 눈이 먼 채로, 전투에서 승리한 과거의 행복한 전사들을 부러워하며 위쪽을 올려다볼 수밖에 없습니

---

102 Schadenfreude. 다른 사람이 불행할 때 뇌에서 느끼는 불편한 쾌감을 말한다.

다. 그들이 이룩한 위대한 성취가 뿜어내는 빛나는 아우라 앞에서 이 따금 우리는 나지막이 한숨을 내뱉곤 합니다. '아마도 그들의 싸움은 우리만큼 힘들지는 않았을 거야.'라고 자신을 다독이면서.[103]

103　Virginia Woolf, *Powieść nowoczesna*, (in) *Eseje wybrane*, trans. by Magda Heydel(Kraków, 2015).(원주)

서술자의 심리학

　아시다시피 나는 작가, 그러니까 인간 활동의 특정한 분야에서 일하는 일종의 수공예가입니다. 이야기를 직조해 전달함으로써 독자에게는 개별적인 체험을, 공동체에는 집단적 상상력을 제공하는 역할을 담당합니다. 이것은 구체적으로 정의하기 어려운 업무입니다. 세무서에서는 나와 같은 부류를 '아티스트'로 분류하는데, 그들은 이런 유의 사람들에게 어떻게 하면 효율적으로 세금을 부과할지 늘 고민합니다. 우리는 '무(無)'에서 뭔가를 만들어 내고, 보이지 않는 실을 뽑아내어 하늘을 나는 융단을 짜고, 모자에서 튀어나오는 토끼들을 향해 손을 내밉니다.

　국립 우츠 대학교 철학부 크리스티나 피에트리흐 교수와 요안나 야부코프스카 교수의 초청으로 이렇게 강연을 하게 되어 영광입니다. 나는 오늘 소설의 탄생 과정과 삼차원적 작업 방식, 즉 '서술자'로 불리는 목소리를 선택하고, 표현하려는 세계의 뼈대를 세우고 문학적 인물의 기원을 설정하는 과정(수많은 인물

가운데 특정 인물을 예로 들어)에 대해 살펴보려고 합니다.

문학 연구라는 거대한 시장에서 통용되는 다양한 방법 중 내가 자주 사용하는 것은 오래되긴 했어도 변함없이 좋은 방법인 '자아 성찰'입니다. 우리는 심리학이라는 학문이 바로 이러한 자아 성찰에서 시작되었음을 기억해야 합니다. 이 자리에서 개진하는 나의 관점은 솔직히 말하자면 지극히 개인적이며 객관적으로 입증되지 않은 것임을 우선 밝힙니다.

오늘 나는 창작 과정에서 작동하는 심리학의 입문 단계에 대해 가볍게 언급하려 합니다. '문학 작품의 심리학'이라고 부를 수 있는 이러한 연구는 기본적인 학문 분야로 간주되어야 마땅하다는 것이 내 생각입니다. 작가와 서술자, 그리고 서술자와 등장인물 간에 주고받은 영향 관계와 상호 작용을 추적해 유형을 만들고, 반응을 측정하고, 다양한 특성과 동기를 분석하고 있으니까요. 이는 소설의 정신 병리학적 측면을 주의 깊고 신중하게 살펴보는 계기가 될 것입니다. 또한 불안정하고 적응력이 떨어지는 소설에 적용해 볼 일종의 제도화된 치유 요법으로도 확장될 수 있습니다. 어쩌면 문학 전반에 걸쳐 유익한 작업이 되지 않을까 기대해 봅니다.

그림

내가 어렸을 때 2층으로 올라가는 거실 계단 옆에 파울 클레의 복제화 한 점이 걸려 있었는데 그 그림은 항상 나를 매료시켰

참고 자료 3: 파울 클레,
「춤을 춰라, 너, 괴물아, 내 부드러운 노래에 맞춰서!」
(1922)

습니다. 어린 나는 까치발을 한 채 언뜻 보기에는 단순하기 짝이 없는 그림의 세부 사항을 하나하나 오래도록 응시하면서 깊은 감동과 충만한 희열을 느꼈습니다. 화폭의 전면 중앙에 붕 떠 있는 괴물 같은 인물의 이미지가 제일 먼저 눈에 들어왔는데, 그것은 익살스러우면서도 동시에 끔찍했습니다. 커다랗고 도발적인 빨간 코를 가진 그 인물은 유치한 선으로 스케치한 거대하게 부풀어 오른 풍선 같았습니다. 허공에 떠올라 있는 정체불명의 인물은 일반적으로 아이들이 상상하는 무시무시한 괴물의 이미지를 연상시켰고, 한껏 부풀어 오른 형상에는 두려움과 우스꽝스러움이 뒤섞여 있었습니다.

그러나 실제로 그림의 진정한 주인공은 그림의 한 귀퉁이, 양손에 커다란 바퀴를 들고 일곱 개의 다리를 가진 촛대가 놓인 피아노 앞에 서 있는 작은 소녀입니다. 그제야 우리는 표제에 언급된 '괴물'이 그 거대한 몸집과 무시무시한 생김새에도 불구하고 소녀의 손아귀에 놓여 있으며, 소녀가 괴물을 만들었고, 괴물의 운명은 전적으로 소녀에게 달렸음을 깨닫게 됩니다. 괴물은 소녀의 부드러운 노래에 맞춰 춤을 추고 있었던 것입니다. "춤을 춰라, 너, 괴물아, 내 부드러운 노래에 맞춰서!" 이 그림의 폴란드어 제목을 나는 이렇게 기억하고 있습니다. 독일어 원제로는 "탄체 두 운게이어 추 메이넴 잔프텐 리트!(Tanze Du Ungeheuer zu meinem sanften Lied!)" 그렇게 이 그림의 기묘한 이미지와 '괴물'이라는 단어는 내 기억 속에 오래도록 각인되었습니다.

목소리

작가가 자신이 지은 이야기의 서술자에 대해 성찰하고 고민하는 건 하루이틀 일이 아닙니다. 하지만 타자의 말 속에 투영된 자신의 목소리를 듣기 전까지 대부분의 작가는 이 문제에 대해 깊게 몰두하지는 않습니다. 나 또한 처음에는 별로 관심이 없었습니다. 자신의 목소리를 낸다는 것에 대한 자아도취적이면서 미성숙한 희열감은 이제 막 조잘대기 시작하는 어린아이가 느끼는 기쁨, 그러니까 아이가 자신이 내뱉는 목소리에 스스로 반응하고, 이것을 마치 자립의 전조처럼 인식하며 신기해하는 것과 흡사하다고 할 수 있습니다. 내가 쓰고 있네! 내가 고안해 냈어! 그러다 어느 시점이 되면 마치 우리가 움직이고 걷고 말하는 것을 당연히 여기듯, 이러한 사실을 자연스러운 것으로 받아들이게 됩니다.

글쓰기의 즐거움에 흠뻑 빠진 젊은 작가들은 종종 목소리를 내는 당사자를 자기 자신, 그러니까 먹고, 자고, 여행하고, 사랑하며, 일상을 살아가는 '나'와 동일 인물이라고 여깁니다. 그것도 너무도 당연하게 말이죠. 그들은 우리가 자신의 비전을 종이에 옮기는 순간, 우리가 익히 아는 정해진 한계를 뛰어넘어서, 말로는 완벽히 표현되지 않는 어떤 다른 영역을 향해 우리 자신을 활짝 열어 주는 미지의 심리적 과정을 겪게 된다는 사실에는 별로 주목하지 않습니다.

나는 종종 좋은 이야깃거리, 최상의 주제, 신중하게 수행된 자료 조사, 그리고 기타 모든 필요 조건(자신만의 집필실, 어느 정도 조용한 환경, 자유 시간의 보장 등)만으로는 글을 쓰기에 충분하지 않다는 느낌을 받곤 합니다. 작가는 이야기를 창조하는 데 꼭 필요한 어떤 특별한 과정 혹은 흐름에 반드시 휩쓸려야만 하는데, 나는 그것을 목소리라고 부릅니다.

내가 글쓰기를 시작한 지 얼마 안 되었을 때, 그러니까 초기의 소설들에서 목소리를 포착하기 위해 안간힘을 썼던 첫 시도들을 나는 여전히 기억합니다. 그 당시 목소리는 거의 무의식의 상태에서 본능적으로 꿈틀대면서, 뭔가 조급하게 이리저리 두리번거리며, 자신을 지지해 줄 무언가 또는 누군가를 찾고 있었습니다. 그렇다고 당시 내가 머릿속에서 메아리치는 모든 이야기를 문자 그대로 포착하려 했던 건 아닙니다. 만약 그랬다면 나는 아마 정신과 의사를 찾아가야만 했겠죠. 내가 강조하고 싶은 건 내적인 극작법입니다. 여기서 내가 말하는 목소리는 사실 내가 마지막 강의에서 다시 언급하게 될 어떤 미지의 공간에서 용솟음치는 소리이며, 동시에 이야기의 창조적 원형과 언어, 그리고 독자 사이에서 매개체가 되어 주는 소리를 의미합니다. 바로 이 목소리로 인해 서술자가 생성되는 순간 서술자는 내적 독백이나 대화에 휩싸이게 되는데, 그것은 매우 극적일 때도 있습니다.

그러므로 초반의 스토리텔링은 권능의 행위이며, 말씀이 육신이 되는 성서 속 창조 사역의 반복이며, 상상의 끝자락에 이를 때까지 창조하고, 지어내고, 꾸며내는 '나'에 대한 긍정의 확인이라고 할 수 있을 것입니다.

그렇다면 여기서 말하는 '나'는 실제로 누구이며, 이야기가 사실인 것처럼 그럴듯하게 들리게 만들고 신뢰감을 유발하는 명확한 포인트를 짚어 낼 줄 아는 그 목소리는 과연 무엇일까요? 매번 주제가 던져질 때마다 입찰에 응할 준비가 되어 있는 뭔가가 내 안 어딘가에 도사리고 있는 걸까요? 아니면 이야기를 쏟아내는 그 순간에만 고용되어 잠시 모습을 드러냈다가 작업이 끝나고 나면 정신의 깊은 심연에서 용해되어 버리는 걸까요? 그도 아니면 마치 영매처럼 이야기꾼으로 빙의되어 외부에서 흘러들어 온 다른 존재의 목소리일까요? (최근 힐러리 맨텔은 대표작인 『울프 홀』의 글쓰기에 대해 언급하면서 위와 같은 방식으로 자신의 창작 과정을 설명했습니다.)

나는 초기작들을 쓰면서 이러한 목소리를 직관적으로 찾아 헤맸고, 그것을 '영감'으로 착각하기도 했습니다. 그러다 뭔가 불확실한 느낌이 드는 순간에는 책꽂이로 다가가 평소 좋아하는 소설들을 뽑아 들고 다른 이들의 말 속에 나의 목소리를 투영해 보려고 안간힘을 쓰기도 했습니다. 당시만 해도 나는 그런 내면의 목소리들이 어떻게 작동하는지 알지 못했고, 목소리마다 선호하는 주제가 있다는 것도 몰랐습니다. 알고 보니 이러한 목소리를 살찌우는 문학도 있지만, 반대로 빈약하게 만드는 문학도 있었습니다. 어떤 목소리는 보다 자연스럽게 받아들여졌고, 어떤 목소리는 저항에 부딪히기도 했습니다. 또 어떤 작업은 순조롭게 진행되었고, 또 다른 작업은 문구 하나하나를 전부 뜯어고쳐야만 할 정도로 고달팠습니다.

그러다가 마침내 나는 미묘하고도 신비로운 존재인 서술자를 발견하게 되었습니다.

타자 – 에일리언

우리 안에서 말하는 무엇, 그러니까 서술자는 '나'라는 이름의 내 모습과 완벽히 일치하지는 않습니다. 윤곽은 서로 엇비슷하지만 이따금 '나'라는 존재로부터 자유로운 어떤 공간, 주변부, 내가 그 개념조차 아예 몰랐던 경계선의 가장자리를 차지하면서 옆으로 삐죽이 흘러나오곤 하니까요.

때로는 반쯤 잠이 든 상태에서 출처를 알지 못하는 문장들이 느닷없이 내게로 다가와서는 어떤 인물을 창조하는 데 의미를 부여하곤 했습니다. 대화의 실마리들이 귓가에 메아리칠 때도 있었는데, 그렇게 내 머릿속으로 파고든 단서들은 사실 이해할 수 없는 것들이 대부분이었습니다. 이러한 실마리에 대해서는 두 번째 강의에서 문학 속 등장인물에 대해 살펴볼 때 다시 언급하겠습니다. 하지만 얼핏 보기에는 터무니없고 우연의 연속인 듯한 일련의 연상 작용들이 어느 순간 일관성을 갖춘 하나의 일화로 탈바꿈하는 경험이 반복되었습니다.

남다른 통찰력을 가진 작가 블라디미르 나보코프는 이런 식의 영감에 대해 다음과 같이 말합니다.

"그것은 직소 퍼즐과 같습니다. 개별 조각들이 어떻게, 그리고 무슨 원리에 의해 맞춰지는지 우리 뇌는 이해하지 못하지만, 어느 순간 뇌에서 퍼즐 조각들이 순식간에 결합하면서 압도적인 전율과 감동을 느끼게 되고, 나아가 광기 어린 마법, 내면의 부활을 체험하게 됩니다. 그것은 마치 우리 눈앞에서 누군가에 의해 눈 깜짝할 사이에 제조된, 생기 충만한 탄산 약물 덕분에 우리 안에 도사리고 있던 죽은 존재가 느닷없이 깨어나는 것과 비슷합니다."[104]

여기서 나보코프는 최근 몇몇 단체나 학회들 사이에서 성행하는 다양한 '빙의'의 신화를 연상케 하는 이미지를 언급합니다. 어떤 신비한 매개체의 개입으로 인해 우리 안에 도사리고 있던 죽은 존재가 살아나고, 목소리를 내기 위해 깨어난다는 것입니다.

우리가 전율을 느끼는 순간 우리의 상상 속에서 골렘이 나타나게 될 것입니다. 어떤 목적을 위해 특별한 말이나 주문을 통해 소생시킨 골렘은 그것을 소멸시킬 때에도 또 다른 신비한 표식들의 조합을 동원하게 됩니다. 골렘은 유대교의 창조 신화에서 인간처럼 진흙을 빚어 만들어진 피조물이지만, 그 진흙에 생명을 주는 영성은 신의 숨결이 아니라 종이쪽지에 쓰인 단어 אמת(에메트), 즉 히브리어로 '진리'를 뜻하는 글귀입니다. 여기서 첫 글자인 알레프(א)를 지우면 히브리어로 '죽은' 혹은 '죽은 것 같은'이란 의미를 가진 형용사 מת(메트)가 탄생합니다. 우리가 익히 알듯이 살아 움직이는 골렘에게는 영혼이 없었고 그저 사람의 명령에 복종하는 존재였습니다.

이성이 지배하던 시대, 사람들이 과학을 무한정 신봉하기 시작했을 무렵 무책임한 과학 실험으로 생명을 얻은 또 다른 괴물

104 모든 인용문은 아래 나보코프의 저서에서 인용한 것이다. Vladmimir Nabokov, "Sztuka pisarska o zdrowy rozsądek", (in.) *Wykłady o literaturze*, trans. by Zbigniew Batko(Warszawa, 2001).(원주)

프랑켄슈타인이 등장했습니다. 죽은 인체의 조각들을 이어 붙여 만든 존재, 따라서 어느 정도는 군집적인 개체라고 할 이 존재는 전기 스파이크가 번갯불로 변하는 순간 신화적이면서 동시에 과학적인 매체로 돌변합니다. 창조자의 선한 의도에도 불구하고 예측과 통제가 불가능하다는 이유로 프랑켄슈타인은 치명적일 만큼 위협적인 존재로 낙인찍혔습니다.

골렘과 프랑켄슈타인, 대중문화를 대표하는 이 신화적 존재들에는 인간이 향후 통제력을 잃게 될지도 모른다는 공포가 깃들어 있습니다. 인간은 자신이 수행하는 어떤 작업을 위해, 혹은 순수한 호기심에서 특정한 존재에 생명을 불어넣지만 결국은 자신이 해방시킨 그 거대한 에너지를 제어하지 못하게 됩니다. 마치 마법사가 양성한, 자신보다 뛰어난 제자처럼 말이죠.

골렘도 프랑켄슈타인도 말을 하지 않는다는 점에 우리는 주목할 필요가 있습니다. 그들은 인간의 불완전한 모조품으로서 목소리를 박탈당했습니다. 목소리가 없기 때문에 그들은 창조자가 될 수 없습니다. 왜냐하면 우리는 표식이 아니라 목소리가 창조의 진정한 매개체임을 알고 있기 때문입니다. 그래서 신은 글로 쓰지 않고 소리 내어 말씀하십니다. "그대로 되어라."라는 것은 음성으로 표출된 명령이며, 이것이 바로 창조의 실질적인 도구였습니다.

이보다 더 현대적인 이미지는 영화 「에일리언 ─ 노스트로모호의 여덟 번째 승객」에서 찾아볼 수 있습니다. 이 컬트 영화는 우리 안에 자리하고 있는 두려움의 층위를 한층 깊숙이 파고들어 완전히 새로운 종류의 공포를 탄생시켰습니다. 우리 안에 기생하는 괴물, 우리 몸 안에서 육신을 희생시키며 목숨을 부지하는 존재. 그 괴물은 우리 몸을 숙주로 사용합니다. 우주의 무시무시한 심연에서 태동한 존재는 인간의 육체에서 부화해 몸과 정신을 지배하고 다른 인간으로 옮겨 가 자기 복제를 거듭하는 낯설기 짝이 없는 기생충입니다.

이러한 괴물들과 서술자가 상당 부분 유사하다는 점에서는 논쟁의 여지가 없을 듯합니다. 다만 서술자는 괴물과 달리 조금도 위협적이지 않습니다. 서술자는 육신이 없기 때문에 비물질적인 존재입니다. 어린 소녀들을 사냥하기 위해 마을을 배회하지도 않고 인간의 몸에 알을 낳지도 않습니다. 그것은 순수한 목소리 그 자체입니다. 따라서 두려워할 이유가 없습니다.

나보코프의 "우리 안의 죽은 존재"라는 표현은 내 안에서 일어나는 창조의 과정에 대한 나의 직관과 비슷한 시각이었기에 내게 많은 감동을 주었습니다. 뭔가가 살아나고, 뭔가가 깨어난다……. 하지만 탄산 약물로 살아나게 만들 수 있다면 사실 그존재는 완전히 죽은 것은 아닙니다. 적절한 환경이 조성되면 꽃을 피우고 되살아나는 사막의 장미처럼 그저 겉보기에만 말라비틀어지고 죽은 상태일 뿐입니다. 그러므로 그것은 조건과 상황이 최적의 상태로 조합되는 순간에 깨어나서 자기 힘을 드러내는, 머나먼 고대로부터 전해져 온 비활성 유전자와 같은 휴면 상태의 무언가입니다. 아니면 힐러리 맨텔이 묘사한 것처럼 지하 토굴로부터 솟아나는 목소리, 죽은 자의 목소리일 수도 있습니다. 과거의 표지, 기억, 집단 무의식, 알 수 없는 방식으로 우리

유전자에 각인된 오래된 경험의 지층들. 어쨌든 그것은 스토리텔링에 능숙하며, 이야기와 그 파편들의 생성 과정에서 야기되는 모든 위험을 스스로 감지할 줄 아는 목소리입니다.

습작의 과정

『낮의 집, 밤의 집』을 쓰면서 처음으로 서술자의 존재에 대해 의식적으로 고민하게 되었습니다. 어느 겨울 저녁 책상 램프만 켜 놓은 어두운 방에서 백색 모니터를 마주한 채 홀로 앉아 있었는데, 문득 내 안에서 꺼내어진 문장의 조각들이 하나의 이야기로 공처럼 뭉쳐지는 것만 같은 느낌을 받았습니다. 나는 스스로에게 다음과 같은 불안한 질문을 던졌습니다. 지금 누가 말하고 있는 거지? 내 속에서 이야기를 지어내는 이 존재는 누구일까? 조심스럽게 이야기의 실타래를 풀어내는 목소리는 누구의 것이지? 그렇다면 이것은 나의 이야기인가, 아니면 어딘가 다른 곳에서 존재했던 이야기인가? 이미 벌어졌던 일인가, 아니면 내가 상상한 것인가? 존재의 저장고에 갇혀 있다가 나의 미세한 움직임 또는 내 감정의 동요에 따라 봉인이 해제되어 운 좋게도 존재의 영역인 모니터로 옮겨진 것일까? 그럼 이제 나는 '저장'을 클릭하기만 하면 되는 걸까?

나는 똑똑히 기억합니다. 그때 내 곁에는 쿰메르니스, 그리고 내 이야기 속에서 다양한 이름을 가진 이 성녀의 일대기를 기록하는 인물로 등장하는 성전환 수도사 파스칼리스가 함께 있었습니다. 쿰메르니스는 불확실한 문제, 경계에 놓인 사안, 이별, 나아가 이혼의 수호 성녀였습니다. 그녀의 기이한 초상화는 예전에 '북쪽의 예루살렘'으로 알려졌던 밤비에지체(독일어로는 알벤도르프)에 가면 볼 수 있습니다.

여기서 잠시 수도사 파스칼리스에 대해 여담 하나를 풀어놓을까 합니다. 파스칼리스는 생각보다 나이가 꽤 많은데요, 내 책 『낮의 집, 밤의 집』보다 더 나이 든 인물입니다. 내가 십 대였던 1970년대에 파스칼리스는 거의 완성된 캐릭터로 내 머릿속에 떠올랐습니다. 그가 대체 어디서 왔는지, 내가 어떤 책에서 영감을 받았는지, 어떤 무의식의 심연으로부터 떠올랐는지는 전혀 모릅니다. 하지만 나는 그가 대체 어떤 인물이고, 앞으로 어떻게 쓰이게 될지 전혀 예측할 수 없는 상황에서 이 인물의 이야기를 기록해 놓았습니다. 그런 다음 이십 년도 넘게 그 존재를 잊었습니다. 그러다 『낮의 집, 밤의 집』을 쓰던 중 그가 내게로 돌아왔습니다. 마치 오랫동안 세상을 떠돌다 집으로 귀환하여 가업을 잇기를 희망하는 탕자처럼 말이죠. 파스칼리스는 부차적인 서술자의 모습으로 나타나서는 즉시 엄청난 에너지로 이야기에 뛰어들더니 깃펜을 휘두르며 턱수염을 기른 성녀의 외전을 쓰기 시작했습니다.

파스칼리스는 빌제포르타, 쿰메르니스, 리베라타와 같은 다양한 이름을 가진 신화적인 여성의 이야기를 기록합니다. 그러고는 내게 도움을 요청합니다. 나는 책을 뒤적여 가며 그에게 구체적인 정보를 제공해 주어야 했지만, 그가 쓴 일대기를 살펴보면 상당 부분은 그가 주로 자기 힘으로, 그리고 기억에 의존해서 자신의 텍스트를 구성했다는 인상을 받게 됩니다. 그의 작업은 원만하게 진행되었습니다. 파스칼리스는 글을 쓰고, 나는 쿰메르니스에 관해 쓰는 파스칼리스에 대한 글을 썼습니다. 그리고 내가 쓴 장에 제목을 붙이면서 나는 한 치의 망설임도 없이 다음과 같이 적었습니다. "쿰메르니스 성녀의 삶은 누가 썼으며, 그는 이 모든 것을 어떻게 알았을까." 불과 어제까지만 해도 내가 예전에 꼼꼼히 적어 둔 몇몇 생각과 이름, 아이디어, 그리고 책과 안내서에서 얻은 약간의 정보만이 존재했을 뿐인데, 오늘은 이렇게 전체적인 이야기가 독립적이면서 구체적인 형태로, 그리고 언제든 세상에 내놓을 수 있게 준비된 상태로 모습을 드러냈다는 사실에 나는 놀라움을 금치 못했습니다.

그렇다면 서술자는 어떻게 자신이 말하는 내용을 '알고 있는' 걸까요? 창조의 과정이란 생각이 먼저이고 나중에 종이나 화면으로 옮겨지는 것일까요, 아니면 글쓰기의 행위 자체에서 비롯되는 것일까요?

자신에게 딱 맞는 목소리를 찾았을 때 책들은 스스로 글을 씁니다. 하지만 그렇지 못한 경우에는 적합한 목소리가 발견될 때까지 메모와 스케치를 반복하면서 몇 년이고 기다려야만 합니다. 『태고의 시간들』의 경우 강인하고, 자신감 넘치고, 매사를 꿰뚫어 보는 서술자는 짧고 간결한 문장, 성경 구절을 연상시키는 장을 선호했습니다. 덕분에 이 책을 쓰면서 나는 정말 즐거웠습니다. 장에 따른 분량 조절이라든지 공간적 배경에서 명확한 경계를 드러내는 문제 등에 부딪힐 때마다 나는 서술자의 다소 과격한 판단을 신뢰했고, 결과적으로 비교적 수월하게 작품을 썼습니다. 또한 태고의 목소리는 나로 하여금 조각 글의 힘을 발견하게 해 주었습니다.

그러나 때로는 기나긴 협상의 과정이 필요한 문제들도 있습니다. 때때로 서술자는 잠시 모습을 드러냈다가 변덕을 부리며 갑자기 사라지기도 합니다. 태고의 후속작, 그러니까 앞서 언급했던 『낮의 집, 밤의 집』이 바로 그런 경우였습니다.

언뜻 보기에 이 책의 서술자는 작가를 연상시킵니다. 그녀는 크워츠코 계곡, 옛 독일 영토에 지어진 오래된 집에 정착하려는 인물입니다. 이 소설은 공간에 익숙해지는 과정, 그리고 그 공간에 머무는 사람들과 거기서 벌어지는 사건들에 관한 이야기를 골자로 합니다. 하지만 내러티브를 자세히 살펴보면 서술자의 존재가 이야기의 모든 영역을 관장하기에는 너무도 작고 미약하다는 사실을 금방 알 수 있습니다. 책 속의 이야기는 끊임없이 서술자의 인지적 지평을 뛰어넘어 시간 속을 여행하며 우연과 인연, 나아가 다양한 관계들을 만듭니다. 확실히 이것은 실재하는 인간의 관점이 아닙니다. 단지 몇 줄의 문장으로 묘사된 서술자가 실은 자신보다 더 강력하고, 광범위하고, 보편적인 어떤 목소리에 유입된 것처럼 느껴집니다. 작품 속에는 개인적인 관점, 그리고 세부적이면서도 일반적인 관점들이 서로 뒤엉켜 있으며, 사건마다 이러한 관점들이 다양한 층위로 채워져 있습니다.

그래서 나의 어떤 '일부'가 전체로부터 떨어져 나와 스스로를 개별화시킨 뒤 아마도 자신만의 고유한 목소리를 내기로 결심한 것 같습니다. 그것은 파놉티콘의 목소리(이 목소리에 대해서는 잠시 후 설명하겠습니다.)인데 전지전능한 화자이면서, 동시에 전쟁

이전 마을 사람들의 생활상에 대해 이야깃거리가 많고 버섯이나 가발 제작에 대해서도 할 말이 풍부한 그런 목소리입니다. 이 새로운 서술자의 관점은 기이하면서 괴상했지만 한편으로 신선하면서도 놀라웠습니다.

나는 바로 이 서술자에게 주도권을 넘겨 줌으로써 소설을 쓸 수 있게 되었습니다. 그러니까 소설로부터 약간 뒤로 물러났는데, 이런 방식을 통해 소설이 고유한 에너지를 갖게 되리라고 믿었기 때문입니다. 그리고 이 새로운 관점은 집필 속도를 가속화했습니다. 나는 마치 공장에서 기계가 작동하는 것처럼 글쓰기라는 작업에 접근하게 되었고, 책상 앞에 앉아서 무조건 키보드를 두드리기 시작했습니다. 『낮의 집, 밤의 집』의 중심 서술자는 그가 자신을 소개한 이 책의 첫머리로 나를 되돌아가게 했습니다.

나는 모든 것 또는 거의 모든 것이 보이는 애매한 지점의 계곡 위 높은 곳에 매달려 있다. 나는 그 시선 안에서 움직일 수 있지만, 여전히 그 자리에 머물러 있다. 내가 세상을 바라보고 있는 동안 그것은 마치 멀어졌다가 다가오는 것처럼 보였고, 그래서 처음엔 모든 것을 다 볼 수 있었고, 그다음엔 아주 세세한 것들만 볼 수 있었다.

나는 그 한가운데에 집이 서 있는 계곡을 본다. 그러나 그것은 나의 집도 나의 계곡도 아니다. 왜냐하면 나에게 속한 것은 아무것도 없으며, 나 자신도 스스로에게 속해 있지 않으며, 심지어 나 같은 것은 없기 때문이다. 나는 사방을 둘러싼 둥근 지평선에서 계곡을 보고 있다. 언덕 사이로 흐르는 거친 진흙을 보고 있다. 나는 한쪽 다리가 움직이지 않는 동물들처럼 거대한 다리를 가진 나무들이 땅속 깊숙이 뿌리를 박은 것을 보고 있다. 내가 보고 있는 것의 고요함은 표면적인 것이다. 내가 원할 때 나는 표면을 통해서 그 안을 들여다볼 수 있다. 이때 나는 나무껍질 아래에서 물줄기와 수액이 위아래로 순환하며 움직이는 것을 볼 수 있다. 나는 지붕 아래에서 잠든 사람들의 몸을 볼 수 있는데 그들의 고요함 역시 표면적이다. 그 고요함 속에서 심장은 부드럽게 뛰고, 피는 속살거리며, 심지어 그들이 꾸는 꿈조차 현실이 아니다. 난 그것들이 뛰고 있는 이미지의 조각들임을 볼 수 있기 때문이다. 그 꿈꾸는 몸들 중 어느 것도 나와 더 가까워지지 않고, 더 멀어지지도 않는다. 그저 나는 그들을 바라볼 뿐이며 그들의 뒤엉킨 꿈의 생각 속에서 나 자신을 본다. 그리고 나는 그 어떤 모습도, 그 어떤 가치도, 그 어떤 감정도 없는 순수한 시선이라는 이상한 사실을 발견한다. 그리고 이제 나는 또 다른 것을 발견한다. 나는 시간을 통해서도 볼 수 있다. 나는 공간 속에서 시점을 바꿀 수 있는 것처럼 시간 속에서도 그것을 바꿀 수 있다. 그것은 마치 컴퓨터 화면의 커서처럼 스스로 움직이거나 또는 그저 그것 자신을 움직이고 있는 손의 존재에 대해서 알지 못한다.

나는 이렇게 꿈을 꾼다. 이것은 나로서는 영원히 끝나지 않을 긴 시간이다. 나는 앞에도 없고 뒤에도 없으며, 새로운 것도 기대하지 못한다. 나는 얻을 것도 잃을 것도 없기 때문이다. 밤은 결코 끝나지 않는다. 아무런 일도 일어나지 않는다. 시간조차 내가 보고 있는 것을 바꿔 놓지 않는다. 나는 보고 있고, 새로운 것을 인식하지도 내가 한 번 본 것을 잊지도 않는다.

소설의 제일 첫머리에서 잠시 자신의 정체성을 발견하는 이 존재는 과연 누구/무엇일까요? 내가 막 생명력을 불어넣은 바로 그 '죽은 존재'일까요? 그렇다면 지금부터 나는 그 존재의 뒤를 쫓아가기만 하면 되고, 변형과 개입, 추가와 병합, 전용의 과정을 통해 풍부하지만 혼란스럽기 짝이 없는 내 상상력의 흐름에 구체적인 틀을 부여하는 역할은 그 존재가 담당하는 걸까요? 혹은 작가인 나와 그 존재가 복잡한 관계를 맺으면서 이제부터는 서로의 관점을 공유하게 되고, '이야기'라는 섬세하고도 복잡한 직물을 함께 직조하기 위해 각자의 방향으로 서로를 끌어당기는 줄다리기를 하게 되는 걸까요?

분명 여러분 중 누군가는 내가 주장하는 '의식의 분열'에 대해 다소 불편함을 느낄 수도 있을 것입니다. 하지만 '의식의 분열'은 내가 농담처럼 명명한 '소설의 심리학'에서 매우 중요한 용어입니다. 요즘 시대에는 다소 유치하거나 원시적이라고 여겨지기도 하지만, 신화적 사고 방식에 기인한 '오래된 정신'의 가장 중요한 근간에는 바로 '의인화'가 있으니까요. 존재 방식 중 하나인 의인화는 우리가 겪는 사건과 경험들을 정신적인 현존으로 자연스럽게 변형시켜 줍니다. 덕분에 우리를 자극하고, 감동시키고, 또 우리에게 말을 건네는 살아 있는 심리적인 영역으로서의 세상을 우리가 경험하게 됩니다.

목소리의 시도들

『낮의 집, 밤의 집』을 쓰기 시작할 무렵부터 나는 자연스럽게

'서술자를 위한 훈련'을 시작했습니다. 이러한 시도에서 가장 좋은 방법은 마치 지겨운 체조처럼 적절한 방식으로 근육을 단련하기 위해 같은 동작을 끊임없이 반복하는 것입니다. 스토리텔링은 이따금 과격한 레슬링을 연상시킵니다. 한 권의 책을 완성하고 난 뒤에도 부화장에 남겨져 자신만의 고유한 목소리를 기다리던 이런저런 아이디어들을 허투루 하지 않고 어떻게든 구현해 보려고 노력한 것은 결코 우발적인 시도가 아닙니다. 꽤 많은 세월이 흐른 지금 돌이켜 보니 단편 소설 모음집 『여러 개의 작은 북 연주』는 내게 일종의 체육관이었던 것 같습니다. 이 책에 첫 번째로 수록된 단편 「눈을 뜨시오, 당신은 이미 죽었습니다」는 특별합니다. 이 이야기에서 우리는 자신이 읽고 있는 추리 소설이 영 마음에 들지 않는 한 여성 독자의 불안감과 딜레마를 체감하게 됩니다. 작품이 지루한 데다 지나치게 장황하다고 판단한 주인공은 스스로 작품 속으로 뛰어들어 사건의 전개를 신속하게 바꾸기로 결심합니다. 우리에게 이야기를 전달하는 서술자는 주인공인 여성 독자가 읽고 있는 추리 소설에 대해서도 잘 알고, 또 주인공의 삶과 생각에 대해서도 꿰뚫고 있습니다. 서술자는 이 두 개의 측면을 모두 고려하면서 냉철한 관점으로 우리에게 사건을 보고하고는 깔끔하게 손을 텁니다.

그다음에 수록된 단편은 「스코틀랜드의 달」인데 얼핏 보기에 작가와 닮은 듯한 일인칭 서술자가 등장해 지원금 덕분에 스코틀랜드를 답사한 이야기를 들려줍니다. 그녀는 글쓰기 과정에서 맞닥뜨리게 되는 진실과 조작의 경계에 대한 창작의 고민을 독자에게 털어놓습니다. 또 다른 수록작 「섬」에서는 바다에서 조난당한 난파선에서 기적적으로 살아남은 남자가 어쩌면 나일지도 모르는 한 여성 작가에게 자신이 겪은 기이한 체험을 전달하기 위해 그녀의 자동 응답기에 구두로 편지를 남기는 내용을 담고 있습니다. 이 사내는 작가의 문학적 역량이 자신보다 뛰어나다고 생각해서 작가에게 모든 것을 털어놓기로 했다고 진술하지만, 알고 보니 그가 말로써 전달했던 편지의 내용이 송두리째 한 편의 픽션이었음이 밝혀지면서 자신의 탁월한 문학성을 입증하게 됩니다.

나는 이 책을 쓰면서 맛보았던 다양한 유형의 즐거움들을 아직도 기억합니다. 마치 성령과도 같이 존재하는 세계와 존재하지 않는 세계를 모두 관장하고 높은 곳에서 내려다보며 이야기를 풀어내는 즐거움(단편 「바르도. 성탄 구유」). 혹은 「섬」에서와 같이 완전히 다른 존재로 육화되어 특정한 목소리를 찾아 나서는 즐거움. 결국 나는 표제작인 「여러 개의 작은 북 연주」에서 그랬듯이 우아하게 해체했다가 언제든 다시 새로이 조립할 수 있는 내 공식적인 정체성을 작품에서 자유롭게 활용하게 되었습니다. '나'라는 심연과 벌이는 끊임없는 게임, 이것이야말로 글쓰기가 우리에게 안겨 주는 가장 짜릿한 희열이 아닐까요.

오늘날 나는 이 단편 소설집을 떠올릴 때마다 제목의 의미를 되새겨 보곤 합니다. 『여러 개의 작은 북 연주』는 창작 활동을 하며 작가가 동맹을 맺게 되는 다양한 자아들, 그리고 잠재적인 여러 서술자들과 함께했던 그 시기 나의 모험을 담은 책입니다. 이 책을 마무리하는 수록작은 표제작인 「여러 개의 작은 북 연주」입니다. 이 작품은 물결치는 우리의 다양한 정체성에 대해 마치 우리가 옷을 갈아입듯이 바꿔 가며 사용하고, 생의 특정 주기마다 우리가 무엇인지를 결정해 주는 정체성의 의미에 대해 탐구하고 있습니다. 또한 우리가 과연 무수한 잠재력과 가능성의 결합체인지, 아니면 다채로운 캐릭터들의 연합인지, 혹은 '나'라는 이름의 배역을 연기하는 또 다른 무엇인지에 대해서도 질문을 던집니다.

진정한 '나', 깊이 있는 '나'에 대해 성찰하지 않는 철학자와 심리학자들이 우리 주변에는 참으로 많습니다. 그들에게 '나'는 그저 환영에 불과합니다. 우리 주변에 무수히 많은 이미지와 원형, 사건이 존재하는 만큼 '나' 역시 그렇게나 다양한 모습으로 존재합니다. 강물에 잠겨 물살의 흐름을 가로막는 나뭇가지에 걸린 쓰레기처럼 '나'는 우리의 기질과 기본적인 심리적 특성을 구성하는 혼란스러운 뼈대 위에 축적된 수많은 경험이 용솟음치는 샘과 같은 것입니다.

단일성과 통합성이라는 환상 대신 우리 안에는 깜박거리는 다중성과 함께 우리가 평생 소진할 수도 전부 실현할 수도 없는 무한한 잠재력이 깃들어 있습니다. 우리 정신에 내재된 자연적 다원성과 다채로움, 그리고 상상 속의 수많은 인물에 대한 환상과 동경. 그것이 우리를 불안하거나 두렵게 만들어서는 안 됩니다. 그것은 결코 악마의 유혹이 아닙니다. 오히려 우리가 나를 둘러싼 세계와 끊을 수 없는, 사실상 무한한 유대 관계를 맺고 있다는 생생한 증거입니다.

화자의 젠더

타데우시 쿠비아크가 아름답게 번역한 콘스탄티누스 카바피스[105]의 시를 여러분은 기억하나요? 이 자리에서 그 시를 상기해 볼까 합니다.

몸이여, 기억하라……

몸이여, 기억하라, 그대가 얼마나 사랑받았는지를,
그대가 누웠던 잠자리를, 뿐만 아니라
그대의 눈동자에서 선명히 빛나고
그대의 목소리에서 흔들리던 욕망들을,
우연한 장애물이 헛된 것으로 만들어 버린 그 욕망들을.
이제 모든 것이 과거의 나락으로 떨어졌으니
그대는 그렇게 굴복하고 말았나 보다,
불타오르는 듯한 욕망에.
기억하라, 그대를 응시하던 눈동자에서,
그대를 향한 목소리에서 흔들리던 욕망들을,
기억하라, 몸이여.

명사를 세 가지 성별로 구분하는 폴란드어로 번역된 이 시에

---

105 Κωνσταντίνος Π. Καβάφης(1863~1933). 근대 문학을 넘어 현대시의 새로운 시대를 연 작가 중 한 명으로 평가받는 그리스의 시인이다.

서 이인칭인 '그대'로 지칭되는 어휘 '몸(Ciało)'의 성별은 중성입니다. 폴란드어 문법에서는 이인칭 주어가 중성인 경우 과거형 서술어(동사)는 남성형과 동일한 형태를 취하게 됩니다. 하지만 나는 주어가 '남성'도 '여성'도 아닌 '중성'임을 명확히 드러내기 위해 동사의 어근에 대표적인 중성형 어미 'o'를 삽입해 특별한 형태를 만들어 보았습니다. '사랑받았는지를(byłoś)', '누웠던(leżałoś)', '굴복하고(oddałoś)'가 여기에 해당됩니다. 이 술어들을 소리 내어 읽을 때마다 짜릿한 언어의 유희를 맛보곤 하는데요, 여러분도 나와 같은 쾌감을 느끼나요? 내 컴퓨터는 'o'를 삽입한 이 동사들을 '오타'라고 지적하면서 계속 빨간 줄을 그어 가며 내게 경고를 보냅니다. 이 특별한 중성형 어미는 우리가 통상 '너/그대'라고 지칭하는 대상이 성별을 초월한 경우에만 사용할 수 있습니다. 이처럼 미묘하고 세심하면서 신성하기까지 한 '중립 상태'를 포기하고 모든 것을 '여성-남성'의 이분법적인 구도로 환원시키는 데 동조하는 것은 오류입니다. 세상의 광활함은 이러한 일반적인 단순화의 범주를 훨씬 넘어서고 있으니까요.

『낮의 집, 밤의 집』에서 나는 나와 서술자의 차이, 그리고 나를 벗어난 서술자의 독립성을 강조하려 했습니다. 이원론에 의거해서 통용되는 일반적인 젠더의 개념을 탈피해 서술자를 신성하고 전지적인 '중립자'로 만들고, 이를 통해 생물학적 요인이나 문화적 조건이 개입되지 않는 존재, 그래서 보다 신뢰할 수 있는 존재로 만들고 싶었습니다.

"나는 보았다(widziałom)." "나는 있었다(byłom)."

남성형의 굴레를 벗어나 중성임을 천명하는 어미 'o'를 삽입한 이 동사들을 컴퓨터 화면에 띄우면서 나는 폴란드어의 토양에 이런 어미들이 존재한다는 사실에 새삼 놀라야 했습니다. 이 동사들을 소리 내어 말하는 순간 내 방에서 음파가 발생해 사물들의 윤곽을 미세하게 바꿔 놓는 것처럼 느껴졌습니다. 그러니까 마치 늘 그 자리에 있었지만 이제 막 암호를 손에 넣었기에 비로소 열 수 있었던 미지의 차원, 즉 존재의 또 다른 차원과 불현듯 마주치게 된 것처럼 기묘하고 신비롭게 들렸습니다.

애석하게도 젠더로부터 자유를 추구했던 나의 이러한 '문법적 강조'는 직접 출판사를 운영해 책을 낸 초판(1996년 판본)에서만 유지되었습니다. 그 이후 판본에서 편집자들은 "나는 목격했다(zobaczyłom)."라는 동사를 보는 순간 눈이 휘둥그레지면서 기존의 진부한 관례대로 "나는 목격했다(zobaczyłem)."로 황급히 수정했을 것입니다.

글쓰기에서 젠더 문제는 한때 많은 문인을 사로잡는 화두였고, 독자와 작가들 또한 이 문제를 놓고 활발히 토론했습니다. 특히 여성 작가들의 경우 '여성 문학'에 대해 자신만의 확고한 견해를 갖고 있어야 했습니다. (하지만 보편적인 문학, 그래서 중립적인 문학으로 간주되곤 하는 남성 문학에는 별다른 견해가 요구되지 않았습니다.) 젠더에 따른 문학의 범주화는 이러한 상황을 정리하는 데 어느 정도 도움이 되었습니다. 하지만 내게는 이야기를 전달하는 목소리가 존재하는 바로 그 영역에는 젠더가 아직 (어쩌면 '이미') 존재하지 않는다는 사실이 너무도 당연하게 여겨졌습니다. 우리가 인간 심리의 깊은 영역을 유랑하고 있는 그곳에서 젠더란 뭔가 상당히 피상적인 개념이니까요.

침춤

심리학적인 관점에서 볼 때 서술자에게 생명을 불어넣는다는 것은 물러서고 축소하는 과정을 말합니다. 그러니까 우리가 창조한 세계 속에서 이야기가 자유롭게 터져 나올 수 있도록 공간을 남겨 두고 자리를 확보해야 한다는 것입니다. 작가는 자기 안에서 많은 것을 끌어모아 축적한 뒤 어느 순간 뒤로 물러서야 합니다. 마치 문지방에서 손님을 맞이하고 그들을 방으로 이끌며 점점 더 집 안의 깊숙한 곳으로 뒷걸음치는 집주인처럼 말입니다.

우리는 유대교 신비주의의 전통에서 주장하는 '침춤(Cimcum)'의 개념을 알고 있습니다. 유한하고도 합법적인 세계를 창조하려면 무한한 잠재력이 깃든 공간이 필요한데, 그러려면 신이 천지 창조의 과정에서 필연적으로 뒤로 물러서야 한다는 것입니다.

우리 작가들은 자기 내부에 이야기를 위한 자리를 만든 뒤 등장인물로 그 공간을 채우고 서술자의 손에 고삐를 쥐어 주고는 자신의 삶의 시간과 장소를 내적인 드라마에 내어 줍니다. 아마도 여기에서 약간의 '후퇴'가 발생할 것입니다. 이런 식으로 일반 성인으로서의 삶이나 개별적인 의지, 일방적인 상식을 어느 정도 선에서 단념하고, 섣부른 단언이나 서열화의 습관을 억누르고, 단순한 분류나 규칙들을 포기하게 됩니다. 누군가가 흥미롭게 읽을지 확신할 수도 없는 이야기를 창조함으로써 우리가 일반적인 수준의 영리함과 실리를 내려놓는 건 아닌지 의심스러울 때도 많습니다. 어떤 의미에서 우리는 바보스러운 짓을 하고 있는지도 모릅니다.

이러한 맥락에서 볼 때 '후퇴'란 '축소', 나아가 자기 안에서 공기를 빼는 '수축'을 의미합니다. '나답게 살라.'라는 메시지를 대단한 가치로 평가하고 자아를 어떻게든 다양한 모습으로 '포장'하려는 문화에서는 이런 식의 사고방식이 이질적인 것으로 취급될 수도 있습니다. 그렇게 우리 작가들은 손님에게 침실을 내주고 거실 소파에서 잠자리에 듭니다.

이렇게 스스로를 제한하는 것은 고통스럽지만 황홀합니다. 서술자가 만들어 내는 또 다른 질서가 선명하게 보이니까요. 책 읽기, 근무 시간, 관심사, 휴가 날짜, 출발지, 꿈, 아침에 잠에서 깨어나자마자 떠오른 첫 번째 생각…… 이 모든 것이 소설의 아이디어에 영향을 미칩니다. 때로는 어디에서 출몰했는지 알 수 없는 문장들이 머릿속에서 통째로 떠오르기도 하는데, 잠시 후에야 그것이 의심할 여지 없이 미래의 소설에서 비롯된 것으로 판명되기도 합니다. 일단 어떤 질서가 확립되고 나면 생각의 확산이 멈추고, 그 순간부터는 보다 명확한 흐름을 타고 목표를 향해 나아가게 됩니다.

그리하여 마침내 작가에게 발견된 서술자는 작가의 삶을 변화시키며, 동시에 이야기의 전개와 체계적인 집필 작업에 시간을 할애할 것을 작가에게 요구합니다. 물론 서술자를 무시하고, 그의 목소리에 귀를 기울이지 않고, 그에게 영양분을 제공하지 않을 수도 있습니다. 우리가 정신을 집중해서 작업에 몰두하는 것을 외부의 환경적 요인이 방해할 때 그런 일이 발생합니다. 내면의 목소리는 자신의 고유함을 수호하려 애쓰면서 문을 두드리고 선잠과도 같은 혼몽 상태에서 고함을 지르지만 점차 쇠약해

집니다. 그렇게 이야기의 뼈대는 무너지고 사라지게 됩니다. 그러고 나면 메모가 남습니다. 오랜 시간이 지난 후 그 메모가 우리에게 다시 발견되기도 합니다. 마치 고고학자들이 오래전에 소멸된 고대 도시에서 발굴해 낸 잔해처럼 말이죠.

저자란 가능한 한 질서 있고 일관된 방식으로 이야기를 전달하기 위해 고용된 존재라는 믿음은 바로 여기에서 비롯된 것입니다. 체스와프 미워시의 시 「비서들」에서처럼 말입니다.

나는 그저 하수인, 보이지 않는 존재의 종,
그 존재가 나와 몇몇 다른 이들에게 지시를 내린다.
우리는 서로를 모르는 비서들, 제대로 이해조차 못 하면서
그저 땅 위를 하염없이 걷고 있다. 문장의 중간에서 출발해
마침표를 찍기도 전에 다른 문장들을 중단시키면서.
대체 어떻게 전체를 엮어 내지?
우리 중 누구도 전체를 읽지는 못할 테니
부디 우리를 부르지 마시길.

테트락티스[106]

'나'를 다소 추상적인 구성물로 파악하는 방식은 오랜 전통에

106 Tetraktys. '네 글자'를 뜻하는 그리스어로 피타고라스학파에서는 처음 네 정수의 합인 1+2+3+4=10을 의미하는 정삼각형의 도형을 '테트락티스'로 불렀다. 네 정수의 중요성

서 비롯된 것입니다. 영혼과 육체에 대한 고전적인 구분에서 시작해 프로이트의 이론, 즉 서로에 대해 독립적이면서 심지어 적대적인 세 개의 힘 — 자아(ego), 이드(id), 초자아(superego)가 우리의 '나'를 다툼과 언쟁의 장으로 만든다는 개념에 이르기까지 실로 다양합니다.

확신컨대 '오컴의 면도날'은 상상의 세계에서는 통하지 않는 도구입니다. 어쩌면 그것은 작가들에게 숙명처럼 주어진 필수 불가결한 고통일 것입니다. 작가들이란 존재를 걷잡을 수 없이 증폭시키는 사람들이니까요. '전체'를 상호 협력하는(혹은 그렇지 못한) 아주 작은 단위의 구성 요소로 잘게 쪼개려는 모든 종류의 시스템은 내게 늘 짜릿한 희열을 안겨 주었습니다. 프로이트의 삼위일체 개념은 가능한 한 빨리 수정되어야 마땅하며, 테트락티스로, 그러니까 에너지의 사원체로 대체되어야 합니다. 즉 자아와 이드, 초자아의 삼위일체에 서술자라는 원소를 추가함으로써, '나'의 경계를 뛰어넘어 세상과 소통시키는 에너지를 결합시켜야 합니다.

서술자란 의사소통 능력을 갖추고 사회성을 겸비한 우리 정신의 일부를 말합니다. 이러한 서술자가 없다면 우리는 어떤 공동체도 구축할 수 없습니다. 프로이트의 삼위일체란 결국 일종의 동종 교배를 말합니다. 충동, 아니면 금지나 명령에 의해서만

은 모든 현상의 근본인 사원소(물, 불, 흙, 공기)의 고대 개념에서 끌어온 것이다. 10은 피타고라스학파에게 '만물을 포괄하며 만물의 경계를 이루는 어머니'를 뜻하는 가장 완전한 수였다.

바깥세상과 간신히 관계를 유지하는 일종의 내적 모나드(궁극적 실체)이니까요. 그 대신 자발적으로 자연스럽게 생성된 이야기들이 사방으로 퍼져 나가 세상을 에워싸며 일종의 네트워크를 형성합니다. 우리는 이러한 네트워크가 촘촘해지고 두터워지는 것을 인간으로서의 성장과 발달로 간주하기도 하는데 이는 상당히 흥미로운 관점입니다. 이야기 자체는 거의 또는 전혀 변하지 않지만 소통과 전달의 수단인 네트워크는 스스로 변형을 일으키며 고정되지 않은 형태로 시대와 유행에 적응하니까요.

혹은 다른 방식으로 말하면 서술자란 우리 안에 있는 파충류의 뇌와 같은 것으로 진화를 통해서도 대체되지 않는 아주 오래된 조직 같은 것이라고 할 수 있습니다. 이러한 조직 덕분에 세상은 이야깃거리로 탈바꿈될 수 있고, 이해 가능하며 변화무쌍한 것이 됩니다. 세상의 내러티브적 특성은 그 자체로 이미 반대의 조짐을 내포한 다양한 다른 버전의 존재 가능성을 우리에게 드러내 보입니다. 아마도 서술자는 인간 종의 시작부터 영원히 존재하면서, 삶의 리듬이 박동하고 혼란스러운 엔트로피의 과정들이 직선 모양의 플롯으로 배열되는 '내레이터의 왕국(narratorium)'에 속해 있을 것입니다. 그 왕국에서 이야기의 맥박이 생성되고, 환상적 이미지들이 신화나 원형들과 뒤얽히게 됩니다.

서술자는 인간 경험의 다면성과 복잡성을 전달하지 못하는, 우연투성이의 의례적인 구어체 언어에 대해 자신의 깊은 본성에서부터 반대합니다. 서술자는 복잡하고 다층적인 과정으로 이루어진 이야기를 통해 한 사람의 경험을 다른 사람의 경험으로 직접 전달하는 매개체입니다. 서술자는 언어를 단지 도구로만 사용합니다. 언어의 도움으로 그는 시간과 공간 속에서 시공을 초월한 공동체의 직감적 상상력을 선형적[107]이고, 리드미컬하며, 구체적인 이야기의 흐름으로 구현합니다.

파놉티콘 서술자와 해리성 서술자

이 대목에서 내가 파놉티콘 서술자에 얼마나 매료되었는지 이야기하고 싶습니다. 언젠가 나는 텍스트에 뿌리를 두고 있기는 하지만 사실상 무한한 전지적 시점과 지식을 가진 비인격적 서사의 실례에 해당하는 삼인칭 개인적 서술자의 변종을 무심코 이렇게 명명한 적이 있습니다.

그것은 텍스트 전체를 관통하는 가상의 인물입니다. '목소리'와 '시점'으로만 우리에게 드러나는 막연한 존재. 그 성향이나 특징 또한 모호합니다. 마치 레이더나 대형 망원경, 혹은 뭔가를 보기 위해 고안한 특별한 기계처럼 작가와 이야기의 우주 사이를 연결하는 일종의 고리 같은 것입니다. 또한 매개의 과정을 거치지 않고 지식에 곧바로 접근할 수 있고, 모든 것을 동시에 즉각적으로 보는 능력, 다시 말해 통합적인 직관을 갖고 있습니다. 자신을 수많은 데이터와 자연스레 연결하고 한 번의 번뜩이는 사고로 복잡하게 결합된, 전체의 본질을 꿰뚫는 능력 말이죠.

서술자는 번역가이기도 합니다. 그는 참깨와 환영들의 세상,

107 선처럼 길게 일렬로 나아간다는 의미다.

절대 손에 잡히지 않고 물결치듯 흔들리는 신기루의 세계를 향한 채 끝없는 무한함을 마주하고 있습니다. 그러다 이따금 몸을 돌려 자신이 본 것을 우리에게 들려줍니다. 구체적인 형상이나 정체성은 없지만 원하면 어떤 형태나 인물도 취할 수 있습니다. 그럴 때 그의 감각은 날카로워지고, 얼굴이 생겨나고, 때로는 이름과 성까지 갖게 됩니다. 지금 나는 '그'라고 지칭하지만 분명한 건 서술자에게는 성별이 없다는 것입니다. 서술자의 감각은 측량할 수 없는 참깨의 풍성함을 선택적으로 인지하고 곤충의 감각처럼 특화하여 수백만 개의 자극 중 선택된 것에만 집중합니다.

지금 내가 이야기하고 있는 이 핵심적인 사안에 보다 가까이 다가설 예를 찾으려면 책상에서 손을 뻗어 책꽂이에 꽂힌 볼레스와프 프루스의 소설 『인형』[108]을 꺼내는 것으로 충분합니다. 그리고 평소와 마찬가지로 소설의 첫머리를 다시 한번 읽어 보세요. 서술자는 항상 첫 단락에서 잠깐이나마 우리에게 고개 숙여 인사를 하고 자신의 정체성을 드러내는 법이니까요.

1878년 초 산스테파노 평화 조약과 신임 교황 선출, 유럽에서 전쟁

---

108 19세기 말 폴란드 근대 소설의 아버지이자 사실주의 문학의 거장 볼레스와프 프루스(Bolesław Prus, 1847~1912)의 대표작. 귀족부터 빈민에 이르는 광범위한 사회층의 갖가지 인간 관계를 분석하고 비판한 걸작이다. 전 세계 20여 개 언어로 번역되었으며 영화, 연극, 텔레비전 연속극으로도 방영된, 폴란드 국민이 가장 사랑하는 소설이다.

이 발발할 가능성 등으로 세계 정세가 긴박하게 돌아가고 있을 즈음 바르샤바 크라코프스키 프셰드미에시치에 거리의 지식인과 상인들은 남성 잡화점을 운영하는 민첼과 보쿨스키 회사의 미래에 뜨거운 관심을 보였다.

저명한 음식점에 마련된 저녁 술자리에 모인 포목점과 와인숍 주인들, 마차와 모자 제조업자들, 모아 놓은 자산으로 생계를 유지하는 점잖은 가장들, 딱히 직업은 없어도 저택 몇 채씩은 소유하고 있는 자본가들은 앞으로 영국이 전쟁에 어떻게 대비할지, 그리고 민첼과 보쿨스키 회사의 앞날이 어떠할지에 대해 이런저런 논쟁을 벌였다. 자욱한 시가 연기 속에서 짙은 색 유리 술병들을 향해 몸을 숙인 채 한쪽에서는 영국이 전쟁에서 이길지 패할지를 놓고 내기를 벌이고, 다른 쪽에서는 보쿨스키의 파산을 단언하는가 하면, 누구는 비스마르크를 천재라 부르고, 어딘가에선 보쿨스키를 '말썽꾼'이라 욕했다. 막마옹 프랑스 대통령의 행보를 비난하는 이가 있는가 하면, 누군가는 보쿨스키가 미친 것이 틀림없노라고 확신했다. (······)

한 가지 분야에 열심히 몰두한 덕분에 재산은 물론 사회적 지위까지 얻게 된 마차 제조업자 데클레프스키와 이십 년 전부터 한 자선 단체를 꾸준히 후원해 온 벵그로비치 고문은 보쿨스키와 꽤 오래전부터 친분을 쌓아 온 사이였는데, 이들이 누구보다 목소리를 높여 가며 보쿨스키가 곧 망할 것이라고 장담했다. 데클레프스키가 먼저 입을 열었다.

"한 가지 일에 집중하지 않고 오로지 운발로 모은 재산을 귀히 여길 줄 모르는 사람은 결국 부도로 끝장나게 마련이지."

그러자 벵그로비치 고문이 친구의 말에 일일이 맞장구를 치며 웅

수했다.

"보쿨스키는 미쳤어! 미쳤고말고! ……게다가 골칫덩이 말썽꾼이
야! ……유제프, 여기 맥주 한 병 더! 그런데 이게 몇 병째더라?"

"여섯 병째랍니다, 고문님. 즉시 대령하겠습니다." 유제프가 답했다.

"여섯 병째라고? 시간이 정말 쏜살같군! ……미친놈 같으니라고!
그는 미친놈이야!"

뱅그로비치 고문이 웅얼거렸다.

여기서 우리는 당대의 '정치적 세계', 그리고 바르샤바 상인
들이 맥주를 마시며 입을 모아 걱정하는 '보쿨스키'라는 인물,
이 두 개의 소재가 유려한 문장들을 통해 병치되어 있음을 확인
할 수 있습니다. 우선 '정치적 세계'는 높은 위치의 관점에서, 그
러니까 위에서 아래를 내려다보는 것처럼 언급됩니다. 마치 세
계 지도를 펼쳐 놓고 그 위에 세계사적으로 중요한 사건들을 좌
표처럼 배치하듯이 말이죠. (그게 얼마나 중요한 사건들이었는지
는 오늘의 시점으로 확인할 수 있습니다. 즉 이 자리에 모인 우리가
산스테파노 평화 조약이 무엇인지, 크라코프스키에 프셰드미에시
치에 거리에서 맥주를 마시는 남자들의 관심을 끌었던 신임 교황이
어떤 인물인지 알고 있느냐 여부에 따라 그 중요도가 결정되는 것
이죠.)

자, 이제 간략하게 스케치한 정치적 사건들의 지형도를 들여
다보던 서술자의 시선은 점점 위에서 아래로 내려오다가 "포목
점과 와인숍의 주인들"과 "마차 제조업자들", 그리고 "번듯한 직
업이 없는 저택 소유주들"이 한데 모여 보쿨스키에 대해 험담을

늘어놓는 "유명 음식점" 안에서 멈추게 됩니다. 그렇게 서술자의 시선이 점점 더 구체적이고 세밀해지면서 세부 항목들이 점차 모습을 드러내고 식당에 모여 있던 손님들 또한 각자의 개별성을 획득하면서 데클레프스키와 벵그로비치 고문이 등장합니다. 그러다 마침내 거대한 보편성 대신 사람들 간의 일상적인 대화와 여섯 번째 맥주병이 인물들 사이에 끼어듭니다. 그 순간부터 『인형』의 서술자는 눈(혹은 좀 더 현대적인 표현으로 말하자면 카메라)으로 탈바꿈하며, 그의 상태는 고전 소설을 통해 우리에게 익히 알려진 숨겨진 전지적 시점의 화자와 가까워집니다.

독서 중독에 빠진 독자의 한 사람으로서 나는 자기 모습은 드러내지 않으면서 모든 것을 보고 있는 이러한 유형의 서술자를 사랑하지 않을 수 없습니다. 때때로 그는 자신이 지어내는 이야기 속의 어떤 인물인 척하다 갑자기 그 인물을 내던지고 도망치듯 날아올라 지도를 그리며 앞으로 벌어질 사건을 예측하거나, 아니면 머나먼 과거를 뒤돌아봅니다. 누군가의 은신처와 서랍 속을 뒤지기도 하고, 심지어 인체의 내부를 들여다보며 어색해하지도 낯설어하지도 않습니다. 그러나 모든 것을 알고 또 모든 것을 보는 상태를 유지하려면 고도의 집중력이 필요하므로 그를 먹여 살리는 작가 또한 지칠 수밖에 없습니다. 넓은 렌즈를 통해 모든 걸 조망하면서 자신이 말하고 있는 이야기와의 연결고리를 잃지 않는 것, 그것은 매우 힘들고 까다로운 일종의 정신적 요가입니다.

역설적이지만 파놉티콘의 성향은 적극적인 개입이나 몰두를 요구하지 않습니다. 파놉티콘 화자에게 균형과 대칭 감각이란 특이성과 애착, 주관성으로 가득 차 있고, 감정에 몰두하는 평범한 일인칭 서술자와 정반대되는 지점을 의미합니다. 그렇기에 저자는 균형과 대칭을 추구하면서 의식적이든 아니든 이그나치 제츠키[109] 같은 인물에 생명을 불어넣어야 한다는 압박감을 자주 느끼게 됩니다. 그러한 인물들을 맞이하면서 작가는 확실히 안도감을 느낄 것입니다. 이것이 내가 프루스의 '필사적인' 제스처를 이해하는 나름의 방식입니다. 그러다 어느 순간 작가는 또 다른 서술자, 즉 사건에 적극적인 개입을 마다하지 않으며 매우 감성적이면서 감정에 충실한 일인칭 시점의 화자를 등장시킬 수밖에 없게 됩니다. 독자를 등장인물들 곁으로 좀 더 가까이 데려갈 뿐 아니라 자신과 다른 인물들과의 관계도 숨김없이 드러내 보이고, 그들에 대한 평가 또한 우리에게 넌지시 제시하는 그런 서술자 말입니다.

『야쿠프의 서』에서 이 이야기가 더 이상 단순한 의미의 삼인칭 시점으로만 전개될 수 없음을 깨달았을 때 같은 일이 내게도 벌어졌습니다. 파놉티콘의 관점이 '모든 것'을 말할 수 있게 해 주었지만 이상하게도 작지만 매우 중요한 요소들이 그 관점의 테두리 밖으로 자꾸만 빠져나가고 있었습니다. 세계는 주체 간의 관계에 의해 만들어집니다. 그러한 관계들이 세계에 의미를

---

109 주인공 보쿨스키의 오랜 친구로 보쿨스키가 돈을 벌기 위해 터키에 가 있는 동안에도 그의 양품점을 지키며 대리인 역할을 한다. 『인형』의 여러 단원에서 서술자 역할을 맡아 폴란드의 역사와 당대 사람들의 생각, 문화적·사회적 배경 지식을 독자에게 전달해 준다.

부여하는 동시에 미심쩍은 단순성의 기반을 약화시킵니다. 일인칭 서술자는 전혀 다른 관점, 그러니까 감정에 충만하면서 종종 양면적이고 이율배반적이기도 한 새로운 관점을 도입하고, 필수적이면서 요긴한 요소인 비합리주의와 아이러니를 이야기에 추가합니다. 우리는 사랑하면서 동시에 미워합니다. 한순간에 매력과 거부감을 모두 느낍니다. 사건을 곡해하고 오해할 때도 있습니다. 이야기 속에 제시된 세계가 복잡한 질감과 다차원성을 획득하도록 만드는 것은 바로 이러한 주관성입니다. 『야쿠프의 서』에서 사건을 가까이 관찰하고 자신만의 개성으로 이야기를 서술하는 부스코 출신의 나흐만의 목소리가 두드러질 수밖에 없었던 것은 바로 이러한 이유 때문입니다. 그의 목소리 덕분에 우리는 이 이야기를 믿기 시작했습니다.

이 소설의 주인공인 야쿠프 프란크의 절친한 동반자, 야쿠프의 친구이자 어쩌면 연인일 수도 있으며 자신만의 감성으로 사건을 묘사하는 부스코의 나흐만과 같은 서술자를 나는 '해리성 화자'라고 부릅니다. 그는 작가로부터 파생된 존재인 동시에 자신만의 질서를 도입해 소설의 중심 화자인 삼인칭 서술자와 거리를 두는 인물, 즉 자율적인 서술자입니다. 목소리가 들려오기 시작하면 작가는 그 목소리의 세계관에 순응해야 하고, 그 특이성과 그만의 언어를 있는 그대로 수용해야 합니다. 때때로 이러한 서술자는 일종의 영역 침범을 저지르기도 하는데요, 이런 종류의 이야기꾼에 대해서는 문학적 인물을 주제로 한 세 번째 강의에서 자세히 다룰 예정입니다.

하지만 나는 얼마 못 가서 고전적인 삼인칭 이야기꾼과 애처로운 나흐만, 이 둘만으로는 『야쿠프의 서』의 무게를 지탱하기가 버겁다는 사실을 알게 되었습니다. 그들의 시선과 주의력이 닿지 않는 영역이 여전히 남아 있었기 때문입니다. 역사적 흐름, 너무도 복잡하고 방대한 나머지 주인공들이 미처 따라잡지 못한 채 그저 세부 항목이나 부분적인 반응만을 파악할 수 있는 사건들, 그리고 무엇보다 시간의 문제, 즉 모든 동시성과 연결, 관계, 상호 영향, 연관성, 역사 및 생물학적 과정이 결합한 우주 전체의 질서……. 이런 것들이 여전히 그 영역 속에 남아 있었습니다. 한창 글을 써 내려가던 어떤 순간에 나는 속수무책의 무력감을 느꼈고, 내러티브의 모든 가능성을 이미 탕진해 버린 듯한 느낌을 받았습니다. 이 소설은 오십 년에 걸쳐 유럽의 방대한 영토를 넘나들며 전개됩니다. 등장인물들은 소설 속에서 나이를 먹고, 이름과 사회적 지위와 언어를 바꾸고, 끊임없이 이동합니다. 계몽주의 사상이 바로크의 잔재와 충돌하고, 전쟁이 벌어지고, 연합이 결성되고, 하늘에서는 장엄한 자연 현상이 펼쳐지는 복잡다단한 현실이 주인공들의 주변에서 끊임없이 펼쳐집니다. 사람들이 죽고, 또 태어납니다. 어떻게 그 모든 걸 다 말할 수 있을까요? 그 모든 걸 연결하고 결합시켜서 소통 가능한 전체를 만드는 방법은 무엇일까요?

흩어지고 조각난 텍스트 앞에서 내가 깊은 절망에 빠져 있는 동안 마치 알라딘의 램프 요정 지니처럼 옌타가 나타났습니다. 옌타는 인간의 척도로는 그 육체적, 정신적 한계를 가늠할 수 없는 존재입니다. 그래서 옌타는 시간을 통해 모든 것을 위에서 내려다봅니다.

옌타는 숲의 덤불, 작은 블루베리 넝쿨, 동굴 입구의 아련한 빛, 어린 참나무 잎사귀, 나아가 산 전체와 마을, 그리고 수많은 차량이 지나다니는 도로를 볼 수 있습니다. 그녀는 칼날의 섬광과도 같은 드니에스트르강[110]의 광채와 바다로 물을 운반하는 또 다른 강들, 화물을 잔뜩 실은 거대한 배를 지탱하는 드넓은 바다를 봅니다. 그리고 미세한 빛줄기를 뿜으며 배들과 소통하는 등대를 봅니다.

마치 드론과 같은 이런 식의 관점은 엄청난 에너지를 내포하는데 단 한 번의 클릭만으로 우리가 전혀 예상치 못했던 파놉티콘의 관점에서 낯익은 장소를 둘러볼 수 있는 혁명, 지금 이 시대를 살아가는 우리 모두가 동참하고 있는 혁명과 관련이 있습니다. 우리는 이미 파놉티콘의 세계에 살고 있으므로 파놉티콘 서술자는 우리 시대의 창조물이라고 할 수 있습니다.

옌타가 나타나자마자 나의 글쓰기 작업은 곧바로 진척을 보였습니다. 옌타가 접목시킨 이야기의 더 넓은 틀을 인식하게 되고, 시간 속을 이동할 수 있게 되면서, 그리고 세부적이면서 동시에 통합적인 파놉티콘의 이미지를 구축하게 되면서 나는 성급한 평가나 감정적인 집착에서 벗어나 내 등장인물들의 운명을 새롭게 보게 되었고, 그들의 미래를 읽고 그들의 과거에서 의미를 발견할 수 있게 되었습니다. 옌타는 다른 두 서술자(고전적인 삼인칭 화자와 나흐만) 옆에 서서 그들이 능숙하게 대처하지 못하는

110 우크라이나와 폴란드의 국경에 위치한 드로호비치 인근에서 발원하여 흑해로 흘러 들어가는 강이다.

사안을 언제든 도울 준비가 되어 있었습니다. 그녀는 필수적인 세부 항목을 놓치지 않으면서 동시에 사건을 압축시키는 능력을 갖고 있었습니다. 또한 독자가 사건의 전체적인 장면을 시각화 하도록 지도를 스케치할 수 있었습니다. 나는 이 옌타라는 인물에 대해 내가 느꼈던 고마움과 애착을 결코 잊지 못할 것입니다. 나는 옌타를 사인칭 서술자, 총체적인 이야기꾼이라고 불렀고, 그러다 마침내 그녀의 시야에 포착된 나 자신을 발견한 순간 전율을 맛보았습니다.

그녀는 누군가가 자신을 부르고 있는 듯한 느낌에 위로 향하는 이 여정에서 잠시 발길을 멈추었다. 그녀의 이름을 누가 또 알고 있을까? 그러자 그녀는 창백한 불빛을 받아 희미하게 빛나는 얼굴에 독특한 머리 모양과 괴상한 옷차림을 한 채 책상머리에 앉아 있는 한 인물을 포착한다. 그러나 옌타는 오래전부터 이미 무엇에도 놀라지 않는다. 놀라워할 줄 아는 능력을 잃었기 때문이다. 그 인물이 부지런히 손가락을 움직이는 덕분에 밝고 평평한 빛의 흔적들 위로 어디선가 갑자기 글자들이 나타나서 줄지어 배열되는 과정을 지켜볼 뿐이다. 이 광경이 옌타에게는 그저 흰 눈 위에 찍힌 발자국을 연상시킨다. 죽은 이들은 읽기 능력을 상실하므로. 이것이야말로 죽음이 초래하는 가장 안타까운 결과 중 하나다…… 가여운 옌타는 지금 모니터 위에 대문자로 표시되고 있는 옌타, 옌타, 옌타라는 글자를 포함하여 텍스트에 빈번하게 등장하는 자신의 이름을 인식하지 못한다. 그래서 곧장 흥미를 잃고 다시 위쪽 어딘가로 사라져 버린다.

엔타는 어디에서 왔을까요? 서술자들이란 과연 누구일까요?

이것은 심각한 문제입니다. 여러분은 성서에서 커다란 목소리로 "태초에 하느님이 천지를 창조하셨다."라고 천명한 그 탁월한 이야기꾼이 누구인지 궁금해한 적이 있습니까? 신의 생각을 아는 자가 과연 존재할까요? 이러한 질문들에 대답하려면 심리적인 접근 방식을 던져 버리고 이 글의 제목부터 수정해야 할 듯합니다. '서술자의 형이상학'으로 말이죠.

트위터와 블로그, 미디어마다 다양한 일인칭 서술자가 서로를 향해 소리를 질러 대는 다중 음성의 세계, 이 파편화된 세상에서 우리에게는 총체적이면서 통합적인 사인칭 서술자, 다인칭이면서 동시에 무인칭인 서술자가 필요합니다. 제삼의 눈과 육감, 파놉티콘의 시점을 가진 서술자, 노스트로모[111]호의 다음번 승객으로서 충분한 자격 요건을 갖춘 서술자.

서술자는 이야기의 혼이고, 말하는 목소리이며, 이야기의 숨겨진 태생적 결함인 동시에 이야기의 본질입니다. 나머지 다른 모든 요소를 배열하고 정돈하는 추가적인 요소이기도 합니다.

그렇기에 끝으로 우리는 솔직하게 인정해야 합니다.

친애하는 여러분, 인간에게는 영혼과 육체, 그리고 서술자가 있습니다.

— 국립 우츠 대학교 강연 1

---

111 「에일리언」 시리즈 1편에 등장하는 우주선 이름. 이 명칭은 조지프 콘래드의 장편 소설 『노스트로모』에서 착안한 것이다.

문학적 세계의 창조에 작동하는 심리학,
『야쿠프의 서』는 어떻게 탄생했을까

영감 하나. 그림

오늘의 강의는 상당히 사적인 경향을 띠게 될 듯합니다. 마우고자타 라슈차크[112]의 그림으로 이야기를 시작해 보겠습니다. 이 그림은 평소 집에서 내가 즐겨 앉는 거실 의자의 맞은편 커다란 주방에 오랫동안 걸려 있었습니다. 마치 액자 속에서 짓눌려진 듯한 유백광을 머금은 붉은빛의 기묘한 형상들 속에서 나는 누군가가 풀어 줄 때까지 강제로 머물러 있어야만 하는 비현실적인 어떤 공간에 갇힌 수감자들의 이미지를 보았습니다. 잊히고, 억압당하고, 생략된 채 방랑을 거듭하면서 우리를 불편하게 하고, 목소리를 내라고 요구하던 이야기들이 마침내 정착한 곳, 모

---

112 Małgorzata Laszczak(1961~). 폴란드의 화가이자 삽화가, 북디자이너. 1996년부터 2003년까지 올가 토카르추크가 운영한 출판사 루타(Ruta)의 북디자인을 담당하기도 했다.

든 것이 불확실한 연옥의 땅이 거기에 있었습니다. 그렇게 내 주방에 걸린 붉은 그림은 줄곧 내게 연옥을 상기시켰고, 그림 속 인물들의 입술에서 아무런 말도 읽을 수 없음에도 불구하고 나는 그들이 계속해서 나를 향해 문을 두드리고, 신호를 보내고, 뭔가를 이야기하려는 것만 같았습니다. 그리고 우리 현실에는 수많은 미지의 인물이 존재하는 무수한 구멍이 뚫려 있는데, 이런저런 이유로 우리가 그들의 존재를 잊었거나 아니면 집단의 기억으로부터 몰아냈기 때문에 그들의 생애가 지금껏 우리에게 알려지지 못했다는 사실을 깨닫게 되었습니다.

프랑키스트들[113]의 이야기는 언젠가 우리가 반드시 꺼내야 할 이야기 중 하나입니다. 그들은 줄곧 자신들의 유리 감옥을 부숴 줄 기사를, 그리고 적절한 시간과 장소를 기다리고 있습니다.

영감 둘. 소외감

1990년대 후반, 아마도 1997년이나 1998년쯤이었을 것입니다.

---

113 18세기에 기독교와 유대교, 이슬람교를 융합한 단일 종교
     의 필요성을 강조했던 야쿠프 프란크가 주창한 신비주의
     적 유대 종파인 프랑키즘을 추종하는 무리. 프랑키스트들
     은 '신'의 진정한 가치를 회복하고 '메시아 시대'를 열기 위
     해 인간은 모든 전통적 도덕과 가치를 파괴해야 하며, 심지
     어 선악의 개념 자체를 초월해야 한다는 급진적인 교리를
     설파했다.

당시 나는 토룬[114] 아니면 비드고슈치[115]에 머물고 있었습니다. 날씨는 춥고 음습했습니다. 나는 평소 습관대로 궂은 날씨를 피해 헌책방으로 향했습니다…….

그다음에 벌어진 일을 설명하기에 앞서 우선 결핍과 누락의 역사에 관한 이야기를 꺼내야 할 듯합니다. 나는 우리 세대가 몰락한 문명의 폐허에서 뒤늦게 태어난 에피고노이[116]라고 믿는 부류의 사람입니다. 1962년 폴란드 서부의 경계 지역, 역사적인 관점으로는 브란덴부르크[117]의 동부, 아니 보다 정확하게는 루부스키에주의 작은 마을에서 나는 태어났습니다. 나의 부모님이 교사로 일하던 마을에는 '토착민들'이 여전히 많았습니다. 우리는 예전부터 그 지역에 거주하던 사람들을 그렇게 불렀습니다. 그들은 독일어로 말하고, 스스로를 독일인이라고 생각했습니다. 따라서 2차 세계 대전 이후 폴란드의 국경선이 변동되면서 동쪽 지역(지금의 리투아니아, 우크라이나, 벨라루스의 일부 영토)에서 이곳으로 강제 이주당해야 했던, 폴란드어를 사용하는 사람

114 Toruń. 폴란드 중부에 있는 상공업 도시. 비스와강의 하항(河港)으로, 교통과 문화의 중심지다.

115 Bydgoszcz. 폴란드 중서부에 위치한 도시로 폴란드 왕국, 프로이센 왕국, 독일의 지배를 번갈아 받다 2차 세계 대전이 끝난 뒤 다시 폴란드 영토가 되었다. 비드고슈치 운하의 동쪽 끝에 있어 물류의 거점 역할을 하고 있다.

116 Epigoni. 테베를 공격한 일곱 용사의 아들들로 각자 아버지의 뜻을 이어 테베로 재출정하여 승리를 거두었다.

117 Brandenburg. 과거 프로이센 왕국의 중심지였으며, 2차 세계 대전 후 오데르, 나이세강을 기준으로 동쪽은 폴란드에, 서부는 동독에 편입되었다.

들과 이 토착민들의 만남은 매우 극적인 상황을 연출할 수밖에 없었습니다. 하지만 그것은 별개의 이야기입니다. 내가 태어난 1962년, 2차 세계 대전이 끝난 지 어언 십칠 년의 세월이 흘렀지만 사람들은 여전히 그곳에서 어떤 일이 벌어졌는지 기억하고 있었습니다. 나는 전쟁에 관한 이야기들 속에서 성장했습니다. 이곳 나도제에서 나이 든 어르신들이 기억하는 폴란드는 내가 생각하는 '폴란드인의 폴란드'가 아니었습니다. 전쟁 이전에 이 지역은 엄연히 폴란드 영토가 아니었으니까요.

2차 세계 대전의 결과로 인해 어떤 세계가 사라졌다는 사실을 인식하는 것은 내게 엄청난 경험이었습니다. 나는 그 사라진 세계에 대해 종종 생각했습니다. 우리 주변에서 얼마나 많은 사람이 사라졌는지, 내 서가에서 얼마나 많은 책이 없어졌고, 얼마나 많은 문학적 인물이 자취를 감추었는지, 얼마나 많은 영화가 촬영되지 못했고, 얼마나 많은 새로운 개념과 발명, 유행이 밀려났는지, 하나의 언어 속에서 얼마나 많은 단어가 소멸되었으며, 얼마나 많은 집이, 그리고 얼마나 많은 다국어 방언이 시간의 심연 속으로 가라앉았는지……. 이 모든 복잡한 상황들이 지금의 내 인성을 형성하는 데 영향을 미친 다양한 감성과 느낌을 내 안에서 촉발시켰습니다.

그 무렵 나는 처음에는 할머니의 이야기를 통해서, 그다음에는 개별적인 독서 활동과 함께 브루노 슐츠나 아이작 싱어[118] 같

---

118 Isaac Bashevis Singer(1904~1991). 폴란드계 미국 소설가로 바르샤바에서 출생해 신문 기자가 되었으나 1935년 나치의 유대인 박해를 피해 미국으로 이주해 이디시어로 작품을 썼다. 1978년에 노벨 문학상을 수상했다.

은 유대계 작가들에 대해 문학적 동경을 품게 되면서 '유대성'을 접했습니다.

내가 속한 세계의 안쪽에 유대인의 세계가 안감처럼 덧대어 있음을 발견하게 된 것은 실로 놀라운 체험이었습니다. 양탄자의 모서리를 접어 뒷면을 살펴보니 언뜻 똑같은 실로 직조된 동일한 패턴 같지만 실제로는 그 문양이 조금씩 다르고 뭔가가 변형되었다는 사실을 자각하게 되었습니다. 그로 인해 본래의 형태가 아예 알아볼 수조차 없게 느껴지기도 하고, 반대로 겉면의 패턴을 오히려 두드러지게 강조할 수도 있다는 걸 깨달았습니다. 많은 이에게 유대인의 존재는 홀로코스트의 이미지로 각인되었고, 전쟁 중 벌어진 그 비극을 자각하는 과정에서 수많은 다른 질문들, 그러니까 두 문화와 두 인종이 공유한 수백 년의 역사에 얽힌 질문들은 한옆으로 밀려나고 말았습니다.

부모님이 아우슈비츠 수용소에 처음 데려갔을 때 나는 여섯 살이었습니다. 어린 나를 그곳에 데려간 부모님의 결정이 과연 잘한 것인지 아닌지는 사실 잘 모르겠습니다. 하지만 어린아이의 지각으로 그곳에서 무슨 일이 벌어졌는지 어렴풋이 이해한 순간부터 나는 그곳에 대한 생각을 멈출 수가 없었습니다. 아우슈비츠는 세상에 대한 나의 모든 지식에서 가장 암울한 부분 중 하나입니다.

유대인의 세계가 우리와 같은 공간, 같은 강, 같은 마을의 같은 거리에 공존한다는 사실을 깨달으면서 나는 이미 존재하지 않는 과거라 할지라도 그것이 여전히 현실적이며 우리에게 영향을 미칠 수 있다는 것을 깨달았습니다.

하지만 그것은 아련한 향수를 불러일으키는 일상적인 과거와의 만남이 아니었습니다. 향수는 음식에 풍미를 더하여 평범한 감자도 특별한 요리로 만들어 주는 걸쭉하고 향긋한 소스처럼 부드럽고, 촉촉하며, 포만감을 유발하는 본성을 갖고 있습니다. 하지만 내 앞에 놓여 있는 건 그저 빈 접시뿐이었습니다. 그것은 결핍과 누락의 세계, 전체를 무너뜨리고, 과거가 전해 주는 메시지를 읽지 못하게 하고, 우리를 영원히 무지한 상태로 만드는, 어떤 의미에서는 우리의 정신을 불구로 만드는 일종의 구멍이었습니다.

대학 진학을 위해 바르샤바로 거주지를 옮긴 뒤부터 결핍에 대한 나의 자각은 더욱 깊어졌습니다. 나는 예전에 게토 지구였던 자멘호프 구역의 기숙사에서 살았습니다. 그러니까 폭탄 분화구들이 도처에 널린, 이제는 더 이상 존재하지 않는 몰락한 세계의 폐허, 과거의 흔적이라고는 벽들의 윤곽만 남은 공간에서 살았던 것입니다. 그것은 불안하기 짝이 없는 경험이었습니다. 때로는 내가 사는 세상(노동자들의 파업, 물대포를 맞고 흩어진 거리의 시위대, 영원할 것만 같았던 암울한 계엄령, 텅 빈 상점들)이 이미 영원히 사라져 버린 과거의 세계보다 훨씬 비현실적으로 보였습니다. 당시 이와 같은 기묘한 정신 분열의 상태를 경험한 사람이 비단 나 하나만은 아니었을 것입니다. 어쩌면 이러한 증상은 내 삶의 이력과 밀접한 연관이 있을지도 모릅니다. 나는 과거 독일 영토이던 돌니 실롱스크 지방에서 태어나 자랐고, 이 지역 출신의 대부분이 그렇듯이 '폴란드인의 폴란드'에서 살았던 사람들과는 사뭇 다른 방식으로 역사를 경험했으니까요.

나는 이 경험을 실존적이며 심지어 형이상학적인 것으로 간주하고 있습니다. 그래서 자신의 절단된 다리를 해부하여 가장 미세한 힘줄까지 잘라 가며 아킬레스건을 발견한 『방랑자들』의 등장인물 필립 페르헤이언처럼 내가 쓰는 모든 글에서 나의 내밀한 분열의 경험을 가장 기본적인 단위들로 잘게 쪼개어 분석하려고 노력합니다. 나는 이런 식의 소외감에 특히 익숙합니다. 소외감은 항상 나를 구성하는 근간이 되어 주었고, 다행인지 불행인지 모르겠지만 이러한 감정을 바탕으로 내 정체성이 완성되었기 때문입니다.

인간의 경험에서 자전적 이력을 강조하기를 즐기는 사람들은 정치적 협정과 조약에 의해 고향을 떠나야만 했던 동쪽 국경지대의 주민들이 겪은 역사적 경험을 "위대한 추방의 유산"이라고 주장했고, 그렇게 얼마의 시간이 흐른 뒤에는 가족들의 이야기 속에서 이러한 추방의 내력을 무의식적으로 신화화했습니다.

내가 느끼는 소외감의 또 다른 원인은 어쩌면 우리 가족이 너무 잦은 이사로 인해 어느 곳에도 뿌리를 내린 적이 없다는 것, 그래서 실제로는 '어딘가로부터' 왔다고 말할 경험이 전무하다는 사실 때문일 수도 있습니다. 이러한 특별한 상황은 우리 가족에게 특정 사회나 공동체로의 유입을 끊임없이 강요했고, 그로 인해 우리 가족은 본질적으로 계속해서 이방인일 수밖에 없었습니다.

이 모든 상황을 단순히 '뿌리로부터 벗어남'이라고 정의할 수도 있습니다. 하지만 내가 느끼는 이 불편한 감정의 원인을 스스로 조사해 본 결과 이것은 개인 삶의 이력이나 시대적인 동요의 문제를 초월하는 보다 근본적이면서, 나아가 실존적이고 인간적인 속성을 내포하고 있음을 확인할 수 있었습니다. 오늘을 살아가는 내게 '소외 혹은 결핍에 대한 자각'이란 인간의 조건과 인간으로서 겪는 시간적 체험, 그리고 과거와 접촉하는 인간의 능력을 대변하는 근본적인 실존적 범주로 다가옵니다. 그리고 그것은 결국 문화를 구성하는 근간이라고 할 수 있습니다.

소외 혹은 결핍에 대한 자각은 아마도 심오한 심리적 차원을 내포하고 있을 것입니다. 왜냐하면 우리는 태어나는 순간 '어머니의 몸'이라는 가장 안전한 피난처로부터 떠나올 수밖에 없는 존재이기에 출생을 일종의 추방으로 간주하기 때문입니다. 안개 저편에 펼쳐진 낙원, 순수한 균형과 안정의 공간, 아직 서로 차별화되지 않았기에 모두가 순결한 존재였던 이상향을 우리가 여전히 기억하고 있음을 인류의 오래된 신화들이 보여 주고 있습니다. 그것은 우리가 아직 자신의 고유성을 발견하지 못했던 시절, 그러니까 우리가 세상에 온전히 속해 있지 않다는 사실을 매 순간 상기시켜 주는 '나'라는 존재의 고통스러운 경계를 깨닫기 이전의 상태를 의미합니다. 그러므로 전통이나 집단적 기억, 나아가 뿌리로부터 떨어져 나올 때 우리가 느끼는 고통은 낯선 소외의 경험을 극복하기 위한 일종의 응축된 파생적 자기방어 메커니즘이라고 할 수 있습니다.

『야쿠프의 서』는 근본적이면서 형이상학적인 이러한 느낌을 형상화하는 데 온전히 헌신한 작품입니다.

영감 셋. 유대인들

1997년, 아니면 1998년 겨울, 나는 비드고슈치 혹은 토룬에 있는 헌책방에 들렀다가 푸른색 표지에 '주님 말씀의 경전'이라는 제목이 적힌 두 권의 얇은 책을 집어 들었습니다. 그 순간 내게 어떤 직감이 떠올랐는데요…… 그 이야기는 잠시 뒤에 하겠습니다. 지금은 그보다 조금 더 오래전의 시간으로 돌아가 봅시다.

내가 바르샤바에서 심리학 전공을 막 시작한 시기인 1980년대 초 폴란드계 유대인들이 보유한 과거의 유산과 부동산에 대해 사회적으로 커다란 관심과 이목이 집중되었던 정치적, 문화적 요인들에 대해서는 굳이 이 자리에서 이야기할 필요가 없을 듯합니다. 아무튼 그 무렵 지금까지 굳게 닫혀 있던 저택의 창문들이 열리기 시작하면서 아이작 싱어의 작품이 재출간되었고(1978년 노벨 문학상 수상의 여파도 있었을 겁니다.), 부베르와 스홀렘의 저서들이 인쇄되었습니다. 그렇게 우리와 가장 가까운 '동거인들'의 역사가 우리 곁으로 되돌아왔는데, 과거에 억압받고 침묵을 강요당했던 만큼 더욱 단호하고 확실하게 복원되었습니다. 폴란드의 대표적인 문예지 《즈나크(Znak)》는 유대의 문화를 집중적으로 다룬 두 권의 특집호를 발간했고, 뒤를 이어 문예지 《세계의 문학(Literatura na Świecie)》 또한 같은 주제를 파고들었습니다.

우리 세대의 많은 이가 폴란드계 유대인의 문화적 유산을 상기하고 지속적으로 계승하려는 경향에 동참했습니다. 드디어 '유대성'이라는 개념이 홀로코스트와의 숙명적인 연관성을 탈피하기 시작했던 겁니다.

오늘날 돌이켜 보니 우리 세대가 '유대성'에 대해 그토록 매료된 이유는 바로 '결핍의 자각', 그러니까 우리를 끈질기게 괴롭혀 온 불편한 감정에서 기인한 듯합니다. 또한 단절되고 파편화된 불완전한 현실에서 우리가 필요로 하던 지속성에 대한 갈망에서 비롯되었다고 생각합니다. 그래서 몇 년 후인 1997년, 혹은 1998년의 어느 비 오는 날 비드고슈치 또는 토룬에 있는 헌책방에서 『주님 말씀의 경전』을 집어 들었을 때 나는 잃어버린 교각 중 하나를 되찾은 것만 같은 느낌이 들었습니다. 우리를 과거와 연결해 주는 다리를 지탱하는 교각 말입니다.

영감 넷. 프랑키스트들의 신학

프랑키즘의 초석이 된 『주님 말씀의 경전』을 읽었을 때 나는 그 안에 두 가지 차원의 이야기가 서로 절묘하게 얽혀 있다는 사실을 발견하고는 이 책에 푹 빠졌습니다. 첫 번째 차원에서는 훗날 프랑키스트(대부분의 이단 종파의 관습대로 그들도 정통파를 자처하며 스스로에게 이름을 부여했습니다.)라고 불리게 된 사람들의 믿기 힘들 정도로 다채로우며 심지어 사악하기까지 한 역사, 그들이 겪는 온갖 우여곡절과 카멜레온처럼 급변하는 운명, 그들의 열망, 크고 작은 혁명, 동시대인들에게 너무도 큰 충격을 안겨 준 관습의 개혁, 인물들의 화려하고 극적인 생애와 대조되는 현실 속 비루한 존재감, 한마디로 요약하면 인간의 삶을 구성하는 모든 본질적 요소들이 그 안에 담겨 있었습니다. 다른 한편으로는 책을 읽을수록 프랑키스트들의 독특한 세계관이 점점 그 모습을 드러냈는데, 그들의 영성의 틀은 당시 내가 알던 것, 또한 미루어 짐작할 수 있는 수준을 훌쩍 뛰어넘는 것이었습니다. 그들의 신앙 체계는 불확실하고 뭔가 불완전했지만 소탈하면서도 친숙한 어휘들(예컨대 '타인의 소행') 속에 조심스럽게 감춰져 있었기에 더욱 나를 놀라게 했습니다. 그렇게 나는 그 책 속에서 포돌리아[119] 출신 유대인 상인들이 신봉하던 이단 종교 그 이상의 뭔가를 감지할 수 있었습니다.

지금도 여전히 베일에 싸여 있는 프랑키스트들의 신학(관심 있는 분들에게는 파베우 마치에이카의 논문을 추천합니다.)은 당시 내게는 더욱 낯설기만 했고, 나는 프랑키즘이라는 종파가 그 전신이자 영감의 원천으로 알려진 사바타이즘[120]과 마찬가지로 영지주의[121]와 연관이 있다는 정도로만 알고 있었습니다.

신은 너무나도 멀리 있고 불가사의한 존재이기에 인간은 신

---

119 Podolia. 『야쿠프의 서』의 중심 배경인 이 지역은 과거에는 폴란드에 속했지만 현재는 우크라이나 영토다.

120 17세기에 활동하던 오스만 제국 스미르나 출신의 랍비 사바타이 체비(Sabbatai Zevi, 1626~1676)가 주창한 종파. 100년이 지난 뒤 프랑키즘을 창시한 야쿠프 프란크는 스스로를 사바타이 체비의 '환생'이라 선언하고 '메시아'를 자처하면서 체비의 사상에 따라 이슬람교를 받아들이고, 나중에는 세례를 받고 기독교도 수용한다.

121 선택받은 자에게만 주어지는 영적인 지식 또는 그 지식 위에 형성된 종교 체계를 주장하는 종교 사상이다.

과 소통하기 위한 방법을 갈구합니다. 이러한 방법 중 어떤 것은 상당히 기이하게 여겨질 수도 있습니다. 신은 우리와 너무 다른 존재, 다시 말해 평범한 인간의 개념으로는 이해하지 못하는 누군가 혹은 무언가이기 때문입니다. 우리 인간은 신과는 다른 언어를 사용합니다. 우리가 신을 보지 못하듯이 어쩌면 신 또한 우리를 보지 못할 수 있는데, 적어도 우리가 머릿속에 떠올리는 것과 같은 방식으로 신이 우리를 바라보지 않는다는 것만큼은 확실합니다. 그러므로 신의 주목을 받기 위해서는 관습을 뒤흔드는 위범 행위를 저질러야 한다고 프랑키스트들은 주장합니다. 우리가 신에 대해 할 수 있는 이야기는 사실 그리 많지 않습니다. 반복하지만 신은 인간 사고의 범주를 뛰어넘는 미지의 대상이니까요. 신에 대해 "좋다." 혹은 "나쁘다."라고 말하는 것은 실제로 신과는 아무런 연관도 없는 그저 우리의 중얼거림에 불과합니다. 프랑키스트들이 신을 가리켜 '빅 브라더'라고 부르는 것은 우리 현대인들의 시각에서 볼 때 이상하게 여겨질 수밖에 없습니다. 우리는 이러한 명칭에 대해 부정적인 인상을 갖지만 프랑키스트들에게는 어쩌면 가장 열렬한 의도를 나타내는 표현일지도 모릅니다. 신의 개별성과 분리적 속성, 이해 불가한 성향에도 불구하고 우리는 신과의 연결을 인지하고, 우리와 가깝게 지내는 모든 존재가 신이라는 걸 깨닫습니다. 형이상학적으로 분리되어 있음에도 우리는 서로에게 친족이자 형제입니다. 여기에 '아버지와 자식'이라는 표현에 담긴 가부장적 계층 구조 따위는 존재하지 않습니다. 신이 우리를 바라보거나 우리에게 눈길을 주기를 기대하지 않더라도 우리는 깊은 수렁에서 애타게 신을 부르며 "알 수 없는 신, 멀리 있는 신"이라고 말합니다.

프랑키스트들의 주장은 다음과 같은 관점으로 해석할 수도 있습니다. 진정한 신에게 이 세상은 뭔가 낯선 것입니다. 세상을 가리켜 '신의 배설물'이라며 신성 모독적인 주장을 서슴지 않는 어느 성스러운 텍스트의 한 구절처럼 신이 행하는 위대한 창조의 행위에서 세상은 어쩌면 신에게는 찌꺼기에 불과할지도 모릅니다.

하지만 이 세상에 규칙과 질서를 부과한 것은 또 다른 신, 그러니까 창조주(영지주의적 데미우르고스)이면서 질투와 복수심을 품고 있고 의심이 가득한 인간적인 신, 세속적인 신입니다. 우리에게 도덕성을 심어 주고 낙원에서 우리의 첫 부모와 함께 우리가 무조건 복종할 수밖에 없는 이 모든 게임을 설계한 존재가 바로 그였습니다. 감히 위대함을 꿈꾸는 작고 보잘것없는 것들의 신. 바로 그 신이 우리가 어떻게든 빠져나오려 몸부림치는 세상의 덫에 우리를 가두었습니다.

우리에게 재림해서 우리를 자유롭게 해 줄 메시아는 육신의 형체를 가졌으나 세상 밖으로부터 오셨습니다. 메시아는 앞서 언급한 두 개의 신성 사이에서 협상과 중재를 시도하는 존재입니다. 그는 순결하고 깨끗한 존재이지만 부패한 세상에 적응하기 위해 개가 자신의 냄새를 없애거나 벗어나려고 똥밭에서 구르는 것처럼 배설물 속에서 뒹굴어야 합니다.

따라서 메시아의 가르침은 세상을 다스리는 모든 질서를 약화시키는 위대한 전복, 위대한 파괴를 가져다줄 것입니다. 우리가 당연하게 여겼던 모든 것이 완전히 뒤집힐 것입니다. 좋은 것이 나쁜 것이 될 수도 있습니다. 혹은 우리가 좋지 않다고 여겼던 것이 스스로를 정당화하며 지금까지와 사뭇 다른 심오한 의미를 드러낼 수도 있습니다. 세상은 우리가 생각하고 서투른 감각으로 재단하는 것보다 훨씬 복잡합니다. 남자-여자, 낮-밤, 이것-저것과 같은 단순한 이분법은 사라지게 될 것입니다. 이분법의 사이, 틈바구니에 놓인 세계가 구원을 받게 될 것입니다.

프랑키스트들의 종교 체계에서 인간의 임무는 주어진 세상에 반항하고 세상과 불화하는 것입니다. 즉 가톨릭이나 정교회의 강령과는 상반된 입장을 취합니다. 메시아의 강림을 기다리면서 인간은 세상의 질서에 의문을 제기해야 하며, 세상이란 우리를 노예로 만들기 위해 데미우르고스가 만든 시스템이라고 인식해야 합니다. 비록 내부의 저항이나 반발을 불러일으킬지라도 신자라면 가장 명백하고 당연한 사실조차 의심할 의무가 있다고 그들은 주장합니다. 그들에게 신앙이란 세상과 당당히 맞서는 위대한 실천을 의미합니다.

인식론적인 의미에서 우리는 조각난 파편들 속에서 세상을 보고 있으며, 그 조각들을 하나로 결합시키지 못하고 있습니다. 거대한 코끼리의 일부만 목격한 학자들이 각자 자신이 본 것이 코끼리의 전체라고 우겨 대는 유명한 우화처럼 말이죠. 영지주의자들은 그노시스[122]를 주장하는데, 이는 인간의 지식과 정신의

---

122 gnosis. 그리스어에서 비롯된 단어로 영적 인식, 영지, 신비
    적 직관을 의미한다. 종교적으로 하느님의 신비를 아는 지
    식이 구원을 가져다준다는 의미로 해석되어 초대 교회 시
    대에 쓰였다.(1~4세기) 여기서 영지주의가 생겨났는데, 결

잠재력에 드리워진 무지의 베일을 뚫고 궁극적인 인식을 달성할 기회가 주어졌다고 믿는 것입니다.

영지주의와 관련된 나의 탐구는 대학 시절, 그러니까 아주 오래전부터 시작되었습니다. 그 무렵 나는 종교학을 전공하고 싶었고, 나중에는 신학까지 연구하고 싶었습니다. 구체적으로 명명하기 힘들고, 직관적이며, 형이상학적인 것들을 대하는 인간의 무궁무진한 아이디어에 매료되었으니까요. 그러다 결국 심리학을 택하게 되었는데 훗날 돌이켜 봐도 나쁘지 않은 선택이었다고 생각합니다. 심리학이란 맥락과 해석, 의미에 대한 감수성까지 포괄하는 광범위한 학문 분야니까요. 전공과 관련해 제법 방대한 내 서가의 시작은 한스 요나스[123]였습니다. 나는 그의 책들을 여러 번 읽었는데, 그중 한 권은 거의 너덜너덜해질 정도로 독파했습니다.

내 직감에 따르면 어린아이 같은 신앙으로 충만했던 초대 기독교 사상을 포함해 이교도적 요소들이 아직 남아 있던 초기의 보편 종교들, 명확하면서도 낙관적 성향을 보인 이러한 종교들의 이면에는 일종의 대안적인 사상의 흐름이 묵묵히 흐르고 있었는데 그게 바로 그노시스였습니다. 뿐만 아니라 나는 이 두 개의 흐름, 즉 밝음과 어두움, 수용과 저항이 마치 『마의 산』에 등장하는 나프타와 세템브리니처럼 서로 긴밀하게 대화를 나누고 있는 게 아닐까 하는 생각이 들었습니다. 그리고 이러한 대화를

국 이원론으로 흘러 창조와 구원을 분리해서 인식했다.
123 Hans Jonas(1903~1993). 생태주의 철학자이자 책임 윤리의 창시자인 독일 학자다.

토대로 인류 역사에 관한 상당한 분량의 이야기를 써 볼 수 있지 않을까 궁리하게 되었습니다.

영지주의는 결코 사라지지 않았으며 수많은 사상적 흐름의 기저에 언제나 존재하고 있습니다. 다만 자기 모습을 감추고 위장하는 능력이 탁월하므로 우리가 철학적, 종교적 측면에서 주의 깊고 예리하게 역사를 들여다봐야만 비로소 발견됩니다.

세상에 대한 영지주의적 접근 방식이 이따금 표면 위로 모습을 드러낼 때가 있는데, 그럴 때 그것은 활기를 되찾고 반성과 성찰, 패러다임의 전환, 혁명이나 대변동을 촉발합니다. 이 두 가지 힘(표면 위에 있는 것과 표면 아래에 있는 것)은 어떻게든 서로를 보완합니다. 서구 세계에서 결국 긍정적인 믿음을 강조하는 종교가 승리한 것은 아마도 정신 분석학자들이 '방어 기제'라고 적절하게 이름 붙인, 우리의 보편적인 몇 가지 정신적 성향 때문일 것입니다. (이것은 음모론의 일종이 아니라 동전이나 양탄자의 뒷면을 보려는 시도라고 할 수 있습니다. 자, 또다시 같은 은유가 반복되고 있는데요, 양탄자의 상단에 수놓인 패턴을 정확히 이해하려면 이처럼 이면을 들여다보려는 시도가 뒷받침되어야 합니다.)

영감 다섯. 계속되는 이야기

그리하여 나는 1997년, 아니면 1998년 초겨울 또는 늦가을에 비드고슈치 혹은 토룬에 있는 헌책방에 들렀다가 이상한 책, 정확히 말하면 공책을 연상시키는 흔치 않은 판형에 매끄러운 광택이 감도는 푸른색 표지가 인상적인 두 권의 얇은 책을 발견했습니다. 제목은 '주님 말씀의 경전', 얀 독토르가 편찬한 야쿠프 프란크의 강연록이었습니다. (야쿠프 프란크 본인은 '강연'보다는 '말'이라는 표현을 선호했습니다.)

나는 읽을수록 놀라움과 감탄을 금치 못하면서 겨우내 그 책을 한 단락 한 단락 곱씹어 가며 천천히 읽었습니다. 크리스마스 무렵에는 이미 프랑키즘과 관련된 책을 여러 권 소장하게 되었고, 봄이 되면서 내 서재에는 관련된 주제의 책들만 모아 놓은 별도의 책꽂이가 생겼습니다. 그때부터 몇 년에 걸쳐 서가는 계속 싹을 틔우며 점점 울창해졌습니다. 애초에 나는 이 이야기를 책으로 쓸 생각은 없었습니다. 그것은 그저 내 개인적인 연구의 일부였고, 온갖 종류의 이단, 표준에 부합하지 않는 영역, 일반적인 경계선을 넘어서서 당연한 규범에 반기를 드는 모든 것에 대한 나의 길고도 지속적인 애정의 발로일 따름이었습니다.

그러다 프랑키즘을 주제로 짤막한 에세이 한 편을 쓰게 되었고, 아직 출판된 적은 없지만 그때부터 나는 이 다채롭고 방대한 스토리를 온전히 전달하기 위해서는 다차원적인 시점의 소설 말고는 다른 방법이 없다는 걸 깨닫게 되었습니다. 역사적 사실과 허구를 전부 담을 수 있고, 등장인물들이 제각기 다른 관점에서 존재하게 해 주며, 재현된 세계의 장면들을 생생히 구축하게 만들어 주는 소설의 형식만이 이 이야기의 엄청난 무게를 지탱할 수 있다고 생각했습니다.

그런데 사실 야쿠프 프란크의 강연록보다 내 앞에 먼저 등장한 책이 있었으니, 마리아와 얀 립스키 부부의 탁월한 해설과 함께 출판된 베네딕트 흐미엘로프스키 신부의 『새로운 아테네』가 그것입니다. 나는 유년기와 청소년기에 백과사전 형식의 이 책을 즐겨 읽었습니다. 내가 왜 이 책을 이토록 끔찍이 아끼는지는 사실 나도 잘 모르겠습니다. 나는 『새로운 아테네』를 어디든 갖고 다니며 무작위로 페이지를 펼쳐 읽었습니다. 이 이야기는 나를 항상 즐겁게 만들고, 동시에 감동시켰습니다. 내가 『야쿠프의 서』에서 흐미엘로프스키 신부에 관한 이야기를 쓸 때 내 마음을 사로잡은 것은 바로 이 복합적인 감정이었습니다. 폴란드의 어느 외딴 지방, 후기 바로크 양식, 사제관의 작은 창문, 손으로 직접 만든 신부의 제의…… 나의 상상력은 베네딕트 신부를 너무도 사랑했습니다. 설명하기 힘든 어떤 방식에 의해 그와 내가 어딘지 모르게 서로 닮았다는 느낌이 들었습니다. 모호하기 짝이 없는 법칙을 찾아 끊임없이 헤매면서도 영원한 질서를 갈망하고 있다는 점, 믿음직하지만 바보스러우리만치 순진하며 항상 배움과 지식의 부족을 느낀다는 점에서 특히 그랬습니다. 베네딕트 흐미엘로프스키와 그가 살던 폴란드 남부의 소도시 피를레유프가 프랑키스트들과 관련된 사건들의 지형적 궤도에 들어맞는다는 사실을 발견했을 때 나는 이 인물을 내 책에 반드시 포함시키겠다고 결심했습니다. 그것은 소설의 세계를 만드는 데 가장 중요한 창조 원칙 중 하나인데, 만약 뭔가가 서로 관련된 것처럼 보인다면 틀림없이 연관성이 존재한다는 것입니다. 있음 직한 모든 가능성을 총동원해 보면 같은 시간, 같은 장소에 살던 이 사제와 내 등장인물들은 언젠가는 마주칠 수밖에 없는 운명이었습니다. 이러한 규칙은 바로크 시인인 엘주비에타 드루즈바츠카에게도 적용되었습니다. 첫째, 사제와 시인은 모두 같은 출판사에서 책을 냈습니다. 둘째, 드루즈바츠카는 여행을 즐겼으며, 프랑키스트들의 후원자인 카타지나 코사코프스카의 친구였습니다. 등장인물 간의 이러한 추정 가능한 연관성은 새롭게 맺어질 관계에 대한 또 다른 가능성을 열어 주었고, 나로 하여금 새로운 장면들을 구성하고 인물의 다양한 심리적 측면들을 연구 및 개발하도록 촉구했습니다.

작업대

마리오 바르가스 요사[124]는 이렇게 말합니다. "영감 같은 것은 없습니다. 영감이 화가나 조각가의 손을 이끌고 시인과 음악가에게 시상이나 악상을 제공할지는 모르지만 소설가는 결코 그런 식의 체험은 만끽하지 못합니다. 뮤즈가 그를 무시하고 지원을 거부하므로 소설가는 불굴의 인내와 노동으로 만회할 수밖에 없습니다. 영감이라는 신성한 힘은 내게 한 번도 임한 적이 없습니다. 글자에 옮겨진 음절 하나하나는 내게 피나는 노력과 대가를 요구했습니다."[125]

---

124 Mario Vargas Llosa(1936~). 페루 출신 소설가로 2010년 노벨 문학상을 수상했다. 대표작으로 『녹색의 집』, 『도시의 개들』 등이 있다.

125 Mario Vargas Llosa, "Sekretna historia pewnej powieści", in *O czytaniu i pisaniu. Wybór esejstyki*, trans. by Tomasz

마리오 바르가스 요사의 주장은 꽤 타당합니다. 나는 프랑키 즘이라는 주제로 글을 쓸 준비를 하고는 있었지만 열정이 없었고, 모자랄 정도로 순진했습니다. 지식의 부족, 그리고 나의 주인공들이 사용하는 언어(이디시어, 히브리어, 라디노어[126])에 대한 나의 무지를 어렴풋이 깨달았고, 스스로가 역사에 대해서, 그리고 이제부터 다루려는 소재의 방대함과 초국경적인 측면에 대해서 지금껏 별로 관심이 없었다는 사실을 실감할 뿐이었습니다.

강박 관념에 사로잡힌 많은 이가 그러하듯 나도 작업을 시작하기 전에 매우 세세하게 준비하곤 합니다. 일이 년에 걸쳐 내가 쓰게 될 이야기와 관련된 자료를 탐독하는 것은 물론이고, 늘 주제에 골몰하면서 가벼운 집착, 심지어 노이로제의 일종이라고 할 특별한 심리 상태에 빠져들기도 했습니다. 그것은 상상의 세계 전체가 내 정신에 별도의 방을 만들어 자리 잡기 시작하는 상태, 그러니까 특별한 중재 없이도 곧바로 상상의 세계에 접속할 수 있는 상태를 말합니다. 덕분에 나는 내 안에서 생성되는 새로운 우주와 언제든 연결될 수 있었습니다. 첫 단계에서 그것은 비어 있는 황량한 공간, 그러니까 몇몇 세부 사항들과 오브제, 인물들의 흐릿한 형체가 여기저기 흩어져 있는 붉은 사막 같았습니다. 책들이 쌓여 있는 작은 탁자 앞에 강아지를 무릎에 앉힌 베네딕트 신부가 초현실적인 자태로 홀로 앉아 있고 주변에는 아무것도 없었습니다. 그러다 마치 암실에서처럼 인물들이 무에서

Findel(Gdańsk, 2017).(원주)
126 스페인계 유대인이 쓰는 스페인어의 방언, 히브리 문자로 쓰였다.

서서히 모습을 드러내며 조금씩 세부적인 항목들을 갖추기 시작했습니다. 하지만 그들은 아직 서로 연결되지 못하고 미완성인 상태로 남아 있었습니다.

『야쿠프의 서』를 본격적으로 쓰기 시작한 것은 헤이그와 관련이 있습니다. 육 개월간 지원금을 받아 그곳에 머물면서 『죽은 이들의 뼈 위로 쟁기를 끌어라』를 집필했는데 그때 나는 두 개의 작업대를 마련했습니다. 그중 하나에는 『죽은 이들의 뼈 위로 쟁기를 끌어라』에 대한 메모들이 놓여 있었고, 다른 하나에는 『야쿠프의 서』와 관련된 지도와 그림, 관련 서적 들이 펼쳐져 있었습니다. 먼저 나는 방대한 분량의 자료들을 소화하기 위해 노력했습니다. 공간적, 시각적 상상력을 동원해 지도와 여행 경로, 인물 관계도와 가계도를 스케치하며 저녁나절을 보내곤 했습니다. 수백 장의 포스트잇에 이름을 적고, 미래의 등장인물 간의 관계나 유대를 재현, 또는 창조해 보았습니다. 아직 세상에 존재하지 않는 어떤 대상의 유령과도 같은 허상 속에서 골격을 설계하는 작업에 참으로 많은 시간이 소요되었습니다. 잠이 잘 드는 적절한 자세를 찾기 위해 필사적으로 애쓰며 침대에 몸을 던져 보지만 끈질기게 우리를 괴롭히는 불면증처럼 말입니다.

추정, 즉 눈의 오류와 귀의 오류

추정은 텍스트 비평 분야의 한 개념으로서 과거에 작성된 텍스트를 현대적으로 수정하는 것을 의미합니다. 주로 파피루스 또는 양피지에 쓰인 텍스트가 그 대상이며 손으로 직접 필사하는 과정에서 실수와 오류가 있을 것이라고 가정하는 데서 시작됩니다.

위키피디아는 이 개념을 보다 명확하게 설명합니다. "상당수의 오류가 전형적인 몇 가지 유형에 속한다는 사실을 아는 것은 우리가 오류를 인지하는 데 도움이 된다. 이러한 전형적인 유형에 추가할 수 있는 항목 중 하나가 바로 '눈의 오류'(눈앞에 놓인 사본을 필사자가 그대로 옮겨 적는 과정에서 발생)와 '귀의 오류'(필사자가 다른 사람이 구술하는 텍스트를 듣고 기록하는 과정에서 발생)다. 그러나 대부분의 경우 오류 발생의 첫 번째 징후는 주어진 텍스트에서 논리적 일관성의 부족함이 드러나는 것이다."

나는 이 추정의 개념을 좀 더 광범위하면서 상징적인 방식으로 적용해 보았습니다. 과거로부터 우리에게 전해 오는 이야기에는 통상 구멍이 잔뜩 뚫려 있습니다. 우리가 알 수 있는 건 과거에 그 이야기를 기록한 누군가의 관점에서 중요하다고 판단된 항목들, 즉 선별된 세부 사항뿐입니다. '중요하지 않다.'라는 기준은 종종 문화적 맥락에 따른 평가에 좌우되곤 합니다. 가장 간단한 예는 역사의 실제적이고 유일한 주체는 남성이라고 여기던 남성 역사가들이 여성보다는 남성의 참여와 기여를 역사에 훨씬 많이 기록했다는 사실을 들 수 있습니다. 이처럼 역사적 기록은 가부장적이며, 역사에 끼친 여성의 역할을 간과하곤 합니다. 널리 통용되는 역사 인식을 살펴보면 실제 사회적 과정의 작동을 고려하기보다 한 사람의 뛰어난 대리인의 확신에 근거하는 경우가 많습니다. 이처럼 각 시대에는 세계를 인식하는 저마다의 고유한 '안경'이 있습니다.

그동안 수집한 문서와 자료들이 내게는 어쩐지 불완전하게 느껴졌습니다. 거기에는 인물들의 일상생활, 다시 말해 그들이 무엇을 먹었는지, 어떤 옷을 입었는지에 대한 정보는 아예 없었습니다. 어떤 냄새도 없었고, 극단적인 경우를 제외하면 기후의 변화조차 기록되어 있지 않았습니다.

수많은 구멍과 파편을 발견하는 고통스러운 체험 속에서 내 앞에 제시된 우주에 일정한 연속성과 지속적 흐름을 부여하는 과정을 나는 '추정'의 방식이라고 명명했습니다. 역사적 사실을 토대로 그 주변에 통합적인 서사를 구축하면서 동시에 그 역사적 사실을 최대한 존중하는 것, 그것이 나의 임무라고 생각했습니다. 어떤 사실이나 사건을 이해할 수 없거나 심리적으로 받아들이기 어려운 경우에는 최후의 수단으로 인용문을 활용했습니다.

오늘날 나는 이러한 추정의 구성 방법이 역사 소설을 쓰는 데 큰 도움이 된다고 확신합니다. 역사 소설의 임무는 결국 세상에 대한 우리의 경험에 연속성을 부여하는 것이니까요.

세부 항목들의 우월성

소설을 쓰기 위해 각종 문서와 자료, 교재와 연대기, 회고록 등을 독파하면서 나는 필사적으로 세부 항목들을 찾아 헤맸습니다. 세상은 세부로 이루어져 있다고 나는 확신합니다. 하지만 이와 동시에 '일반화'라는 필터를 거쳐 묘사되는 경우가 대부분이므로 우리가 창조하려는 세상을 어떤 방식으로 구성할지 세심하게 고민해야 합니다. 어떤 소설에서는 맛이나 냄새, 재료의 질감, 가구 또는 도구, 색상과 촉감이 누락되어 있습니다. 나는 사람들이 무엇을 먹고(이따금 아주 두꺼운 소설인데도 불구하고 어느 페이지에서도 등장인물들이 아침밥 먹는 장면이 등장하지 않는 경우가 있는데, 아마 그 책의 인물들은 허공에 살고 있나 봅니다.), 무엇을 입고, 어디에서 자고, 그들의 신발은 어떤 모양인지, 창문을 열고 바라보는 풍경은 어떤지 궁금합니다. 그들이 저녁마다 몸을 씻는지, 아니면 아예 씻지 않는지, 자식들을 무릎에 앉히는지, 감기에 걸렸을 때 치료법은 무엇인지 궁금합니다. 또한 나는 풍경과 식물, 동물에도 관심이 많습니다. 어느 지역의 식물에 대해 모르면 그 세계를 제대로 설명할 수 없습니다. 하늘의 크기나 강물의 빛깔을 몰라도 마찬가지입니다. 그러므로 내가 재창조하려는 세계의 생생한 질감을 느끼기 위한 답사 여행, 그것이 『야쿠프의 서』를 쓰는 과정에서 중요한 부분을 차지하리라는 건 이미 처음부터 자명한 일이었습니다.

나의 첫 번째 여행지는 당연히 포돌리아였습니다. 2009년 초가을 남편과 나는 이미 상상 속에서 구축되어 있는 세계의 경계선을 직접 느끼기 위해 리비우를 지나 동쪽으로 향했습니다. 그리고 동쪽 즈브루치강과 남쪽 드니에스테르강 유역까지 갔습니다. 우리 지도에는 원전인 『주님 말씀의 경전』에 등장하는 수십 개의 장소가 표시되어 있었습니다. 그렇게 이곳에서 저곳으로 지그재그를 그리며 여행을 했는데, 답사를 거듭할수록 자꾸만 결핍을 실감했고 우울감에 시달리게 되었습니다. 왜냐하면 내가 여행한 그곳에는 아무것도 없었으니까요. 내가 기대했던 어떤 것도 없었고, 흥미롭긴 하지만 예상과는 전혀 다른 세계가 펼쳐져 있었습니다. 우리는 낯선 사람들을 보았습니다. 그리고 9월의 햇살 속에서 빛나던, 먼지에 휩싸인 수많은 소도시와 작은 마을을 보았습니다. 두서없고 볼품없는 포스트 소비에트 스타일의 건물들, 폐허가 된 성당과 시나고그들, 잡초가 무성한 공원과 아무렇게나 지어진 현대식 문화의 전당, 갈라진 틈으로 풀이 잔뜩 돋아난 아스팔트 광장. 유대사 연구로 유명한 알렉산데르 크라우스하르의 저서나 『주님 말씀의 경전』, 그리고 가족사를 통해 알던 장소들, 이미 너무 많은 상상이 가미된 그 장소들은 실제로 가서 보니 금속이나 플라스틱 조각들만 뒹구는 황량하고 서글픈 식민지나 다름없었습니다.

처음에는 처절한 절망감이 밀려왔습니다. 이럴 거면 굳이 집을 나설 필요도 없었고, 사진이나 영화를 보든지, 아니면 위키피디아에서 포돌리아 지방의 동식물에 관한 정보를 검색하는 것으로 충분하지 않았을까 하는 후회도 들었습니다. 하지만 결국 나는 절망의 한가운데에서 내 바람과 기대가 너무도 유치했음을 인정하게 되었고, 이를 극복하기 위해 일종의 '시각 훈련'을 시작했습니다. 그리하여 바람결에 풀잎이 흔들리는 코롤루프카[127]의 공동묘지를 바라보면서 뛰노는 아이들의 모습을 서서히 감지하기 시작했습니다. 무수히 많은 바큇자국이 찍힌 진흙길 위로

127 폴란드 동부, 벨라루스와의 국경 지대에 위치한 소도시다.

마치 신기루처럼 희미하고 어렴풋하게 낡은 수레들이 모습을 드러냈습니다. 오늘날에는 '리푸프카'라 불리는, 폴란드 북부에 위치한 피를레유프 지역을 여행하고 나서 나는 깊은 인상을 받았습니다. 근처에 흐미엘로프스키 신부의 사제관이 있는 성당은 내 이야기에서 가장 중요한 공간 배경 중 하나였습니다. 최근에 보수 공사를 했지만 여전히 사방이 막혀 있는 사원을 거닐며 나는 고고학자라도 된 것처럼 지금은 폐허가 된 옛 건물들을 머릿속에서 재배치해 보았습니다. 베네딕트 신부의 사제관은 어디쯤 있었을지, 그리고 지에두시츠키 가문이 자랑해 마지않던 '원예술의 기적'을 되살리기 위해 신부가 집요하게 가꾸고 보살피던 유명한 정원의 위치가 어디쯤일지 추정해 보았습니다. 우리는 드니에스테르강 유역의 쓸쓸한 고원 한복판에 차를 세웠습니다. 그 순간 과거 사바타이의 추종자들, 즉 정통을 자처하던 이단자들이 이바니에의 자치 공동체로 모여들 때 그들을 태운 수레가 틀림없이 이 길을 지나갔으리라는 걸 느낄 수 있었습니다.

그때부터 이 첫 번째 취재 여행을 포함한 이후의 모든 여정이 내게는 통찰력과 식견을 축적하는 계기가 되어 주었습니다. 이스탄불에 갔을 때는 인파로 득실대는 시장, 장사꾼 한 명이 겨우 들어갈 만큼 작은 노점들, 피라미드처럼 높이 쌓인 천연 향신료의 놀랍도록 다채로운 빛깔을 목격했습니다. 그러자 야쿠프 프란크의 시대 이후로 이곳은 거의 변한 게 없으리라는 사실을 추정할 수 있었습니다. 취재와 연구의 목적으로 공작석[128] 목걸이

---

128 구리의 원광이 되는 녹색 광석. 주로 장신구 원료로 쓰인다.

를 구매하고는 무려 두 시간 동안 상인과 실랑이를 벌여 보기도 했습니다. 가게 안으로 초대받아 주인과 몇 잔의 차를 마시며 이런저런 이야기를 나누고 목걸이 가격을 흥정하면서 야쿠프 프랑크 또한 지금의 루마니아 영토인 크라이오바에서 이와 유사한 방식으로 자신의 보석을 팔았겠구나 하는 상상을 해 보았습니다. 정리하면 나는 두 차례에 걸쳐 대규모 우크라이나 답사를 다녀왔는데, 한 번은 옛 왈라키아 지방과 그 주변의 터키어권 영토를 돌아보는 여정이었고, 두 번째 답사에서는 모라비아 지방에서 출발해 한때 유럽 프랑키스트들의 중심지였고 지금은 저명한 디자인 학교가 들어선, 과거의 모습이 비교적 잘 보존된 이젠부르크성이 있는 마인강 유역의 오펜바흐까지 둘러보았습니다.

작품 속에 세부 항목들을 담아내는 작업에 대해 잘 설명해 주는 에피소드가 있습니다. 나는 『야쿠프의 서』에서 여성들이 함께 모여 바느질하는 장면을 묘사했습니다. 한창 그 장면을 써 내려가던 중 문득 뾰족한 쇠바늘 끝에 반사되어 반짝거리는 촛불에 대해 쓰고 싶다는 생각이 들었습니다. 나는 이 구상이 몹시 마음에 들었지만 어쩐지 마음에 걸리는 부분이 있어 책에서 확인해 봤습니다. 그랬더니 당시 그 지역에서는 쇠바늘이 아닌 뼈나 나무로 만든 바늘을 사용하고 있었습니다. 나는 아쉬움을 가득 안은 채 바늘 끝에서 영롱하게 빛나는 촛불의 광채를 포기해야 했습니다.

스크래치 카드와 콜라주 방식. 그리고 통찰

마리오 바르가스 요사가 말했던 영감에 관한 이야기를 다시 한번 떠올려 봅시다. 영감은 존재하지 않습니다.

하지만 이제 나는 그의 견해에 동의하지 않겠습니다. 영감은 존재합니다. 단지 좀 더 현대적인 다른 단어를 찾으면 됩니다.

나는 '통찰'이라는 단어를 사랑합니다. 그것은 도저히 합리적이라고 보기 힘든 서술 방식을 고집한 나의 결정, 전형을 벗어난 상황이나 전개, 별난 선택을 할 수밖에 없었던 당위성을 상당 부분 뒷받침해 줍니다. 통찰은 갑작스러우면서 예상치 못했던 무언가에 대한 인식의 변화로서 새로우면서 깊고도 완전한 이해로 이어집니다. 통찰로 인해 처음에는 어렵기만 하던 사안이 뜻밖에 아주 간단해지기도 합니다. 내게 통찰이란 시간의 딜레마가 존재하지 않는 완결된 전체를 인식하는 것을 의미합니다. 이런 경우 통찰은 시간과 그에 따른 결과(인과 관계, 순서, 선형성에 따른 결과)를 하나의 전체로서 받아들입니다. 어떤 의미에서 보면 그 짧은 결실의 순간에 시간은 존재를 멈춥니다.

통찰을 체감하는 순간 우리 눈에는 모든 것이 한꺼번에 보입니다. 시작이 끝과 연결되면서 시간의 폐쇄된 순환 고리가 생성됩니다. 우로보로스[129]로 상징되는 이러한 고리가 만들어질 때 순간의 연속으로서 시간은 더 이상 존재하지 않게 됩니다. 전체

---

129 뱀 또는 용이 자신의 꼬리를 물어 삼키는 모양을 뜻한다. 무한을 상징하는 둥근 고리를 형상화한 것으로 무한대를 의미하기도 한다.

적인 세계, 일반적인 세계, 세부적인 세계가 한 번에 우리에게 주어지는 겁니다. 나보코프는 이것을 다음과 같이 설명합니다. "에고(ego)가 갇혀 있던 감옥의 벽이 갑자기 무너지면서 논에고 (nonego)[130]가 그 안에서 터져 나온다."

그래서 만약 여러분이 내게 글을 어떤 방식으로 정리하고 배열하는지, 다음에 무슨 일이 벌어질지 알고 있는지, 작품의 처음부터 끝까지 순서대로 글을 쓰는지 등을 묻는다면 아마도 나는 어떤 방식이든 상관없다고 대답할 것입니다. 왜냐하면 글을 쓸 때 나는 앞으로 내가 써야만 하는 것들이 이미 온전한 형태로 내 앞에 존재한다는 느낌을 자주 받으며, 나의 임무는 그저 덮여 있고, 숨겨져 있고, 가려져 있는 것을 발견해 내는 일이라고 생각하기 때문입니다. 그러므로 글쓰기란 결국 내가 참을성 있게 하나씩 지워 가며 발견해 나가는 스크래치 카드와 같은 것입니다. 전체적인 패턴 아래에 또 다른 패턴이 숨겨져 있는데 그것 또한 온전한 전체로서 표현되기를 내게 요구합니다.

반갑게도 나보코프는 이러한 나의 직감을 다음과 같은 글로 확인해 주었습니다.

순서라는 것은 단어와 문장들이 연속적인 페이지에 차례차례 적혀야 한다는 논리에서 비롯된 것이다. 독자가 어떤 책을 처음으로 읽을 때 그의 정신이 책을 관통할 수 있도록 어느 정도의 시간을 필요로 하

---

130 비아(非我), (주체에 대한) 객체, 외계를 뜻하는 철학 용어다.

듯이 말이다. 하지만 시간이나 사건의 연속성은 애초 작가의 머릿속에 존재하는 것이 아니다. 시간이나 공간의 어떤 요소도 작가가 본래 품고 있던 비전이나 영감을 좌우하거나 제어할 수는 없기 때문이다.

우리는 이야기의 각 시퀀스를 따로 떼어 내어 작업할 수도 있고, 특정한 장면의 시작이나 끝, 혹은 중간부터 써 내려갈 수도 있습니다. 이를 위해 필요한 건 그저 통찰의 순간에 이미 우리 눈앞에 모습을 드러낸 내면세계에 무한한 신뢰를 보내는 것뿐입니다. 언어는 순차적 현상이므로 다른 사람에게 비전을 전달하려면 역설적으로 순서와 선형성이 필요합니다. 단어와 문장의 경우에는 단선적인 흐름을 따르는 차례가 요구되지만, 비전은 어떤 경우에도 시간에 의해 중개되거나 선형적인 질서에 얽매이지 않습니다.

이제 내가 가장 좋아하는 글쓰기의 메타포 중 하나인 '결정화'에 대해 언급하겠습니다. 그것은 자유롭게 순환하는 입자들로 그득 찬 액체에서 벌어지는 신비로운 과정을 뜻합니다.

액체가 냉각되면 입자 일부는 결정의 씨앗으로 응고되고, 화학적 구조의 순서에 따라 또 다른 분자들이 이 결정체에 들러붙게 됩니다. 결정체 자체는 심사숙고의 결과물이지만 한편으로 그 고도화된 정렬 구조는 결정화의 축을 바탕으로 비교적 큰 힘을 들이지 않고도 자연스럽게 생성된다는 점을 나는 강조하고 싶습니다. 소설 또한 마찬가지입니다. 일단 시작점이 지정되고 결정화의 축이 세워지면 자유롭고 무질서한 입자들이 결정체의 질서에 따라 응집됩니다. 다시 말해 각각의 이미지와 단어, 은유가 내러티브의 질서에 따라 필연적으로 결합하는 것입니다.

기벽—특이한 관점 찾기

글쓰기에 대해 이야기할 때 내가 즐겨 사용하는 또 하나의 근본적인 개념이 있습니다. 바로 기벽입니다. 하지만 이 어휘는 모자를 고를 때의 취향이나 나이 많은 여성의 괴팍한 행동을 설명할 때 흔히 사용되는 개념과 구분해서 좀 더 폭넓은 차원으로 이해할 필요가 있을 듯합니다. 그것은 우리가 세상을 인식하면서 취하게 되는 특별한 입장에 대한 이야기니까요. 즉 중심과 주류를 넘어서는 것, 대중적이고 조화로우며 다수에 의해 널리 통용되는 일반적인 현실 경험을 벗어나는 것을 의미합니다. 기벽은 지금껏 보편적으로 받아들여지지 않던 시각에 대한 의식적인 탐색입니다. 그래서 자신만의 참신함과 새로움으로 무장한 채 그동안 주목받지 못한 것과 간과된 것들을 우리에게 보여 줍니다.

괴팍하고 기이한 성향을 충분히 갖고 있지 않은 사람은 좋은 작가가 될 수 없습니다. 그래서 기벽은 장려되고 소중히 다뤄져야 합니다. 중심에서 멀어지려는 이 원심적 경향만이 기존의 사회적 지평 너머에서 존재하고 벌어지는 일들을 포착하게 해 주기 때문입니다. 중심 또는 주류에 머무르려는 성향은 작가의 입장에서 볼 때 편리하고 안전한 선택이긴 하지만 창의성의 측면에서는 치명적이라고 할 수 있기에 현재 또는 미래의 작가들은 그 주류의 흐름으로부터 탈피하기 위해 자신을 제어해야 한다고 나는 생각합니다. 지적 주류만큼 창작자에게 위험한 것은 없으니까요.

사실주의 소설에서 종종 나타나는 비범하고도 형이상학적인 요소에서 나는 종종 이런 기벽을 발견합니다. 폴란드 문학사에서 비판적 리얼리즘의 전형을 이룩했다는 평가를 받는 장편 소설 『인형』에서도 내가 애착을 갖는 실례를 찾아볼 수 있습니다. 과학자 가이스트가 놀란 주인공 보쿨스키 앞에서 물보다 다섯 배나 가벼운 금속부터 시작해서 점점 더 가벼운 금속을 보여 주는 특이한 장면이 그것입니다. 작가인 프루스에게 이 장면은 왜 필요했을까요? 나는 정말 많이 고민했습니다. 프루스는 이 장면을 통해 우리에게 무엇을 이야기하고 싶었던 것일까요? 이 장면이 주인공에 대한 우리의 인식을 어떻게 바꾸었고, 소설 전체에서 갖는 의미는 무엇일까요?

『야쿠프의 서』에서도 이와 유사한 기묘한 서사가 등장하는데, 그것은 옌타의 존재와 관련이 있습니다. 존재와 비존재 사이에 머물며 서서히 결정체로 변해 가는, 유일하게 비이성적인 인물 옌타는 소설에서의 실체적 프레임, 즉 아리스토텔레스식으로 말하면 개연성을 초월하는 자신만의 특권을 가진 인물입니다. 기이한 옌타의 존재는 작품에서 직접적으로 드러납니다. 옌타는 서술된 이야기 전체를 우주적이고 보편적인 사건으로 만들고 시간과 공간의 질서에서 벗어나게 합니다. 옌타로 인해 독자는 특별한 파놉티콘의 관점을 갖게 됩니다. 그런데 이 모든 것이 역설적으로 소설의 리얼리즘을 더욱 견고하게 만들어 줍니다. 왜냐하면 보다 심오한 차원에서 고찰해 보면 세상에 대한 우리의 인식은 결코 사실적이지 않기 때문입니다. 우리는 세상을 수수께끼로 가득 차 있고 종종 측량할 수 없는 미지의 대상으로 여기며 직관적으로 해석합니다. 심지어 우리가 문학을 통해 세계를 일대일로 설명하려고 시도할 때조차 말입니다.

『야쿠프의 서』에서 이러한 고민에 대한 나름의 공식적인 해결책이 바로 기벽이고, 그 예로 히브리어 성서를 읽을 때처럼 '뒤에서부터' 페이지 번호를 매기는 구성을 들 수 있습니다. 이렇게 익숙한 기존 질서로부터의 변화를 꾀하는 것은 비록 다소 강압적이긴 하지만 독자를 안전한 공간에서 몰아내고 습관에서 탈피하게 함으로써 어딘가 저 너머에서 우리만큼이나 정당하고 합법적으로 존재하는 또 다른 존재, 또 다른 우주로 우리의 시선을 확장시켜 줍니다. 천문학자 카미유 플라마리옹의 책에 수록된, 원작자 불명의 유명한 목각화에 등장하는 '어느 선교사(un missionnaire)'처럼 말이죠.

책의 텍스트와 '막연하게' 연관된 삽화를 넣는 것도 이와 유사한 역할을 수행하도록 하기 위함입니다. 이러한 삽화들은 소설의 맥락을 바꾸거나 확장하는 또 다른 광활한 세계를 우리 눈앞에 펼쳐 보입니다. 내게 기벽은 창의적인 마음가짐의 핵심이자 정수입니다. 그래서 나는 내 기벽을 가꾸고 돌보고 보살피려 끊임없이 노력합니다.

문두스 아디우멘스

『야쿠프의 서』를 쓰는 동안 애타게 찾고 있는 무언가가 곧 내 앞에 나타나고 모퉁이만 돌면 바로 모습을 드러낼 것이라 믿으며, 나는 감겨진 실타래의 끝자락을 붙잡고 서서히 풀려 나가는 실을 따라가는 듯한 느낌을 받았습니다. 그리고 실제로도 그렇게 되었습니다.

글쓰기의 과정에서 내가 직접 겪은 현상, 특히 이 책을 쓸 때만큼 빈번하고도 강렬하게 체감한 그 기이한 현상을 말이나 글로 표현하는 게 과연 가능한지 모르겠습니다. 결국엔 자생적이고 주관적인 것으로 받아들여질 수밖에 없는 이 현상은 마치 외부의 어떤 독자적인 에너지가 내게 다가와서 서술된 이야기에 관여하겠다고 선포하는 것 같기도 하고, 어떤 강력한 세력이 나의 이야기에 가세해 창조의 난관에서 도움을 제공하려는 것처럼 느껴지기도 합니다. 이런 식의 묘사가 얼마나 황당하게 들리는지 나도 잘 압니다. 하지만 사실입니다.

실제로 누군가의 집에서 열리는 파티에 초대되어 갔다가 한 번도 아니고 여러 번 다음과 같은 체험을 한 적이 있습니다. 술잔을 들고 거실을 서성이다 무심코 책장에 꽂혀 있는 아무 책이나 집어 들고는 무작위로 페이지를 펼쳤는데 놀랍게도 거기서 내게 꼭 필요한 정보를 발견하는 체험. 지금껏 내가 몰랐던 어떤 인물이나 사건, 정보, 연관성이 바로 그 책 속에 있었습니다. 소설과 관련된 골치 아픈 문제를 해결하는 데 직접적인 도움을 주는 누군가를 우연히 만난 적도 여러 번 있었습니다. 소설의 배경과는 아무 상관도 없는 장소로 여행을 떠났다가 내가 그동안 전혀 파악하지 못했던 뜻밖의 단서를 발견한 적도 있습니다. 이런 상황에 놓이게 되면 우리는 우선 의심스러운 눈길로 주위를 둘러보게 마련입니다. 그러다 머릿속에 이런 생각이 떠오르게 됩니다. 어떤 이유에서인지는 몰라도 '세상이 이 책이 쓰이기를 갈망하고 있다.'라는 생각. 이러한 주장이 얼마나 터무니없게 들리는지 나도 잘 압니다. 뿐만 아니라 나를 정신 나간 사람처럼 보이게 한다는 것도 알고 있습니다. 하지만 그게 무슨 대수이겠습니까! 작가는 결국 예술가이고 예술가는 학자들보다 더 강한 기벽을 가진 사람들입니다. 그들이 궁극적으로 추구하는 건 학위증이 아니니까요.

내 주장에 권위를 더하기 위해 나는 라틴어로 다음과 같은 용어를 만들어 봤습니다. 도움을 주는 세계, 문두스 아디우멘스(mundus adiumens). 그 세계가 내 손을 잡고 나를 마치 마약의 황홀경에 빠진 듯한 경이로운 상태, 유쾌하지만 동시에 집요하며 통제하기 힘든 정신적 증세로 나를 몰아넣습니다. 그러한 상태는 중독성이 강합니다. 우리가 소설 속을 배회하는 여정에서 돌아왔을 때 모든 것이 다 지나갔다는 안도감을 맛보는 순간이 그토록 짧을 수밖에 없는 것은 그래서입니다. 정신의 이러한 상태는 분명 축복받은 상태입니다. 소설을 쓰지 않는 평소에는 그토록 애지중지 보살핌을 받던 '나'라는 존재가 소설 속에서 여행하는 동안에는 조그맣게 몸을 웅크린 채 의식과 무의식의 격렬한 실재에 휩싸이고, 언어와 이미지의 바다에 기꺼이 몸을 담급니다. 그러고는 미로 속 어딘가 깊숙한 곳에 숨겨져 있는 목표물에 도달하기 위해 그것을 휘감은 실의 끝자락을 부지런히 쫓아갑니다.

물론 나 자신을, 그리고 내 고유한 시간을 완전히 내던지는 것은 불가능합니다. 어떤 의미에서 보면 역사 소설은 작가의 현재에 그 뿌리를 내리고 있으므로 존재하지 않는다고 볼 수도 있습니다. 궁극적으로 역사란 과거에서 일어난 실제의 사건과 상상의 사건에 대한 끝없는 '사후 해석'이며, 이를 통해 당대의 시점으로는 보이지 않는 의미들을 현재의 우리가 포착할 수 있도록 만들어 주는 것이니까요.

그리하여 1997년, 아니면 1998년에 비드고슈치 혹은 토룬에 있는 헌책방에서 『주님 말씀의 경전』을 집어 들었을 때 나는 인생에서 가장 흥미롭고 심오한 지적 모험에 직면했습니다. 뭔가에 쉽게 매혹당하는 내 성향에 따라 나는 거의 무의식적으로, 그리고 순진무구하게 나 자신을 모험 속에 내던졌습니다. 상식과 이성, 그리고 그것들이 보내는 불평과 경고로 인해 새로운 세상을 창조하는 순수한 기쁨이 훼손되지 않도록 각별히 주의하면서 말이죠. 덕분에 나는 얼마 후, 일 년 뒤, 혹은 수년 뒤에 내가 만든 세상을 공유하게 될 것입니다. 다른 사람들과, 그리고 여러분과.

— 국립 우츠 대학교 강연 2

문학적 인물들, 두셰이코 케이스

소설을 쓴다는 것에 대한 생각을 나누기 위해 나는 벌써 세 번째로 여러분 앞에 섰습니다. 강연 요청에 응한 덕분에 지난 이십오 년 동안[131] 나 자신도 모르는 상태로 지나온 그간의 과정을 차분히 되돌아볼 구실과 이유를 갖게 되어 기뻤습니다. 나는 이 자리에서 글쓰기에 대해 논하면서 나만의 어떤 특별한 성향에 대해서가 아니라 좀 더 폭넓은 관점, 확실하면서도 신뢰할 수 있는 관점으로 접근하고 싶습니다. 그래서 강연 도중 내게 제일 익숙한 분야라고 할 수 있는 일반 심리학과 심층 심리학의 개념을 종종 끌어올 수밖에 없다는 사실을 우선 밝힙니다.

'문학적 인물'이라고 일컬어지는 이 신비로운 존재의 기원에 대한 나의 추론을 설명하는 오늘의 강의, 어느덧 마지막에서 두

---

131 토카르추크가 이 칼럼을 쓴 2018년은 첫 소설집 『책의 인
     물들의 여정』이 출판된 지 25주년이 되는 해였다.

번째에 해당하는 이 강의를 나는 마리오 바르가스 요사의 문장을 인용하며 시작하겠습니다.

소수의 문학적 인물들은 나와 실제로 연루된 뼈와 살을 가진 인간들보다 내 인생에 훨씬 많은 영향을 미쳤다. 물론 허구의 인물과 실존 인물이 함께 존재할 때 후자의 현실이 전자를 압도하게 마련이고, 보고 만질 수 있는 육체만큼 생생한 것도 없다. 하지만 두 범주가 과거와 기억으로 탈바꿈하는 순간 그 차이점은 사라지게 된다. 그럴 때는 종종 전자가 우위를 점령하게 되는데 실존 인물들은 우리 기억에서 때로 가차 없이 잊히기 때문이다. 반면 몇몇 문학적 인물들은 우리 상상 속에서 끊임없이 되살아나서 우리의 생기를 북돋우곤 한다. 책을 집어들고 펼쳐서, 주인공이 등장하는 바로 그 행을 찾으려면 최소한의 노력과 에너지가 필요한 법이기 때문이다.[132]

야니나 두셰이코가 바로 그런 인물입니다. 『죽은 이들의 뼈 위로 쟁기를 끌어라』는 사전에 계획된 책이 아니었습니다. 말하자면 어쩌다 보니 갑자기 착수하게 된 책이라고 할 수 있겠네요. 그렇다고 이 책이 무에서 비롯되었거나 철저한 공상의 산물이라는 건 아닙니다.

이제야 깨닫게 된 게 좀 이상하긴 하지만 이 책의 전반적인

132 Mario Vargas Llosa, "Wieczna orgia. Flaubert i Pani Bovary", in O czytaniu i pisaniu. Wybor eseistyki, trans. by Tomasz Pindel(Gdańsk 2017).(원주)

아이디어에서 첫 번째 키워드는 포르피린증[133]이었습니다. 그것은 일종의 혈액 질환으로 흡혈 증후군과도 연관이 있습니다. 그릇된 철분 관리로 야기되는 이 질병은 드물긴 하지만 증상이 특히 심한 경우 혈액을 향한 억제되지 않는 식욕을 유발하기도 합니다. 광선 공포증과 함께 빛을 받으면 쉽게 화상을 입는 피부의 백색화를 동반하고, 때로는 환각을 일으키는 신경학적 변화를 초래하기도 합니다. 이 책에 대한 아이디어는 '포르피린증.doc'이라는 제목의 파일에 담겨 꽤 오랫동안 내 컴퓨터에 보관되어 있었고, 나는 이따금 그 파일에 새로운 아이디어나 의견, 정보를 추가하곤 했습니다.

이것이 내가 일하는 방식입니다. 내 컴퓨터의 바탕 화면에는 '생성 단계에' 놓인 몇 가지 아이디어가 있는데, 나는 그 아이디어들이 저마다 넓어지고 확장될 수 있도록 동시에 작업합니다. 그러다 어떤 예상치 못한 사건이나 경험, 혹은 특정한 요인이 발생해 그중 하나에 좀 더 많은 관심이 쏠리면 그때부터 해당 작업에 좀 더 많은 시간을 투자하게 됩니다.

그러다 어느 순간 포르피린증을 앓는 나이 든 노파, 두 쌍둥이 딸의 어머니이기도 한 늙은 여성이 '포르피린증 프로젝트'의 두 번째 구성 요소로 등장했습니다. 딸들은 외딴 시골에서 여름

---

133 혈액 속의 포르피린 대사에 장애가 일어나서 효소 결핍을 일으키는 유전자 결함의 형태. 구토와 변비가 동반되는 복통을 일으키기도 하고, 햇볕에 노출된 후 살갗이 심하게 벗겨지거나 물집, 흉터, 얼굴의 색소 침착 등 피부 질환을 유발하기도 한다.

휴가를 보내기 위해 어머니 집을 방문할 예정이었습니다…….
이 모든 일이 내가 너무나 잘 알고, 또 사랑하는 크워츠코 계곡
의 우울한 풍경 속, 안개 낀 고원에 위치한 내 집 서재에서 시작
되었습니다. 그렇게 나는 점점 노파의 입장이 되어 기침을 하고
말을 더듬으며 늙은 여성의 목소리를 찾기 시작했고, 그다음에
는 그녀의 생각과 사고방식을 받아들였고, 나아가 그녀가 세상
을 보는 방식을 터득하게 되었습니다. 그렇게 두셰이코는 나도
모르는 나 자신의 모습을 드러냈습니다. 나는 그녀에게로 들어
갔고, 그녀의 눈동자는 내 안경이 되었으며, 나는 갑자기 모든
것을 야니나의 눈으로 볼 수 있게 되었습니다. 두셰이코의 시선
에 포착된 계곡의 어둠, 암울한 분위기, 그녀의 프레임으로 하나
둘씩 들어오는 낯선 인물들……. 만약 내가 거기서 멈췄더라면
아마도 호러 소설을 썼을지도 모르겠습니다.

야니나 두셰이코의 실체가 점점 뚜렷해지고 그녀와 심리적
으로 가까워질수록 나는 점점 더 그녀를 좋아하게 되었습니다.
어느 순간부터는 그녀를 호러물의 여주인공으로 캐스팅하고 싶
지 않다는 생각이 강해졌습니다. 두셰이코는 내게 반드시 수행
해야만 하는 임무를 주었습니다. 그녀의 별나고 두드러진 성향
은 행동을 통해서만 드러날 수 있었습니다.

그러자 뜻밖에도 내가 꽤 오랫동안 다루지 않았던 사안과 플
롯들(예를 들면 윌리엄 블레이크)이 내게로 돌아왔습니다. 생각,
사소한 인식, 대담한 가설, 기괴한 이론이 계속해서 나를 찾아왔
습니다. 나는 기쁜 마음으로 갈수록 많은 단서를 찾아냈습니다.
구체적인 이름과 성은 확보했지만 어느 지방 출신인지 잘 기억나

지 않는 야니나 두셰이코가 크워츠코 계곡 어딘가의 공터에 앉아서 앞으로 무슨 일이 벌어질지 조용히 기다리고 있었습니다.

지금껏 내가 갖고 있던 다양한 나만의 특성, 스스로 인정하기 힘들었던 어떤 고유한 성향을 그녀에게 투영했다고 말하기는 어려울 듯합니다. 학식이 높은 지적인 무리와 어울리며 만들어진 특징은 더욱 그러합니다. 그보다는 지금껏 겉으로 표출되지 못한 무언가가 밖으로 빠져나오기 위해 구멍을 냈다고 표현하고 싶습니다. 그것은 마치 단단한 바위에 구멍을 뚫은 물방울과도 같았습니다. 윤곽만 드러나 있는 인물의 어렴풋한 이미지에 줌 렌즈를 들이대기라도 한 것처럼 어느 순간 그 이미지가 선명해지고 강렬해지더니, 갑자기 세부 항목을 드러내며 고유한 형태를 갖추어 나가기 시작했습니다.

의인화

문학적 인물이 탄생하는 놀랍고도 경이로운 과정에 대해 고찰할 때 우리가 고려해야 할 용어가 바로 의인화입니다. 나는 미국의 심리학자인 제임스 힐먼의 정의에 따라 의인화의 개념을 이렇게 이해하고 있습니다. 무언가의 내적인 이미지와 그 복합체들을 자연스럽게 경험하고 또 상상하면서 말이나 진술을 통해 그것을 정신적인 현존으로 표현하는 것. 그러니까 의인화는 우리와 선택적으로 유사성을 지닌 인간 또는 비인간적 존재를 생성하는 일종의 정신 활동입니다. 즉 일종의 '투영'인 것입니다.

존재론적 토대와 상관없이 현실을 작동시키고 변화시키는 뭔가가 실재한다고 가정하면 작가의 허구가 오히려 작가의 자아보다 현실적이며, 대부분의 경우 창작자 본인보다 훨씬 더 일관성 있고 설득력 있게 느껴지곤 합니다. 작가의 개인사는 별다른 흥미를 끌지 못하지만 그들이 창조한 매력적인 인물들이 독자들로부터 오랫동안 사랑받는 사례를 우리는 문학사에서 얼마든지 발견할 수 있습니다. 예를 들어 우리는 『인형』의 작가 볼레스와프 프루스보다 작품의 주인공인 스타니스와프 보쿨스키에 대해 훨씬 많은 정보를 알고 있습니다. 작가는 언젠가 죽게 마련이고, 그들의 존재는 허공 속에서 먼지처럼 흩어져 버릴 테지만, 작가가 창조한 등장인물은 꿋꿋이 살아남아 활동을 지속합니다. 이 모든 것은 우리가 내면에서 일어나는 어떤 사건을 외부로 드러내 보일 때 그 내용에 생명력을 불어넣고 인성을 부여하는 특별한 '사고방식'이 존재한다고 보는 근본적인 개념에서 비롯된 것입니다. 이러한 사고방식이 바로 의인화입니다.

고대 그리스의 전통에서 의인화는 세상을 이해하기 위해 꼭 필요한 수단으로 여겨졌습니다. 예를 들어 그리스인과 로마인은 희망이나 정의, 적절한 타이밍 같은 추상적인 개념에 영적인 권능을 부여하곤 했습니다. 신화가 탄생하고 신들이 등장하게 된 근본적인 이유가 바로 여기에 있습니다.

그러나 야나나 두셰이코는 신성과는 거리가 먼 존재입니다. 그녀는 늙었고, 단정치 못하며, 손톱에는 때가 꼈고, 집 안도 늘 엉망진창입니다. 인생에서 성공을 거두지 못했고, 말년에 혼자 남겨졌으며, 성격도 괴팍하게 변했습니다. 그녀는 세상으로부터 조롱과 무시를 당하는 점성학에 골몰합니다. 그 과정에서 최신 점성학 이론에 매달리기보다는 자신만의 일탈과 기벽을 키워 갑니다. 한때 시리아에서 교각을 건설했던 이 은퇴한 건축가는 지금은 시골 초등학교에서 시간제로 영어를 가르치고 있습니다. 암캐 두 마리와 함께 살면서 이웃들의 여름 별장을 관리하는 일도 합니다. 그녀는 몸이 불편하지만 정확한 병명은 밝혀지지 않았습니다. 그저 심각한 중증 질병을 앓고 있으리라고 짐작할 수 있을 따름입니다. 두셰이코는 자신에게 시도 때도 없이 고통을 안겨 주는 증세라는 프리즘을 통해 세상을 바라보고, 그 증세에 나름의 형이상학적 의미를 부여합니다. 폴란드어 원문에서 이 단어가 대문자로 강조된 것은 그래서입니다.[134]

두셰이코는 자신만의 언어를 갖고 있으며, 그 언어를 사용함으로써 잠시나마 사회적으로 공인된 진부하고 의무화된 세계에 균열을 냅니다. 사람들은 그녀를 이상한 여자로 취급하고, 어떤 이들은 미쳤다고 생각합니다. 그녀는 '루저'이고, 그녀의 곁에는 비슷한 실패자들이 있습니다. 자폐 증세(책에서 나는 이것을 '테스토스테론 자폐증'[135]이라고 명명했습니다.)가 있으며 사회에 적응하지 못한 늙은 이웃 '괴짜', 성인의 문턱에서 쓰라린 실패의 경험을 맛본 청년 디지오와 같은 인물이 그 예입니다. 세상은 디지오를 향해 언제나 문을 걸어 잠갔고, 어쩌면 단 한 번도 문

134 대소문자의 구분이 없는 한국어 판본에서는 고딕체의 굵은 글씨를 사용해 강조했다.
135 배 속에서 태아의 뇌가 테스토스테론(남성호르몬)에 과도하게 노출되어 좌뇌가 손상되면서 생기는 자폐증이다.

을 열어 주지 않았을지도 모릅니다. 디지오는 기업체나 관청에서 경력을 쌓는 대신 초기 낭만주의 시인의 작품을 번역하는 데 몰두하면서 시간제 비정규직 일자리를 전전합니다. 두셰이코가 '기쁜 소식'이라는 이름으로 부르는 젊은 여성은 학업을 지속할 형편이 안 되어 중고 옷가게 판매원으로 일하고 있습니다. 그녀는 호러 소설을 읽으며 상상의 세계를 떠돌아다니는 취미를 갖고 있습니다. 그렇다고 이들의 실패담을 경멸과 비난의 시각으로 해석할 수만은 없습니다. 그 대표적인 인물이 바로 곤충학자인 보로스 슈나이더입니다. 그는 딱정벌레과 곤충인 '머리대장'처럼 일반적으로 하찮게 여겨지는 생명체에 관해 엄청난 탐구열을 가진 인물로 대학에서 높은 학문적 지위를 갖고 있음에도 사회에서는 아웃사이더입니다. 성급하고, 유행에 민감하고, 자기중심적인 세상의 반대편에 서 있는 루저들, 두셰이코를 비롯한 그 친구들에게 보로스 슈나이더는 긍정적인 본보기입니다.

나는 두셰이코처럼 두드러진 개성을 가진 문학 속 인물이 어느 정도는 작가의 일부라는 사실, 그러니까 작가의 인격에서 빠져나가 종이 위에서 육신을 얻게 된 존재임을 부인하지 않겠습니다. 하지만 그렇다고 해서 그들을 억압된 방어 기제의 무의식적인 발산이라고 부르지도 않을 것입니다. 우리는 그들의 존재를 이미 상당 부분 의식하고 있으니까요.

게다가 내 주변에는 이미 훨씬 더 구체적이고 물질적인 형태, 즉 이웃, 건축가, 예술가의 모습으로 야니나의 원형이 존재하고 있었습니다. 나는 그들과 교감할 수 있어서 기쁘고도 영광스럽습니다. 따라서 고독하고 체제 전복적인 성향을 보이지만 한편으로는 온화한 품성을 지닌 한 여성에 대한 내 아이디어는 다양한 모티브가 결합되어 탄생한 것입니다. 파티나 여행에서 친구들을 시시콜콜 관찰하거나 그들이 사는 집, 그들이 말하는 방식에 대한 내 재빠른 탐색이 주인공을 형상화하는 데 상당한 역할을 했습니다. 나는 어느 파티에 참석했다가 우연히 마주친, 히피를 연상시키는 한 노부인이 내게 준 강렬한 인상을 결코 잊지 못합니다. 치렁치렁하고 알록달록한 가운을 걸친 노파가 내게 다가와서는 내 옷의 단추를 움켜쥐며 물었습니다. "이봐요, 당신의 상승궁[136]은 지금 어디에 있어요?"

그때 내 머릿속에서 아이디어가 번뜩였습니다. 점성학! 두셰이코는 점성학을 다루게 되리라. 이것은 그녀에게 대안적인 세계의 질서가 될 것이다!

의인화가 단순히 누군가에게 누군가의 모습을 투영하는 차원만은 아님을 이 모든 일들이 시사하고 있습니다.

그러므로 어떻게든 시간의 법칙에 얽매일 수밖에 없는 단순한 정신 분석은 이 세계에서는 적용되지 않습니다. 그것은 예전에 이미 벌어진 일들에 대해서만 논할 수 있고, 앞으로 벌어질 일들에 대해서는 언급할 수 없으니까요. 정신 분석은 우리가 저지르는 행동의 원인을 과거에서 찾고 현재의 우리를 어떤 존재가 되게끔 만든 기원을 발견하려 애씁니다. 그러나 이와는 반대

136　점성학에서 '어센던트(Ascendent)'라고도 하며, 태양이 상승하는 동쪽의 지평선으로서 하늘의 기운과 땅의 기운이 교차하는 지점. 하늘과 땅의 기운이 만나 인간의 육체가 탄생하는 장소이기도 하다.

방향으로 전혀 다른 방식의 정신 분석도 가능합니다. 우리 자신, 그러니까 지금 여기에 존재하는 '나'를 나중에 뭔가가 될 '나'의 씨앗으로 간주하는 것입니다. 이러한 방법을 사용하면 두셰이코는 미래에 될 수도 있는 나 자신의 어떤 모습을 현재에 투영한 것으로 볼 수 있습니다. 그리고 실제로 그렇게 될 수도 있습니다. 만약 상황이 지금과 같은 방향으로 계속 흘러간다면, 즉 갈등과 트라우마의 매듭이 풀리지 않고 우리의 환경과 그것을 지배하는 메커니즘이 변하지 않는다면, 그리하여 우리의 격앙된 감정이 가라앉지 않는다면 이미 학습되어 버린 무력감의 상태는 앞으로 이십여 년 동안 또다시 되풀이될 것입니다. 네, 그래서 경고합니다. 나는 야니나 두셰이코가 될 것입니다.

신화적 관점

우리는 문학적 인물이 의식적인 사고와 실존 인물에 대한 관찰, 그리고 작가 자신의 고유한 성향을 투영하는 과정이 합쳐진 집합체일지도 모른다는 사실을 이미 알며, 그러한 해석이 딱히 특별하지도 않다는 걸 잘 알고 있습니다. 나는 이 공식에 하나의 요소, 그러니까 신화적 관점을 추가하고 싶습니다. 이것이 없다면 문학 자체가 아예 존재하지 않을 수도 있는 그런 필수 불가결한 요소로서 말입니다. 소설 속에서 서술 기법을 창조하고, 인물을 만들고, 상상의 세계를 구현하는 심리학에 대해 논하면서, 그리고 다른 작가들을 보면서 나는 그들의 책상, 그들의 평범한 작업실에서는 어떻게 '또 다른 세계'가 모습을 드러내는지 궁금합니다. 종이에 옮겨지는 순간 마치 홀로그램처럼 빛을 발하며 타인의 정신세계로 뛰어들어 영향을 미치는 세계 말입니다.

내 생각에 작가들이 투쟁하는 공간은 현실 세계가 아니며, 문체나 언어의 문제도 아닌 듯합니다. 그보다는 우리 각자의 내면에 존재하는 신화의 공간, 지금껏 제대로 설명되지 못한(혹은 단지 이미지로만 존재하는) 다형성의 공간으로의 접근에 관한 문제라고 생각합니다.

이 신화의 공간에서 자신을 창조하고, 세상과 토론하고, 세상의 위대한 기억을 상기하는 끊임없는 과정이 되풀이되고 있습니다. 이 공간 속에서 삶과 세상에 대한 인간으로서의 경험, 다른 인간들과 다른 존재들, 문학적 주인공과 등장인물, 대중문화, 동화와 우화, 신화가 한데 어우러집니다. 이곳에서 모든 존재의 존재론적 지위는 사실상 평등합니다. 신, 말할 줄 아는 동물, 인간, 눈이 달린 돌멩이, 모두가 동등합니다. 우리가 어쩌다 접속하게 되는 이 놀라운 공간은 동화 속 '참깨' 같은 것입니다. 우리가 "열려라, 참깨!"라고 외치는 순간 우리를 향해 문이 열립니다. 그 속에는 무궁무진한 보물이 저장되어 있어서 얼마든지 꺼낼 수 있습니다.

그러나 잠시만요. 그렇게 간단한 문제는 아닙니다. 여느 평범한 동화에서처럼 있는 그대로의 상태로 꺼내지는 못합니다. 그 보물들은 아주 특별한 형질로 구성되어서 '이것 아니면 저것'을 선택해야만 하는 세계, 형식을 중요시하는 세계, 조잡한 언어로 이루어진 세계와의 만남에선 견뎌 내질 못하거든요. 그래서 우리가 그 보물들을 손에 움켜쥐는 순간 그 이미지가 곧바로 분해되고 부서지고 흩어져 버립니다. '참깨의 세상'에서 보물들을 온전히 꺼내려면 그것들을 운반하거나 변환시키는 특별한 방법을 찾아야 합니다. 가끔이긴 하지만 우리가 성공적으로 보물들을 꺼낼 때도 있습니다. 그럴 때 모호하고 복잡하며 다차원적인 이미지들은 신화적 모티브나 내러티브, 동화, 괴상한 속담, 혹은 어떤 상징 체계를 통해 우리가 머무는 이쪽 영역으로 무사히 안착하게 됩니다.

실종된 가족, 끔찍이 사랑했던 대상을 찾아 계곡과 언덕을 하염없이 헤매는 늙은 여인, 복수에 굶주린 채로 낫 대신 얼음이 가득 찬 비닐봉지를 휘두르는 절망에 빠진 노파. 우리는 이미 어딘가에서 이와 비슷한 이미지를 본 적이 있습니다.

때때로 나는 우리가 아는 모든 사람은 이미 어디선가 본 듯한 인물들의 상이 서로 조합된, 일종의 별자리 같은 집합체라고 생각합니다. 우리는 그저 이미 존재하는 어떤 패턴에 따라 인물들을 서로 연결 짓고 있을 뿐입니다. 그러한 패턴은 자신의 절대적인 질서를 준수하며 끊임없이 우리에게 되돌아오지만 우리는 그저 어렴풋이 감지할 뿐입니다.

신화가 보편적인 이야기로 추앙받으며 세상의 질서를 설명하고 정당화하는 역할을 수행하던 전통문화에서는 신화적 사고를 인간 유년기의 고유한 특성으로 간주했습니다. 신화적 사고에서는 세상을 구성하는 여타 요소들과 인간을 구별 짓지 않았습니다. 또한 인간은 아직 자연으로부터 소외되지 않았습니다. 당시 인간은 자신이 동식물과 친족처럼 밀접한 관계를 맺고 있으며, 인간과 자연의 세계를 이어 주는 연결 고리가 존재한다고 믿었습니다. 신화적 사고는 현상 간의 불분명한 연관성을 찾아내어 환상과 용기로 가득한 융합의 기술을 발휘합니다. 또한 서로 멀찌감치 떨어져 있는 현상들을 연결 짓고 상호 간의 놀라운 유사성을 우리에게 보여 줍니다. 사소한 진실, 일반적으로 간과되는 세부 사항들에 민감하며, 이따금 음모론으로 이어지기도 하지만 대부분은 당연하고 명백하게 여겨지는 것들을 과감히 초월합니다. 특유의 의례와 절차를 준수해 우리를 안심시키고 세상을 믿어도 된다는 확신을 심어 줍니다.

나는 신화적 사고가 과거 속으로 사라지지 않았으며, 여전히 우리 정신에 계승되어 때때로 우리 삶의 다양한 영역(종교나 증권 거래소, 나아가 일상의 모든 것)에서 목소리를 내고 있다고 생각합니다. 특히 예술 영역에서 신화적 사고는 모든 예술적 표현의 필수 조건입니다. 윌리엄 워즈워스는 이러한 개념을 시에서 매우 아름답게 표현했습니다.

바위와 열매, 꽃, 심지어 제멋대로 나뒹구는
길가에 깔린 돌들에 이르기까지 각각의 자연물에
도덕적인 삶을 부여했기에 나는 그것들이 느끼는 걸 보았네.
또한 그 자연물들을 어떤 느낌과 연관 지었네. 대자연의 거대한 덩어리가
살아 있는 영혼에 둘러싸인 채 내 앞에 놓여 있으니
내가 본 모든 것이 내적인 의미로 호흡했네.[137]

신화적 관점에서 볼 때 세계는 의인화되어 살아 움직이며, 생명의 맥박으로 가득 차 있고, 그래서 의미를 갖게 됩니다. 그것은 기계적이고 무작위적인 세계가 아니라 우리의 열정과 헌신을 요구하는 세계, 다양한 존재들로 가득 찬 세계입니다. 또한 쪼개거나 분리할 수 없는 한 덩어리의 현실이기에 주체와 대상, 신과 인간, 인간과 동물, 인간과 자연은 미묘한 대응 관계와 의미심장한 유대의 끈으로 서로 긴밀하게 연결되어 있습니다.

그렇기에 신화의 세계와 신들이 여전히 살아 있는지, 아니면 이미 죽었는지는 우리의 정신 상태에 달렸습니다. 이러한 신화적인 의식에서 상상 속 인물들은 최대한 현실적인 성향을 드러냅니다. 하지만 동시에 그들은 비현실적인 상상의 세계를 구축하는 필수 요건이기도 합니다. 상상에 의해 가공되고, 새롭게 구성된 정보는 새로운 방식의 배열로 결합됩니다. 인물의 창조는 우리 정신의 상당 부분이 작동하는 특별하고 심오한 영역인 상상의 도가니에서 이루어집니다.

다중 인격

이제 나는 꽤 대담하면서 어쩌면 괴상한 가설을 하나 세워 보려고 합니다…….

137 William Wordsworth, *Preludium* ── 가이 마테르(Gaj Mater) 재단의 인터넷 사이트에 게재된 번역본의 일부다.(원주)

어릴 때 할머니가 저녁 식사를 차리면서 암탉의 내장을 빼내는 것을 본 적이 있습니다. 주방에서의 이 해부학 수업은 내게 커다란 충격을 주었고, 지금도 그때 느낌이 생생히 기억납니다. 암탉의 내장에는 각기 다른 발달 단계에 있는 여러 개의 알이 들어 있었습니다. 껍질에 둘러싸여 거의 완성 단계에 이른 달걀부터 얇고 흰 막으로만 덮인 것, 동전만 한 것, 혹은 그보다 더 작은 노란 씨앗 같은 모양에 이르기까지 크기도 형태도 다양했습니다.

모든 생명체의 내면에는 시간이 깃들어 있습니다. 그러므로 우리가 살상 행위를 저지르면 이 내면의 시간을 멈추게 하는 것입니다. 무언가를 미완성으로 만들고, 미래를 송두리째 빼앗고, 모든 잠재력을 훼손하고, 놀라운 다양성과 무한한 가능성의 고리를 끊어 버리게 됩니다. 네, 그렇습니다. 암탉이라는 온순한 개체의 최후가 나는 너무나도 안타까웠습니다. 하지만 무엇보다 애틋했던 것은 그 암탉이 품고 있던 모든 가능성, 존재로 탈바꿈할 수 있었던 생명의 씨앗들이었습니다.

그렇게 나는 이 잔인한 해부 장면으로부터 한 가지 교훈을 얻었습니다. 우리 또한 내면에 다수의 인격, 즉 다양한 정체성을 품고 있을지 모른다는 사실 말입니다. 내부에 감춰져 있던 무한한 가능성과 잠재성의 체계가 어쩌면 새로운 시간의 가능성을 창출할 수도 있다는 것, 그리고 우리 안에는 성장 단계에서 멈춰 버린, 개발되거나 완성되지 못한 인격체들이 존재할지도 모른다는 것을 깨닫게 되었습니다. 이러한 깨달음을 우리 작가들의 모호한 창조 심리의 영역에 적용해 보는 일은 그리 어렵지 않습니다. 실제로 문학적 인물을 창조하면서 우리는 자신의 다양한 가능성과 잠재력을 주인공들에게 투여하니까요.

두셰이코와의 모험은 바로 해리성 서술자와 함께하는 모험이었습니다. 다시 한번 상기해 봅시다. 이것은 자신만의 고유한 세계관과 감수성을 바탕으로, 대체로 독립적이고 자율적인 목소리를 내면서, 스스로를 구체적이고 개별적이면서 또한 통합적이고 유기적인 인격체로서 의인화하는 서술자를 말합니다. 그리하여 소설을 쓰는 작업이 진행되는 동안 작가가 바로 이 서술자/등장인물로 하여금 작가인 '나'의 영역을 침범해 자기 인격에서 많은 부분을 흡수하도록 허용하는 다소 특별한 심리적 과정이 나타나게 됩니다. 그러니까 일종의 '빙의'나 '접신' 같은 것이라고 할 수 있는데, 요즘 한창 유행하는 '퇴마 의식'까지 거론되지 않으려면 '포용'이나 '수용'이라는 표현을 사용하는 편이 낫겠네요. 작가가 서술자에게 이러한 권한을 자발적으로 부여하는 것은 매우 효과적인 조치임이 이미 밝혀졌습니다. 이런 경우 서술자/등장인물은 작가가 보유한 에너지원을 적극적으로 활용해 유기적이고 통합적인 동시에 자율성을 담보함으로써 스스로를 해방하는 매우 설득력 있는 인격체를 탄생시킬 채비를 갖춥니다.

심리학, 특히 정신 분석학에서는 다중 인격과 해리성 장애, 환각 등의 정신 병리학적 현상을 탐구하면서 '인격화' 현상에 주목합니다. 흥미롭게도 고대 그리스인들이 그랬던 것처럼 심리학에서도 인격화의 또 다른 형태인 의인화를 적용해 자아, 초자아, 아이, 부모, 원초적 군집 등과 같은 개념을 만들었습니다.

나는 분리되지 않는 하나의 '나(자아)'에 대한 확고한 믿음이 우리 유럽 문화의 산물이며 길들여지지 않는 개인주의를 반영한다는 심리학적 견해를 늘 옹호해 왔습니다. 이러한 관점이 우리 문명에 끼친 기여도는 부인할 수 없다고 생각합니다. 우리는 인격체로서 대우받기를 원하고, 자기 권리를 주장하며, 다신교를 믿는 신앙을 유아기의 산물로 인식하면서, 자신의 개별성과 내적인 통합성을 일신교의 유일신에게 투영합니다. 하지만 최소한 예술적 사안에 한해서만큼은 반대 입장을 취하는 것이 낫다고 봅니다. 우리 내부에는 '군단'이라는 이름을 가진 다수의 '나', 그리고 또 다른 자아들을 구축하는 데 필요한 밑그림이 되는 드넓은 잠재력의 바다가 존재합니다. 불확실하지만 무한한 가능성을 내포한 그 자아들은 언젠가 자기 목소리를 내고 자신의 주인/소유주를 놀라게 할 적절한 타이밍을 기다리고 있습니다. 실제로 그러한 순간이 오면 깜짝 놀란 주인/소유주는 이렇게 외칠 겁니다. "내가 이렇게 행동할 줄 나도 몰랐어!" 혹은 "이건 내가 아니야!"

소설을 쓰는 과정에서 이러한 원심력은 점점 더 커지고 작가는 내면의 다중성을 더욱 풍부하게 활용하게 됩니다. 그래서 자기 안의 내향적인 모나드보다는 다양한 페르소나의 군단을 더욱 자주 불러내곤 합니다. 작가의 내면에는 수많은 인격이 존재하는데, 각각의 인격은 잠재적인 성향으로 일상의 작용에 방해되지 않도록 오직 이야기 속에서만 자신을 드러낼 준비가 되어 있습니다.

우리 내면에 깃들어 있는 혼돈과 혼란, 이것이야말로 작가에게 가장 큰 보물이 아닐까 생각합니다.

다정함

제아무리 심오한 신화적 토대에 기반한 의인화라 할지라도 또 하나의 요소가 추가되지 않으면 우리는 결코 설득력 있는 인물을 창조하지 못합니다. 나는 그것을 '다정함'이라 부르고 싶습니다.

목소리가 주어지고 실체가 설정된 두셰이코이지만, 그에게 일말의 애정이 가미되지 않았더라면 독자의 상상 속에서 살아 움직이는 완전한 인간이 될 수 없었을 것입니다. '문학적 인물'이라 불리는 이런 추상적인 존재를 향한 나의 감정을 사실 뭐라고 표현해야 할지 나도 잘 모르겠습니다. 가상의 인물 혹은 설계된 인물에 대해 애정이 싹텄다는 사실 그 자체만 놓고 보아도 문학적 인물이 이미 구성을 완료해 자신의 경계를 명시했고, 인간으로서 자질을 획득했으며, 존재론적 지위를 확보해 창작자로부터 분리되었음을 알 수 있습니다. 그리고 바로 이 물리적인 거리로 인해 확보된 공간에서 가장 진솔한 감정이 우러납니다. 비현실적인 인물을 향해 가장 현실적인 공감이 탄생하는 순간, 이 의미심장한 찰나에 창조의 신비가 고스란히 담겨 있습니다.

문학적 인물은 처음에 창조자로부터 분리되어 독립적으로 존재하며 의인화되지만, 그다음에는 완결된 모습으로 창조자에게 돌아와서 애정, 그러니까 또 다른 형태의 인격화를 요구합니다. 창조자와 등장인물의 관계에서 발생하는 이 기묘한 연금술은 역설적으로 문학적 인물을 더욱 강인하면서도 독립적인 존재로 담금질합니다.

창조자는 어떤 방식으로든 항상 자신이 만들어 낸 인물을 사랑하며, 그러지 않고는 어떤 인물의 정체성과 심리를 깊이 있게 구축하는 것이 불가능하다고 나는 주장하고 싶습니다. 낙원에서 신이 인간을 창조할 때 인간에게 다정한 관심과 애정을 쏟아야만 했고, 인간에게 자유를 허락함으로써 인간에 대한 감시와 통제를 포기했던 것처럼 말입니다.

두셰이코가 내게 준 가르침

준비된 강인한 존재, 유기적이고 통합적이면서 동시에 독립성을 가진 인물의 출현은 우리가 신화의 영역에 접근했음을 시사하는 것이라고 나는 이미 이야기했습니다. 인간의 심리적 토대인 신화가 담긴 이 거대한 용기 속에는 우리가 종으로서 기억해야 하는 인간 행동의 기본적인 패턴이 내러티브와 인물들에 의해 압축되어 있습니다. 동시에 그것은 특별한 사용 설명서라고 할 수 있습니다. 왜냐하면 그 용기에 담긴 모든 것은 유동적인 데다 초점도 잘 맞지 않아서 개별적인 요소들이 서로 겹치고 포개지기 때문입니다. 그래서 거기서 통용되는 유일한 논리는 '꿈의 논리'입니다. 이 거대한 이미지 저장소는 우리에게 상당히 유용합니다. 덕분에 우리가 가장 깊은 층위에서 서로 소통할 수 있으니까요.

한 인물의 통합성과 독립성의 정도는 교감의 태세를 얼마나 갖추었느냐에 따라 측정 가능합니다. 두셰이코가 점성학에 매료

될 것이라고 결정했을 때 나는 세상의 의미를 발견하려 하는 고대의 아름다운 예술인 점성학과 두셰이코를 서로 연결하는 다리를 놓아야 했습니다. 점성학에 대해 나름 연구하고 내 여주인공에게 몇 가지 규범과 원칙을 부여함으로써 나는 이 문학적 인물이 심리적으로 정리되고 감정적으로도 윤곽이 잡힌 상태에서 자신의 사명을 따르고 있음을 발견했습니다. 나의 주인공이 자신이 사는 세상의 질서를 이해하는 데 필요한 규칙을 스스로, 그러니까 혼자 힘으로 적용하기 시작한 것입니다.

야니나 두셰이코가 자신이 처한 환경을 묘사하기 위해 점성학의 해묵은 규칙을 끌어오는 모습을 지켜보는 것은 짜릿한 체험이었습니다. 믿거나 말거나 살인범은 동물이라고 고집하며, 그러한 가능성을 뒷받침하기 위해 점성학적 증거를 요구한 당사자는 두셰이코였습니다. 그래서 나는 사소한 단서와 실마리를 찾기 위해 수많은 책을 뒤적여 피살자들에게 적절한 생년월일을 부여하고, 그들의 천궁도를 대략적으로 그려 보았습니다. 또한 전갈자리와 사자자리에서 달의 위치가 서로 어떻게 다른지 꼼꼼히 따져 보았습니다. 그것은 내게도 매우 유익한 시간이었음을 고백합니다. 논리적인 방식에 의해 각각의 요소들이 유기적으로 연결된 체계적인 지식은 충분한 노력만 뒷받침된다면 우리가 필요로 하는 모든 문제를 설명해 줄 수 있다는 사실을 확인하게 되었으니까요.

두셰이코의 관점은 매우 흥미로운 사실들을 포착했습니다. 예를 들어 점성학이라는 광활한 우주에서 '작은 동물'이라는 범주가 확고한 위치를 차지하고 있다는 점, 그리고 상호 의존성과 관계성에 대한 연구에서 이러한 범주가 사랑, 돈벌이, 일자리, 경력과 같은 주제 못지않게 심각하게 다뤄지고 있다는 점이 그것입니다. 두셰이코의 기이하고 별난 사고방식은 내게 성공을 담보한 우호적인 상황(즉 행성의 배열)에도 어두운 면이 있을 수 있으며, 사실상 '성공'이나 '실패'와 같은 구분은 존재하지 않는다는 것을 일깨워 주었습니다. 왜냐하면 성공이나 실패는 이분법에 근거한 단순한 가치 평가의 관점만으로는 정의하기 힘든 훨씬 복잡한 사안이기 때문입니다. 비문학적 용어를 사용하여 설명하자면 두셰이코는 등장인물 중 한 명을 유심히 관찰하던 중 자신에게 주어진 풍부한 '문화적, 사회적 자산'이 오히려 나태함을 부추기고 성취 의욕을 감소시키는 결과를 초래한다는 것을 깨닫습니다. 그녀는 자신의 그러한 습성을 '게으른 금성 증후군'이라고 부르며 상세히 설명합니다. 만일 두셰이코가 나의 관점을 바꾸지 않았다면, 그리고 지금껏 세상을 바라보던 익숙하고 편리한 지점을 벗어나 시골에 사는 외롭고 괴팍한 늙은 여자, 독특한 방식으로 별점을 읽는 노파의 눈으로 세상을 바라보게 해 주지 않았더라면 나는 이와 같은 구상을 결코 떠올리지 못했을 것입니다.

두셰이코가 내게 요구한 가장 중요한 임무는 인간의 본질적인 감정 중 하나인 분노를 면밀하게 고찰하는 일이었습니다. 이 인물은 처음부터 분노에 내포된 모든 잠재력을 탐구하라는 과제를 내게 부여했습니다.

우리는 일반적으로 분노의 감정을 파괴적인 것으로 여기고 혼란과 폭력을 유발한다고 간주하며 경멸합니다. 그러나 그것은 종종 우리가 자유와 선택의 의지를 억압당할 때 발현되기도 하고, 무력감에 대한 반작용으로 나타나기도 합니다. 특히 우리의 존엄성과 정의감이 위협받을 때 폭발합니다. 『죽은 이들의 뼈 위로 쟁기를 끌어라』는 분노의 잠재성을 다룬 책이면서, 동시에 부도덕한 법률과 맞서는 모든 수단이 고갈된 상황, 일반적인 허용의 범주를 넘어선 분연한 행동이 요구되는 극단적 상황에 놓인 어느 예의 바른 시민이 우리에게 제시하는 일종의 답변이기도 합니다. 이 같은 관점에서 보면 분노에는 역설적으로 자신의 또 다른 긍정적 측면인 '연민'이 내포되어 있음을 발견하게 됩니다. 소외되고 연약하고 힘없는 존재, 목소리를 빼앗긴 약자의 편, 그곳이 바로 야나 두셰이코의 활동 무대입니다.

물론 그녀가 선택한 방식은 극단적인 폭력의 형태를 취하고 있습니다. 하지만 이것은 문학, 나아가 예술 전반에 걸친 영역에서 우리가 실생활에서는 결코 실행하지 못하는 방식을 시도해 봄으로써 허구와 상상의 세계를 통해 우리 본성의 어두운 면을 성찰하기 위함입니다. 두셰이코는 자신만의 기이한 관점을 적용해 '분노'를 내면화하고, 끔찍한 행위를 일삼는 주변 세계를 응징하기 위한 일종의 도구로 '분노'를 활용합니다. '분노'에 대한 두셰이코의 관점은 그녀가 블레이크를 읽는 방식에서 잘 드러납니다. 두셰이코는 블레이크를 전복적인 시인으로, 나아가 종교와 도덕, 문명과 같은 기존 제도에 반기를 드는 저항 세력으로 여깁니다. 두셰이코 같은 인물들이 내 주변에 없었더라면 나는 그처럼 급진적이고 과격하며 새로운 시각을 결코 수용할 수 없었을 것입니다.

야니나 두세이코 거리로 나서다

현시점에서 『죽은 이들의 뼈 위로 쟁기를 끌어라』의 집필 과정을 떠올려 보니 약간의 거리감이 느껴집니다. 『방랑자들』을 완성하고 난 뒤 나는 알 수 없는 허탈감에 빠졌고, 머릿속이 말끔하게 비워져 사소한 아이디어조차 남아 있지 않은 듯한 느낌이 들었습니다. 사실 그런 상태도 나쁘지는 않았습니다. 이사와 잦은 여행으로 나름 힘든 경험을 하며 내 인생에 꽤 많은 변화가 일어난 시기였으니까요. 후속작을 쓸 엄두는 아예 내지도 못했습니다. 하지만 그로부터 얼마 지나지 않아 책을 한 권 더 집필하기로 했던 출판사와의 계약을 까맣게 잊고 있었다는 사실을 깨닫게 되었습니다. 게으름에 빠져 허우적대던 나는 그러한 상황을 맑은 하늘의 벼락처럼, 신의 축복처럼 받아들였습니다. 나는 아이디어 고갈에 대한 두려움 때문이 아니라 육체적으로 힘든 노동이라서 글쓰기를 즐기지 않습니다. 주어진 의무를 이행하는 가장 손쉬운 방법은 방해나 저항의 요소가 최소화된 루트를 따르는 것, 즉 특정한 장르에 충실한 작품을 쓰는 것이라는 생각이 들었습니다. 돛을 펼치는 순간 곧바로 픽션의 바다를 자주적이고 용맹스럽게 항해할 수 있도록 단순하면서 선형적인 시간 흐름을 따르는 소설을 쓰기로 결심했습니다. 그러고는 일상으로부터 벗어나 글쓰기에 전념하기 위해 육 개월 동안 조용하고 한적한 곳에 머물렀습니다.

추리 소설과 같은 이미 준비된 형식을 활용하면 소설을 쓰는 과정이 꽤 수월해진다는 사실을 여러분께 말씀드리고 싶습니다.

그토록 많은 작가와 독자가 추리물에 푹 빠져 있는 것은 전혀 놀라운 일이 아닙니다. 그것은 마치 케이크를 굽는 작업과 비슷합니다. 무엇을, 어떻게, 어떤 비율로, 어떤 순서에 따라 만들어야 하는지에 관한 명확한 조리법이 존재하니까요. 게다가 찬장에 있는 케이크 틀을 꺼내어 거기에 준비한 반죽을 부으면 깔끔한 모양에 장르적 특징을 잘 살린 완제품이 그 모습을 드러내게 됩니다. 이전에 쓴 일련의 책들에서 나는 이미 형식의 문제를 고민하느라 적지 않은 고충을 겪은 바 있습니다. 그때 나는 처음부터 끝까지 조리법 자체를 새로 고안해야 했고, 내 글이 궁극적으로 어떤 형태를 취해야 할지 몰라서 오랫동안 빵 굽는 팬을 만지작거려야만 했습니다.

그렇게 해서 완성된 형태는 그런대로 괜찮았습니다. 우리 중부 유럽의 문인들도 이제는 형태의 문제와 화해해야 한다고 나는 생각합니다. 소설가 비톨트 곰브로비치가 극적으로 표현했듯이 형태나 형식을 쟁취하기 위한 우리의 '투쟁'의 시간이 너무도 길었지만 말입니다. 우리에게는 서유럽과 차별화되는 반드시 전승되어야 하는 고유한 경험이 있었고, 시간과 역사, 인간 관계에 대한 다른 차원의 감각이 있었습니다. 우리는 종종 서유럽에 의해 식민화된 느낌을 받았지만 그들과 대항할 수 있는, 그들 못지않게 강력한 우리만의 뭔가가 부족하다는 것을 실감했습니다. 그래서 우리는 미국을 재발견하기 위해 허둥거렸습니다. 폴란드에서는 수십 년 동안 제대로 된 주류 소설이 나오지 못했고, 두껍고도 흡입력 강한 사가[138]나 단편 소설집이 환영받지 못했습니다. 장르 문학이 턱없이 부족했고, 추리물은 심각하게 평가 절하

되었으며, 책을 내려면 필명을 사용하거나 심지어 '대중 소설' 혹은 더 고약하게는 '여성용'이라는 낙인을 감수해야 했습니다.

형태와의 화해, 이는 아마도 오늘날 우리 눈앞에서 진행 중인 것 같습니다. (좋은 의미에서) 세계화되고 코즈모폴리턴으로 인정받는 현세대, 우리가 가졌던 콤플렉스를 상당 부분 떨쳐 버린 듯한 젊은 세대에게서 서유럽의 기준과 규범은 승승장구하고 있습니다. 젊은 작가들은 준비된 기성품의 형태(주로 앵글로색슨 혹은 스칸디나비아 소설의 모델)에 기꺼이 손을 내밀고 있으며, 기동성이 뛰어난 최첨단 장르인 추리물이 소설의 세계를 서서히 잠식하고 있습니다. 물론 개별적인 사례를 살펴보면 등장인물이나 음모, 플롯, 반전, 의문의 해소 방식 등에서 여전히 수많은 미지의 상태가 존재합니다. 하지만 작가가 이른바 설계가 명확한 프로젝트를 진행하게 되면 이미 반쯤 임무를 완수한 것이나 마찬가지이며, 글을 쓰는 과정 자체도 합리적인 통제하에서 우호적이면서 안전하게 진행됩니다. 하지만『죽은 이들의 뼈 위로 쟁기를 끌어라』이전까지만 해도 내게 소설을 쓴다는 건 깊은 물속에 머리를 담그는 일이나 다름없었습니다.

비관론자와 낙관론자인 두 마리의 개구리에 관한 일화가 문득 떠오릅니다. 개구리 두 마리가 크림이 가득 담긴 냄비에 빠졌습니다. 생존 가능성을 주의 깊게 타진해 본 결과 개구리들은 자신들이 살아날 가능성이 전혀 또는 거의 없다는 데 의견의 일

138 Saga. 한 가문이나 한 사회의 수 세대에 걸친 연대기를 기록한 대하소설을 말한다.

치를 보았습니다. 비관론자 개구리는 죽음을 앞두고 굳이 고통을 감내할 필요가 없다는 결론을 내리고 자존심을 지키며 익사의 길을 택했습니다. 하지만 낙관론자 개구리는 상식에 저항해 자기 목숨을 구하기 위해 끝까지 투쟁하기로 결심했습니다. 그러고는 크림 속에서 우왕좌왕하며 이리저리 헤엄쳐 다녔습니다. 그러다 어느 시점이 되니 개구리의 필사적인 움직임 탓에 크림이 휘저어져 버터가 만들어졌습니다. 결국 개구리는 '버터처럼 매끄럽고 순조롭게' 냄비에서 유유히 빠져나와 목숨을 구했습니다.『죽은 이들의 뼈 위로 쟁기를 끌어라』의 창작 과정은 낙관론자 개구리의 투쟁과 비슷했습니다. 그것은 한마디로 두서없고 혼란스러운 글쓰기였습니다. 때로는 이 대목을, 때로는 저 대목을 넘나들었고, 이미지에서 대화로, 설명에서 메모로 종횡무진 휘젓고 다니며 플롯을 만들고, 캐릭터를 설정하고, 혼돈 속에서 이야기를 완성했습니다. 이럴 때 꼭 필요한 것은 지칠 줄 모르는 낙관주의입니다. 이는 종종 과대 평가되는 재능이나 성실성보다 훨씬 중요합니다.

지극히 보편적인 의미로 해석하면『죽은 이들의 뼈 위로 쟁기를 끌어라』는 패자에 관한 책입니다. 즉 전형적이지 않은 사람들, 괴짜, 아웃사이더, 낙오자에 관한 이야기라고 할 수 있습니다. 그들은 세상이 더는 그들의 편이 아니라는 것을 뒤늦게 깨달았습니다. 그들이 블레이크의 시나 점성학에 빠져서 세상을 돌아보지 않는 동안 세상은 이기적인 사이코패스, 독선적인 마초의 손에 넘어가 버렸습니다. 사악한 세력이 권력을 장악한 뒤 세상을 피자처럼 조각내서 자기들끼리 나누어 가졌습니다. 그리고 자신들의 신념, 세계관, 타인에 대한 공감이 결여된 천박한 사고 방식, 자연을 도구로 여기는 태도, 이중적인 도덕성과 강자에게 유리한 윤리를 강요했습니다.

외향적이고 대담하며 자신감이 넘치고 대중 앞에 서는 걸 즐기는 사람들은 통치와 정치의 운명을 타고났습니다. 이런 유형의 사람들은 공격을 받아도 꿈쩍하지 않을 뿐 아니라 오히려 투쟁의 의지를 불태우곤 합니다. 그들은 스스로를 얼마든지 방어할 수 있고 자신의 정당성이 다른 사람의 그것보다 우월하고 중요하다고 여깁니다. 이런 부류의 사람들은 종종 리더십의 자질을 가졌으며, 마키아벨리적이고 조작과 선동에 능합니다. 다시 말해 자신의 왜곡된 목표를 달성하기 위해 타인들을 도구로 이용하면서 대수롭지 않게 생각합니다. 웬만해선 수치심을 느끼지 못하고 양심이 없기에 가책을 끔찍이 싫어합니다. 사과의 필요성을 느끼지 못하고, 겸손이 무엇인지 알지 못하며, 경쟁을 즐깁니다. 그들은 때로 대담무쌍하며 두려움을 모릅니다. 타자와의 관계에서도 자기 이익이 우선이며, 남들과 감정적인 유대를 맺지 않으므로 손쉽게 동맹 관계를 깨트리고, 새로운 상황이 닥치면 누구보다 재빨리 적응합니다. 그들은 자신들의 그러한 성향을 사회적 지능으로 간주합니다. 그들에게는 공감력이 결여되어 있습니다. 만약 일말의 공감력이라도 있었다면 그처럼 '능수능란하게' 일을 처리하지 못했을 것입니다. 아마도 여러분은 내가 지금 흔히 사이코패스라고 불리는 인격의 사례를 설명하고 있다는 것을 짐작했을 것입니다.

이와 같은 관점에서 세상의 질서를 바라보면 우리가 현재 이상한 시스템 속에서 산다는 것을 곧바로 인지할 수 있습니다. 완전히 새로운 유형의 계급 시스템이 우리 현실을 지배하고 있는 것입니다. 그 시스템에서 권력을 장악한 건 사이코패스들이며, 그들은 자신이 만든 가치의 위계를 자신과 완전히 다른 나약하고 예민한 신경증 환자들에게 강요합니다. 사이코패스의 세상에서 소외감을 느끼지만 그에 대처할 수 없고 자신의 가치관을 주장할 기회를 철저히 박탈당한 그런 사람들에게 말입니다. 이것은 물론 현실을 단순화한 비전이긴 합니다만 너무도 특징적인 상황이기에 『죽은 이들의 뼈 위로 쟁기를 끌어라』의 공간 배경인 '고원'이라는 세계의 신화적 질서를 구축하는 기반이 되었습니다.

　나는 우선 작품의 배경이 되는 권력 피라미드를 그리는 데 필요한 단순한 구분을 설정해 보았습니다. 꼭대기를 차지하는 건 가부장적이고 하층부에 대해 고압적인 태도를 보이며 무자비하고 냉소적인 남성들입니다. 아래쪽에는 '혼합된 다수'가 자리합니다. 다채롭고 이질적인 성향을 가진 다수의 '또 다른 존재들'은 미약하고, 덜 조직적이고, 사안으로부터 자주 배제당하고, 권력에 대한 열망이 없으며, 꼭대기 혹은 자신보다 높은 위치에 있는 사람들이 지시하는 조건에 맞춰 하루하루 살아가고 있습니다. 이러한 권력 피라미드에서 가장 나약한 구성원은 물론 동물입니다. 그들은 복음서에서 아름답게 설파하는 '영혼이 가난하고', '온유하고', '마음이 청결한' 자, 결국 천국에 다다르는 것은 그들이라고 위로받는 모든 약자의 상징이 되었습니다.

　나는 사람과 동물을 바리케이드의 반대편에 배치하는 이 단순하면서도 진실하지 못한 원칙을 탈피하기 위해 노력했습니다. 나는 동물을 가장 심각하게 소외된 존재, 누구도 중요하게 여기지 않는 존재, (문자 그대로, 나아가 은유적으로) '목소리를 얻지 못한 존재'로 보았습니다. 나는 인간과 동물의 경계를 해체하고 싶었습니다. 그런 식의 단순 무지한 구분이 실은 종이 아니라 권력 혹은 재화의 획득과 관련된 완전히 다른 차원의 접근에서 비롯된 것임을 강조하고 싶었습니다. 두셰이코가 자신의 암캐들에 대해 이야기하면서 "그 애들" 혹은 "내 딸들"이라고 부르는 것은 바로 이 때문입니다. 따라서 두 마리의 개는 책의 의도에 따라 후반부에서 흥미로운 진화를 겪게 됩니다. 주인공의 딸에서 개로 변화하는 것이죠.

책에서 바스락 신부가 복사들로 구성된 성가대와 함께 야니나 두셰이코의 집을 방문해서 창문 너머 마당에 있는 동물의 무덤을 바라보는 장면은 어쩌면 나 자신의 경험일지도 모릅니다. 내 정원에도 이와 비슷한 무덤이 있는데 그것은 내 집을 방문한 손님들로 하여금 동물에 관한 화제, 그들의 죽음에 대한 인간의 애도, 동물이 인간에게 얼마나 가까운 가족이 될 수 있는지에 대한 이야기를 꺼내도록 만듭니다. 인간과 동물 사이에 싹트는 유대감과 정서적 친밀감은 인간들 사이에서 발생하는 감정 못지않습니다. 그리고 그것을 괴상한 일탈이나 히스테리의 표출, 또는 그와 유사한 감정으로 치부해서는 안됩니다. 두셰이코는 두 암캐와 함께 가족 공동체를 꾸렸습니다. 가족의 정의가 '정서적, 경제적으로 연결되어 있고, 공통의 관심사를 가지며, 함께 오랜 시간을 보내면서 서로를 돕고 안도감을 안겨 주는 존재들로 이루어진 무리'라면 말입니다. 동물이라는 존재를 철학과 윤리학의 영역에 과감하게 도전해 '인간이 아닌 사람'으로 정의하는 것은 오늘날 그리 놀라운 일이 아닙니다.

내가 기억하는 한 동물의 고통은 항상 내게 생생한 아픔을 주었습니다. 하지만 동물에 대해, 그들의 권리와 세상에서의 위상에 대해 글로 쓰는 것은 상당히 어려운 일입니다. 자칫하면 감정이 배제된 학문적 어조에 치우치게 마련이고, 반대로 눈물에 호소하는 지나치게 감상적이고 가부장적인 시각으로 치우칠 우려가 있으니까요. 처음부터 이러한 위험을 감지했기에 나는 이 책을 심각하고 교훈적인 관점에서 직설적으로 서술할 수 없었습니다. 그러므로 이 책은 희비극처럼 보여야만 했고, 씁쓸한 블랙유머의 요소를 담고 있어야 했습니다. 두셰이코 또한 이러한 고민을 잘 이해해 주었습니다. 나는 두셰이코의 독백을 쓰다가 가끔 혼자 큰 소리로 낄낄거리며 웃곤 했습니다. 그녀가 사회적 통념을 넘어서는 아슬아슬한 발언을 서슴지 않거나 자신이 만들어낸 기이하기 짝이 없는 이런저런 이론에 탐닉할 때마다 짜릿하고 유쾌했으니까요. 아, 죄송합니다. 그 이론은 사실 '우리가' 만들었다고 표현하는 게 맞을 것 같습니다.

나는 이른 아침부터 내리 글을 썼고, 오후 3시쯤 휴식을 취하기 위해 잠시 자전거를 탔습니다. 어쩌다 시간 개념을 잃고 멀리까지 가기도 했지만 그런 동안에도 머릿속으로는 항상 작업 중이었습니다. 늦은 오후에 차 한잔을 마시고 나서 저녁 무렵에는 오전에 쓴 원고를 수정했습니다. 그렇게 하루에 총 열 시간에서 열두 시간을 일했습니다. 책을 쓰기 시작한 지 삼 개월쯤 되자

전부터 나를 괴롭히던 손목의 통증이 다시 찾아왔습니다. 부위는 달랐지만 양손이 모두 저리고 아팠습니다. 그 무렵 나는 휴식을 취하기 위해 하루 한두 개비씩 담배를 피웠습니다. 내게 그것은 일종의 포상과도 같았습니다. 굳이 담배가 필요한 것도 아니고 얼마든지 피우지 않을 수도 있었지만 그 한두 개비의 담배가 나를 행동하게 했습니다. 아마도 나만의 어떤 의식이 필요했던 것 같습니다.

책이 끝나 갈 즈음, 그러니까 이야기가 거의 마무리 단계에 왔을 때 나는 설레는 심정으로 자리에서 일어나 컴퓨터에서 멀어졌다가 제자리로 돌아와 두세 문장을 덧붙이고 다시 자리를 뜨기를 반복했습니다. 두세이코가 자신의 범행을 털어놓는 순간 나는 집중적으로 그녀의 곁을 지켰습니다. 나는 그녀의 심정을 '이해했고', 동시에 그녀의 자백에 '충격을 받았습니다'. 이 책이 어떻게 끝날지 알고 있으면서도 동시에 어떻게 이런 비극적인 해법에 이르게 되었는지 놀라움을 금할 수가 없었습니다. 마지막 페이지를 쓸 때는 어찌나 슬펐는지 발코니에 나가서 담배를 피우다 그만 울음을 터뜨렸습니다.

결말을 놓고 나는 윤리적인 딜레마에 직면했습니다. 꽤 오랜 시간, 거의 작업이 끝나 갈 때까지만 해도 범죄자는 처벌받아야 한다는 추리 소설의 전형에 걸맞게 두세이코가 체포되는 것으로 책을 마무리할 예정이었습니다. 하지만 언제부터인가 나는 이러한 결말에 대해 점점 비판적인 시각을 갖게 되었습니다. 만약 두세이코가 체포된다면 이 책은 의미를 송두리째 상실하게 되고, 주인공의 처절한 노력과 그녀의 철학은 단지 늙은 여성의 무력한 횡설수설로, 정신 나간 노파의 광기로 폄훼되어 버릴 테니까요. 그러면 우리는 블레이크가 이야기한 유리즌[139]의 법칙과 울로[140]의 법칙에서 벗어나지 못한 채 감옥에 갇혀 지낼 수밖에 없게 됩니다. (두셰이코라면 "우리는 뚜껑이 덮인 냄비 속에서 살아가고 있다."라고 표현했을 겁니다.) 그리고 이 책은 그저 '누가 죽였는가'에 초점을 맞춘 또 하나의 흔한 추리물 중 하나에 그치고 말았을 것입니다. 대중을 위한 공허한 오락거리, 혹은 소소한 게임으로 말입니다. 그래서 나는 탈고 직전까지 집필된 텍스트를 읽어 본 지인들과 이야기를 나누었고, 결국 두셰이코가 처벌을 피하거나 '거의' 처벌받지 않는 상태로 책을 마무리하기로 마음먹었습니다. 두셰이코는 오랫동안 지병을 앓아 왔고 생의 끝자락에서 가장 가혹한 형벌이라고 할 죽음을 기다리고 있었으니까요. 물론 죽음이란 건 우리가 어떤 짓을 했느냐에 상관없이 언젠가는 누구에게나 찾아오는 법이지만 말이죠.

문학적 인물은 그의 죽음이 궁극적인 최후는 아니라는 점에

139 Urizen. 블레이크는 세계를 악으로 가득 찬 곳으로 보았기에 그 세계를 창조한 신도 사악한 정신의 소유자라고 생각했다. 그는 예언시 「유리즌의 서」에서 이러한 창조주를 '유리즌'이라고 명명했다.

140 블레이크는 『네 조아들』, 『밀턴』, 『예루살렘』 같은 예언시에서 타락한 인류의 불행한 생활상과 잃어버린 낙원을 회복하려는 자신의 문학적 꿈을 묘사했다. 블레이크가 '울로(Ulro)'라고 부르는 곳은 지옥의 또 다른 변형으로서 인간이 잠에 빠져 공허를 만나고 정신적 비전과 상상의 힘을 거부하는 공간, 타락하고 공허한 기계 문명의 지배를 받는 공간을 일컫는다.

서 실존 인물보다 우월한 위치에 있습니다. 문학적 인물은 순간적이고 덧없는 존재인 우리 인간보다 완벽하고 훨씬 오래 지속되는 존재입니다. 우리가 결코 이루어 내지 못한 불멸(그들의 입장에서 불멸이란 수없이 많이, 그러니까 끝없이 죽는다는 것을 의미하는 경우가 대부분이긴 합니다만)을 획득했습니다. 그래서 나는 형벌의 연장선으로 두셰이코의 유배지를 비아워비에자의 원시림 끝자락, 난공불락의 영원한 자연의 심연으로 설정했습니다. (무자비한 환경부 장관 얀 시슈코가 원시림의 나무를 집중적으로 벌목하라는 행정 명령을 내리기 전까지 나는 그 원시림이 영원히 난공불락일 거라고 생각했으니까요.)

그리하여 나의 야니나 두셰이코는 지금도 그곳에서 살고 있습니다. 문학의 저편 어딘가에 존재하면서도 반쯤은 매우 현실적인 모습으로 말입니다. "행동하는 것은 실제다."라는 철학자들의 말이 사실이라면 야니나는 실제의 존재입니다. 심지어 가끔씩 거리로 나오기도 하는데, 좀 더 정확히 말하면 원시림을 수호하기 위해 환경 운동가들이 시위를 벌일 때 현수막에 그녀의 이름이 등장하곤 합니다. 여기서 분명한 건 그녀가 행동하고 있고 우리 세계에 지극히 현실적인 방식으로 영향을 미치고 있다는 사실입니다.

사진

나는 구식 심리학의 신봉자입니다. 내가 젊은 시절 습득한 심리학 용어들은 대부분 고전적인 정신 분석학에 기반을 두며, 오늘날까지도 내 안에 깊이 남아 있어 아마도 심리학과 관련된 새로운 용어를 습득하기는 힘들 것 같습니다. 나는 더 이상 정교하고 이성적인 진화론적 개념이나 인지과학적 개념에 휩쓸리지 않으며, 심지어 오늘날 심리학 분야에서 무슨 일이 벌어지고 있는지도 잘 모릅니다. 어떤 면에서 나는 화석이나 다름없는 구시대의 산물입니다. 나는 우리의 심리를 구성하는 요소 중 하나인 에고를 작고 연약하고 부서지기 쉬운 것, 케이크 꼭대기에 얹힌 화룡점정의 장식 같은 것으로 받아들이고 있습니다. 여기서 케이크는 원뿔 모양인데 겹겹의 층으로 쌓여 있습니다. 아래쪽으로 내려가다 보면 계속 이어지는 각각의 층들을 지나가고, 그때마다 심리의 더욱 깊은 영역으로 들어가서 결국에는 집단적 단계에 도달하게 됩니다. 하지만 그도 잠시, 그 단계를 지나쳐서 점점 더 밑바닥을 향해 내려가다 보면 비인간의 세계, 유기체의 세계를 지나 최종적으로는 무기체의 세계와 만나게 됩니다. 나는 우리 내면에 세상 전체와 시간이 깃들어 있다고 믿습니다. 과거를 예로 들면 내 안에는 개별적인 과거뿐 아니라 종의 과거, 나아가 내가 명명할 수조차 없는 더욱 큰 단위의 과거가 공존하고 있습니다.

나는 내 안에 존재하는 이러한 자원을 적극적으로 활용하려하는데, 그것을 가능하게 해 주는 수단이 바로 상상력입니다. 덕분에 나는 한정된 조건에서도 다양한 인물들을 창조하고, 그 인물들의 관점으로 세상을 설명할 수 있습니다. 문학적 인물들이 가진 고유한 관점은 종종 나를 놀라게 했고, 평범한 일상 속의 '나'를 초월하는 것처럼 느껴질 때도 있습니다. 특정한 거래만을 수행하기 위한 목적으로 별도로 개설된 은행의 부수적인 계좌를 '기술적인 계좌'라고 부르는 것처럼 나는 문학적 인물들을 가리켜 '기술적인 인물'이라 명명하고 싶습니다. 기술적인 계좌는 부차적인 듯해도 실제로는 주요 사업과 밀접하게 관련되면서 그 중요도가 점점 커지는 경우가 많습니다. 문학적 인물들 또한 우리가 생각했던 것보다 훨씬 더 중요하고 심각한 문제들을 짊어지고 있습니다.

두셰이코도 마찬가지입니다. 어떤 의미에서는 작가인 '나'를 자기 것으로 흡수해 탄생된 상징적인 인물이지만, 책이 쓰이는 동안 그녀는 서서히 성장을 거듭했습니다. 더 이상 필요 없어진 계정을 삭제하는 것과 달리 나는 그녀의 존재를 지워 버리지 않았습니다. 나는 여전히 그녀를 붙들고 있습니다. 언젠가 다시 필요해질 수도 있으니까요.

그러므로 문학적 인물이란 우리의 꿈이면서 우리의 경험과 상상이 빚어낸 보다 고차원적인 형태의 존재입니다. 그들은 자신의 기원에 대해서는 의식하고 있지만 자신의 탄생에 관여한 우리 작가의 존재에 대해서는 인지하지 못합니다. 어쩌면 이 모든 것이 더 큰 계층 구조의 일부는 아닐까요? 그 거대한 구조 속에서 우리는 자연에 의해 쓰인 문학이고, 세상이 꿈꾸는 식물적인, 아니 나아가 무기체적인 상상력의 산물일지도 모릅니다.

나는 문학적 인물들을 일종의 '존재 보관소'에 해당하는 뭔가 특별한 차원에서 머무는 존재들이라고 시적으로 가정하고 있습니다. 소설이 출간되고 나면 그들은 그 보관소로 이동하게 되는데, 그 대신 그들의 이야기와 드라마, 비극이 독자들의 정신세계에서 펼쳐집니다. 가상의 아바타처럼 그들은 개별적이면서 동시에 보편적인 경험을 우리와 함께합니다. 그리고 우리를 위해, 혹은 우리를 대신해서 그 경험들에 맞서 고군분투합니다. 도서관들이 불타 없어지고 우리 서버와 클라우드가 우주 저편으로 사라지지 않는 한 그들은 말 그대로 영원히 살아갑니다. 다음 세대의 독자들이 그들을 접할 때도 그들은 닳아 없어지거나 고갈되지 않습니다. 기껏해야 현실이 너무 많이 바뀌어서 그들의 이야기를 이해할 수 없을 때 다소 창백하고 흐릿하게 변할 뿐입니다. 그들은 자신에게 주어진 운명을 당당히 받아들이고, 자신의 추억(비록 다른 사람에 의해 쓰였지만)을 간직하고, 자신에게 부여된 육체성의 희미한 그림자를 즐깁니다. 그들은 자신들의 출생을 주장하지만 결코 세상에 태어난 적이 없는 존재들입니다. 또한 자신들이 신들과 밀접한 관계를 맺고 있다고 믿습니다. 그들은 세상에 커다란 영향을 미칩니다. 그들의 이름은 실존 인물의 이름보다 훨씬 더 잘 기억되고 고유한 매력으로 사람들을 자신에게 끌어당깁니다. 누군가에게는 따르고 싶은 모범이 되지만, 때로 그 반대의 경우가 발생하기도 합니다. 그들로 인해 살아 있는 사람이 자살을 선택할 수도 있기에 저주받은 존재로 취급받을 때도 있습니다.

　나는 차원을 초월한 공간, 문학적 '바르도[141]'에 대해 자주 생각합니다. 그러면서 내가 좋아하는 주인공들을 자주 찾아가곤

141 　bardo. 사유의 하나인 중유(中有). 티베트 불교 용어로 죽음과 환생 사이의 상태를 일컫는다.

합니다. 엘리아스 카네티[142]의『현혹(Auto da fé Canetti)』에 등장하는 세상에서 길을 잃은 무력한 책벌레 페터 킨에게로, 쥘 베른의 『해저 2만리』속 과묵한 네모 선장에게로, 신비롭고 불행한 여주인공 안나 카레니나에게로, 엘리자 오제슈코바[143]의 소설『니에멘 강변에서』의 여주인공 마르타에게로, 이상한 나라의 앨리스에게로,『변신』의 그레고르 잠자에게로,『마의 산』의 한스에게로, 마리아 동브로프스카[144]의 대하소설『낮과 밤』의 주인공 바르바라에게로……. 이 모든 인물의 이름을 이 자리에서 일일이 거론하기에는 시간이 부족할 듯합니다.

마지막으로 나는 확신을 다해 단언하고 싶습니다. 한 줌의 비

---

142 Elias Canetti(1905~1994). 1981년에 노벨 문학상을 수상한 영국 작가. 불가리아 태생의 스페인계 유대인으로서 현대 사회에서 '군중의 광기'에 대하여 깊고 넓게 사색한 작가로 평가받는다.

143 Eliza Orzeszkowa(1841~1910). 폴란드 소설의 기틀이 확립된 19세기 실증주의 시대에 활동하던 작가. 인간의 도덕적 타락을 비판하고 농민과 유대인에 대한 권리를 주장하는 진보적 사상을 담은 장편과 단편 소설을 발표했다.

144 Maria Dąbrowska(1889~1965). 20세기 전반기 폴란드 문단을 대표하는 작가. 소설가로서뿐 아니라 번역가, 문학 평론가로도 활동했다. 깊은 관찰력과 예리한 비판적 시간을 담은 서사시적 작품으로 폴란드 문단에서 전통적인 소설 형식의 정점을 이룬 작가로 평가받는다. 특히 폴란드 농촌을 배경으로 한 대하소설『낮과 밤』은 20세기 최고 걸작 중 하나로 꼽힌다.

이성적 요소가 가미되지 않은 예술은 세상에 존재하지 않습니다. 사상이나 관념과 마찬가지로 예술 또한 직관과 집착, 광기와 환상을 포함하는 우리 인간의 총체적인 경험을 표현하는 일이니까요. 그러므로 언어는 우리가 이러한 현실을 우아하게 섭취할 수 있게 해 주는 칼이자 포크입니다.

— 국립 우츠 대학교 강연 3

메탁시의 영토[145]

여러분, 인생에서 가장 힘든 작품 중 하나였던 『야쿠프의 서』를 막 탈고하고 나서, 나는 이런 꿈을 꾸었습니다.

화창한 여름날이었습니다. 아마도 어린 시절에 익숙했던 사회주의식 리조트(불가리아의 유명 휴양지인 즐라트니 퍄서치[146]나 슬런체브 브랴[147]에 있던 스타일)인 것 같았는데, 나는 시원한 그늘을 드리운 아름드리나무들로 둘러싸인 한 노천극장에 있었습

---

145 앞의 세 강연과 연계해서 이 강연록을 작성했지만 작가의 개인 사정으로 청중 앞에서 강연 또는 발표되지는 못했다. 메탁시(Metaxy)는 306쪽 각주 148 참조.

146 Златни Пясъци. 불가리아어로 '금빛 모래'라는 뜻이다. 불가리아 흑해 연안 북부의 주요 해변 휴양지이며 인근에는 같은 이름의 국립 공원이 있다.

147 Слънчев бря. 불가리아어로 '햇빛이 잘 드는 해변'을 뜻한다. 흑해 연안과 접한 휴양지로서 상주 인구는 적은 편이지만 여름이면 관광객들이 몰린다.

니다. 나무로 지어진 아담한 원형 극장의 객석은 관객들로 가득 찼습니다. 그리고 내 소설의 등장인물들이 밝은색 옷을 입고서 흡족하고 들뜬 모습으로 극장을 찾았습니다. 요즘 유행하는 옷차림이었지만 나는 별 어려움 없이 그들을 알아볼 수 있었고, 누가 누구인지 단번에 알아차렸습니다. 내가 글로 쓸 때만 해도 희미하고 흐릿했던 그들의 모습은 꿈에서는 아주 현실적이었습니다. 얼굴에는 놀라운 리얼리즘이 담겨 있었는데, 심지어 기미와 주근깨조차 선명하게 보였습니다. 등장인물들은 웃고, 떠들고, 서로에게 농담을 건넸습니다. 그들의 물성이 나를 놀라게 했고, 흥분과 전율을 느끼게 했습니다. 그들은 여유로웠고, 친절했으며, 마치 오래전부터 알던 지인이 찾아온 것처럼 나를 따뜻하게 맞아 주었습니다. 이 축제와도 같은 광경을 바라보는 내 눈에는 감동의 눈물이 고였습니다. 우리는 서로에게 애틋한 친밀감을 느꼈습니다. 확실히 그것은 광활한 상상의 세계 속 어딘가에서 맺어진 일종의 가족이나 동지를 만난 듯한 느낌이었습니다.

하지만 한창 흥분이 고조된 상태에서 갑자기 잠에서 깨는 바람에 나는 미처 연극을 관람하지 못했고, 어떤 작품이 공연될 예정이었는지도 알 수 없게 되어 버렸습니다. 그러자 문득 엉뚱한 생각이 내 머릿속을 스치고 지나갔습니다. 인간적인 영역도 아니고 추상적인 영역도 아닌 신성의 영역에서 나의 등장인물들이 나름의 방식으로 소설의 탄생을 축하하고 있는 건 아닐까…….

앞서 나는 '글쓰기'라고 불리는 심리적 과정에서 가장 신비로운 순간은 문학적 인물의 출현이라고 이미 언급한 바 있습니다. 작업을 하다 보면 종종 이런 현현(顯現)의 순간과 맞닥뜨리게 됩니다. 대체로 서사에서 핵심적인 역할을 담당하는 서술자 또는 주인공들이 탄생할 때 이런 경험을 하게 되는데요, 이전 강연에서 이미 말했듯이 등장인물을 그저 작가의 창조적 산물로 단정하는 것은 지나친 단순화일 것입니다. 등장인물들은 안개 자욱한 미지의 영토에서 서서히 그 모습을 드러냅니다. 처음에는 형태를 채 갖추지 못한 상태로 깜빡거리며 고군분투하지만 시간이 흐를수록 미적으로 완결된 모습을 갖추게 됩니다. 그렇게 준비 태세가 갖춰지면 그다음에는 외관상 약간의 수정만 가하면 됩니다. 하지만 그들은 영원히 수수께끼 같은 존재, 다시 말해 우리가 완전히 파악할 수 없는 존재입니다. 과연 무엇으로 그들이 우리를 놀라게 만들지 우리는 결코 알 수가 없으니까요. 나 역시 등장인물들에게 목소리를 허용하고 나서 그들의 이야기를 듣다가 놀란 적이 한두 번이 아닙니다. 하지만 나는 그들이 서로 대화하며 주고받은 내용을 충실히 받아 적으려 노력했습니다. 그런데 어떤 인물들은 자주적인 성향이 강한 나머지 내게 전적으로 의존하지 않았습니다. 그래서일까요. 어떤 인물의 '창조자'라는 단어는 내게 좀 과한 표현처럼 느껴집니다. 그보다는 인물들을 세상에 데려오는 '산파'라는 표현이 더 적합할 것 같습니다.

여기서 내가 '데려오다'라는 표현을 쓴 건 등장인물들이 우리가 읽는 책의 페이지에 모습을 드러내기에 앞서 미리 존재하는 어떤 공간이나 영역이 있다는 가정을 전제로 한 것입니다. 신이나 성인, 악마처럼 비물질, 비인간의 존재 또한 마찬가지입니다. 그들은 우리가 인식의 빛을 비추어 꺼내 오기 전까지 '어딘가에서' 머물고 있습니다. 아마도 그곳에서 그들은 한결같은 모습을 유지하며 이미 존재하고 있는 듯합니다. 자신만의 과거와 현재, 고유한 성향, 이력의 대부분을 자아 속에 이미 포함시킨 상태로 말입니다. 우리가 그들에 대해 아는 건 훗날 그들에 대해 우리가 이야기로 풀어내는 내용, 딱 그 정도에 불과합니다. 나머지 사항들은 은밀히 감춰져 있는데 그 부분에 대해서는 그저 우리가 짐작하거나 추론할 따름입니다.

이는 우리 상상력이 빚어낸 허구의 대상, 환상적인 존재에만 적용되는 것은 아닙니다. 오래전에 세상을 떠났지만 우리가 인생의 롤모델로 여기거나 특정 분야의 권위자, 혹은 매혹적인 대상으로서 우리 삶에 영향을 미치는 유명 인사들, 그리고 역사적 인물들도 이러한 영역에 거주하고 있습니다. 이곳은 어디일까요? 무의식이나 기억 속? 아니면 우리 뇌의 특별한 고랑?

플라톤의 『향연』에서 철학자들은 에로스 신의 특성이 무엇인지를 놓고 치열한 토론을 벌입니다. 그리고 뒤늦게 합류한 소크라테스가 마지막으로 의견을 피력합니다.[148] 그는 스승 디오티마에 대해 언급하면서 그녀의 견해를 소개하는 방식으로 현실에 대한 매우 독창적이고 설득력 있는 해석을 내놓습니다. 소크라테스의 이야기에서 현실은 이원론적 구분을 초월한 연속체로서

---

148 플라톤의 『향연』에서 아가톤은 에로스를 모든 좋은 것의 원천이라 말하고, 아리스토파네스는 에로스를 잃어버린 반쪽을 찾아가는, 즉 자기 것을 갈구하는 것이라고 말한다. 소크라테스는 에로스를 '결핍된 것'으로, 우리에게 없기에 찾으려 애를 쓰는 좋은 것이라고 설명하면서 이를 '중간자(메탁시)'라 정의한다. 또한 에로스를 갈구하는 인간은 모두 중간적인 존재라고 단언했다.

그 속에서 존재의 특정 상태들은 '사이'의 영역에 의해 서로 나뉩니다.

소크라테스가 과거에서 소환한 디오티마는 상당히 수수께끼 같은 인물입니다. 우리는 소크라테스의 진술을 통해서만 그녀에 대해 알 수 있습니다.

"나는 언젠가 만티네이아 출신의 디오티마에 대해서 들은 적이 있습니다. 그녀는 지금 우리가 다루는 이 문제뿐 아니라 그 밖의 다른 많은 사안에서도 늘 지혜로운 여인이었습니다. 한번은 아테네인들로 하여금 미리 신들에게 제물을 바치게 해서 역병의 발발을 십 년이나 늦춘 적도 있습니다. 바로 그녀가 에로스에 대해 내게 깨달음을 주었습니다."[149]

현명한 소크라테스는 현자이면서 선지자인 데다 의사의 자질까지 겸비하고, 또 놀라운 지식과 뛰어난 통찰력을 가진 한 여성에게서 가르침을 얻습니다. 소크라테스에 따르면 디오티마는 에로스의 신성을 이해하는 과정에서 다음과 같은 역설에 주목합니다.

"에로스는 풍요의 신 '포로스'와 가난의 신 '페니아'의 아들이었기에 그의 운명은 이러했습니다. 무엇보다 그는 영원히 가난했습니다.

---

149 Platon, *Uczta*, trans. by Władysław Witwicki(Kęty, 2008).
(원주)

그리고 많은 이가 생각하는 것과 달리 섬세하고 아름다운 용모와는 거리가 멀었습니다. 거칠고 투박한 외모에 늘 맨발로 돌아다녔고, 변변한 거처도 마련하지 못해 문간이나 길바닥에서 이불도 없이 맨땅에 누워 하늘을 지붕 삼아 잠들곤 했습니다. 어머니의 본성을 물려받아 항상 궁핍과 빈곤이 따라다녔기 때문이죠. 하지만 아버지를 닮아서 아름다운 것, 좋은 것을 쫓아다니며 항상 용감하고 건장하고 우람했습니다. 노련한 사냥꾼이기에 늘 그럴듯한 방도를 생각해 내고 지략이 풍부했습니다. 평생 지혜를 사랑하고 철학에 몰두했으며, 능란한 마법사여서 독초를 잘 다루었고, 소피스트처럼 궤변에도 능했습니다. (……) 그는 신도 인간도 아닙니다. 잘나갈 때는 번창해서 풍요롭게 살다가 다시 몰락해 초주검의 상태에 이르기도 하지만 아버지에게 물려받은 본성 덕분에 되살아나기를 반복합니다. 하지만 뭔가를 손에 넣으면 금방 다시 잃곤 합니다. 그래서 궁핍에 시달리지도 않지만 풍족하지도 않습니다. 그는 지혜와 무지의 중간에 있습니다. 그렇게 된 데에는 이유가 있습니다. 신들은 아무도 지혜를 탐구하거나 지혜를 욕망하지 않습니다. 그들은 지혜를 갖고 있으니까요. 이미 지혜로운 자는 누구든 지혜를 갈망하지 않는 법이죠. 마찬가지로 무지한 자들 또한 지혜를 갈망하거나 현명해지기를 바라지 않습니다. 다시 말해 무지한 자는 자신이 아름답지도 착하지도 않으며 지혜롭지도 않은데도 자신에게는 부족함이 없다고 착각합니다. 이것이 바로 무지가 초래하는 가장 큰 불행입니다. 스스로 아무것도 부족하지 않다고 생각하는데 결핍을 느끼지 못하는 대상을 굳이 욕망할 필요가 있겠습니까?"[150]

150 앞의 책.(원주)

디오티마는 소크라테스의 입을 통해 이렇게 이야기합니다. "에로스는 끊임없는 욕망과 염원이다. 스스로가 아름답지 않으므로 그는 아름다움을 갈망한다. 왜냐하면 우리는 자신이 이미 소유한 것은 절대 욕망하지 않기 때문이다. 만약 우리가 뭔가를 갈구한다면 그것은 우리가 신처럼 완벽하거나 모든 것이 충족된 존재가 아니기 때문이다."

플라톤이 인용한 신화에서 에로스는 '가난'과 '풍요'라는 두 개의 상반된 본성을 가진 존재로 묘사됩니다. 하지만 우리는 여기서 가난과 풍요를 일종의 메타포로 해석하여 무와 모든 것, 단순성과 복잡성, 필멸과 불멸, 부분성과 충만함, 내재성과 초월성 등의 개념으로 확장하여 이해할 수 있습니다. 따라서 에로스는 서로 대립하는 것들 사이의 중간 지점, 보다 정확하게는 이 대립적인 요소들이 서로 상쇄되지 않고 자연스럽게 포개어지는 지점에 위치합니다. 따라서 그것은 위치나 장소일 수도 있고, 나아가 비범한 에너지나 잠재력, 유동성을 함유한 어떤 상태일 수도 있습니다. 중간자적 존재의 에너지를 높이 평가한 최초의 사상가 중 한 사람인 헤라클레이토스는 소크라테스보다 100여 년 전에 이처럼 서로 대립되는 요소들 간에 나타나는 상호 작용을 '대극의 반전'[151]이라고 명명했습니다.

대립적 요소들의 중간 지점에 위치하고 있기 때문에 에로스의 진정한 본성은 욕망입니다. 디오티마는 에로스를 인간도 신

---

151 enantiodromia. 어떤 힘이 과도해지면 그 반작용 또한 강해지는 자연계 균형 원리다.

도 아닌 존재로 봅니다. 기원이 초자연적이기 때문에 인간은 아니지만 그 본성이 자신에게 부족한 것을 끊임없이 갈구하므로 신도 아닙니다. 따라서 그에게 중간 상태(반복하지만 그는 신이 아닙니다. 신들은 모든 것을 가졌고, 아무것도 바라지 않으며, 그 무엇도 추구하지 않으니까요.), 즉 다이모니온의 지위를 부여하는 것이 마땅합니다. 다이모니온은 신과 사람의 중간에 있는 존재이기 때문입니다.. 따라서 디오티마는 에로스의 본질을 신과 인간 '사이'의 존재(그리스어로 메탁시(μεταξύ))로 해석합니다. 우리가 '사이'라고 말하는 바로 그 맥락에서 당대의 그리스인들은 '메탁시'라는 단어를 사용했으므로 디오티마 또한 자연스럽게 '메탁시'의 개념을 설파하게 됩니다.

하지만 그 '사이'에는 빈 공간만 있는 게 아니라 서로 대립되는 두 가지 현실을 연결하는 뭔가가 있습니다. (프랑스의 철학자 시몬 베유는 저서 『초자연적인 앎(La connaissance surnaturelle)』에서 두 수감자가 감옥의 벽을 두드려서 소통하는 사례를 언급하며 '벽은 그들을 분리하는 동시에 서로 연결해 주는 수단'이라고 표현했습니다.) 메탁시는 또한 '중간'이나 '사이'를 의미하기도 합니다. 그리스어로 '메탁시'라는 단어는 두 개의 단어가 결합된 것입니다. '메타(μετά)'는 '~후에'라는 의미를 가진 전치사(이것은 아리스토텔레스의 '형이상학'과 관련이 있기에 가장 널리 알려진 뜻풀이입니다.)인데, 그 외에도 지금 우리 논의에서 중요한 의미를 갖는 '~사이에', '~중간에'라는 뜻이 있습니다. 그리고 '크신(ξύν)' 또는 '신(σύν)'은 '~와 함께', '공동의', '같이'라는 의미를 가진 접두사이자 전치사입니다.

소크라테스의 설명에서 메탁시라는 단어는 인간과 신 사이의 세계, 즉 두 개의 층위를 서로 분리하는 동시에 그 사이를 중재하여 연결하는 '중간 세계'의 개념으로 도입된 것입니다. 이세계는 '다이모니온'이라 불리는 중간자적 존재들이 머무는 특별한 공간으로 대화의 주인공인 에로스 또한 이곳에 머물고 있다고 소크라테스는 말합니다.

요약하자면 플라톤은 메탁시(사이)라는 어휘를 통해 인간의 경험을 초월하고 인간이 상상할 수 있는 것을 뛰어넘는 어떤 신비한 현실을 묘사하려 했습니다. 그것은 다양한 개념들 사이에 위치한 역설적이면서 무한한 공간이고, 모호한 의미들이 서로 모순되기도 하고 중첩되기도 하는 곳이며, 심리학자인 제임스 힐먼이 "정신의 시적 기반"이라고 불렀던 뭔가가 독자적으로 관장하는 영토입니다.

메탁시(사이)의 개념을 빌려오면 말로 표현하거나 분석하기 힘든 존재 방식을 설명할 수 있게 됩니다. 그것은 언어와 관념 사이, 이미지와 직감 사이에 있는 도무지 알 수 없지만 동시에 가장 실제적인 뭔가를 의미합니다. 왜냐하면 그것은 세계와 그 세계의 역사, 그리고 개별적인 인간 현존에 뚜렷한 영향을 미치기 때문입니다. 메탁시의 영토는 언제나 불확실하고 흐릿하게 남아 있으며 말로 표현하기 어려운 경험의 영역이지만, 그 안에서 늘 뭔가가 생성되고 무르익어 불꽃으로 점화되는 과정이 끊임없이 반복되고 있습니다. 따라서 이곳으로부터 이상하고도 유익한 내용들이 발원해 우리 의식 속으로 유입됩니다. 니체식으로 표현하자면 '은유와 환유, 의인관의 유동적인 군단'(『비도덕적 의미에서의 진리와 거짓에 관하여』 중에서)이 탄생하는 곳, 즉 진리가 구현되는 곳이라고 할 수 있습니다.

메탁시(사이)라는 용어는 철학에서 자주 사용되지 않지만 에릭 푀겔린과 앞서 언급한 시몬 베유, 윌리엄 D. 데즈먼드 같은 독창적인 사상가들은 일찌감치 메탁시의 엄청난 잠재력에 주목했습니다. 특히 시몬 베유는 메탁시 개념을 통해 디오티마의 독창적인 사상에 매우 근접한 독특한 형이상학을 구축했습니다. 하지만 이 '사이'의 영토를 추적하는 데 결정적인 도움이 되는 텍스트는 한스 파이힝거가 1911년에 출간한 저서 『마치 ~처럼의 철학(Die Philosophie des Als Ob)』이 아닐까 합니다. 지금 우리가 살아가고 있는 현실을 완전하게 파악하기는 사실상 불가능하므로 우선 그에 대해 몇 가지 가설을 세우고 그 현실이 무엇인지 추측해 나가는 단계에서부터 출발해야 한다고 파이힝거는 이야기합니다. 그 가설들이 일단 우리 현실과 일치한다고 가정하고 세상이 '마치' 우리 모델에 부합하는 '것처럼' 행동해야 한다는 것입니다. 흥미롭게도 파이힝거는 당시 이미 물리학을 예로 들어 자신의 주장을 피력했습니다. 우리는 소립자와 양성자, 전자와 파동이 존재한다는 것을 알고는 있지만 이러한 현상 중 우리 눈으로 직접 관찰된 것은 하나도 없습니다. 그럼에도 과학은 그것들이 존재한다고 가정하고 관련된 지식을 적극적으로 활용해 다음 단계의 이론과 실질적인 해결책을 수립해 나갑니다. 이와 마찬가지로 누군가가 악한 사람에게는 지옥이, 선한 사람에게는 천국이 기다리고 있다고 굳게 믿는다면 그 믿음이 그의 행동에 분명한 영향을 미친다고 추정할 수 있습니다.

파이힝거는 이러한 관찰을 토대로 인간은 비록 현실에 존재하지 않지만 살아가는 데 꼭 필요한 허구적인 관념들을 추종한다는 흥미로운 이론을 내놓았습니다. 그러한 관념들은 인간이 헤아릴 수조차 없는 이 무한한 현실에 보다 효과적으로 대처해 나가도록 도와줍니다. 다시 말해 그것은 인간의 경험을 분류하고 정리하는 일종의 보조 장치 같습니다. 더는 유용하지 않다고 판단되면 언제든 폐기 처분할 수 있습니다.

'메탁시(사이)'의 경우는 이미 주어진 공간이고 선험적으로 존재하지만 '마치 ~처럼'은 그 공간이 끊임없이 생성되고 있다는 점에서 차이가 발생합니다. 하지만 두 영역은 모두 비슷하게 역동적입니다. 결국 '마치 ~처럼'의 본질은 우리가 무엇이 현실이고 무엇이 아닌지를 판단할 때 가치 평가를 수행한다는 데 있습니다. '마치 ~처럼'의 관점에서 현실적인 것이란 우리 삶에 영향을 미치고 살아가는 데 유용한 것들이라고 할 수 있습니다. '메탁시(사이)'의 개념에 숨겨진 본질은 우리로 하여금 서로 대립되는 요소들을 지적으로 파악하고 적절히 대처하게 한다는 것입니다. 그러므로 '마치 ~처럼'과 '메탁시(사이)'는 메탁시의 영토에서 모든 것이 어떻게 작동하는지 설명해 주는 두 개의 핵심적인 키워드라고 할 수 있습니다.

남자들의 향연에 소환된 소크라테스의 신비한 스승 디오티마는 그들과 다른 세계, 즉 독단을 거부하는 세계에 속한 존재처럼 보입니다. 그 세계 어딘가에는 이행과 완충의 공간, 머지않아 생성될 모든 것에 대해 타협의 여지가 있는, 일종의 시범적인 공간이 있습니다. 소크라테스를 통해 개진된 그녀의 독특한 관점은 향연에 참석해 웃고 떠들고 즐기던 모든 이를 어느 순간 심각하게 만듭니다.

'메탁시(사이)'와 '마치 ~처럼'의 개념은 우리가 맹신해 온 특정한 사고방식들, 예를 들어 독단에 빠진 기독교, 현대의 과학 만능주의, 양자택일을 강요하는 사고방식, 우리가 가치 대립의 공간에서 살고 있음을 자연스럽고 당연하게 인정하는 관점의 기반을 뒤흔듭니다. 낮-밤, 흑-백, 하나-다수, 여자-남자, 신-속세, 경험론-환상, 이른바 흑백 논리로 알려진 것들에 반기를 들며 '메탁시(사이)'와 '마치 ~처럼'은 모든 것이 역설적이면서 포용적인 방식으로 존재하는 영역도 있다는 것을 보여 줍니다.

세상의 윤곽이 물결치듯 어른거리며 여전히 '생성 단계에(in statu nascendi)' 있고, 그래서 모든 일이 얼마든지 벌어질 수 있고, 상호 대립되는 가치들이 서로를 배척하지 않는 곳. 우리가 엄격히 구별하고 인식할 때에만 그 실체를 드러내는 '현실'을 직조하는 데 필요한 원형이 만들어지는 곳. 이것은 현대 물리학에 의해 입증된 존재 방식입니다. 왜냐하면 관찰자의 영향력이 측정 결과에 결정적인 영향을 미치는 놀라운 사례들을 현대의 양자 물리학에서 얼마든지 찾아볼 수 있으니까요. 예를 들어 주어진 입자의 특성이 파동이 되기도 하고 미립자가 되기도 하는 것은 관찰자라는 존재, 그리고 그가 선택한 측정 유형에 따라 좌우됩니다. 왜냐하면 파동·입자의 이중성[152]은 동시에 측정이 불가능하니까요.

---

152 모든 입자는 파동과 입자의 성질을 모두 갖고 있음을 이르는 말. 이를 통하여 고전적인 개념으로는 완벽하게 설명하지 못하는 양자 역학적 현상들을 설명할 수 있게 되었다.

시간과 공간을 초월하여 존재하는 메탁시의 영토에는 우리의 정신이 만들어 낸 다양한 산물들이 있지만 대부분은 평범한 현실의 지위를 얻지 못했습니다. 하지만 그것들이 비범하고 기이한 현실의 지위를 확보한 것만큼은 틀림없습니다. 이곳에서 빨간 망토는 할머니인 척하는 늑대에게 의심을 품고서 세 가지 질문을 던지고, 이아손은 황금 양털을 찾으러 콜키스 왕국을 향해 항해합니다. 오래전에 세상을 떠난 역사적 인물들과 이미 가루가 되어 흩어져 버린 그들의 육신도 이곳에 머물고 있습니다. 플라톤과 소크라테스, 심지어 디오티마도 당연히 여기에 있습니다. 비록 그녀가 실제로 존재했는지는 확신할 수 없지만 말입니다. 성인들과 음탕한 교황들, 추악한 폭군들, 눈보라 속에서 성냥개비를 든 채 추위에 떨고 있는 소녀들, 영웅담의 주인공들과 유명한 영화배우들도 이곳에 있습니다.

우리가 그들을 주목하고, 그들에 대해 생각하고, 우리 삶의 내면의 방에 그들을 들여놓는다는 지극히 단순한 사실 덕분에 존재로 거듭나는 모든 인물들. 그들 중 대부분은 이미 세상에 존재하지 않거나, 혹은 단 한 번도 존재한 적이 없습니다. 현대를 살아가는 우리 중 일부, 즉 응당한 일을 했거나 아니면 복잡하고 다면적인 세상 속에서 어떤 의미로든 명확한 족적을 남긴 사람들만이 메탁시의 영토로 들어가게 될 것입니다. 하지만 우리가 그곳에 가게 된 이유가 나쁜 일을 해서인지 착한 일을 해서인지는 아무도 중요하게 여기지 않을 것입니다.

메탁시의 영토에는 시간과 공간을 초월한 세상들이 존재합니다. 그것들은 물리적 영역의 바깥에 붕 떠 있는 것처럼 보이지만 한편으로는 지속적으로 존재합니다. 예를 들어 '보바리'라는 성을 가진 부인은 잠시 멈춰진 영화의 필름과 같은 존재입니다. 우리가 눈길을 주는 순간 곧바로 자동 재생되면서 보바리 부인은 자신의 애처로운 비극을 재연합니다. 왜냐하면 이러한 인물들은 창조되고, 이야기의 대상이 되고, 존재하기를 '원하기' 때문입니다. 메탁시(사이)에 머무는 모든 것은 존재하려고 안간힘을 쓰지만 메탁시의 영토라는 관점에서 보면 존재란 불연속적이면서 고립된 과정을 의미합니다. 독자의 예민하고 다정한 시선이 텍스트에서 등장인물들을 끄집어내어 형체를 만들고 자신의 고유하고 특별하고 유일한 삶의 맥락 속에 그들을 배치할 때 그들은 비로소 존재성을 획득하게 됩니다.

이제 막 완성된 내 책 속 주인공들은 메탁시의 영토에서 머물다가 내 꿈을 찾아온 것이 분명합니다. '마치 ~처럼'의 구역인 메탁시의 영토는 아마도 모든 문학적 인물이 거주하는 적절한 주소지일 것입니다. 그곳에서 다양한 유형과 모티브, 신화 및 역사의 시간이 뒤섞인 혼합물이 만들어집니다. 인물들 가운데 두드러진 일부가 우위를 점하기도 하지만 그들 또한 희미한 윤곽 탓에 눈에 잘 띄지 않고, 선택된 사람들만 알아볼 수 있습니다. 거기서 돈키호테는 틀림없이 자신의 조랑말을 타고 유유히 지나갔을 테고, 수다쟁이 산초 판사가 당나귀와 함께 어김없이 그 뒤를 따라갔을 것입니다. 또한 루키우스[153]가 사람이면서 당나귀이기도 한

153 고대 로마의 작가이자 연설가, 플라톤 철학자인 루키우스 아풀레이우스가 2세기에 라틴어로 쓴 소설 『황금 당나귀』의 주인공. 마법을 따라 하다가 실수로 당나귀로 변신

이중적인 모습으로 그곳에 머물고 있을 것입니다. 그들은 우리의 시공 너머에서 그렇게 존재를 유지하다 '기억'이나 '말'과 같은 명확한 부름을 통해 마치 다이모니온처럼 모습을 드러냅니다. 그들의 존재론적 특성은 한마디로 단정 짓기가 어렵습니다. 궁극적으로 그들은 인간이 아니며, 미약한 존재라는 고통스러운 한계 속에서 똑같은 이야기를 끊임없이 반복하고 있다는 점에서 신이 될 수도 없습니다. 우리의 부름을 받고 우리 눈앞에 나타났다가 얼마 못 가 우리의 기억에서 사라지기도 하지만, 우리가 그들을 다시 소환하면 언제든 준비된 모습으로 돌아오곤 합니다. 그들은 물성이 없지만 우리의 생각과 사고에 영향을 미치므로 간접적으로 물질 세계에 관여하고 있습니다. 나는 그들이 존재한다는 사실을 추호도 의심하지 않습니다. 아마도 그들은 자신의 리얼리티(현실성)를 시공간이 겹쳐지는 주름이나 존재의 주머니 속에 위치시키고 있는 듯합니다. 그러므로 우리는 거기에서 언제든 그들과 접촉할 수 있습니다. 그곳에서 그들은 일상의 환한 빛 속으로 언제든 끄집어내어질 만반의 준비 태세를 갖추고 있습니다.

소설가 레이 브래드버리가 쓴, 2120년을 배경으로 한 놀라운 단편 「화성의 미친 마법사들(The Mad Wizards of Mars)」을 살펴보겠습니다. 여기서 인류는 소설의 시점으로부터 100년 전, 그러니까 공교롭게도 2020년경에 모든 환상과 환영을 뿌리 뽑고 과학

한 루키우스라는 인물의 황당무계한 모험을 다룬 소설이다. 세르반테스는 『돈키호테』에서 이 반인반수의 매력적인 주인공 루키우스를 등장시켰다.

과 상식을 맹신하기로 결의했습니다. 그러니까 문자 그대로를 맹신하는, 상상력이 부족한 존재로 전락해 버린 것입니다. 유령과 마녀, 흡혈귀, 비이성적인 사건이나 호러물, 환상적인 모험담 등 정신을 중독시킬 소지가 있는 모든 책은 검열당하고, 파기되고, 불태워졌습니다. 그렇게 상상의 문학 세계가 시커먼 재로 변하고 말았습니다. 책에 등장하는 모든 등장인물과 그들의 작가들은 화성으로 도망치고 장편이나 단편 소설들의 플롯들로 이루어진, 기발한 상상의 영토가 화성에 만들어졌습니다. 지구에서는 이 비이성적이고 비합리적인 임시 거주지를 영구 제거하기 위해 원정대를 파견합니다. 하지만 화성으로 향하는 비행 도중 현대적인 호모 사피엔스의 전형으로 일컬어지던 승무원들이 "등 뒤에 거대한 놋쇠 태엽이 붙어서 천천히 돌아가고 있는 게 아닌가 싶은 착각에 빠집니다. 모두가 값비싸고 재능 있고 능숙하고 순종적인, 기름칠이 잘된 장난감 인형 같았습니다."[154] 승무원들은 원인 불명의 질병과 고통, 환각과 공포에 시달리다가 일부는 죽음에까지 이릅니다. 화성에 거주하는 피난민들이 그들을 겨냥해 주문과 저주, 환상이나 환각 같은 무기를 원격으로 작동시켰기 때문이었습니다.

그렇다면 지구에서 파견한 인류에 맞서 화성을 수호하기 위해 결성된 시민 방어대의 주모자는 누구였을까요? 바로 앰브로즈 비어스나 너새니얼 호손, 찰스 디킨스와 같이 고유한 독창성

---

154 Ray Bradbury, "Wygnańcy", (in) *Człowiek ilustrowany*, trans. by Paulina Braiter(Warszawa, 1999).(원주)

을 잃지 않았던 저명한 작가들이었습니다. 그리고 이 방어대를 이끄는 핵심 참모는 에드거 앨런 포였습니다.

"오늘 밤 나는 당신들의 친구와 내 친구 모두에게 죽음의 바닷가로 나오라고 일러 뒀네. (……)" 에드거 앨런 포가 그곳에 거주하는 시민들에게 말했습니다. "동물들과 늙은 여자들,[155] 날카롭고 새하얀 송곳니를 가진 흰칠한 신사들도 다 모이기로 했어. 물론 함정도 준비되어 있네. 구덩이도 파 놨고, 진자도 매달아 놨지. 심지어 '붉은 죽음'[156]도 불렀어. (……) 정말이지 '붉은 죽음'이 필요한 순간이 올 거라고는 생각조차 못 했네. 하지만 놈들이 원하는 게 그것이라면 하는 수 없지! 그놈들은 바라는 죽음을 얻게 될 걸세!"

불행하게도 그들의 대응책은 미약했고, 서툴기 짝이 없었으며, 사실상 무방비 상태나 다름없었습니다. 신세계에 도착한 지구의 원정대는 사료(史料)로서 한 권씩 보관되어 있던 마지막 책들을 화성에 착륙하자마자 불태웁니다. 『한여름 밤의 꿈』, 『지킬 박사와 하이드 씨』 등이 불 속에 던져지고 귀를 찢는 듯한 비명

155 이 두 단어는 내가 역설적인 의미로 일부러 강조한 것이다.(원주)
156 에드거 앨런 포의 단편 「붉은 죽음의 가면극」에서 착안한 내용이다. 이 소설에서 '붉은 죽음'이란 얼굴에 붉은 반점이 번지고 온몸의 모든 구멍에서 피를 쏟으며 삼십 분 안에 죽음을 맞이하는 전염병을 일컫는다. 백성들 대부분이 전염병으로 처참하게 죽어 가는데 친구 1000명을 왕궁으로 불러들여 사치와 향락을 누리는 왕의 이야기다.

이 사방에 울려 퍼집니다. 그리고 마지막으로 등장인물들과 함께 장렬한 최후를 맞는 책은 『오즈의 마법사』입니다.

브래드버리는 플라톤의 직관을 완벽하게 이해했습니다. 그리고 메탁시의 영토를 묘사하는 여러 가능한 버전 중 하나를 골라 기발하고 독특한 방식으로 스케치했습니다. 여기서 메탁시의 영토는 구체성에 의지하고, '문자 그대로'를 추구하며, 양자택일의 논리에 기반한 초이성적인 기술 혁신의 세계, 개념의 의미망에 속하지 않는 모든 것을 무조건 미신으로 치부해 버리는 이성주의의 세계와 정반대되는 개념으로 묘사되고 있습니다.

메탁시(사이)의 반대편에는 대상을 문자 그대로 해석하는 '직해주의'가 있습니다. 직해주의는 다양한 층위에서 작동합니다. 가장 원시적인 단계는 인식이나 교육의 부족, 심지어 지각의 장애로 인해 인간이 세상을 복잡하고 모호한 것으로 보기를 거부하는 경우입니다. 또한 그것은 일종의 본능적인 실용주의와도 연관되어 있는데, 상투적으로 생각해 보면 성서에 나오는 의심 많은 토마스의 모습이 연상되기도 합니다. 하지만 직해주의는 특유의 정교한 면모도 지니며 합리주의나 과학적 방법론, 그리고 소위 말하는 '상식'으로부터 각별한 옹호를 받고 있습니다. 통계 또한 직해주의를 자주 선호합니다.

내 아버지가 들려주신 이야기입니다. 1950년대, 그러니까 아버지가 한창 청년이었을 때 시골에 있는 나의 외갓집을 방문했는데, 저녁 무렵 집 앞 벤치에 앉아 약혼녀(그러니까 내 어머니)의 할아버지와 이야기를 나누게 되었답니다. 지구 궤도를 도는 최초의 인공위성 스푸트니크[157]에 모두가 열광하던 시절이었습니다. 인공위성은 사람들의 정신을 자극하고 상상력을 고무했습니다. 아버지는 약혼녀의 할아버지에게 이 경이로운 성과에 대해 열정적으로 이야기했고, 우주의 위대함과 그 우주를 향한 인류의 첫걸음을 언급하며 감동을 토로했습니다. 하지만 아버지의 흥분은 내 외증조 할아버지의 단 두 마디에 곧바로 가라앉고 말았습니다. "가 봤어? 봤냐고?"

그날 이후 우리 가족은 이 뼈아프게 이성적인 외증조 할아버지의 질문을 일반적인 불신을 피력할 때만 아니라 지나치게 낭만적이거나 탐미적인 성향, 비현실적인 공상에 찬물을 끼었고 싶을 때 사용하게 되었습니다. 우리는 스스로가 적절한 균형 감각을 유지할 수 있다고 자신하며 그러한 표현을 아이러니의 의미로 즐겨 사용하곤 했습니다. 19세기에 태어나 재능 있는 수공업자로 활동했던 외증조 할아버지는 내 기억 속에 희미하고 어렴풋한 모습으로 남아 있습니다. 훗날 나는 초창기에 발표한 소설에서 거대한 궁전의 지붕을 혼자 외롭게 올리는, 내성적이지만 실용주의자의 본성을 타고난 목수의 모습으로 내 외증조 할아버지를 재현해 보았습니다. 외증조 할아버지의 타고난 합리주의적 사고방식은 '단순하고 원초적인 인간은 신화와 마법, 민속 신앙의 세계에서 산다. 그리고 각종 환상에 쉽게 빠진다.'라는 인류학자들의 다양한 이론과 대치하는 것입니다. 상식은 결코 18세기 영국인의 발명품이 아닙니다. 그것은 적절한 판단과 수

---

157 1957년 소련에서 발사한 세계 최초의 인공위성이다.

완, 주변에서 벌어지는 현상에 대한 예리한 관찰력, 그리고 강력한 자립성에 의해 나의 생존이 좌우될 때 자연스럽게 체득되는 본능적인 사고의 기초 같은 것입니다.

그러나 생각의 범위를 제한하는 이러한 직해주의는 의심할 여지 없이 우리 시대의 심각한 고질병이 되었습니다. 첫 번째 징후는 은유나 비유를 이해하지 못하는 것이며, 그다음에는 유머 감각이 쇠퇴하게 된 것입니다. 그러다 성급하고 과격한 판단을 내리는 경향, 모호함을 견디지 못하는 편협성, 아이러니에 대한 감수성 상실 등의 증상을 동반하게 되고, 결국엔 독단주의와 근본주의의 회귀를 초래하게 됩니다. 직해주의자들은 문학이나 예술을 이해하지 못하며, 모욕감을 느꼈다든지 아니면 존엄성이나 명예를 침해했다는 이유로 언제든 창작자들을 법원에 고소할 준비가 되어 있습니다. 스스로의 결함 탓에 감정적 혼란에 빠진 나머지 자신이 경험한 것을 더 넓고 깊은 맥락에서 바라보지 못하기 때문입니다.

직해주의는 신의 계시로 표현된 진리를 일차원적으로 받아들이고, 그 문맥적 특성을 파악하지 못하며, 스스로가 시간과 문화에 의존한다는 사실을 이해하지 못하기에 종교를 비하합니다. 직해주의는 미적 감각을 파괴함으로써 세상에 대한 사려 깊고 심층적인 관점이 생성되는 것을 방해합니다. 직해주의의 가장 큰 문제점은 편협성과 배타성입니다. 그것은 한때 어딘가에서 채택된 규범을 맹신해 거기서 벗어나는 모든 것을 윤리적인 잘못이라고 단정 지으며 비난이나 힐책은 물론 벌을 받아 마땅한 것으로 취급합니다. 이처럼 직해주의는 의식의 지평을 닫고 사람들의 마음을 닫습니다.

직해주의의 비교적 최근 사례로는 폴란드에서 일어난 '무지개 분쟁 사건'을 들 수 있습니다. 사건의 개요는 다음과 같습니다. 2011년 폴란드의 설치 미술가인 율리타 부이치크는 폴란드 문화원의 의뢰를 받아 무지개 형상의 조형물을 제작하게 됩니다. 높이 9미터, 너비 26미터에 이르는 이 조형물에는 1만 6000송이의 꽃이 사용되었습니다. 벨기에 브뤼셀의 유럽 연합 본부 앞에 설치되었던 이 조형물은 이후 폴란드 바르샤바의 즈바비치엘라 광장으로 옮겨져서 2012년부터 2015년까지 전시되었으나 일부 극우 성향의 바르샤바 시민들이 일곱 번이나 방화를 저지르는 바람에 훼손과 재설치의 과정을 되풀이했습니다. 결국 2015년 8월에 조형물은 해체되었고, 국립 현대미술센터가 그 저작권을 확보했으나 아직 재설치는 되지 않고 있습니다. 무지개 분쟁은 처음에 사소한 장난으로 시작되었지만, 그로 인해 사람들이 처벌을 받고 감옥에 갇히면서 사태가 점점 심각해졌습니다. 본래 무지개가 갖고 있던 많은 고유한 의미들은 모두 사라진 채 문자 그대로의 해석만 남게 되었고, 상징이나 은유의 기능을 상실하고 말았습니다. 그렇게 무지개는 편향된 가치에 따라 설정된 '표준'이나 '정상'의 범주를 벗어난 모든 것을 대변하는 상징물로 전락했습니다. 누군가에게는 적의 깃발로 간주되었고 심각한 증오의 대상이 되어 버린 것입니다.

직해주의에 사로잡힌 사람은 맥락이나 관계성을 배제하고 모든 것을 고립된 상태로 파악합니다. 세상을 총체적이며 다차원적으로 경험하는 데 꼭 필요한 통합적 감각을 상실함으로써 자신에게도 타인에게도 불행을 초래합니다. 문득 율리안 투빔의 「거주민들(Mieszkańcy)」에 나오는 시구가 떠오릅니다.

> 그렇게 그들은 단추를 목까지 단단히 채우고서 걸어갑니다.
> 오른쪽을 보고, 왼쪽을 봅니다.
> 주위를 둘러보지만 — 모든 것을 따로따로 봅니다.
> 집을 보고…… 꼬마 스타시에크를 보고…… 말을 보고…… 나무를 보고……[158]

이처럼 모든 것을 분리해서 바라보면서 정작 그것들을 종합할 역량(과학적, 문화적, 심리학적으로)이 없는 사람들은 제아무리 혼자 어설프게 이어 붙이려 해도 엉성한 결과물만 양산할 뿐입니다. 대부분의 음모나 조작은 바로 이렇게 독단적인 방식으로 전체를 조합하고 자신만의 감각으로 해석하는 데서 비롯됩니다.

직해주의의 원인에 관해서는 논쟁의 여지가 있습니다. 그것은 분명 우리의 정신에서 과도하게 팽창하고 부풀려진 이성주의적 기능입니다. 하지만 그 기능이 반복적인 주기와 인과 관계, 그리고 동떨어진 사건 간의 연관성을 파악하는 미약한 능력으로 진화하면서 그것은 세상을 일련의 단순한 메커니즘으로 축소시켜 버리는 '무딘 도구'로 변질되고 말았습니다. 직해주의는 인간

---

158 Julian Tuwim(1894~1953). 폴란드의 유대계 시인으로 급진적 자유주의를 주창하며 현실과 밀착된 수많은 서정시와 풍자시를 발표했다. 익살스럽고 유쾌한 동시를 써서 아동 문학에도 큰 영향을 미쳤다.

의 정신을 여는 대신 문자 그대로의 세계에 그것을 가두어 버렸습니다. 아마도 이야기에 동참하려는 사람들의 의지를 저하시키는 데에도 적지 않은 영향을 미쳤을 것입니다. 다차원적이고, 뻔하지 않으며, 세상의 복잡성과 다양성을 투영하는 이야기, 그 자체로 지적 도전을 의미하는 이야기 말입니다. 이야기에 참여한다는 것은 종교나 신화의 세계를 넘어 문화와 세대, 공동체를 아우르는 스토리를 창조한다는 의미이기도 합니다. 하지만 오늘날 공동체가 열광하는 이야기는 특정한 정치적, 종교적 목적을 염두에 두고 만들어진 단순하고 보잘것없는 것들이 대부분입니다. 대표적인 사례로·뻔하고, 도식적이며, 끝없이 되풀이되는 자기복제의 늪에 빠져 당연히 증명되었어야 하는 걸 증명하기 위해 골몰하는 할리우드 영화의 내러티브가 우리에게 미치는 악영향을 들 수 있습니다.

여러분, 이제 나는 서두에 언급한 꿈속의 공연장을 찾아온 내 등장인물들에게로 돌아가겠습니다. 그러니까 문학 이야기로 다시 돌아가려 합니다. 메탁시의 영토에서 가장 중요한 풍경 중 하나가 바로 문학, 특히 문학이 수천 년에 걸쳐 만들어 온 픽션(허구)이라고 믿으니까요.

우리 인간은 역사와 문학적 픽션 사이에 끼어 있는 존재이며, 우리는 이 둘 사이에서 일종의 양가적이고 중의적인 보류 상태로 계속 머물러 있습니다. 관찰 가능한 것, 실재하는 것(오늘날 그것이 무엇을 의미하든)은 역사와 학문의 영역에 속합니다. 반면 주관적인 것(물론 그것과 소통하기 위해서는 객관화의 과정을 필요로 합니다.), 감성과 관련된 것, 비밀스럽고 숨겨진 것은 픽션의 영역에 속합니다. 그러니까 이 영역에서 소설의 온갖 뿌리가 움트는 것입니다.

바로 여기서 일종의 역설이 발생하게 됩니다. 이러한 구분에서 문학적 픽션은 때로 역사보다 강력하며, 내부적으로도 훨씬 잘 구조화된 것처럼 보입니다. 픽션의 저력은 눈에 보이는 대상이나 사실에 의존하지 않는다는 데 있습니다. 그러므로 우리가 이야기를 제대로 풀어내기 위해서는 픽션을 활용할 수밖에 없습니다. 우리는 충분히 이해 가능한 현실의 일부로서 창조된 문학적 인물들, 그리고 그들이 실제로 존재하는 사람들에게 영향을 끼친 수많은 사례를 이미 알고 있습니다. 그들 중에서 가장 암울한 인물로 손꼽히는 주인공은 괴테가 상상한 베르테르인데, 수많은 젊은 낭만주의자로 하여금 자살을 택하게 만들었습니다. 사람들은 책을 읽으며 작가의 정신에서 탄생한 등장인물들과 자신을 비교할 뿐 아니라 그들과 동일시하기도 합니다. 그러면서 독서라는 안전한 환경 속에서 타인의 삶을 생생히 경험하며 동시에 자기 삶을 변화시킵니다. (이러한 메커니즘을 가리켜 아리스토텔레스는 비극을 관람한 관객의 사례를 들어 '카타르시스'라고 명명한 바 있습니다.)

그러므로 문학적 인물은 독자에게 공동의 심리적 현실을 제공하는 일종의 방문 판매원으로서 독자 사이를 이리저리 오가며 그들에게 투영의 거울이 되어 주는 다이모니온입니다. 문학적 인물들은 중개와 매개의 기능을 수행하며 우리의 개별적인 경험을 보편적인 것으로 승화시키고, 이를 통해 집단의 공통된 풍경을 조성합니다. 그리고 메탁시의 영토, 모든 게 일어날 수 있는 영토, 그렇게 이미 존재했던 영토를 가꾸어 나갑니다. 그들은 우리가 자기 생을 타인과 상호 교환할 수 있게 해 주며, 이를 통해 우리가 스스로 경험하지 못한 일들에 대한 우리의 인식을 확장할 수 있게 해 줍니다. 픽션에는 진화의 기능이 있는 듯합니다. 작고 미약한 존재인 '나'로 하여금 내게 이미 익숙한 제한된 환경을 뛰어넘어 보다 넓고 큰 세계에 점차 적응해 나가도록 도와주니까요.

문학적 픽션은 또한 마음대로 활용이 가능한 아주 중요한 도구를 가지고 있는데, 우리에게 일어나는 일들에 의미를 부여하는 기능이 그것입니다. 다양한 사건들, 우리에게 닥치는 모든 일, 일련의 사실과 사안들은 우리가 그것들에 나름의 가치를 부여하고, 그것들을 과거와 역사, 고유한 의미들과 함께 우리 삶의 네트워크 구조 속에 배치할 때 비로소 우리의 온전한 경험으로 탈바꿈합니다. 따라서 우리 삶은 사건이 아니라 경험으로 구성되었다고 볼 수 있습니다. 그리고 문학적 픽션을 통해 우리는 그러한 경험들을 꺼내어 참조할 체계적인 시스템을 구축할 수 있습니다.

"우리 모두는 두 가지 세계에서 동시에 기능을 수행하고 있다." 100년 전 카를 융은 이렇게 지적했습니다. 우리는 한편으로 우리 감각이 이끄는 외적인 지각의 세계에 살고, 다른 한편으로는 무의식적인 것, 내적인 것, 불분명한 것, 비이성적인 것, 혼란스러운 것들과 끊임없이 연결된 세계에 살고 있습니다. 그런데 두 세계는 '양쪽 모두를 위한' 공통된 교집합의 공간을 갖고 있습니다. 첫째는 미디어와 비즈니스, 여행과 같은 인간의 외부 활동으로 인해 매일 합의와 조정이 이루어지는 외부 공간이고, 둘째는 공유된 기억과 경험, 신화, 우리 종의 기원까지 거슬러 올라가는 옛이야기들의 저장고가 놓인 내부 공간입니다. 실러는 융보다도 훨씬 먼저 이와 비슷한 직관을 갖고 있었습니다. 그는 오직 예술만이 나란히 존재하는 이 두 세계를 연결할 수 있다고 믿었습니다. 메탁시의 영토, 즉 중간 지대란 예술이 자원을 흡수하여 비축하는 거대하고 강력한 영역입니다. 이곳에서 이미지가 생성되고, 은유와 상징이 탄생하며, 이를 통해 우리 내부가 외부와 접촉할 수 있습니다. 무엇보다 메탁시의 영토는 세상의 다차원적 복잡성을 투영함으로써 모든 것을 단순화하려는 인간의 사고로부터 세상을 보호합니다.

가장 정교한 해석의 문화는 이미 수백 년 전 유대의 전통과 문화에서 꽃을 피웠습니다. PaRDeS는 유대교에서 성서를 이해하고 해석하는 네 가지 고전적인 방법을 지칭하는 약어입니다.

첫째, 페샤트(פשׁט)는 '단순한 의미'를 뜻하며 글자 그대로, 있는 그대로의 문헌학적 해석을 지칭합니다. 그 해석의 수준은 "무엇이(뭐가)?"라는 질문에 대답할 정도에 해당됩니다.

둘째, 레메즈(רמז)는 문자 너머에 숨겨진 더욱 심오한 비유적 또는 상징적 의미를 추구합니다. 다른 여러 텍스트를 참조하여 해석이 이루어지고, 지적 사색을 통해 그 철학적 의미를 규정합니다.

셋째, 데라시(דרשׁ)는 '찾다', '추구하다'를 뜻하는 히브리어 동사 '다라쉬'에서 비롯한 것으로 유추와 추론의 과정을 통해 그 의미를 발견하려 합니다. 다른 텍스트들을 참조하여 맥락을 고려한 유형론적 해석을 지향하며, 가치의 문제와 관련된 교훈적인 의미를 탐구합니다.

넷째, 소드(이)는 신비주의적이고 밀교적인 의미를 지향하며, 통찰력이나 계시를 통해서만 이 의미에 다다를 수 있습니다.

이쯤에서 기독교의 성서 주해에 언급된, 두 줄로 요약된 성서의 네 가지 의미를 상기해 보겠습니다.

문자적 의미는 사건에 대해 알려 주고, 알레고리는 무엇을 믿어야 하는지를 가르쳐 준다.

도덕적 의미는 무엇을 해야 하는지 말해 주고, 신비적인 해석은 무엇을 추구해야 하는지를 알려 준다.

Littera gesta docet, quid credas allegoria,

Moralis quid agas, quo tendas anagogia.

이렇게 다차원적 의미를 깨닫고 인식하는 과정을 거침으로써 우리는 직해주의, 독단주의, 광신주의라는 고질병에서 벗어나게 됩니다. 인식의 과정은 언제나 문명의 과정입니다. 텍스트와 세계, 종합하면 '텍스트로서의 세계'에 대한 다층적인 해석을 시도하면서 우리는 '사실(실체)'을 통해 세상을 보고, 나아가 이러한 '사실(실체)'에 의해 막히면 결코 우리 눈에 보이지 않을 무언가를 보게 됩니다. 이제까지와 완전히 다른 질서, 예전에는 미처 보지 못했던 의미가 보이는 거죠. 왜냐하면 이 새로운 질서는 세상 전체와 놀라운 방식으로 연결되어 있으며, 거대한 단일체로서의 세상을 구성하는 일부이기 때문입니다.

이제 우리 눈에는 연관성과 공시성(共時性)이 보이고, 유사성과 대칭 구조가 보입니다. 평범하고 매우 '사실적이며' 세속적인 우리 삶의 틈바구니 어딘가에 흩어져 있던 은유와 비유가 상상에 의해 소환되면서 그때부터 우리 삶은 더욱 의미 있는 것으로 바뀌게 됩니다. 개별적인 '나'는 무궁무진한 전통과 신화의 풍요로움 속에서 성장하며 뿌리를 내리지만, 동시에 그 뿌리를 벗어나 지금껏 알려지지 않았던 미지의 공간을 향해 나아가려 합니다. 신화와 전통에 기반을 둔 은유의 세계는 사실상 개별적이면서 서로 단절되어 있는 우리를 하나로 묶어 주는 공통의 토양입니다.

지금 내가 그리는 이미지는 본질적으로 식물을 기반으로 한 것입니다. 즉 어떤 공간에서 자라는 개별적인 나무들의 집합체로서 우리가 익히 아는 숲의 풍경과 유사하며, 무엇보다 그것은 광범위하고 강력한 유기체입니다. 또한 동맹이나 연합, 관계망을 통해 서로 연결된 존재들을 위한 공동체이며, 지금껏 우리가 생각했던 것보다 훨씬 더 효율적이고 능숙하게 소통이 이루어지는 하나의 거대한 단일체입니다.

메탁시의 영토는 은유와 비유를 추구하며, 있는 그대로의 직해주의에 맞서는 평형추라고 볼 수 있습니다. 거기서는 "무엇이(뭐가)?"라는 문자 그대로의 질문 대신 "그것은 어떤 의미를 갖는가?"라는 질문을 던져서 복잡한 대답을 유도합니다.

속임수와 가짜 뉴스, 음모론이 판치는 작금의 상황에서 우리는 물질적이고 현실적인 세상이 그 윤곽을 잃지 않도록 각별히 유의해야 합니다. 동시에 우리는 생기를 북돋는 수액이 흘러 넘치는 거대한 숲과 같은 메탁시의 영토를 소중히 가꾸어야 합니다. 우리가 애당초 떠나온 곳, 어쩌면 가장 현실적인 방식으로 우리가 여전히 서로를 만나고 있는 곳, 국경도 여권도 언어도 필요 없는 곳, 그곳이 바로 메탁시의 영토입니다.

— 국립 우츠 대학교 강연 4

다정한 서술자

1

내 의식이 기억하는 첫 번째 사진은 내가 세상에 태어나기 전 나의 어머니가 처녀 시절에 찍은 사진입니다. 아쉽게도 흑백 사진이었기에 여러 세부 항목들이 거의 잿빛에 가까운 흐릿한 형태로 바래서 거의 사라져 버린 상태였습니다. 사진 속의 유일한 조명은 빗방울이 섞인 듯 부드러운, 아마도 봄날의 햇살 같았는데, 창문을 통해 스며든 그 희미한 광채로 인해 방의 내부가 간신히 보였습니다. 엄마는 볼륨 조절용 초록색 버튼 옆에 주파수 감지를 위한 두 개의 다이얼이 부착된 구형 라디오 옆에 앉아 있었습니다. 이 라디오는 훗날 내 어린 시절의 소중한 동반자가 되어 주었고, 덕분에 나는 우주의 존재를 알게 되었습니다. 흑단으로 제작된 다이얼을 돌리면 안테나의 섬세한 촉수가 이리저리 움직이며 바르샤바나 런던, 룩셈부르크 또는 파리에서 송출되는 다양한 방송들을 포착했습니다. 그러나 때로는 프라하와 뉴욕 사이, 혹은 모스크바와 마드리드 사이 어디쯤에서 안테나의 촉수가 블랙홀에 빠지기라도 한 것처럼 갑자기 소리가 흔들리거나 끊긴 적도 있었습니다. 그럴 때마다 나는 등골이 오싹했습니다. 당시 나는 다른 태양계나 은하계가 이 라디오를 통해 내게 말을 걸고 있는 거라고, 괴상한 잡음들을 통해 뭔가 중대한 뉴스를 전파하고 있는데 다만 내가 그 정보를 해독할 수 없는 거라고 굳게 믿었습니다.

대여섯 살 어린 나이의 나는 엄마의 처녀 적 사진을 들여다보면서 확신했습니다. 사진 속 엄마는 지금 라디오 다이얼을 이리저리 돌리며 나를 찾고 있구나. 예민하고 정교한 레이더처럼 우주의 광활한 영역을 관통해 내가 과연 언제 어느 곳에서 이 세상으로 올지 알아내려고 애쓰는 중이구나……. 엄마의 머리 모양과 옷차림(보트넥으로 옷깃을 깊이 판 드레스)은 이 사진을 찍은 시기가 1960년대 초반임을 나타내 주었습니다.

구부정한 자세로 프레임 밖을 향해 망연히 시선을 던지고 있는 사진 속 여인은 그 사진을 들여다보는 이들의 눈에는 띄지 않는 뭔가를 응시하고 있었습니다. 어린아이였던 당시의 나는 어머니가 시간을 바라보고 있다고 생각했습니다. 사진 속에서는 아무런 사건도 일어나지 않았습니다. 그것은 과정이 아닌 정지된 상태를 보여 주는 사진이었으니까요. 그리고 사진 속 주인공은 왠지 슬퍼 보였고, 마치 그 공간에 없는 사람처럼 뭔가 골똘히 생각에 잠겨 있었습니다.

나중에 내가 슬픔의 이유에 대해 물었을 때(나는 같은 질문을 수없이 했고, 그때마다 항상 같은 대답을 들었습니다.) 엄마는 내가 아직 태어나지 않았기 때문에 나를 그리워하느라 슬픈 거라고 말했습니다.

"내가 아직 세상에 있지도 않은데 어떻게 날 그리워할 수 있어요?" 하고 내가 물었습니다. 그때 나는 어렸지만 그리움이란 누군가를 잃었을 때 솟아나는 감정이라는 걸 어렴풋이 알고 있었으니까요.

"때로는 순서가 바뀔 수도 있어. 우리가 누군가를 그리워하면 그 사람이 거기 존재하게 되는 거란다." 엄마의 대답이었습니다.

1960년대 후반 폴란드 서부의 시골 마을에서 나누었던 짤막한 대화, 그러니까 젊은 엄마와 어린 딸이 주고받은 이 짧은 문장들은 내 기억 속에 선명하게 아로새겨졌고, 살아가는 동안 든든한 버팀목이 되어 주었습니다. 어머니는 그렇게 나라는 존재를 세상의 평범한 물질적 속성이나 인과 관계, 확률의 법칙을 초월한 차원으로 끌어올렸습니다. 그리고 시간을 뛰어넘어 영원의 달콤한 영역 가까이에 배치했습니다. 그때 나는 어린아이의 감성으로 이렇게 이해했습니다. 세상에는 지금까지 내가 상상해 왔던 것보다 훨씬 더 많은 내가 존재한다고. 그리고 내가 설령 "나는 (거기에) 있지 않다.(Jestem nieobecna.)"라고 말하더라도 그 문장의 첫머리에는 여전히 이 세상에서 가장 중요하고 또 가장 이상한 단어인 "Jestem", 즉 "(나는) 있다"라는 단어가 놓인다는 사실을 깨달았습니다.

결코 종교적인 사람이 아니었던 젊은 여인, 내 어머니는 그렇게 한때 사람들이 '영혼'이라 부르던 뭔가를 내 안에 심어 주었고, 세상에서 가장 다정한 서술자를 내게 선물했습니다.

2

세상은 우리가 날마다 방대한 분량의 정보와 토론, 영화, 책, 온갖 소문과 에피소드들을 엮어서 직조하는 일종의 거대한 직물입니다. 오늘날 그러한 직물을 짜는 베틀의 작동 범위는 엄청나게 넓습니다. 인터넷 덕분에 사실상 거의 모두가 직조 과정에 참여하고 있으니까요. 그 와중에 책임을 지는 사람도 있고, 책임을 회피하는 사람도 있습니다. 사랑이나 미움의 감정으로 인해, 선 또는 악을 실행하기 위해서, 아니면 삶이나 죽음을 목적으로 동참하는 사람들도 있습니다. 직조된 이야기의 내용이 바뀌면 세상 또한 바뀝니다. 그런 의미에서 보면 세상은 말로 창조되는 것입니다.

그러므로 우리가 세상에 관해 생각하는 방식, 나아가 그것을 서술하는 방식은 엄청난 의미를 갖게 됩니다. 가령 어떤 일이 벌어지더라도 말로 이야기되지 않으면 더는 존재하지 못하고 소멸되고 마니까요. 역사가들뿐 아니라 온갖 정치인과 폭군들은 누구보다 잘 알고 있습니다. 이야기를 장악하고 그것을 엮어내는 사람이 세상을 지배한다는 사실을 말이죠.

오늘날 우리의 문제는 미래는 물론 구체적인 '현재', 그러니까 초고속으로 급변하는 작금의 세상에 관해 아직 준비된 서술 방식이 없다는 점이 아닐까 합니다. 우리에게는 언어가 부족하고, 관점과 비유, 새로운 신화나 우화가 부족합니다. 우리는 자꾸만 녹슬고 시대착오적인 서술 방식에 미래의 비전을 끼워 맞추려고 합니다. '오래된 뭔가'가 '새롭지만 대단치 않은 것'보다는 낫다는 전제에서 벗어나지 못하기 때문이기도 하고, 또 이런 낡은 사고방식을 통해 우리 자신의 지평의 한계에 대처할 수 있다고 착각하기 때문입니다. 한마디로 우리에게는 세상에 관한 이야기를 전달하는 새로운 방법론이 부족합니다.

우리는 다성적으로 울려 퍼지는 일인칭 서사의 현실 속에서 살며, 사방에서 이러한 다성적 메아리와 맞닥뜨리고 있습니다. 여기서 '일인칭 서사'란 창작자로서 '나'의 주변에 좁은 원을 그려 놓고, 거의 자신에 관한 글만 쓰며 그 협소한 범주를 벗어나지 못하는 이야기들을 말합니다. 우리는 이렇게 개별화된 관점, 그리고 '나'로부터 솟아나는 개인적인 목소리야말로 가장 자연스럽고, 인간적이며, 정직한 것이라 여깁니다. 그로 인해 폭넓은 시야나 전망을 포기할 수밖에 없더라도 말이죠. 이런 식의 일인칭 서술 방식으로 인해 독창적이면서 절대적인 양식이 만들어질 수 있다고 여겼고, 이를 통해 우리가 개인으로서 자율성을 잃지 않고, 자아를 인식하고, 자기 운명을 자각하게 된다고 믿었습니다. 하지만 그러한 서술 방식은 실제로 '나'와 '세상' 사이에 대립 구도를 형성하기도 하고, 때로는 소외를 유발하기도 합니다.

일인칭 시점으로 전개되는 서술 방식은 개인이 세계의 주관적인 중심 역할을 수행한다고 여기는 현대 사회의 광학적 특징이라고 생각합니다. 서구 문명은 가장 중요한 현실의 척도 중 하나라고 여겨지는 '자아의 발견'에 상당 부분 의존하고 있습니다. 여기서 주인공은 인간이며, 인간이 내린 판단은 비록 수많은 견해 중 하나일지언정 늘 엄숙하고 신중하게 받아들여집니다. 일인칭 시점으로 직조된 이야기는 인류 문명사의 가장 위대한 발견 중 하나로 간주되고, 언제나 경건하게 읽히고, 무한한 신뢰를 보장받아 왔습니다. 이러한 유형의 이야기들은 우리로 하여금 세상을 또 다른 '나'의 눈으로 바라보게 하고, 그의 관점으로 세상에 귀 기울이게 합니다. 또한 서술자와 특별한 유대감을 형성하고 우리를 서술자의 고유한 입장에서 생각하게 만듭니다.

일인칭 서술이 문학과 인류 문명 전반에 걸쳐 이룩한 업적은 결코 과소평가되어서는 안 됩니다. 일인칭 서술이 세상에 관한 이야기를 재창조하면서 세상은 우리가 아무런 영향도 미치지 못하는 영웅이나 신들의 공간이 아니라 우리 개인의 이야기들이 메아리치는 곳이 되었고, 우리처럼 평범한 사람들이 그 무대를 차지할 수 있게 되었으니까요. 나아가 이야기의 서술자와 독자 혹은 청자 사이의 공감에 기반한 새로운 유형의 정서적 교감이 싹트게 되었고, 덕분에 우리는 타인을 나와 동등한 인간으로 여기며 보다 쉽게 동일시하게 되었습니다. 이것은 본질적으로 경계를 허물고 서로를 가깝게 만들어 줍니다. 또한 소설 속에서 서술자인 '나'와 독자인 '나' 사이의 경계를 모호하게 만들어 줍니다.

이렇게 경계가 지워지고 흐릿해지는 과정을 통해 소설은 독자의 '몰입'을 유도하고, 독자는 감정 이입을 체험하며 잠시나마 서술자가 되어 보기도 합니다. 이렇게 문학은 개인들이 경험을 상호 주고받는 토양, 우리 각자가 고유한 운명을 이야기하고 자신의 또 다른 자아에게 목소리를 내어 줄 수 있는 거대한 광장이 되었습니다. 그러므로 이곳은 민주적인 공간입니다. 누구나 소리 높여 발언하고, 모두가 '말하는 목소리'를 창조할 수 있으니까요. 인류 역사상 이렇게 많은 인원이 작가와 이야기꾼이 된 적은 없었습니다. 이것이 사실인지는 통계를 통해 바로 확인 가능합니다.

나는 도서전에 참석할 때마다 오늘날 전 세계에서 출판되는 책들 가운데 얼마나 많은 작품이 저자로서의 '나'와 밀접한 관련이 있는지 확인하곤 합니다. 표현의 본능은 우리 삶과 직결된 여타의 본능 못지않게 강력하며, 이것은 예술 영역에서 가장 확연히 드러납니다. 우리는 주목받고 싶어 하고, 자신이 특별하다고 느끼기를 원합니다. "내 이야기를 들려줄게." 혹은 "우리 가족 이야기를 들려줄게." 아니면 "내가 어디에 갔었는지 말해 줄게."와 같은 유형의 내러티브는 현재 가장 인기 있는 문학 장르가 되었습니다. 또한 이것은 오늘날 글쓰기라는 행위가 보편화됨으로써 과거에는 소수에게만 국한되었던, 말과 이야기로 자신을 표현하는 능력을 다수가 보유하게 되면서 발생한 대대적인 현상이기도 합니다.

그러나 역설적이게도 이러한 현상은 솔리스트들로만 구성된 합창단과 흡사합니다. 즉 이목을 끌기 위해 너도나도 경쟁하는 목소리들이 포개어진 채 유사한 음역대에서만 맴돌며 결국 서로의 음성이 들리지 않을 정도로 동시에 시끄럽게 소리를 질러 대는 것과 흡사합니다. 우리는 그 목소리의 주인공들에 대해 거의 모든 것을 알고 있으며, 언제든 그들과 나를 동일시하고, 그들의 삶을 마치 우리 것인 양 체감할 준비가 되어 있습니다. 그러나 놀랍게도 이러한 독자로서의 경험은 불완전하고 실망스럽게 끝나는 경우가 상당히 많은데, 이는 저자로서의 '나'가 표현하려하는 것들이 보편성을 담보하기 어렵기 때문입니다. 우리가 놓치고 있는 것은 아마도 이야기의 우화적인 차원일 것입니다. 왜냐하면 우화의 주인공은 특정한 역사적, 지리적 환경 속에서 살아가는 인간이기도 하지만, 동시에 그러한 구체성이나 개별성을 훌쩍 뛰어넘어 '어디에나' 존재하는 '누구나'이기 때문입니다. 독자는 소설에 묘사된 누군가의 이야기를 따라가면서 등장인물의 운명을 자기 사례와 동일시하기도 하고, 그들이 처한 상황을 마치 자신의 것처럼 받아들이기도 하지만, 반면에 우화에서는 자신만의 고유한 변별성을 내던지고 '누구나'로서의 존재가 되어야만 하니까요. 우화의 이러한 특별하고 까다로운 심리적 작용 속에서 우리는 다양한 운명들과의 공통분모를 발견하고 우리 자신의 경험을 보편화할 수 있게 됩니다. 그런데 우리가 이러한 우화를 충분히 만나지 못했다는 것은 우리가 현재 무력함에 빠져 있다는 증거입니다.

우리는 무수히 많은 제목과 이름 속에서 길을 잃고 헤매지 않기 위해 문학의 거대한 몸통을 개별적인 장르로 나누기 시작했습니다. 각각의 장르는 다양한 스포츠 종목과 유사한 취급을 받게 되었고, 작가 또한 분야별로 특별한 훈련을 받은 운동선수처럼 여겨지게 되었습니다.

문학 시장의 전반적인 상업화는 이러한 장르의 구분을 여러 갈래로 또다시 세분화했습니다. 그로 인해 문학 페스티벌이나 도서 전시회 또한 장르에 따라 엄격히 구분하여 개최되기에 이르렀고, 추리 소설이나 판타지, SF 등 특정 장르를 탐닉하는 독자 고객층을 양산하게 되었습니다. 과거에는 서점 판매원들이나 도서관 사서들이 방대한 분량의 출간 도서들을 서가에 정리하고 대량의 목록을 범주에 따라 분류하여 독자들이 판단을 내릴 수 있게 도움을 제공하는 역할을 전담했습니다. 하지만 오늘날에는 분류의 기준 자체가 추상적이고 모호해져 버렸습니다. 이것은 오늘날 출판계의 괄목할 만한 특징 중 하나입니다. 오늘날 각각의 개별적인 범주에는 기존 작품들뿐 아니라 그러한 범주를 염두에 두고 글을 쓰기 시작한 작가들의 신작 또한 계속 추가되고 있습니다. 이제 장르 문학은 매우 비슷한 결과물들을 생산해 내는 일종의 케이크 틀처럼 바뀌고 있으며, 예측 가능한 속성은 미덕으로 여겨지고 진부함은 성취로 간주됩니다. 독자들 또한 그러한 작품들로부터 무엇을 기대해야 할지 잘 알고 자신이 원하는 바를 정확히 얻어 내고 있습니다.

나는 이러한 경향을 언제나 직감적으로 반대해 왔는데, 왜냐하면 이는 결국 글쓰기의 자유를 제한하고 창작의 본질적 속성인 실험 정신이나 저항 정신을 외면하는 결과를 가져오기 때문입니다. 또한 창작 과정에서 모든 종류의 기이함을 배제해 버리는데, 사실 이러한 기벽이 없다면 예술은 존재하지 않는 것이나 다름없습니다. 좋은 책은 장르의 귀속에 연연할 필요가 없습니다. 장르의 구분이란 어떤 의미에서는 문학계 전반이 상업화되고, 브랜드나 타깃 고객층 같은 현대 자본주의가 양산한 새로운 문화에 따라 문학을 판매용 상품처럼 취급한 결과라고도 볼 수 있습니다.

오늘날 누군가는 세상을 이야기하는 완전히 새로운 방식의 출현을 목격하고 있다는 사실에 커다란 만족감을 느낄 수도 있습니다. 여기서 새로운 방식이란 텔레비전 연속극을 말하는데, 사실 그 숨겨진 임무는 우리를 인지적으로 무아지경의 상태에 빠트리는 것입니다: 물론 이런 식의 스토리텔링은 고대 신화나 호메로스의 서사시에서 이미 발견되었으며, 헤라클레스나 아킬레우스, 오디세우스는 의심할 여지 없이 연속극 최초의 주인공들이라고 할 수 있습니다. 그러나 이런 식의 서술 방식이 오늘날처럼 방대한 영역을 아우르며 집단적 상상력에 강력한 영향을 미친 적은 지금껏 없었습니다. 확신컨대 21세기의 초반 이십 년은 텔레비전 연속극이 지배했다고 해도 과언이 아닐 것입니다. 우리가 세상에 대해 이야기하는 방식, 그리고 이를 통해 세상을 이해하는 방식에 미친 드라마의 영향력은 가히 혁명적입니다.

오늘날의 텔레비전 연속극은 시간의 한도 내에서 다양한 템포와 곁가지, 양상을 고안하여 내러티브를 늘림으로써 우리의 참여를 확장시켰을 뿐 아니라 자체적으로 새로운 질서를 도입했습니다. 텔레비전 시리즈물의 주된 임무는 가능한 한 오랫동안 시청자의 관심과 이목을 붙잡아 두는 것이므로 플롯을 어떻게든 늘리고 확장시키며, 가장 믿기 힘든 방식으로 그것들을 엮어 나갑니다. 그러다 거의 무기력한 지경에 이르게 되면 가장 오래된 내러티브 기법, 즉 과거에 클래식 오페라가 채택했던 방식인 데우스 엑스 마키나[159]를 차용하기도 합니다. 연달아 새로운 회차를 제작해야 하다 보니 종종 새롭게 전개되는 사건에 맞춰 등장

159 Deus ex machina. 고대 그리스 연극에서 쓰인 무대 기법의
      하나. 기중기와 같은 도구를 이용하여 갑자기 신이 공중에
      서 나타나 위급하고 복잡한 사건을 해결하는 수법이다.

인물의 심리 상태를 수시로 바꾸기도 합니다. 초반에는 온화하고 내성적이던 인물이 막판에는 복수심에 불타는 폭력적인 인물로 돌변하는 경우도 있고, 조연이 주연이 되기도 하며, 시청자가 애착을 갖고 지켜보던 주요 인물이 갑자기 비중을 잃거나 화면에서 사라져서 우리를 경악에 빠트리기도 합니다.

언제든 새로운 시즌물을 탄생시킬 잠재력을 확보하기 위해서 열린 결말은 필수적입니다. 하지만 그런 결말에서는 우리로 하여금 이야기의 장면들 속에 뛰어드는 희열과 만족감을 느끼게 하고 내적인 변화를 겪게 만드는 신비한 요소들, 다시 말해 '카타르시스'의 발현을 기대할 수가 없습니다. 확실한 끝맺음 대신 애매한 지속성과 복잡성을 유지하며 카타르시스라는 보상을 계속 뒤로 미루면서 그렇게 우리를 중독시키고, 우리에게 최면을 겁니다. 먼 옛날 지어진 셰에라자드의 이야기를 통해 우리가 익히 아는 '서사의 파열'이 이제 텔레비전 연속극의 형태로 대담하게 우리 곁으로 돌아왔습니다. 그리고 우리의 감수성을 바꾸고, 기묘한 심리적 자극을 불러일으키며, 우리를 자기 삶에서 분리시켜 각성제처럼 흥분시키고 최면 상태에 빠트립니다. 텔레비전 연속극에는 새롭고, 무질서하고, 길게 늘어지는 세상의 리듬이 투영되어 있으며, 세상의 불안정성과 유동성, 소통의 혼란스러움이 깃들어 있습니다. 이러한 스토리텔링 형태는 어쩌면 오늘날 가장 창의적으로 새로운 형식을 모색하고 있는지도 모릅니다. 그런 의미에서 텔레비전 시리즈에는 미래형 서술 방식, 그리고 새로운 현실에 부합하는 새로운 이야기에 대한 진지한 탐구가 담겼다고도 할 수 있습니다.

하지만 무엇보다 심각한 문제는 지금 우리가 살아가는 세상이 서로 모순되고 상호 배타적인 정보, 발톱을 드러낸 채 서로 치열하게 할퀴게 만드는 정보의 홍수에서 허덕이고 있다는 사실입니다.

과거 우리 조상들은 지식에 대한 접근이 인류에게 행복과 복지, 건강과 번영을 가져다줄 뿐 아니라 나아가 평등하고 정의로운 사회를 만들어 줄 것이라고 믿었습니다. 정보의 확산을 통해 널리 보급되는 보편적인 지혜만 충족되면 자신들이 사는 세상이 훨씬 나아질 것이라고 생각했으니까요.

17세기의 위대한 교육 철학자인 요한 아모스 코메니우스는 '범지학(Pansophism)'이라는 용어를 창시했습니다. 이 용어는 가능한 모든 인식을 포괄하는 보편적인 지혜, 즉 전지의 개념을 뜻합니다. 다시 말해 이것은 모두가 이용 가능한 정보 체계의 구축을 향한 꿈이기도 합니다. 누구든지 세상에 대한 다양한 정보에 손쉽게 접근한다면 문맹인인 농민을 자아와 세계에 대한 주관적 의식을 가진 사색적인 인간으로 변화시킬 수 있지 않을까? 누구에게나 개방된 지식 덕분에 사람들은 분별력을 갖게 될 테고, 자신들의 삶을 보다 현명한 방향으로 이끌어 갈 수 있지 않을까?

인터넷이 등장하면서 이러한 범지학의 이상이 마침내 완전히 실현될 것만 같았습니다. 코메니우스, 혹은 그와 비슷한 부류의 수많은 철학자의 시각에서 보면 내가 감탄하며 지지하고 있는 위키피디아는 인류의 꿈이 성취되는 열쇠처럼 보였을 것입니다. 덕분에 우리는 지구상의 거의 모든 곳에서 민주적으로 접근 가능한 방대한 분량의 지식을 확보하게 되었고, 그것을 끊임없이 보완하고 갱신할 수 있게 되었으니까요.

하지만 성취된 꿈은 종종 실망스럽기 마련입니다. 통합과 포괄, 해방을 지향하는 대신 작은 거품막으로 둘러싸인 채 쪼개지고 차별화되며 서로 양립할 수 없는 수많은 적대적인 이야기를 양산해 내는 이 방대한 정보를 감당하는 것은 도저히 불가능한 일임을 우리는 깨달았습니다.

게다가 시장 경제에 무분별하게 종속되고 독과점에 좌우되는 인터넷은 엄청난 양의 데이터를 제어하면서 이를 정보의 광범위한 보급을 위해 '범지학적'으로 활용하기보다는 이용자의 행동을 프로그래밍하는 데 쓰고 있습니다. 케임브리지 애널리티카 사건[160]을 통해 이미 우리가 배웠듯이 말입니다. 우리 귀에 들려오는 건 세상의 조화로운 하모니 대신 참기 힘든 불협화음이었습니다. 그 속에서 절망에 휩싸인 채 가장 고요한 멜로디, 가장 미약한 리듬이라도 들으려고 안간힘을 써야만 했습니다. 이러한 불협화음과도 같은 현실을 묘사하는 데는 셰익스피어의 명언만큼 잘 어울리는 문구도 없을 것입니다. '인터넷은 시끄럽고 분노에 찬 백치가 지껄이는 이야기와 같다.'[161]

160 Cambridge Analytica. 2016년 미국 대선에서 페이스북 이용자 수천만 명의 개인 정보를 공화당의 도널드 트럼프 후보 캠프에 넘긴 혐의로 데이터 회사인 케임브리지 애널리티카(Cambridge Analytica)가 폐업한 사건이다.

161 셰익스피어의 『맥베스』 5막 5장에 나오는 구절에 착안하여 바꿔 표현한 것이다. 원문은 다음과 같다. "Life is a tale, told by an idiot, full of sound and fury, signifying nothing."

정치학자들의 연구 또한 애석하게도 "세상에 대한 정보가 보편적으로 활용될수록 더 많은 정치인이 이성에 입각한 신중한 결정을 내리게 된다."라는 확신을 가졌던 코메니우스의 직관과 모순되는 결과를 보여 줍니다. 그러므로 사안은 그렇게 단순하지만은 않습니다. 정보와 지식은 압도적인 힘을 발휘할 수 있으며, 그 복잡성과 모호성은 거부나 배척에서부터 심지어 이념적, 당파적 사고라는 단순한 원칙으로의 도피에 이르기까지 모든 종류의 방어 기제를 작동하게 합니다.

가짜 뉴스라는 영역은 '픽션(fiction)이란 무엇인가.'라는 새로운 질문을 우리에게 던집니다. 반복적으로 속임수에 넘어갔거나 거짓 정보에 오도된 경험이 있는 독자들은 점차 독특한 신경증적 특성을 나타내고 있습니다. 픽션에 대한 피로감에서 비롯된 이러한 반응은 논픽션 문학에는 엄청난 성공의 기회가 될지도 모릅니다. 이 거대한 정보의 혼돈 속에서 논픽션은 우리를 내려다보며 이렇게 외칩니다. "나는 여러분에게 진실만을 말하겠습니다. 내 이야기는 온전히 사실에 근거한 것입니다!"

비록 아직은 원시적인 도구에 불과하더라도 페이크 뉴스가 제법 위험한 대량 살상 무기로 사용될 수 있다는 사실을 알게 된 이후부터 픽션은 독자들의 신뢰를 잃고 말았습니다. 나는 종종 "당신이 쓴 글이 정말 사실입니까?"라는 믿기 힘든 질문을 받곤 합니다. 그리고 이런 질문을 받을 때마다 나는 문학의 종말을 예언하는 듯한 느낌이 듭니다. 독자의 관점에서 던지는 이 순진한 질문이 작가의 귀에는 상당히 종말론적으로 들리니까요. 이럴 때 나는 무슨 말을 해야 할까요? 한스 카스토르프나 안나 카레니나 혹은 곰돌이 푸의 존재론적인 신분이나 지위를 과연 어떻게 설명할 수 있을까요?

나는 이러한 유형의 독자적 호기심을 문명의 퇴보라고 생각합니다. 우리가 '삶'이라 부르는 일련의 연속적인 사건들에 참여하는 데 필요한 다차원적인 역량들(구체적이고 역사적이면서 또한 상징적이고 신화적인)을 발휘하는 데 심각한 장애를 유발합니다. 삶은 다양한 사건들을 만들어 내지만 우리가 그것을 해석하고 또 이해하려 애쓰고, 거기에 적절한 의미를 부여할 수 있을 때 비로소 경험으로 탈바꿈하니까요. 사건은 팩트이지만 경험은 믿기 힘들 만큼 완전히 다른 차원의 것입니다. 사건이 아니라 경험이 바로 우리 삶을 형성하는 본질적 재료이니까요. 경험은 해석을 필요로 하는 팩트이자 기억 속에 각인된 팩트입니다. 경험은 또한 우리 정신을 지탱하는 어떤 토대를 떠올리게 하고, 우리로 하여금 각자 자기 삶을 펼쳐 놓고 꼼꼼히 들여다볼 수 있게 만드는 의미의 심오한 구조를 소환합니다. 나는 신화가 바로 그러한 구조의 역할을 한다고 믿습니다. 모두가 익히 알듯이 신화는 결코 일어난 적이 없지만 늘 현재 진행형인 이야기입니다. 오늘날 신화는 고대 영웅들의 모험담을 넘어서 언제 어디서나 현존하며, 영화나 게임, 혹은 문학의 가장 인기 있는 스토리에 등장합니다. 올림포스산에서 살아가던 인물들의 삶이 『다이너스티』[162]로 옮겨졌고, 그들의 영웅적 행위를 라라 크로프

---

162 1980년대 미국에서 엄청난 인기를 끌었던 텔레비전 시리즈. 미국에서 가장 부유한 두 가문이 재산과 자녀들을 놓고 벌이는 갈등과 분쟁을 그렸다. 21세기에도 리메이크되

트[163]가 재현하고 있습니다.

이처럼 진실과 허구를 열렬히 나누는 경향 속에서 문학이 창조해 낸, 우리의 경험에 대한 이야기들은 나름의 고유한 차원을 갖고 있습니다. 나는 픽션과 논픽션의 단순한 구분을 별로 지지하지 않습니다. 그저 선언적이며 임의적인 관점에서 이해할 뿐입니다. 허구와 관련된 무수히 많은 정의의 바다에서 내가 가장 좋아하는 버전은 사실 가장 오래된 것이기도 합니다만, 아리스토텔레스에게서 비롯되었습니다. "허구는 언제나 일종의 진실이다."

나는 또한 "실화와 문학적 플롯을 구별해야 한다."라는 소설가이자 에세이스트인 에드워드 모건 포스터의 견해를 신뢰합니다. 포스터에 따르면 "남편이 죽었다. 그러고 나서 부인이 죽었다."라고 이야기하면 그것은 실화의 전달입니다. 하지만 만약 "남편이 죽었다. 그러고 나서 슬픔으로 인해 부인이 죽었다."라고 말하면 그것은 문학적 플롯으로 탈바꿈하게 됩니다. 허구화의 모든 단계는 "그래서 그다음에 어떻게 되었는가?"라는 질문을 거쳐 인간으로서의 우리 경험을 바탕으로 그 질문을 이해하려는 시도, 다시 말해 "왜 그런 일이 일어났는가?"에 대한 답변을 모색하는 과정으로 전환되게 마련입니다.

문학은 "왜?"라는 질문에서 출발합니다. 비록 우리가 이 질문

어 방영 중이다.
163 비디오 게임 「툼 레이더」 시리즈의 주인공. 비디오 게임 여주인공 중에서는 가장 긴 역사와 높은 지명도를 자랑하는 캐릭터이며, 이 게임은 2001년 영화로도 각색되었다.

에 대해 계속해서 "모르겠다."라는 지극히 평범한 답변을 되풀이할 수밖에 없다 해도 말입니다. 문학은 우리에게 위키피디아의 도움으로는 절대로 대답할 수 없는 질문을 던집니다. 왜냐하면 그것은 사실이나 사건을 초월해 우리의 경험들을 직접적으로 소환하기 때문입니다.

그러나 다른 예술 장르의 서술 방식과 비교해 볼 때 소설과 문학은 가시적 존재감이 상대적으로 약화될 우려가 있습니다. 영화나 사진, 가상 현실이나 증강 현실처럼 경험을 직접적으로 전달하는 새로운 형식이 등장했고, 이미지의 중요성이 강조되면서 이러한 것들이 결국 전통적인 방식의 독서에 대한 대안으로 부상했기 때문입니다. '읽기'는 상당히 복잡한 심리적 인지 과정입니다. 간단히 설명하자면 우리가 뭔가를 읽으면 가장 이해하기 어려운 내용이 먼저 개념화 및 언어화되면서 기호와 상징으로 변형된 다음, 이것이 언어에서 경험으로 다시 바뀌면서 '해독' 과정을 거칩니다. 여기에는 특별한 지적 능력이 요구됩니다. 무엇보다 주의력과 집중력이 요구되는데, 오늘날 극도로 산만하고 소란스러운 세상에서 이는 상당히 희귀한 능력이라고 할 수 있습니다.

살아 있는 어휘와 인간의 기억에 의지하는 구술을 통해 소통하던 단계에서부터 구텐베르크의 혁명으로 이야기가 문자를 통해 널리 보급되기 시작하고 고정된 형태로 성문화되어 변형 없이 재생산되는 단계에 이르기까지 인류가 개인적인 경험을 전달하고 공유하는 방식은 길고도 고된 과정을 거쳐야만 했습니다. 이러한 과정에서 이룩한 가장 위대한 성취는 아마도 우리가 생각과 언어, 즉 생각과 글쓰기(아이디어와 목록, 상징 체계를 사용하는 구체적인 방식)를 동일시하게 된 순간일 것입니다. 오늘날 우리는 인쇄된 단어에 의존하지 않고 자신의 경험을 실시간으로 직접 전달할 수 있는 혁명, 그러니까 구텐베르크의 금속 활자 발명에 버금가는 대대적인 혁명을 목도하고 있습니다.

사진을 찍자마자 소셜 네트워크 서비스를 통해 곧바로 전 세계에 전송할 수 있으므로 더 이상 여행 일지를 작성할 필요가 없습니다. 언제든 전화로 대화를 나눌 수 있기 때문에 편지를 쓸 이유가 없습니다. 텔레비전 시리즈물을 한꺼번에 몰아 볼 수 있는데 두꺼운 소설은 뭐 하러 읽습니까? 친구들과 어울리기 위해 외출하기보다는 집에서 게임을 하는 편이 즐거울 것입니다. 자서전을 찾고 있다고요? 인스타그램을 통해 이미 유명인들의 일거수일투족을 감상하며 그들에 대한 정보를 속속들이 알고 있기 때문에 굳이 책을 집어 들 필요가 없습니다. 강의를 수강할 때도 필기 대신 녹음을 하면 됩니다.

20세기에 우리는 텔레비전과 영화의 파급력을 염려했지만 사실 텍스트의 가장 큰 적수는 이미지가 아닙니다. 그것은 우리의 감각에 직접적으로 작용하는 완전히 다른 방식의 경험이니까요.

3

나는 이 자리에서 세상에 대한 우리의 이야기가 전반적으로 위기를 맞게 되었다는 암울한 비전을 그리고 싶지는 않습니다.

그러나 이따금 나는 우리가 살아가는 이 세상에서 뭔가가 결핍되었다는 자각에 괴로움을 느끼곤 합니다. 휴대폰 화면이나 앱을 통해 우리가 어떤 것을 경험하는 순간 그것은 뭔가 멀고, 비현실적이고, 이차원적이고, 이상하리만치 불명확한 대상이 되어 버립니다. 특정한 정보를 검색하는 과정이 놀라울 정도로 간단한데도 말입니다. '누군가', '무엇인가', '어딘가', '언젠가'라는 애매한 단어들이 오늘날에는 다음과 같은 매우 구체적이고 명확한 아이디어들보다 위험할 수도 있습니다. 지구는 평평하다, 백신은 사람을 죽인다, 지구 온난화는 헛소리다, 전 세계 수많은 나라에서 민주주의는 위협받고 있지 않다 등등. 지금 이 순간에도 '어딘가'에서 '어떤' 사람들이 바다를 건너다가 물에 빠져 목숨을 잃고 있습니다. '어딘가'에서 '언제쯤'부터 '어떤' 전쟁이 한창 벌어지는 중입니다. 정보의 홍수 속에서 개별적인 메시지들은 그 윤곽을 잃어버리고, 우리 기억 속에서 흩어지며, 그렇게 사실이 아닌 것이 되어 사라지고 맙니다.

폭력과 무지, 잔인함으로 점철된 이미지들, 증오의 표현들이 범람하면서 모든 '좋은 소식'과 필사적으로 대적하고 있습니다. 그래서 이런 '좋은 소식'들만으로는 뭐라 표현하기 힘든 불안감, '세상이 뭔가 잘못되어 가고 있다.'라는 고통스러운 자각을 가라앉힐 수가 없습니다. 과거 신경증을 앓는 예민한 시인들의 전유물이었던 이러한 자각이 오늘날에는 마치 정체 모를 전염병처럼 창궐해 사방에서 불안감을 조성하고 있습니다.

문학은 우리를 세상의 어떤 구체적인 사실에 가까이 다가설 수 있게 만들어 주는 몇 안 되는 분야 중 하나입니다. 문학은 본질적으로 언제나 '심리학적'이기 때문입니다. 문학은 등장인물의 내적 논리와 동기에 초점을 맞추면서 다른 방식으로는 제삼자가 도저히 파악하기 힘든 고유한 경험들을 드러내 보이고, 독자를 자극해 등장인물들의 행동에 대한 심리학적 해석을 유도합니다. 오직 문학만이 우리로 하여금 다른 존재의 삶 속으로 깊숙이 파고 들어가서 그들의 당위성을 이해하고, 그들의 감정을 공유하고, 그들의 운명을 체감하게 만들 수 있습니다.

이야기는 항상 의미의 언저리를 맴돌고 있습니다. 심지어 직접적인 표현 대신 의도적으로 의미의 추구를 거부하거나 기존 형식에 반기를 들며 실험에 집중할 때도, 아니면 새로운 표현 수단을 모색할 때도 마찬가지입니다. 우리는 행동주의에 입각해서 작성된 가장 간결하고 짧은 이야기를 읽을 때조차 질문을 하게 됩니다. "무엇 때문에 이런 일이 벌어질까?" "이것은 무슨 의미인가?" "요점이 뭐지?" "이다음에는 무슨 일이 벌어질까?" 아마도 우리 정신은 우리 주변에서 일어나는 수백만 개의 자극에 끊임없이 의미를 부여하는 과정을 통해 이야기를 향해 진화했으며, 우리가 잠들어 있을 때조차 쉼 없이 자신의 이야기를 서술하고 있을지도 모릅니다. 따라서 이야기는 시간 속에서 무한한 정보를 배열하면서 과거와 현재, 미래와의 관계를 정립하고, 거기서 반복성을 발견하고, 원인과 결과의 범주들 속에 그것들을 차곡차곡 정리하는 방식이라고 할 수 있습니다. 이러한 작업에는 이성과 감성이 모두 참여하게 됩니다.

이야기가 이룩한 최초의 발견 중 하나가 '운명'이라는 사실은 놀라운 일이 아닙니다. 인간에게 운명은 늘 끔찍하고 비인간적인 것처럼 보이지만 사실 현실에 질서와 불변의 속성을 부여한 것은 바로 운명이었습니다.

4

존경하는 여러분, 흑백사진 속의 그 여성, 아직 태어나지도 않은 나를 그리워하던 내 어머니는 몇 년 후 내게 동화책을 읽어주었습니다.

그중 하나, 한스 크리스티안 안데르센이 쓴 동화에서 쓰레기 더미 위에 던져진 찻주전자는 그동안 자신이 사람들로부터 얼마나 가혹한 취급을 받았는지 불평을 늘어놓았습니다. 주전자는 손잡이가 부서져 버리자마자 곧바로 버림받았습니다. 만약 사람들이 그렇게까지 까다로운 완벽주의자가 아니었다면 찻주전자는 여전히 그들에게 유용했을 것입니다. 다른 망가진 물건들이 그의 이야기에 동참했고, 그동안 사물로서 겪어 온 자기 삶에 대한 서사시적인 이야기들을 내게 들려주었습니다.

아이였던 나는 이 동화를 들으며 두 뺨이 발갛게 달아오른 채 눈물을 흘렸습니다. 사물들에도 나름의 고민이 있고, 그들에게도 감정이 있으며, 심지어 인간과 흡사하게 일종의 사회생활을 한다고 굳게 믿고 있었으니까요. 그 시절 찬장 안 접시들은 서로 이야기를 나누었고, 서랍 속 스푼과 나이프, 포크는 한 가족처럼 지냈습니다. 마찬가지로 동물 또한 우리 인간들과 영적인 유대감, 뿌리 깊은 유사성으로 연결된, 신비롭고 지혜로우며 자의식을 가진 존재였습니다. 강이나 숲, 길도 내게는 살아 있는 고유한 존재들이었습니다. 우리가 속한 공간을 드러내는 지도의 표식이면서 우리의 소속감을 일깨우는 생물과도 같은 존재, 불가사의한 라움가이스트.[164] 우리를 둘러싼 풍경도 살아 있었고, 해와 달과 모든 천체, 즉 보이는 세계와 보이지 않는 세계가 모두 살아 움직였습니다.

그렇다면 나는 언제부터 이러한 사실에 의심을 품기 시작했을까요? 내 인생에서 느닷없이 모든 것이 달라지고, 미묘한 차이가 줄어들고, 매사가 단순해진 순간이 과연 언제였는지 알고 싶습니다. 분명한 건 언제부터인가 세상의 속삭임이 잦아들었고, 그 대신 도시의 시끌벅적한 소란과 컴퓨터의 윙윙거림, 머리 위로 날아가는 비행기의 요란한 굉음, 정보의 바다에서 흘러나오는 지칠 줄 모르는 백색 소음으로 대체되었다는 것입니다.

삶의 어느 순간부터 우리는 세상을 파편으로 인식하고, 서로 멀리 떨어진 은하계처럼 모든 것이 분리되어 있다고 믿으며 매사를 개별적으로 인식하기 시작합니다. 우리가 처한 현실은 이러한 사실을 우리에게 계속 확인해 줍니다. 의사는 자신의 세부 전공 분야에 맞춰 우리를 진료합니다. 우리가 차를 몰고 출퇴근하는 길가에 쌓인 눈을 치우는 일과 우리가 내는 세금은 아무런 관련이 없습니다. 우리가 먹는 점심은 거대한 목축장과는 무관하고, 얼마 전 내가 구입한 새 블라우스는 아시아의 어딘가에 있

164 Raumgeist. 라움(raum)은 공간, 우주를 뜻하고, 가이스트 (geist)는 영혼이나 정신을 의미한다. 라움가이스트란 통합 적인 세상, 영적인 환경을 뜻하는 신조어다.

는 허름한 공장과 아무런 상관이 없습니다. 모든 것이 다른 것들로부터 분리되어 있고, 서로 연관되지 않고, 따로따로 존재합니다. 이러한 현실에 보다 쉽게 적응할 수 있도록 우리에게는 고유번호와 신분증, 카드, 그리고 조잡한 플라스틱 ID가 제공됩니다. 그리고 우리로 하여금 미처 가늠조차 못 하는 전체의 극히 작은 부분만을 사용하도록 우리를 자꾸만 축소시키려 합니다.

세상이 죽어 가는데 우리는 심지어 알아차리지도 못하고 있습니다. 우리는 또한 세상이 사물과 사건의 집합체로서 점점 활기를 상실한 공간으로 변해 가고 있다는 사실을 전혀 깨닫지 못하고 있습니다. 그 속에서 우리는 길을 잃고 외롭게 헤매면서, 다른 누군가가 내린 결정에 이리저리 휘둘리고, 이해할 수 없는 운명에 속박당한 채 역사 또는 우연이라는 명목하에 거대한 세력의 장난감으로 전락하는 중입니다. 우리의 영성은 점점 사라지고 있거나, 아니면 피상적이고 의례적인 것으로 변질되고 있습니다. 그렇게 우리를 마치 좀비처럼 취급하며 조종하는 물리적, 사회적, 경제적 세력의 단순한 추종자가 되어 가고 있습니다. 그리고 그런 세상에서 우리는 정말로 좀비나 마찬가지입니다.

내가 다른 세상, 찻주전자의 세상을 열망하는 이유는 바로 이 때문입니다.

5

우리가 일반적으로는 인식하지 못하고 있지만 운명의 섭리,

혹은 놀라운 우연의 일치로 인해 어쩌다 실감하는 상호 간의 연결성과 긴밀한 영향 관계. 나는 평생 이러한 것들에 매료되었습니다. 그리고 그러한 관계를 지탱하고 연결해 주는 다리와 나사못, 너트와 볼트에 대해 『방랑자들』에서 탐구해 보았습니다. 나는 사실들을 연관 짓고, 거기서 질서를 발견하는 것에 열광합니다. 작가의 정신이란 결국 모든 파편과 조각들을 집요하게 끌어모아서 그것들을 이어 붙여 보편적인 전체를 창조하는 일종의 '종합적인 사고'를 의미한다고 나는 믿습니다.

세상의 거대한 별자리 문양을 우리 눈앞에 드러내 보이려면 어떻게 써야 할까요? 그리고 어떻게 자신의 이야기를 풀어내야 할까요?

물론 나는 신화나 전설, 동화를 통해 우리가 알던 세상, 입에서 입으로 전승되면서 그 존재를 지탱해 왔던 세상에 대한 이야기로 되돌아가기는 불가능하다는 것을 너무도 잘 알고 있습니다. 오늘날의 세상에 대한 이야기는 보다 다차원적이고 복잡해야 합니다. 하지만 언뜻 보기에 서로 멀찌감치 떨어져 있는 것처럼 보이는 것들을 이어 주는 놀라운 연결 고리에 대해 우리는 생각보다 훨씬 많은 것을 알고 있습니다.

세계사의 구체적인 순간을 예로 들어 보겠습니다. 1492년 8월 3일. '산타마리아'라는 이름의 작은 화물선이 스페인 팔로스 항구에서 출항하는 날입니다. 지휘관은 크리스토퍼 콜럼버스. 태양이 밝게 빛나는 가운데 선원들이 부두에서 분주히 오가고 항만 노무자들은 배에 마지막 식료품 상자를 싣고 있습니다. 무더운 날씨지만 서쪽에서 불어오는 미풍 덕분에 작별 인사를 하러

온 가족들이 더위에 지쳐 실신하는 사태는 벌어지지 않습니다. 갈매기들이 인간의 움직임을 유심히 관찰하기 위해 선착장을 오르내리며 날개를 장엄하게 펄럭입니다.

지금 우리가 보고 있는 바로 이 순간은 사실 6000만 명에 달하는 아메리카 원주민 중 5600만 명을 죽음으로 몰고 간 비극적인 사건의 첫 장면입니다. 당시 그들은 전 세계 인구의 약 10퍼센트를 차지하고 있었습니다. 아메리카 원주민들이 미처 면역력을 갖추기도 전에 유럽인들은 자신도 모르는 새 수많은 질병과 박테리아라는 치명적인 선물을 원주민들에게 전달했습니다. 그러고는 무자비한 압제와 살육이 뒤따랐습니다. 대량 학살이 수년 동안 계속되면서 신대륙의 토질이 완전히 바뀌어 버렸습니다. 한때 콩과 옥수수, 감자, 토마토가 정교한 방식으로 재배되던 경작지는 다시금 야생 식물로 무성해졌습니다. 불과 몇 년 만에 거의 6500만 헥타르에 이르던 경작지가 정글로 변하고 말았습니다. 야생 식물들이 재생하는 과정에서 막대한 양의 이산화탄소가 소비되었고, 그로 인해 온실 효과가 급격히 떨어지면서 지구의 온도가 갑자기 낮아졌습니다. 이것은 16세기 후반 유럽의 기후를 장기간에 걸쳐 냉각시킨 '소빙하기'의 원인을 설명하는 수많은 과학적 가설 중 하나입니다.

소빙하기는 유럽의 경제를 뒤바꿔 놓았습니다. 그 후 수십 년 동안 길고도 추운 겨울, 선선한 여름, 그리고 집중적인 폭우로 인해 전통적인 형태의 농업 수확량이 감소했습니다. 서유럽에서는 필요에 따라 소규모로 식량을 생산하는 가족 농장이 비효율적인 것으로 판명되었고, 기근의 여파가 밀어닥치면서 생산을 전문화할 필요성이 대두되었습니다. 영국과 네덜란드는 추위의 영향을 가장 많이 받았습니다. 그들은 더 이상 국가 경제를 농업에 의존할 수 없게 되자 무역과 산업을 발전시키기 시작했습니다. 네덜란드는 폭풍의 위협에 대비해서 해안에 간척지를 조성하고 습지대와 얕은 해양 지대를 육지로 탈바꿈시켰습니다. 대구가 서식지의 범위를 남쪽으로 이동한 것은 스칸디나비아에는 재앙이었지만 영국과 네덜란드에는 이익을 가져다주었고, 덕분에 두 나라는 막강한 해군을 보유한 무역 강국으로 발돋움하기 시작했습니다. 기온의 냉각화 현상은 스칸디나비아 국가들에게 특히 심각한 문제를 초래했습니다. 그린란드와 아이슬란드의 접촉이 끊겼고, 혹한의 겨울로 인해 수확량이 감소했으며, 수년에 걸친 기근과 식량 부족 현상이 발생했습니다. 결국 스웨덴은 남쪽으로 탐욕스러운 시선을 돌려 폴란드와 전쟁을 시작했고(마침 발트해가 얼어붙어 바다를 가로질러 군대를 폴란드로 진군시킬 수가 있었습니다.), 유럽의 삼십 년 전쟁에 개입했습니다.

우리가 직면한 현실을 보다 잘 이해하려는 과학자들의 노력은 이 모든 것이 서로 긴밀하고 촘촘하게 연결되어 서로 영향을 주고받고 있음을 보여 줍니다. 이것은 더 이상 저 유명한 '나비 효과'가 아닙니다. 우리가 익히 알듯이 과정의 시작 단계에서 발생한 최소한의 변화가 미래에 예측하기 힘든 엄청난 결과로 이어질 수 있다는 전제를 포함하고 있지만, 여기에는 한 마리의 나비가 아닌 헤아릴 수 없이 많은 숫자의 나비와 끊임없이 움직이는 그들의 날갯짓이 포함되어 있습니다. 그것은 시간을 가로질러 여행하는 강력한 생명의 물결입니다.

내게 '나비 효과'의 발견은 우리가 자신의 고유한 능력과 통제력, 그리고 세상에 대한 인간으로서의 우월감을 확고하게 믿었던 시대가 끝났음을 의미합니다. 그렇다고 인간이 가진 건설자나 정복자, 발명가로서의 능력을 상실하는 건 아니지만, 현실은 지금껏 우리 인간이 상상했던 것보다 훨씬 더 복잡하다는 것을 깨닫습니다. 이러한 일련의 과정들 속에서 인간은 단지 아주 작은 조각에 불과할 뿐입니다. 오늘날 장엄하고도 놀라운 상호 의존성이 범세계적인 규모로 존재한다는 증거가 점점 더 많이 발견되고 있습니다.

우리 모두, 그러니까 인간과 동식물, 사물들은 물리 법칙이 지배하는 단일한 공간 속에 함께 담겨 있는 존재입니다. 이 공동의 공간은 고유한 형태를 갖는데, 그 안에서 작동하는 물리 법칙에 따라 서로가 서로에게 끊임없이 연결되는 수많은 형태가 만들어집니다. 인간의 심혈관 체계는 지류가 모여드는 하천 유역의 형태와 비슷하고, 나뭇잎의 구조는 인간의 교감 신경계와 유사하며, 은하의 움직임은 세면대에서 흘러내리는 물의 소용돌이와 흡사합니다. 사회는 세균 집단과 같은 방식으로 발전합니다. 무수히 많은 유사성의 체계가 미시적 규모와 거시적 규모로 나타납니다. 우리의 말, 사고, 창의력은 결코 추상적인 것이 아니며, 세상으로부터 분리된 것도 아닙니다. 단지 끝없는 변형의 과정에서 나타나는 또 다른 차원의 지속일 뿐입니다.

6

보편적이고, 포괄적이며, 모든 것을 아우르면서, 자연에 뿌리를 두고, 맥락으로 가득 차 있으면서 동시에 이해하기 쉬운 새로운 이야기의 토대를 발견하는 것이 가능한지 나는 계속해서 고민하고 있습니다.

과연 '나'라는 소통 불능의 감옥을 과감히 벗어나 보다 광활한 현실의 영역을 드러내며 상호 간의 연결 고리를 보여 주는 이야기가 존재할 수 있을까요? '널리 통용되는 대중적 의견들'이 몰려 있는 중심부, 명백하고 뻔하며 사람들의 왕래가 빈번한 그 중심부로부터 거리를 유지하면서 비주류, 탈중심의 사안들에 주목하게 만드는 그런 이야기 말입니다.

나는 문학이 온갖 종류의 기묘함이나 환상, 도발, 그로테스크, 광기를 표현하는 고유의 권한을 지금까지 기적적으로 수호해 왔다는 사실에 희열을 느낍니다. 나는 우리가 기대했던 것 이상으로 멀리까지 그 맥락을 펼칠 폭넓은 전망과 드높은 시야를 꿈꿉니다. 가장 모호한 직관을 표현할 수 있는 언어, 문화적 이질성을 훌쩍 뛰어넘는 은유, 그래서 방대하고 초월적이면서 동시에 독자들이 사랑할 수 있는 그런 장르를 꿈꿉니다.

나는 또한 새로운 유형의 서술 방식, 그러니까 '사인칭 시점의 서술'을 꿈꿉니다. 여기서 '사인칭'이란 단순히 문법적인 구조를 의미하는 것이 아니라 각 등장인물의 다양한 시각을 포괄하면서 동시에 개별적인 시각의 지평을 넘어설 수 있는 시점을 말합니다. 더 많이, 더 넓게 조망하고, 시간을 과감히 무시할 수 있는 그런 서술 방식 말이죠. 네, 그렇습니다. 이러한 서술자는 분명 존재할 수 있습니다.

여러분은 성서에서 "태초에 말씀이 있었다."라고 큰 소리로 외친 놀라운 이야기꾼이 누구인지 궁금해한 적이 있으십니까? 혼돈이 질서로부터 분리된 태초의 첫날을 기록한 그는 누구였을까요? 우주가 생성되는 일련의 과정을 추적한 인물. 신의 생각을 알고, 그의 의구심을 인지하고, 일말의 떨림도 없이 굳건한 필체로 종이 위에 "하느님이 보시기에 좋았더라."라는 전례 없는 문장을 적어 놓은 인물. 감히 신의 생각을 미루어 짐작했던 그 서술자는 누구일까요?

모든 신학적 의문점은 제쳐 두고라도 우리는 이 신비롭고 예민하며 다정한 서술자의 등장을 기적적이고 의미심장한 사건으로 평가할 수 있습니다. 그는 모든 것을 볼 수 있는 관점과 시각을 갖고 있었습니다. 모든 것을 본다는 것은 존재하는 모든 것이 서로 연결되어 하나의 전체로 결합된다는 궁극적인 사실을 인정한다는 의미입니다. 또한 모든 것을 본다는 것은 세상에 대해 지금까지와는 완전히 다른 차원의 책임을 통감한다는 의미이기도 합니다. 왜냐하면 '이곳'에서 이루어지는 개별적인 행위들이 '저곳'에서 벌어지는 다른 행위들과 서로 연결되어 있고 세계의 어떤 지역에서 내린 결정이 다른 지역에도 영향을 미친다는 것을 당연히 받아들인다는 뜻이기 때문입니다. 그렇게 되면 '내 것'과 '네 것'에 대한 엄격한 구분 역시 논란의 여지가 있음을 인식하게 됩니다.

독자가 자신의 정신에서 통합적인 감각을 활성화시키고, 개별적인 조각들을 단일한 모형으로 결합시키며, 사건의 작은 실마리에서 거대한 별자리를 발견하도록 진솔하게 이야기를 풀어 내야 합니다. 또한 시간의 경과에 대한 두려움이나 머나먼 공간에 대한 이질감을 무시한 채 이야기할 수 있어야 합니다. 그 이야기는 모든 사람과 모든 사물이 공통된 상상의 바닷속에 함께 빠져 있음을 분명히 드러내야 합니다. 우리 행성이 회전할 때마다 우리가 저마다 마음속에서 공들여 만들어 내고 있는 하나의 거대한 상상 말입니다.

문학에는 바로 이러한 힘이 있습니다. 우리는 고급 문학과 저급 문학, 대중 문학과 틈새 문학이라는 단순한 카테고리를 과감히 버리고 장르의 구분을 무시해야 합니다. 또한 '민족 문학'이라는 개념도 내려놓아야 합니다. 문학의 우주는 하나라는 것, 즉 인류의 경험이 하나로 통합된 공동의 심리적 실체인 우누스 문두스임을 우리는 알고 있습니다. 그 속에서 저자와 독자는 각자 동등한 비중을 차지하는데 전자는 창작으로, 후자는 끊임없는 해석을 통해 자기 역할을 수행하게 됩니다.

우리는 조각이나 파편들을 신뢰해야 할 것입니다. 개별적인 조각이야말로 더 많은 이야기를, 더욱 복잡한 방식으로, 그리고 다차원적으로 기술하게 하는 별자리를 구성하는 핵심이기 때문입니다. 우리 이야기들은 무한한 방식으로 서로를 불러올 수 있고, 그 속의 주인공들 또한 얼마든지 상호관계를 맺을 수 있습니다. 지금껏 리얼리즘이라는 개념으로 이해했던 것들을 재정의하고, 자아의 한계를 뛰어넘어 우리가 세상을 바라보는 창이었던 유리 스크린을 관통할 새로운 리얼리즘을 모색하는 것, 그것이 우리 과제입니다. 오늘날 리얼리티가 필요할 때 이를 충족시키는 창구는 미디어나 소셜 네트워크 플랫폼, 인터넷을 통해 맺어지는 간접적인 관계들이 대부분이기 때문입니다. 어쩌면 필연적으로 우리를 기다리고 있는 것은 일종의 신초현실주의, 즉 역설에 맞서기를 두려워하지 않고 인과 관계의 단순한 흐름에 반기를 드는, 관점의 재정렬일 것입니다. 네, 그렇습니다. 실제로 우리가 처한 현실은 이미 초현실적입니다. 나는 또한 많은 이야기가 새로운 학문적 이론에서 영감을 받아 새로운 지적 맥락에서 다시 쓰일 필요가 있다고 확신합니다. 하지만 인류의 통합적인 상상력과 신화를 끊임없이 연결 짓고 상기하는 것 또한 중요하다고 생각합니다. 신화의 촘촘하고 치밀한 구조로 복귀하는 것은 구체성이 결여된 불확실한 오늘을 살아가는 우리에게 안정감을 안겨 줄 수 있습니다. 나는 신화가 우리의 정신을 세우는 건축 자재라고 믿으며, 그래서 그것을 소홀히 여겨서는 안 된다고 믿습니다. (신화의 영향력을 미처 깨닫지 못할 수는 있겠지만요.)

틀림없이 머지않아 어떤 천재가 나타나서 우리가 여전히 상상도 하지 못했던 완전히 다른 서술 방식, 필수적인 모든 요소가 담겨 있는 서술 방식을 고안해 낼 것입니다. 이러한 스토리텔링은 우리를 반드시 변화시킬 것입니다. 그때 우리는 위축되어 있던 낡은 관점을 버리고, 그동안 어딘가에 늘 존재했지만 우리가 미처 보지 못했던 새로운 시야에 눈을 뜨게 될 것입니다.

토마스 만은 『파우스트 박사』에서 인간의 사고를 바꿀 수 있는 새로운 형식의 절대 음악을 창조한 어느 작곡가에 대한 이야기를 썼습니다. 하지만 토마스 만은 이 음악이 구체적으로 어떤 것인지 설명하지 않았고, 단지 그 음악이 어떤 소리를 낼지를 상상하며 아이디어를 구현했습니다. 어쩌면 예술가의 역할은 바로 그런 것이 아닐까 합니다. 존재의 가능성을 품은 어떤 대상을 미리 맛보게 하고, 그것을 상상하게 만드는 것. 그러므로 상상될 수 있다는 것은 존재의 첫 번째 요건이라고 할 수 있습니다.

7

나는 픽션을 쓰지만 그것은 절대 새빨간 조작은 아닙니다. 글을 쓸 때 나는 내 안에서 모든 것을 생생히 느껴야 합니다. 책에 등장하는 모든 생명체와 사물, 인간의 영역에 속한 것과 인간이 아닌 존재에 관한 것, 살아 있는 것과 생명이 주어지지 않은 것, 이 모든 것이 반드시 나를 통과해야 합니다. 사물이든 사람이든 가까이에서 하나하나 주의 깊게 살펴보고, 내 안에서 그것을 의인화하고 인격화해야 합니다.

이럴 때 내게 도움을 주는 것이 바로 '다정함'입니다. 다정함이란 대상을 의인화해서 바라보고, 감정을 공유하고, 끊임없이 나와 닮은 점을 찾아낼 줄 아는 기술입니다. 이야기를 만든다는 것은 대상에 끊임없이 생명력을 불어넣고, 인간의 경험들, 그들이 겪었던 상황들과 기억들로 대표되는 이 세상의 모든 작은 조각과 파편들에 존재 가치를 부여하는 것을 의미합니다. 다정함은 관계를 맺고 있는 모든 것을 인격화하여 그것에 목소리를 투여하고, 존재하고 표현될 수 있는 공간과 시간을 선사합니다. 바로 이 다정함이 찻주전자에게 말을 하게끔 만듭니다.

다정함이란 가장 겸손한 사랑의 유형입니다. 성서나 복음서에도 언급되지 않고, 이것을 걸고 맹세하는 사람도 없으며, 인용하는 사람도 딱히 없는 그런 종류의 사랑입니다. 특별한 로고나 상징물도 없고, 범죄나 질투를 유발하지도 않습니다.

다정함은 우리가 '나 자신'이 아닌 다른 존재를 면밀하고 주의 깊게 바라볼 때 구현됩니다.

다정함은 자발적이면서 사심이 없습니다. 연민에 기반한 동질감을 초월하는 감정으로서 다소 멜랑콜리한 듯하지만 의식적으로 운명을 공유합니다. 다정함이란 다른 존재, 그들의 연약함과 고유한 특성, 그리고 고통이나 시간의 흐름에 대한 그 존재들의 나약한 본질에 대해 정서적으로 깊은 관심을 표명하는 것입니다.

다정함은 우리를 서로 연결해 주는 유대의 끈을 인식하고 상대와의 유사성 및 동질성을 깨닫게 해 줍니다. 이 세상이 살아 움직이고 있고, 서로 끈끈하게 연결되어 있으며, 더불어 협력하고 상호 의존하고 있음을 인식하게 합니다.

문학이란 우리와 다른 모든 개별적 존재에 대한 다정함에 근거합니다. 이것이 바로 소설의 기본적인 심리학적 메커니즘입니다. 다정함이라는 이 놀라운 도구, 인간의 가장 정교한 소통 방식 덕분에 우리의 다양한 체험들이 시간을 여행하여 아직 태어나지 않은 누군가에게까지 다다르게 됩니다. 언젠가 그들은 우리가 자신에 대해서, 그리고 우리의 세상에 대해서 기록하고 이야기한 것들을 만나게 될 것입니다.

먼 훗날 그들의 삶이 어떠할지, 그들이 누구일지 나는 전혀 모릅니다. 하지만 그들을 생각할 때마다 나는 종종 죄책감과 부끄러움을 느끼곤 합니다.

우리가 지금 해결책을 찾으려 발버둥 치고 세상을 구하기 위해 필사적으로 맞서 싸우고 있는 기후 비상 사태나 정치적 위기는 난데없이 발생한 게 아닙니다. 우리는 이 모든 결과가 단지 정해진 숙명이나 운명의 장난으로 인해 뒤틀려 버린 게 아니라 경제적, 사회적, 종교적 세계관에 따른 매우 구체적인 행동과 결단이 빚어낸 산물임을 종종 잊곤 합니다. 탐욕, 자연을 존중할 줄 모르는 오만, 이기주의, 상상력 결핍, 끝없는 분쟁, 책임 의식의 부재가 세상을 분열시켰고, 함부로 남용했고, 파괴될 수 있는 상태로 전락시켜 버렸습니다.

그렇기에 나는 믿습니다. 이야기를 서술하면서 나는 이 세상이 우리 눈앞에서 끊임없이 형성되고 있는 살아 움직이는 거대한 단일체이며, 동시에 우리 인간은 그 세상의 작지만 강력한 일부에 불과하다고 말할 수밖에 없다는 것을.

— 노벨 문학상 수상 기념 기조 강연

우리 시대의 한없이 다정한 이야기꾼이
문학에 보내는 찬가

이 책은 올가 토카르추크가 노벨 문학상을 수상한 이후 처음 출간한 저서라는 점, 무엇보다 국내에서 첫선을 보이는 작가의 에세이집이라는 점에서 의미가 남다르다. 그동안 발표한 에세이와 칼럼, 강연록 중에서 열두 편을 작가가 직접 선별하여 묶었다. 2017년 그림책 『잃어버린 영혼』을 함께 작업하며 인연을 맺은 뒤 토카르추크 소설들의 리커버판 디자인을 전담해 오고 있는 일러스트레이터 요안나 콘세요가 이번에도 표지의 삽화를 맡았다. 꽃과 잎새가 어우러진 아름다운 넝쿨 속에서 조심스레 윤곽을 드러낸 인간의 실루엣, 가운데가 텅 비어 성별도 나이도 인종도 알 수 없는 이 신비한 형체는 인간이라는 존재가 자연으로부터 분리될 수 없는 일부분이며, 인간이 있어야 할 자리는 궁극적으로 자연의 품속이라는 사실을 일깨워 준다.

이 책에는 여섯 편의 에세이와 여섯 편의 강연록이 실렸는데 각각의 텍스트를 관통하는 일관된 주제는 '문학'과 '글쓰기'다.

'읽기'에서 출발하여 '쓰기'에 이르기까지 토카르추크의 다채로운 문학적 여정을 따라가노라면 어느 순간 작가의 작업실에 초대되어 한 편의 소설이 탄생하기까지의 과정을 상세히 들여다보는 듯한 느낌을 받게 된다. 작가에게 영감의 원천이 되어 준 방대한 독서 이력과 예술적 취향뿐 아니라 현재 시도 중인 새로운 문학적 실험들과 놀랍도록 독창적인 상상력도 엿볼 수 있다.

현실 직시하기

『다정한 서술자』에서 토카르추크는 소설가이자 강연자, 심리학 전공자, 열혈 독자, 에코페미니스트, 채식주의자, 사회 운동가, 그리고 불과 얼마 전까지도 전 세계를 누비던 여행자로서 다채로운 얼굴을 우리에게 보여 준다. 아마도 저자는 스스로에 대해 이렇게 말할 것이다. 자신은 그저 책 읽기와 글쓰기를 무척 좋아하고, 세상에 대해 늘 호기심이 많은 평범한 인간일 뿐이라고. 그런데 그 호기심이 갈수록 불안감과 두려움으로 바뀌고 있다고.

탐욕, 자연을 존중할 줄 모르는 태도, 이기주의, 상상력 결핍, 끝없는 분쟁, 책임 의식의 부재가 세상을 분열시켰고, 함부로 남용했고, 파괴할 수 있는 상태로 전락시켜 버렸습니다.(365쪽)

팬데믹 사태를 필두로 인류가 직면한 각종 위기에 대한 날카로운 현실 진단은 환경 문제와 동물권 수호를 위해 전 지구적 결속을 촉구하는 운동으로 연결되고, 사회적 약자나 소외된 대상을 향해 다정한 연대의 손길을 내밀어야 한다는 다짐으로 귀결된다. 그리고 이 모든 것이 토카르추크 문학의 방향키가 지금 어디로 향하고 있는지 우리에게 명확히 보여 준다.

> 모든 생명체의 내면에는 시간이 깃들어 있습니다. 그러므로 우리가 살상 행위를 저지르면 이 내면의 시간을 멈추게 하는 것입니다. 무언가를 미완성으로 만들고, 미래를 송두리째 빼앗고, 모든 잠재력을 훼손하고, 놀라운 다양성과 무한한 가능성의 고리를 끊어 버리게 됩니다.(279쪽)

대표작 『방랑자들』(2007)에서 우리를 쉼 없이 움직이게 하는 '여행' 또는 '이동'이야말로 인간을 자유롭게 해 줄 수 있음을 역설하며 방랑하는 주체인 인간의 삶과 그 실존적 의미를 진지하게 탐구했던 토카르추크는 포스트 코로나 시대를 관통하면서 "누군가에게는 허락되지 않는데 내가 당연히 누리고 있던 자유에 대한 부끄러움이 여행에 대한 의지를 꺾어 버렸다."(54쪽)라고 고백한다. 교통량의 급증으로 에너지 소비가 포화 상태에 이르렀고 난민 문제가 심각한 화두로 떠오른 지금 우리 중 '누군가'는 집에 머물며 다른 여행자들을 맞이해야 할 시점이 도래했다는 깨달음과 함께 자신이 기꺼이 그 '누군가'가 되겠다는 단단한 각오를 읽을 수 있다.

『다정한 서술자』에서 토카르추크는 우리에게 반성과 성찰을 촉구하면서 동시에 아직은 희망이 있음을 역설한다. 세상의 중심에 문학이 버티고 있기 때문이다. 모든 것이 초고속으로 급변하는 오늘날 작가와 독자들이 함께 겪게 될 새로운 변화에 대한 통렬한 고민을 담은 이 책은 한편으로 세상을 향한 다정한 마음과 문학에 대한 열정으로 가득 차 있다. 그렇다, 세상을 구원하고 싶다면 우리는 부지런히 읽고 쓰고 옮겨야 한다.

읽기: 독서의 희열, 문학의 기적

하이퍼텍스트와 인공 지능의 시대, 종이책이 점점 사라져 가는 21세기에도 토카르추크는 문학이 여전히 강력한 힘을 발휘한다고 믿는다. 인터넷과 네트워크는 급격히 발달했지만 사람들 간의 상호 이해와 연대의 고리는 오히려 느슨해져 버린 역설적인 현실 속에서 우리가 그나마 버텨 낼 수 있는 것은 문학이 존재하기 때문이다. 문학으로 인해 우리는 타자의 행동의 동기를 이해하고, 타자에게 공감하고, 나아가 타자와 나를 동일시할 수 있게 된다.

유심히 살펴보면 모든 좋은 책이 세상을 조금씩 변화시킨다는 걸 분명히 알 수 있습니다. 덕분에 세상에는 지금껏 존재하지 않았던 인물들과 질문들, 새로운 발견들이 생겨나게 됩니다. 마르셀 프루스트와 볼레스와프 프루스 이후 모든 게 그 이전과 조금은 달라졌으니까요. (186쪽)

토카르추크에 따르면 문학의 우주에서 작가는 창작으로, 독자는 끊임없는 독서와 해석으로 각자 자신의 역할을 수행하며 동등한 비중을 차지하고 있다. 우리가 매 순간 책을 펼칠 때마다 놀라운 기적이 일어난다. 독서를 통해 잠시나마 타자의 삶을 살아 본 사람들은 그렇지 않은 이들보다 폭넓은 인식을 갖게 되고, 새로운 대안의 세계를 일구는 창의력을 키울 수 있기 때문이다.

토카르추크는 이제 막 글을 쓰기 시작한 신인 작가들에게 자신이 본격적으로 펜을 잡기 전 무수히 많은 책을 탐독했다는 사실을 강조한다. 또한 문학이라는 이름의 현상에서 궁극적인 본질은 '읽기'이므로 후배 작가들에게 '쓰기'보다는 '읽기'에 전념하라고 충고한다. 그리고 단언한다. 모든 종 가운데 '읽기' 능력을 획득한 건 오직 인간뿐이니 "우리가 지금 여기에 있는 건 책을 읽기 위해서"라고!

단선적이고 선형적인 흐름의 스토리텔링을 거부하고 서술방식에 대한 파격적인 실험을 통해 자신만의 문학적 지평을 넓혀 오고 있는 토카르추크는 『다정한 서술자』를 통해 새 시대에 부합하는 새로운 이야기를 전달하려면 우선 방법론부터 새로워져야 한다고 주장한다.

새로운 용어로 가득 찬 도서관을 만들어 보자. 중심부에서는 결코 들어 본 적 없는 기발하고 괴상한 콘텐츠로 그 공간을 채워 보자. 결국 언젠가는 단어나 용어, 관용구나 숙어의 부족 현상이 발생할 테니 말이다.(43쪽)

녹슬고 시대착오적인 서술 방식은 과감히 떨쳐 버리고 미래의 비전을 문학에 담아낼 수 있도록 새로운 개념, 새로운 용어, 새로운 범주, 새로운 틀을 고안해야 한다는 것이다. 또한 주류로부터 과감히 벗어나서 지금껏 보편적으로 통용되지 못했던 관점을 의식적으로 탐색하는 탈중심적인 자세, 기발하면서도 괴팍한 아이디어로 무장한 '기벽'을 발휘하는 것이 문학의 새로운 소명임을 일깨운다.

쓰기1: 시대가 요구하는 스토리텔러 — 다정한 서술자

21세기가 요구하는 문학적 대안으로 토카르추크는 '다정한 서술자'라는 혁신적인 개념을 제안한다. 여기서 다정함이란 대상을 의인화해서 바라보고, 그와 감정을 공유하고, 그에게서 끊임없이 나와 닮은 점을 찾아낼 줄 아는 기술이다. 가장 겸손한 사랑의 유형인 다정함은 나와 관계를 맺고 있는 모든 대상을 인격화하여 그 대상에 목소리를 부여하고, 마음껏 표현될 수 있는 공간과 시간을 선사한다. 어떤 의미에서 우리가 이야기를 창조한다는 것은 대상에 끊임없이 생명력을 불어넣고 존재 가치를 부여하는 일이라고 할 수 있다. 그러므로 글쓰기의 과정에는 다정함, 다시 말해 내가 아닌 다른 존재에 대한 무한한 연대와 공감의 정서가 수반되어야 한다.

토카르추크에게 글을 쓴다는 건 바꿔 말하면 이야기를 풀어내는 적절한 서술자를 자기 내면에서 발견하는 일이다. 말하는 목소리, 이야기의 혼이자 본질인 서술자에 대해 토카르추크는 이렇게 정의한다.

그것은(서술자는) 순수한 목소리 그 자체입니다. (……) 그것은 조건과 상황이 최적의 상태로 조합되는 순간에 깨어나서 자기 힘을 드러내는, 머나먼 고대로부터 전해져 온 비활성 유전자와 같은 휴면 상태의 무언가입니다. (……) 과거의 표지, 기억, 집단 무의식, 알 수 없는 방식으로 우리 유전자에 각인된 오래된 경험의 지층들.(199~200쪽)

인간에게는 저마다 영혼과 육체만 있는 게 아니라 자신만의 고유한 '서술자'가 깃들어 있다. 그것은 마치 파충류의 뇌처럼 진화를 통해서도 대체되지 않는, 우리 안에 있는 아주 오래된 조직 같은 것이다. 노벨 문학상 수상 기념 기조 강연록 서두에서 토카르추크는 자신에게 '세상에서 가장 다정한 서술자'를 선물해 준 사람은 다름 아닌 어머니였다고 고백한다. 토카르추크에 따르면 서술자란 작가로부터 파생된 존재이지만 어느 순간 작가의 의지를 벗어나 자율적으로 목소리를 내는 독립적인 인격체다. 심리학을 전공하고 젊은 시절 심리 치료사로 일했던 토카르추크는 서술자가 생성되는 과정을 심리학적인 관점으로 고찰한다. 우리가 글을 쓸 때 일종의 '빙의'나 '접신'처럼 서술자가 작가의 자아로 침투하는 단계를 거치게 마련인데, 그것은 마치 방문객에게 자리를 내어 주고 서서히 뒤로 물러서는 집주인의 모습과 비슷하다고 설명한다. 서술자로 하여금 자유롭게 이야기를 쏟아 내게 하려면 작가가 자아의 일부를 의도적으로 축소시킴으로써 서술자에게 충분한 활동 공간을 내줘야 한다는 것이다.

서술자의 유형에서도 작가는 우리에게 익숙한 삼인칭 관찰자 시점의 전통적인 서술 형태를 뛰어넘어 목소리와 시점으로만 등장하여 전체의 본질을 꿰뚫어 보는 '파놉티콘 서술자', 작가로부터 갈라져 나온 다중 인격체인 '해리성 서술자' 등 다양한 개념을 제시한다. 그리고 『낮의 집, 밤의 집』(1998), 『죽은 이들의 뼈 위로 쟁기를 끌어라』(2009), 『야쿠프의 서』(2004) 등의 구체적인 창작 비화를 통해 독자들의 이해를 돕는다.

21세기 토카르추크가 추구하는 새로운 유형의 서술 방식은 '사인칭 시점'이다. 여기서 '사인칭 시점'이란 문법적인 형태를 의미하는 것이 아니라 다인칭이면서 동시에 무인칭인 서술자를 말한다. 각 등장인물의 개별적인 관점을 놓치지 않고 포착하면서도 동시에 전체를 포괄하는 광범위한 시야를 가진 서술자, '총체적인 이야기꾼'을 뜻하는 것이다. 소셜 미디어의 대중화로 인해 일인칭 서술자가 범람하는 현실 속에서 토카르추크는 통합적인 시점으로 더 많은 것을 더욱 폭넓게 조망하고 시간의 흐름을 과감히 초월할 수 있는 파격적인 서술 방식의 구현을 갈망한다. 물론 모든 것을 한꺼번에 본다는 것은 존재하는 모든 것이 서로 긴밀하게 이어져서 하나의 전체로 결합되어 있다는 믿음을 전제로 한다.

쓰기2: '존재의 보관소'에서 책장 속으로

토카르추크는 텍스트 안에서 무소불위의 권력을 휘두르며

문학적 세계를 지배하는 '창조주'로서의 작가의 위치를 과감히 거부한다.

> 글을 쓸 때 나는 앞으로 내가 써야만 하는 것들이 이미 온전한 형태로 내 앞에 존재한다는 느낌을 자주 받으며, 나의 임무는 그저 덮여 있고, 숨겨져 있고, 가려져 있는 것을 발견해 내는 일이라고 생각하기 때문입니다.(257쪽)

서술자가 확정되고 나면 액체 속에서 입자들이 자동으로 응집하는 '결정화' 과정처럼 모든 것이 필연적인 순리에 따라 순조롭게 전개된다고 토카르추크는 설명한다. 이미 시작점이 만들어지고 결정화의 축이 세워졌기 때문에 개별적인 어휘나 이미지, 은유와 같은 세부적인 요소들은 이야기의 고유한 질서에 따라 저절로 결합된다는 것이다.

작품의 등장인물을 형상화하는 과정에서도 작가의 의지가 개입되지 않는 숙명 혹은 불가항력의 순간이 깃든다고 본다. 문학 속 인물들을 무에서 비롯된, 작가의 순수한 창조적 산물로만 간주할 수는 없다는 것이다. 토카르추크의 관점에서 소설의 등장인물은 인간과는 다른 실존적 본성을 지닌 존재로서 일종의 '보관소'에 해당하는 특별한 차원에서 머무는 형이상학적인 대상이다. 그들은 책장에 모습을 드러내기 위해 미지의 공간(이러한 구역을 토카르추크는 '메탁시의 영토'라 명명한다.)에서 준비 태세를 갖추고 있다. 그래서 작가에게는 '창조자'보다는 등장인물을 세상에 데려오는 '산파'라는 호칭이 적합하다고 토카르추크는 주장한다. 자신만의 이력과 고유한 성향을 갖춘 완성된 자아의 상태로 '어딘가에서' 이미 존재하는 그 인물들에게 인식의 빛을 비춰서 문학의 영역으로 끄집어내는 일, 그것이 작가의 역할이라는 것이다.

그들(문학적 인물)은 영원히 수수께끼 같은 존재, 다시 말해 우리가 완전히 파악할 수 없는 존재입니다. 과연 무엇으로 그들이 우리를 놀라게 만들지 우리는 결코 알 수가 없으니까요. 나 역시 등장인물들에게 목소리를 허용하고 나서 그들의 이야기를 듣다가 놀란 적이 한두 번이 아닙니다.(305쪽)

토카르추크의 독창적인 상상력은 여기서 한 걸음 더 나아가 세상 만물을 살아 움직이는 거대한 단일체로 바라본다. 서로 유기적으로 연결되어 쪼개거나 분리할 수 없는 한 덩어리의 현실로 인식하고자 하는 것이다.

문학적 인물이란 우리의 꿈이면서 우리의 경험과 상상이 빚어낸 보다 고차원적인 형태의 존재입니다. 그들은 자신의 기원에 대해서는 의식하고 있지만 자신의 탄생에 관여한 우리 작가의 존재에 대해서는 인지하지 못합니다. 어쩌면 이 모든 것이 더 큰 계층 구조의 일부는 아닐까요? 그 거대한 구조 속에서 우리는 자연에 의해 쓰인 문학이고, 세상이 꿈꾸는 식물적인, 아니 나아가 무기체적인 상상력의 산물일지도 모릅니다.(299쪽)

토카르추크는 신과 인간, 인간과 동물, 인간과 자연이 의미심장한 유대의 끈으로 서로 촘촘히 연결되어 있음을 일깨우면서 주체와 객체, 실재와 허구의 통념을 과감히 벗어던진 발상의 전환을 시도한다. 그리고 독자들에게 인간 중심주의를 벗어난 전일적 각성을 촉구한다. 동식물을 포함하여 만물이 조화롭게 연결된 생명 공동체의 관점에서 바라보면 인간은 어쩌면 자연이 쓴 한 편의 문학일 수도 있고, 나아가 세상이 꿈꾸는 상상력의 산물일 수도 있다.

『다정한 서술자』는 코로나 팬데믹이라는 예측 불가의 위기 상황에서 인류가 미래에 대해 낙관적 희망을 갈구하는 시점에 출간되었다. 토카르추크가 권고하는 '다정함'을 우리 모두가 실현한다면 앞으로 세상이 얼마나 달라질지 상상만 해도 가슴이 뛴다.

번역하기: 토카르추크의 사유를 한국어의 토양에 옮겨 심으며

『다정한 서술자』의 텍스트는 한 문장 한 문장 곱씹어 가며 음미할 때 비로소 그 의미가 빛을 발한다. 책장이 술술 넘어가는 녹록한 책은 결코 아니지만 가늠할 수 없는 독창적인 상상력과 아이디어, 낯설지만 기발한 개념이 번뜩이는, 한마디로 지금껏 없었던 새로운 유형의 책임이 분명하다. 옮긴이로서 토카르추크의 문학관과 세계관이 집대성된 에세이와 강연록들을 번역하면서 감사하게도 많은 것을 배우고 깨닫게 되었다. '번역'이라는 강도 높은 독서를 통해서 작가의 사상과 지혜를 먼저 내 것으로 흡수할 수 있다는 짜릿함. 이게 바로 번역의 희열이자 보람이 아닐까.

옮긴이의 입장에서 각별하게 다가온 장은 「헤르메스의 과업, 즉 번역가들이 날마다 어떻게 세상을 구원하고 있는가에 대하여」다. 토카르추크는 번역가를 신의 세계와 인간의 세계를 자유자재로 넘나들며 소통과 연결, 관계 구축을 담당하는 '전령의 신' 헤르메스에 비유하면서 인류 문명사에 끼친 문학 번역의 역할과 헌신에 따뜻한 격려를 보낸다.

토카르추크가 번역가와 적극적으로 교감하는 작가라는 건 이미 널리 알려진 사실이다. 일찍이 토카르추크는 제2회 세계 폴란드 문학 번역가 대회(2009)의 기조 강연에서 불가의 '견월망지(見月忘指)'를 인용하며 "언어라는 건 결국 달을 가리키는 손가락이다. 번역가들 덕분에 독자들은 손가락이 아니라 달을 볼 수 있다."라는 찬사로 그 자리에 참석한 번역가들을 뭉클하게 했다. 2018년 번역가 제니퍼 크로프트와 함께 『방랑자들』로 2018 부커상 인터내셔널을 받았을 때도 "문학이란 하나의 언어에서 잉태되어 다른 여러 언어로 다시 태어나는 것이라 믿는다."라는 인상적인 수상 소감을 남긴 바 있다.

누군가의 언어가 타인의 언어와 만날 때 자신만의 고유한 해석과 적극적인 '번역' 과정이 수반될 수밖에 없는 것은 문학의 숙명이다. 그런 의미에서 모든 독자는 번역가라고 나는 생각한다. 『다정한 서술자』에서 토카르추크는 번역을 가리켜 "같은 이야기의 여러 버전을 제공하는 언어학적 다성 음악"(112쪽)이라 정의하고 있다. 또한 번역의 공정을 '원예 기술'에 빗대어 "하나의 식물에서 가지를 잘라 내어 다른 식물에 접목한 뒤 거기에서 새싹을 움트게 하고, 생장 에너지를 모아 본격적인 가지들로 뻗어 나가게 만드는 작업"(108~109쪽)이라 묘사하기도 했다. 지금껏 들어 본 번역에 관한 수많은 정의 중 손에 꼽을 정도로 아름다운 표현인 듯하다. 이 문장을 읽고 난 뒤부터 번역 작업을 할 때면 양손에 목장갑을 낀 채 부지런히 나무를 가꾸는 정원사가 된 듯한 환상에 문득문득 사로잡히곤 했다.

또다시 한 권의 책을 세상에 내보내며 간절히 염원해 본다. 폴란드어로 쓰인 토카르추크의 심오한 사유와 다정함으로 무장한 반짝이는 언어들이 한국어의 토양에서 부디 무사히 뿌리 내리고 새싹을 틔울 수 있기를, 그리고 독자 여러분의 애정 어린 보살핌과 자상한 손길이 닿아 무럭무럭 생장할 수 있기를!

2022년 여름
최성은

옮긴이
최성은

한국외국어대학교 폴란드어과를 졸업하고, 폴란드 바르샤바 대학교에서
폴란드 문학박사 학위를 받았다. 거리 곳곳에서 문인의 동상과 기념관을
만날 수 있는 나라, 오랜 외세의 점령 속에서도 문학을 구심점으로 민족의
정체성을 지켜 왔고, 그래서 문학을 뜨겁게 사랑하는 나라인 폴란드를
'제2의 모국'으로 여기고 있다. 현재 한국외국어대학교 폴란드어과에서
교수로 재직 중이며, 2012년 폴란드 정부로부터 십자 기사 훈장을 받았다.
옮긴 책으로 올가 토카르추크의 『방랑자들』과 『태고의 시간들』,
『죽은 이들의 뼈 위로 쟁기를 끌어라』를 비롯하여 스타니스와프 렘의
『솔라리스』, 비스와바 쉼보르스카의 『끝과 시작』과 『충분하다』,
『검은 노래』, 헨리크 시엔키에비치의 『쿠오 바디스』, 비톨트 곰브로비치의
『코스모스』 등이 있으며, 『김소월, 윤동주, 서정주 3인 시선집』과
『흡혈귀 ― 김영하 단편선』, 『마당을 나온 암탉』 등을 폴란드어로 번역했다.

다정한
서술자

1판 1쇄 펴냄	2022년 9월 16일	
1판 3쇄 펴냄	2023년 1월 10일	

지은이　올가 토카르추크
옮긴이　최성은
발행인　박근섭 · 박상준
펴낸곳　(주)민음사

출판등록　1966. 5. 19. 제16-490호
주소　(우편번호 06027) 서울특별시 강남구
　　　도산대로1길 62(신사동) 강남출판문화센터 5층
대표전화　02-515-2000 | 팩시밀리 02-515-2007
홈페이지　www.minumsa.com

한국어 판 ⓒ (주)민음사, 2022. Printed in Seoul, Korea
ISBN　978-89-374-5597-1 (03890)